孤独温暖的旅程

2015典藏散文

THE EXCELLENT
CHINESE LITERATURE

中国好文学

总主编●李敬泽　　主编●王兆胜

江苏凤凰文艺出版社
JIANGSU PHOENIX LITERATURE AND
ART PUBLISHING, LTD

图书在版编目（CIP）数据

孤独温暖的旅程 / 王兆胜编. — 南京：江苏凤凰文艺出版社，2016
（中国好文学）
ISBN 978-7-5399-9535-9

Ⅰ. ①孤… Ⅱ. ①王… Ⅲ. ①散文集－中国－当代 Ⅳ. ①I267

中国版本图书馆 CIP 数据核字(2016)第 175634 号

书　　名	孤独温暖的旅程
编　　者	王兆胜
责任编辑	王一冰
出版发行	凤凰出版传媒股份有限公司 江苏凤凰文艺出版社
出版社地址	南京市中央路 165 号，邮编：210009
出版社网址	http://www.jswenyi.com
经　　销	凤凰出版传媒股份有限公司
印　　刷	江苏凤凰通达印刷有限公司
开　　本	880×1230 毫米 1/32
印　　张	12
字　　数	340 千字
版　　次	2016 年 9 月第 1 版　2016 年 9 月第 1 次印刷
标准书号	ISBN 978-7-5399-9535-9
定　　价	35.00 元

目　录

现实的探寻

诗性的欢愉

序:深思·彷徨·亮色

——2015 年散文印象

王兆胜

20 世纪 90 年代到世纪之交,是中国散文发展的一个高峰。那时,散文昂扬奔放,舍我其谁的优越感成为散文家的主调,文体的探索与创新也不绝如缕。之后,散文开始如抛物线般下行,由原来的在舞台中心变为边缘的景致,甚至一度出现过于消沉和悲观的乱相。近几年这一现状有所好转,开始出现某些调整,而这在 2015 年散文中表现得最为明显。

一、将思考镶在历史深处

理性之思是散文的永恒主题,也是新时期以来的一个重要维度,因为无思考的散文既不是好散文,也没多少价值意义,只是思想的表现方式有所不同而已。不过,也应该承认,八九十年代的中国散文尚处于百废待兴之时,时代的潮流汹涌向前,许多作家还来不及思考,即便有的思考也不深入;进入新时期,由于过于多元化的价值选择,尤其是后现代主义及新媒介的影响,许多散文开始变得碎片化、平面化、庸俗化,其思想性也就大大流失了。2015 年散文在深思上有所推进,并呈现出令人称道的风貌。

陈忠实的《不能忘却的追忆》通过向“包产到户口”第一村——小岗村的回忆,来思考当年那场中国广大农村轰轰烈烈的伟大变革,在钦佩带头人严俊昌这位“伟大的农民”的同时,又将笔触伸向历史深处——那个在 20 世纪 60 年代因上“万言书”而惨死的杨伟名。同时,又写到原是“文革”造反派的刘景华,因了解情况后对杨伟名等人产生同情,以及他英雄的举动和离奇经历。最重要的是,作者说:“这一刻,我顿然悟到一个尤其关键的时间概念，即一九七八年这个非同寻常的年份。严俊昌们的幸运就在于秘密结盟于一九七八年，而杨伟名的悲剧概出于一九六二年这个特殊的年份，及至更不堪的随后发生的‘文化大革命’的一九六八年。”这是一篇具有深度、有独特思考的反思之作。

郭文斌的《根是花朵的吉祥如意》也从历史的文化深处发掘我们时代所需要的重要内容。众所周知，今天中国文化面临着重大危机，它处于中西、城乡、传统与现代的夹缝中难以抉择，这也是自“五四”以来为我们留下的巨大的问号。比如，从陈独秀、鲁迅以来，我们的文化与文学一直在批判“孝”，有人甚至将之视为万恶之首，是封建专制主义的帮凶甚至是罪魁祸首。因此，整个新文化和新文学就是鼓励甚至张扬“个性”对于“孝道”的突围。从历史发展和中国现代化进程看，对中国传统的“孝”进行反思甚至超越，这不无价值，它至少可冲破中国传统文化对于人尤其是人性的束缚；但问题是，当孝道被完全看成负面甚至罪恶渊薮时，也就面临着现代性异化的危险，因为没有孝顺与感恩就不会有“人”的健全与发展，也就会走向“非人”。也是在此意义上，郭文斌提出：“孝、敬、惜是人生这个大鼎最重要的三足。只有做到孝、敬、惜，才能把这个鼎立起来。孝、敬、惜的本质是感恩，是我们与这个世界沟通的桥梁。感恩的心、敬畏心、珍惜心，是一个人最重要的三种能量。一个人如果缺了孝，缺了敬，缺了惜，他就缺少了在社会中立足的根本，他要成功很难，要健康很难，要幸福也很难。”“拥有了孝、敬、惜三心，就是拥有了感恩与爱，我们的心就是一个永远年轻的心，有生机的心。如果放弃孝、敬、惜这三足，那都意味着人生的大鼎永远举不起来。”这是对于近现代以来过于强调人的个性所导致的人的欲望过分膨胀的反拨，也是为现代中国人开出的药方。不过，如何辩证理解和运用“孝、敬、惜”，尤其是“个性”和“创造性”不被遮蔽，作者却语焉不详。因为在中国古代的孝道思想确实存在弊端，有时甚至走向人性的反面。但无论怎么说，郭文斌的思考是深刻的，是充满天地之道的。

还有郭浩月的《饥饿是种深刻的记忆》、李国文的《三石之弓及其他》、穆涛的《汉代告诫我们的》、祝勇的《变形记》、肖凤的《在“奥斯维辛集中营”，想起了威廉·夏伊勒》等都有深刻的思索。如穆涛谈到古代的

“政治秀”，就提出这样的看法：“世上的事情，开头时都是千头万端的，但到了高耸地带，差不多只剩下一个，就是叫格局或境界的那种东西，这道大坎迈不过去，就别硬撑了，认命吧。更重要的是，一个人对自己要有清晰的判断，水平不过的话，不要一味地往上爬。”这对于无能甚至没足够能力担当大任的某些官僚，无疑于一针良药。但要注意的是，理性的思考应有一定限度，有时它过分了就达不到目的，甚至产生南辕北辙的效果。这是因为理性有时比感性更盲目，它会成为概念、逻辑尤其是观念的俘虏，从而成为一个飘浮的悬空者。2015年的哲思散文应在理性深思中，穿透思想的迷雾，进入智慧的大光中。

二、站在时代的船头

八九十年代中国散文最值得称道的是它的时代性。此时，作家不约而同地与国家发展及其命运同呼共吸，在巨大的忧患中饱含了对于一些重要或重大问题的关注，如经济体制改革、知识分子命运、反思“文革”等；然而，进入新世纪散文开始回到历史，沉溺于“小我”，甚至变成玩世不恭的杂耍与恶搞。这一倾向到近几年才开始有所好转，不少散文开始回到现实，转向对于社会和时代变迁的热情关注。

不过，前几年关注时代的散文有一个最大的不足，那就是过于悲观甚至绝望地看待中国的变革与发展，尤其是对于农村社会变动往往充满现象性描述，而真正能把握这个时代脉搏的散文并不多见。这是因为：第一，包括广大农村在内的中国变革从来没有像今天这样复杂多样，也从未面临当下这样的艰难选择；第二，西方理念导引下的观念误区，不少作家和学人过于相信西方的理论和逻辑，并用其简单看待和解释中国的问题，这种两张皮的现象极容易形成误读；第三，长期以来作家逐渐脱离了基层、大地、民间，处于优裕的都市高楼生活，加之知识分子形成的贵族化心态，他们很难也不愿关注现实，尤其是缺乏对于广大底层民众的理解兴趣；第四，不少出身底层的写作者，由于视野与文化的限度，其底层写作往往难以跳出一己感受，也难避免滥情与渲染的情绪，所以很容易将自己的局限变成写作的局限。基于此，许多关注和表现时代的散文往往并不令人满意:不是失之肤浅,就是过于情绪化,或者成为写作者的一个噱头,与中国社会的深刻变动和巨大转型相去甚远,也就无法解释这个时代,更不要说具有引导性了。

2015 年散文在时代面前显然比以往变得更自信了,也多了不少平静、从容与向往,不少作品也试图寻找那个不易得出的答案。像一个舵手,他站在时代的船头迎风破浪,放眼远望,尽管不时被波浪与雾气挡住了视线。较有代表性的有詹谷丰的《为一棵树让路》、梅洁的《迁徙的故乡》、吴佳骏的《我的乡村我的城》、江子的《流民图》、谢枚琼的《鸟之殇》、杨柳的《地图上的新娘》、王兆军的《回乡办书院》、南帆的《泥土哪去了》、王月鹏的《速度寓言》等。这些作品关注的是当下城乡发展所面临的重大问题:国家利益如何在超越"个我"和"私我"的过程中被升华的,在城镇化过程中,文化应被放在一个更高的位置,乡村的荒芜治理尤其是文化的传承迫不及待,失去大地、泥土和干净水祐护后的现代化是不可想象的,弱势群体尤其是农民工面临着物质和精神的双重困境,等等。像王月鹏思考现代社会"速度"神话所致的人生、人性受到异化问题,于是寻找生活、内心、精神的安放处,尤其对于"虚无"等的形而上理解给人不少启发。尤其可贵的是,今年的散文在面对时代发言时,更多了些理性的思考、形象的展示、艺术的魅力,像王兆军的从容叙述与杨柳的笔底风云都值得一观,其中能触及我们这个社会与时代继续向前的方向与路线,至少给我们不少有益的启示。

当然,对于中国未来的发展走向尤其是关键性问题,2015 年散文仍显得力不从心,也充满彷徨。一是容易为具体事件束缚,不能由具象达到普遍性问题;二是缺乏世界性发展这一坐标,过于局限在中国尤其是农村的格局;三是缺乏更大的视野,即以理想的人类的发展目标来看待中国的转型与发展。如对于农民工进城,我们的散文普遍从异化角度写其苦难和挫折,但少有从现代性牵引角度看待其成长。换言之,有无农民工通过自己的双手,在物质、精神上都获得了巨大提升,成为一种"新人"? 这样的视角较少为散文家重视。更多作家往往仍以传统的单一的土地文明,来看待中国社会的转型与变动,从而简单地得出简单的结论。可以说,"彷徨"是当下中国散文面对时代的关键词,它缺乏方向性、前瞻性、正能量,从而给人在原地“打转”的印象。

三、诗意审美的欢愉

在2015年散文中,还有一些偏于记游、忆旧、抒情类的,这些作品不可能与现实绝缘分开,也不是说没有理性思考,而是将这些方面揉进作品,更多地显示出审美性、文学性以及诗性。就像阳光透过纸窗将昏暗的房间一下子映亮一样。这样的文学书写往往具有力透纸背之功,颇似墨汁在宣纸上渗透和滋润。

铁凝的《孤独温暖的旅程》和李敬泽的《伟大也要有人懂》都是不过两千字的短章,但却都能点到穴位,有审美的化解之功。借汪曾祺在孤独中的自得其乐,铁凝表示:“于是我常想,一位囊中背着一朵蘑菇的老人,收藏起一切孤独,从塞外凛冽的寒风中快乐地朝自己的家走着,难道仅仅是为了让家人盛赞他的蘑菇汤?”“这使我始终相信,这世界上一些孤独而优秀的灵魂之所以孤独,是因为他们将温馨与欢乐不求回报地赠予了世人,用文学,或者用蘑菇。”这是一个让人感到温暖的细节与总括。

彭学明的《守卫土地》、宋长征的《梧桐清音》、朱以撒的《洗手》、鲍尔吉·原野的《雨滴三题》都是诗性散文,它们用美好的心性与灵性将世间生活照亮,就连痛苦甚至灾难也变得摇曳生姿。彭学明这样写哥哥在翻耕土地时的情景:“犁铧亮闪闪的,新耕的泥块子也亮闪闪的,还看得到从犁铧上拓印出来的道道纹路。湿热的地气,从新耕的泥块子上冒出来,丝丝缕缕,飘出泥土的清香。哥的两片脚板,就像两尾摆动的鲤鱼,时而被翻耕过来的泥土严严地盖住,时而又从泥土中悄然钻出。”“土地就是一张硕大的地毯了,平坦细密,柔软厚实,一脚踩下去,那被踩的脚窝又会蓬蓬松松地散开、涨起。那土真肥,黑黑的,油光发亮。用手一捏,立刻就捏成了黑色的糯米团,黏黏的,溽溽的,能扯出丝丝线线。一丝笑意,不由自主地浮现在哥的嘴边。”与许多人写农民的辛苦劳作不同,彭学明看到了热爱土地的农民那份对于大地的执着,也看到了出于喜爱所带来的享受。尤其是透过一个个细节,我们看到了作家的心灵,那个被阳光照亮的博大世界。

张清华的《桃花转世》、凸凹的《梦之梦》、李汉荣的《音乐灵魂》是沉甸甸的诗，是在生与死、现实与梦境、人生与音乐之间所展开的平衡。张清华在悼念陈超之死时表示："生命在轮回中繁衍并且死去，犹如诗歌的变形记，词语的尸骨与感性的妖魅同时绽放于文本与创造的过程之中。仿佛前世的命定，我们无法躲避它闪电一样光芒的耀目。多年以后，诗人用自己的生命重写或刷新了这些诗句，赋予了它们以血的悲怆与重生的光辉。"这是对于生和死这一永恒话题的烛照，是一种灵魂的彻悟与飞翔。凸凹面对现实的困境，在梦中寻找安妥，在一般人看来这或许有些消极，但能真正认识到睡梦的意义并不容易。李汉荣用音乐的五线谱谱写着人生和生命，在吉光片羽中常有某种体悟与灵光闪现。

注重诗意和审美的散文往往都比较宁静，即使在惊涛骇浪中，作家也如踏浪般从容不迫。在他们笔下所有的坎坷都会变成坦途，所有的泪水都会化成欢笑，所有的磨砺都会成为阶梯，于是才能有天地之宽和永恒的灿烂。其实，对于作家而言，问题的关键不是现实状况，而是其内心图景如何，是他们有没有博大的情怀与仁慈，就如同春天让大地上所有的生命都能生根发芽一样。

如果说 2015 年散文有何不足，那就是多年来我批评的碎片化、庸俗化和肤浅化。碎片化使散文缺乏集中、提纯、升华，如一堆随意铺陈的碎屑随风飘荡；庸俗化令散文缺乏深度、厚度和境界，像被生活的污水漂洗过一样，许多散文方向朝下，如有作品写在普纳山品茶，寓意是很好的，但当写到在茶地屙了一泡晨尿时，一下子让文章倒了胃口；肤浅化弥漫整个散文界，许多理解和解释往往经不住专业知识和理论的检测，如对农民工和乡村变革的认识往往失于简单。总之，散文写作不是大可随便，而是"易写而难工"的一项事业，决不能草率为之。

2016 年初春于北京

The Best Chinese Literature

深沉的忧思

2015

不能忘却的追忆

陈忠实

走进小岗村

至今依然记得，六年前的清明节刚刚过去，我随中国作家访问团走进安徽省小岗村时，心情很不平静。这个小小的小岗村，悬在我心里足足有三十年了，今日终于得着机缘走进来了。

我说小岗村悬在心中三十年，不是夸张。三十年前的一九七八年，秋末冬初，我从一场规模很大的修建“大寨田”的会战工地上下来，调进区文化馆这种比较轻闲也更显松散的文化单位，已经基本确定要把文学创作作为主业的人生志向。桌子上，枕头旁，摊开着契诃夫和莫泊桑的书，而睡梦里常常冒出我在平整土地或是修筑防洪河堤工地上的这事那事，一时尚不能从我在人民公社(即今乡镇)工作过整整十年的感觉里调整到这安静的书桌上来。大约就是这个时候，我听到私下里窃窃议论着的一个小道消息，说安徽省已经在农村实施包产到户的“大包干”政策了。直白说来就是“分田到户”了，再透彻说来就是恢复到二十世纪五十年代农业合作化之前的单家独户种庄稼的形态了，习惯称呼为“单干”。这个小道消息不胫而走，不仅在农业这个系统工作的人议论纷纷，不仰仗土地吃饭的城里人也纷纷热议，对生活在公社体制下的农民的心理瓦解更是不言而喻的。我那时候尚不知道小岗村，窃窃私议发展到沸沸扬扬的小道消息，只是笼统地说着安徽，有的说正在搞“大包干——分田到户”的试验；有的说是农民自发搞“分田到户”，安徽省官方睁一只眼闭一只眼默许农民的越轨行为；还有的说法很夸张，安徽省已全面推行“分田到户"了……之后不过两三年，小道消息已经作为中央一号文件下达了，"农业生产责任制"在全国农村实行。我也曾作为落实"责任制"的工作组成员驻到渭河边一个村子里，让农民把生产队饲养室的骡马和黄牛牵回家去，把大块土地切割成一条一块划归一家一户……那时候，我记住了小岗村。这个向中国农村近三十年的集体化体制——从农业生产合作社到人民公社——发出挑战的小岗村，引发了随后被称作"农业生产责任制"的堪称翻天覆地的伟大改革。

在小岗村村外的田野上，我们一行来到一座别致的展览馆门前，上书"大包干展览馆"。我看到这个名称便怦然心跳了，及至走进展馆，在看到那幅被放大了的秘密盟约时，竟有一种屏息的感觉。秘密盟约仅有两三行文字，即要搞分田到户的"大包干"，上面有这个不足二十户人家的生产队的十八个干部和社员的签名，而且每人都按上了自己的指印。我反复默读着那几行简短的文字，久久凝视着那十八个签名和指印，心中涌起的是一种神圣的景仰。秘密盟约最后一句文字申明，如果此举暴露而招致某人坐牢或杀头，其子女由所有签名者共同帮助抚养到十八岁。这无疑是一个生死盟约。生死盟约的十八个结盟人，在签写自己的名字再按上手印的那一刻，都有了坐牢乃至杀头的心理准备。而能促使这个不足二十户的小村庄的十八户当家男人豁出命来要搞土地"大包干"，任谁都会想到他们的光景怎样难以为继……姑且不评说其精神和意义。

我的眼光最后停驻在"严俊昌"的名字上，他当时是小岗村的生产队长，秘密联盟是他一手策划的，由他亲自向各家各户的男主人征求意见，获得呼应，就形成了这个堪称共生死的约定。任谁都会想到，一旦"大包干"的秘密盟约暴露，首当问罪的肯定就是他严俊昌了。任谁也都会想到，小岗村一旦分田到户，土地分割成一块一绺，一家一户的男女主人在自家分得的田块里耕耙、播种、除草，与集体化的大帮人群劳动的场景相对照，不几天秘密盟约就会大白于天下，这是无法掩盖更无法保密的事。严俊昌难道连这样简单的事都会马虎吗？显然不会。这就让我想到，明知遮掩不住却仍然要做，就是冒死心态了。看着秘密盟约上严俊昌的名字，我的心里已经泛溢出伟大的感觉。

见到这位伟大的农民严俊昌，是在第二天的座谈会上。一张方正的脸，一双明澈的眼睛，还有尤为突出的大脑门，头顶是基本全白的头发，我便看到一个睿智却也更为坚实的形象。他已六十六岁，我看到他的服装，是质地不错的西装，当属今天的农民普及了的服饰，我在欣慰的同时，更多的是恍如隔世的感慨。

我们村的安徽菜贩

自进入小岗村，或许自下火车踏上安徽省的大地，我的脑海里便浮现出一个安徽人来。掐指算来，竟然是近五十年前的事了。

这是习惯上称作“三年困难时期”的头一年，即一九六〇年。我正读高中一年级，某个星期六从学校回到家里，在村子里遇见一个挑着空筐的陌生人，看样子是刚刚在集市上卖完菜归来。我也不大在意，村子里有陌生男女过往是常有的事。而这个挑着空筐的陌生人连连和我的两三个乡党打招呼，而且是一种让我听来十分生涩的外地口音，让我难免好奇，便问和他说话的乡党，这是哪里来的菜贩子。乡党随口说是安徽人，又着重加一句，难民。

我随后就知道这是一个不远千里从安徽逃难来到我们村子的难民。据说他先找到我们村子的主事人——党支部书记和生产队长，想从我们生产队的蔬菜地里趸菜卖菜，书记和队长都同意了。据说俩人同意接纳这个安徽人的因由基本一致，于公事说，生产队每天可以少派一个赶集卖菜的劳力。顺便说明一事，自从实行农业合作社以来，我们村这个独立生产队就开辟了一块七八亩的蔬菜种植地，种植时令蔬菜，春夏有韭菜、菠菜、茄子、大葱、洋葱、豆角、西红柿、芹菜、辣椒、大蒜等，秋冬有白萝卜、红萝卜、白菜、冬葱、香菜等。少量给社员分配享用，主要是给生产队增加收入。我们村周边的河川和白鹿原上有三四个规模大小不等的集镇，几乎每天都有逢集的镇子可以销售蔬菜，生产队每天都要派出六七个甚至十多个社员挑着各种蔬菜上原或过灞河赶集去卖菜。这个安徽人从菜园里趸买了蔬菜，生产队每天就可以节省一个卖菜的劳动力了，但也不能不说我们生产队的当家人对这位安徽“难民”的恻隐之心。

这个安徽人便在我们村住下来，每天傍晚从集镇上卖完菜回来，马不停蹄直接进入菜园，趸买两筐各种蔬菜，第二天一早就挑着菜筐赶集去了……他竟然在我们村子一住就是四五年。

我约略了解他，是在他到我们村不久的那年暑假。我从学校放暑假回到家中，几乎每天都能看到这个早上挑着装满蔬菜的竹筐出村、傍晚挑着空筐回村的安徽人。我家门前不过三五十步就有一面小坡坎，坡坎下有一孔年代久远的窑洞，曾经是我家隔壁一户人家的磨坊，一个圆形的石磨盘，两块同为圆形的磨石，曾经是村民磨麦子的好去处。不知何年何月窑洞的后壁发生坍塌，便没有人再进这孔危窑磨麦了。多年过去，尽管这孔危窑再没有发生坍塌，却也没人来磨麦了。这个安徽菜贩就住在这孔废弃的窑洞里，他每天出门卖菜、傍晚回来，都要经过我家门前。暑假里我可以参加生产队劳动挣工分了，每逢阴雨天不能出工，便有同村伙伴相约打扑克，往往选中这孔窑洞。阴雨天安徽菜贩也不能赶集卖菜，就只好待在窑里。我曾和他聊天，他尽管姿态很谦诚，却总是不多说一句话。我其实也就问一些无关痛痒的话，譬如，你跑这么远路到我们这儿来买菜卖菜，何不在自家村子做这买卖？他大约支吾着说，他的老家生意不好做之类的话，搪塞一下。我大约也问过这样的事——你一年四季不在生产队出工劳动，生产队会允许你出门卖菜给自己挣钱吗？会不会扣下分给你的口粮？他依旧支吾着说他们那里的生产队管得不严，可以外出，不指望生产队分粮了。我之所以会问这些，是依着我们当地的政策戒律产生的疑问，当地的农业生产队不允许社员私自出门做任何为自己挣钱的事，如有违犯，就不给他乃至全家人分配口粮。我仍不死心，又把曾经听说他是逃难的“难民”的话题提出。他没有否认，却仍然支支吾吾着说是先遭旱灾又遭水灾，颗粒无收……我大体相信了他的说辞，那时不仅安徽省遭灾，整个中国已经陷入“三年困难时期”，自然灾害是一个重要原因，我们村子也陷入饥馑年月，瓜菜代食，谷糠充饥，且不赘述。

二十多年过去，这个早已被遗忘的安徽菜贩，突然在某一天从记忆深处浮现出来，竟让我惊讶半日。那是二十世纪八十年代初某日，我到区上开会，主题是学习和落实中共中央一号文件，即在全国农村实行“农业生产责任制”。会上放映了一部中国农村发展现状的资料纪录片，其中有一组镜头是拍摄“三年困难时期”安徽省某些村子的景象，整个村庄已人去村空，村子中的道路上长满荒草，一个特写镜头映现的是一户人家围墙里的杆状野草，竟然长到高过围墙高过围墙里的房子的窗户，快要接上房檐屋瓦了，这样荒芜的屋院连成一片……低沉的解说词告诉观众，村民全部逃荒要饭讨活路去了，尽管没有说饿死人的事，观众大约都会想到这是不可避免的。我在看着那一组令我惊诧的惨景时，突然想到毛泽东的两句诗——千村薜荔人遗矢，万户萧疏鬼唱歌。这是毛泽东在得知消灭了血吸虫病的喜报后乘兴写下的七律《送瘟神》中的两句。他老人家大约怎么也想不到，血吸虫病造成的那种惨不忍睹的景象，几年之后又在中国乡村出现了。自然灾害是一个因素，更重要更直接的因素当数大跃进和人民公社，这是乡村不识字的乡民都明白的事……我在看到安徽乡村村巷和屋院里的荒芜景象时，就想到那个安徽农民，甚至想象他也许就是纪录片中某个院子的主人……

我已不记得这个安徽农民的名和姓了，却还有他的粗略印象，大约四十出头，中等个头，扁平脸膛，光头，那双眼睛从来也未见过怒色。他和村子里的人碰面，点头说一句客气话便不停脚步地走过去了。他傍晚在菜园里选购几种蔬菜，需得淘洗的就在地头的水车井边淘洗干净，再挑回那孔窑洞，第二天早晨便挑着装满蔬菜的两只竹筐上原或过河赶集去了。他的这种营生持续了四五年，和我们这个不足五十户人家的小村子的男女老少都再熟悉不过了，却突然在某一段时日，村人发现这个安徽人不见了，似乎缺失了什么，互相打问他的去向。他是二十世纪六十年代中期某一天悄没声息离去的，据说是包括我们村子在内的地区即将开始搞“四清运动”的诸多传闻风声鹤唳，“三年困难时期”稍得宽松的农村政策又收紧了，阶级斗争的锋芒又显露了，安徽人胆怯了，溜走了……我和村人一样不大在意他的离去。现在在我看到纪录片上那些长满荒草的村巷和屋院时，不仅想到这个安徽菜贩，而且很自然地想到他的家庭，他的父母妻儿到哪里去了，我尽管不敢猜想他们的结局，却不由得心里发冷。

看着严俊昌领头搞的秘密盟约，及至第二天见到已着西装的严俊昌本人，我都想着那个安徽人。前者冒死联名密约分田到户，后者隐身逃难到千里之外的村子里贩菜谋生。他们在生存危机来临时各自选择了求生的途径，也让我加深了对他们的理解，尤其是对严俊昌这位伟大的农民。

惊天动地"万言书"

在我走进小岗村"大包干展览馆"，看到秘密盟约时，我的脑袋里还浮现着陕西户县农民杨伟名。严俊昌是一九七八年要搞分田到户的，采取的是秘密结盟的方式，盟约文字不过两三行。而杨伟名是公开地建议，把一份名曰《当前形势怀感》(亦称《一叶知秋》)的万言书投递给各级政府和相关领导，从最底层的人民公社直送到市、省以至中央，文章里不乏哲思色彩的辩证和具体建议。座谈会上见到严俊昌时，杨伟名因为那份"万言书"而被迫自杀的惨象浮现在我眼前。这一刻，我顿然悟到一个尤为关键的时间概念，即一九七八年这个非同寻常的年份。严俊昌们的幸运就在于秘密结盟在一九七八年，而杨伟名的悲剧概出于一九六二年这个特殊的年份，及至更不堪的随后发生"文化大革命"的一九六八年，他已陷入绝境，只好吞下毒药……

在走进小岗村之前的二〇〇五年岁末的寒冬时月，我曾到陕西户县寻访杨伟名这位被许多高人称为"伟大的农民思想家"的足迹。

此事发端于一九六二年春天。这是时称"三年困难时期"最困难的年月，且不赘述乡民吃糠咽菜甚至剥树皮撸树叶拔野草填腹充饥的惨景。杨伟名时任陕西省户县城关公社七一大队党支部委员，担任大队文书、会计和调解主任，在"三年困难时期"，他和支部书记贾生财、大队长赵振离多次交谈如何摆脱困境。他们尽管也相信中央关于造成"三年困难"的几条原因，却也有自己最直接的疑问。在水丰土厚的渭河流域的关中平原，除非百年才可能遇到的特大旱灾能够导致广泛的生存绝望，一般不会发生如此普遍且持久的饥荒，人们记忆里最近的一次旱灾，已经是近半个世纪之前的事了。况且在民间早就流传着"金周至银户县"的民谣，户县在关中平原都算得上白菜心的好地区，今年的旱灾虽有发生,但灾害程度根本比不得三十多年前那场连续三年滴雨未下的灾难。他们三人在商议如何尽快走出困境的时候,自觉或不自觉地都看到了公社体制的问题和弊端,尤其是“干活不计工分,吃饭(集体食堂)不要钱”的“共产主义”。几经交谈几经讨论,他们三人形成了走出困境的几条举措,决定由杨伟名写成文字稿。

这里对杨伟名做一点儿简要介绍:一九二二年农历年末出生在户县北街一个小磨坊家庭,十到十四岁先后在县城两家私塾馆就读,从《三字经》《幼学琼林》等读起,又熟习“四书”“五经”中的《书经》《诗经》等,生性聪慧,背记古文五十余篇,奠定了深厚的文字基础。即使因贫穷辍学,他也一边种庄稼一边借来邻居好友的高小、初中、师范和农业专科学校的课本自学。一九四六年七月,闻一多被国民党当局杀害,时为乡村邮递员的杨伟名在《陕西商报》发表悼念文章。一九四九年初加入中国共产党,西安解放后,党组织选派他到咸阳地干班学习培训,无疑是进入地方基层队伍的途径,却被妻子抱住双腿不得离家,随之脱离了党组织。解放后,杨伟名积极参与并组建互助组和初级、高级农业生产合作社,一九五七年再次加入中国共产党。直到大跃进和农村实行人民公社化,他一直任会计、文书,后来当选支部委员。从互助组到人民公社,他都是积极参与并组织建设,而且把自家较为宽裕的房子腾出来,给村子里做食堂。在大跃进和人民公社体制开始出现许多问题时,他依然以负责任的姿态绝不盲从,写文章予以纠正。比如针对当时发生的不仅反科学也近乎不懂常识的“小麦密植”,他写下《谈谈小麦播种量》予以纠正。“三年困难时期”发生的“物资供应困难”,他写成七千余字的《关于处理目前“物资供应困难”问题的建议》,不仅提出良好意见,而且一针见血地指出造成困难的主要原因是“人为因素”。针对党政机关不重视人民来信来访的现象,他写成《致县委信》,指出作为“脑”的领导机构,应当重视作为“耳目”的基层干部和群众的意见。一九六二年四月写《目前农村工作十谈》时,他已经写下十余篇针对农村人民公社各种偏颇现象的建议文章。他的《目前农村工作十谈》刚写完三谈,便停止下来,开始写作《当前形势怀感》这篇近万言的文章,于五月十日完成。内有十三个小标题,分别为:前言、忆“撤退延安”、处方、腰带、改造与节制、恢复单干、进与退、走后门、市场管理、烦琐的哲学、双程轨道、提建议有感、后记。

麻烦和后来的自杀悲剧，概出于这篇《当前形势怀感》亦称《一叶知秋》的文章。

包括《当前形势怀感》以及杨伟名此前的十余篇文章，都收入社会科学文献出版社出版的《一叶知秋——杨伟名文存》一书中，我不必再赘述其全部内容，仅点出《怀感》一文中令我尤为感动到惊讶的两点。一是他竟然敢于提出“恢复单干”，即包田到户，这是任谁都知道碰刀刃的事，他却直白地呈报各级党政领导。联想到十六年后严俊昌秘密结盟的事，是做了杀头坐牢的精神准备的，杨伟名等三人却敢于把《怀感》送到从公社到中央的各级领导手中，难道没有考虑如严俊昌们的严重后果吗？再一点是，他关于二十世纪五十年代的认识，提出了“社会主义初期建设任务”的概念，也与今天科学论定的“社会主义初级阶段”相类似。

杨伟名把《怀感》寄出后，很快就引发了用今天的话说是“正能量”的积极反响。中共陕西省委办公厅在《人民来信来访反映》内刊上予以选载，陕西省委宣传部的机关刊物《宣传动态》也摘要刊登，无疑是给各级领导作为决策的参考。尤其值得一提的是，时任咸阳地区专员的王世俊很赞同《怀感》，亲自给杨伟名回信说“感谢你对国家大事的关怀”，告诉他“这封信连日前一封建议信一并印发各有关部门和同志，供他们研究问题时参考……”而且把《怀感》和附信印发给咸阳地区的几位领导参阅，破例把杨伟名这个农民聘为该地区政策研究室研究员。西北局第一书记刘澜涛也有非常举动，指示西北局办公厅主任陶信镛专门到户县和有关人士谈话，并聘请杨伟名为西北局机关刊物《西北建设》杂志通讯员。由此可以判断，刘澜涛肯定读过《怀感》，尽管没有见到他的表态话语，也未能得知陶信镛和户县有关人士传达的刘澜涛书记的指示内容，但仅就聘请杨伟名为《西北建设》杂志通讯员而猜测，起码是很重视杨伟名《怀感》的建议，也颇关心农民杨伟名这个人才。然而，恰恰是刘澜涛关于杨伟名《怀感》的相关资料，竟然在随后的“文化大革命”中导致了另一个毫不相干的年轻人的灾难，也成为杨伟名的致命一击……

杨伟名和《怀感》的命运，不久就发生了逆转，不是一般的逆转，而是惊天动地的逆转。在《怀感》写成并寄出之后的同年八月，中共中央在北戴河召开中央工作会议，且不说会议的主旨，单说毛泽东主席的一段讲话，直接点到杨伟名的《怀感》。毛泽东以文章中有“一叶知秋，易地皆然”的话题说：“一叶知秋，也可以知冬，更重要的是知春、知夏……任何一个阶级都讲自己有希望。户县城关公社写信的同志也讲希望……”毛泽东主席又问对户县三个党员的来信回答了没有，并甚为郑重地申明“共产党员在这些问题上不能无动于衷”。我读到毛泽东这段讲话时，首先敏感于其中“任何一个阶级都讲自己有希望”这句致命的定性语言，这无疑是把杨伟名等三个党员的来信看成是另一个敌对阶级的声音了。有了毛泽东主席的指示，八月份的北戴河会议刚一结束，九月初就有处理此事的工作组进驻杨伟名所在的户县七一大队了，而且是一个由省、市、县、社四级党委负责人组成的工作组，对杨伟名等三名写信人开始教育纠正的工作。

一九六二年八月上旬，在北戴河参加中央会议的陕西省省长赵伯平给陕西省委打电话，询问杨伟名等三人《一叶知秋》的事，当属他亲自聆听了毛泽东主席讲话后的反应。

一九六二年八月十六日，省委办公厅《人民来信来访反映》随即全文刊登《怀感》，送省委常委阅读。前次该刊所作的摘编，是供各位领导克服“三年困难”决策的参考，此次全文刊登显然是供批判之用。

一九六二年九月七日，省委一位副秘书长和省委宣传部一位副部长，与咸阳专署一位副专员，以及户县县委书记四人一起和杨伟名等三人谈话，且有四次，指出《一叶知秋》的错误。

一九六二年九月十三日，中共户县县委将《一叶知秋》印发给县级机关和城关公社机关支部，明确在通知中指明其在“两条道路斗争”中的观点、立场是非常错误的。

在这样由省到县的连番谈话纠正错误的过程中，三人中最年轻的大队长据说没经历过如此严峻的大场面，最早表态认识错误了。支部书记贾生财起初尚想不通自己所犯的错误，在各级领导的连番谈话指明其错误的过程中，也表示知错认错了。杨伟名在最初一次谈话时，竟然神情自若且甚为自信地表示自己认识无错。工作组把杨伟名视为重点对象，不仅和他谈话，而且和村里的所有党员谈话，在普通社员中召开座谈会，指出单干的错误导向，党员和大多数社员一致表态集体化不能分解为“单干”，杨伟名陷入孤立。经过甚为艰难的思考，他写下了一纸检讨书，名曰《亲切的教导，深刻的一课》。

在三个写信人先后认识错误之后，接着便是程序化的关于这个事件处理意见的汇报。户县县委对地委、地委对省委宣传部、省委宣传部对省委、省委对西北局以及中央就三个写信人的处理意见，共同的观点是三个党员主张“恢复资本主义道路，是严重的政治立场错误”。之后，各级领导在各种会议上都有涉及这个事件的讲话，指出其错误是“退到资本主义道路”，最严厉的是省委第一书记在省委一次全会上说：“杨伟名们分田到户的观点是十分荒谬的，十分反动的。”就我能见到的各级文件和领导人的言论，这一句是最严厉且最严重的，即“荒谬”和“反动”，而且足足是“十分”。

在处理杨伟名等三人的最后结论形成时，从县委、地委到省委的监委会意见完全一致：“杨伟名等三名党员对自己的错误做了检讨，认识很好，且他们只是向组织反映情况，没有实际行动……党内不给纪律处分。”此事终算了结，支部书记贾生财调离七一大队，到竹器社任厂长；原大队长赵振离接任支部书记；杨伟名大约依旧做原来的文书、会计等工作。写到这里，我竟有一种感动，一封惊动毛泽东主席的户县三个党员的来信，也已被毛主席定性为“另一个敌对阶级的声音”，这个事件搞得从户县到咸阳专署到陕西省委再到西北局几乎“手忙脚乱”，况且有省委第一书记“十分荒谬十分反动”的定性，处理意见却是“不给党内纪律处分”。我感觉到一种温情，一种包容的温情，也应该是处于“三年困难”特殊时期各级党委和领导人对此前狂热的“大跃进”造成的灾难的反思的效应。

杨伟名从此再未写过一篇文章，尽管仍继续着读书看报的爱好，却不写字了，似可理解。他也再无出奇之举，平静地生活着，颇动兴致地为一张全家照赋诗一首：“一胎两女喜孪生，不幸离母襁褓中。居鳏孤楚难抚养，乳娘分忧感衷情。流水光阴匆匆过，双双各长十齿龄。今朝依傍欣合影，愁絮收敛露笑容。”这首诗大体体现着杨伟名此一时段的心情，前妻所生的孩子已长到十岁，他忽然动情赋诗，着意在不幸中遇到的后妻对孩子的“乳娘分忧感衷情”，“愁絮”表面是说丧妻后无人养育孩子的忧愁，内里显然也更有《一叶知秋》引来的麻烦到此时基本淡静，能够将“愁絮收敛”且可以“露笑容”了的宽慰。我揣测他能在这样短的时间里调整到可以“露笑容”的良好状态的因由，自然在于他本人的襟怀和自信，也在于他贤惠的妻子在此间尤为知心尤为小心的照料和关爱，然而，更关键的一点当在于各级党组织结论里的“不给党内纪律处分”的决定。

我在户县杨伟名的村子搜集他的素材时，人们讲了他的诸多趣事轶闻，仅述一例。某年他和队干部没收了一户社员的边角地，那位社员堵到他家门前破口大骂。杨伟名不仅既劝又压妻子的火气，而且别出心裁地端了一壶茶水送出门去放到骂人者面前，不言自明的意思是：你尽管骂吧，骂得口干舌燥了，喝口茶再接着骂……后来被一些高人誉为“农民思想家”的杨伟名，生活中是这样宽怀柔肠，也当是他能很快走出《一叶知秋》招致的麻烦的个性因素。

相对平静地过了四五年，“文化大革命”开始了，成为他无法逃躲的致命灾难，却是因为一桩他意料之外的事件。

绝望终未绝

“文革”伊始，贾生财和赵振离成为“走资派”，被批斗被夺权。而基本不在党政权力范畴内的杨伟名也未能幸免，就因为他的那份《一叶知秋》。他被造反派定性为修正主义分子，又升级为反革命分子，大门上被贴上办丧事才写的白纸对联：单干单干，才能发家致富；修正修正，赫鲁晓夫祖宗。被游街又被批斗，随之实行无产阶级专政，把他和“地富反坏右”排在一列的位置。在此大灾大难面前，杨伟名的心态如何，无疑是我顶关注的一点。他的儿子杨新民告诉我一件事，过春节时，杨伟名把造反派贴在他家大门两边的阴纸对联撕掉，清洗干净，写下鲁迅先生的“横眉冷对千夫指，俯首甘为孺子牛”诗句，自然用的是喜庆的红纸。不仅如此，他在大门两边的围墙上也贴出了他的“大字报”，南边是毛泽东主席的七律《送瘟神》，北边是自赋七绝一首：“砥柱触天立中流，时光如涛荡泥土。无私无畏即自由，真理在胸笑在手。”我钦佩杨伟名的情愫，大概出于如此灾难性逆境中的“砥柱中流”的刚烈和胆魄，也就无需再猜想他面对游街、批斗和与“地富反坏右”五类敌对分子为伍的心情了。时过不久，造反派们把心思集中于夺权，一个农村生产大队的权已不能满足造反派们的胃口，目标转移向公社这个党政机关，更在乎户县这个地方性的大机关。顺便说一句，作为咸阳地区一把手的王世俊，已经被斗被整得死去活来，其中一条罪状就是支持杨伟名万言书建议的包产到户，是“为复辟资本主义大造舆论”等。此间，无权的杨伟名作为“五类分子”的“死老虎”，已不在造反派们心急火燎夺权的焦点之内，反倒被“冷清”地搁置一边去了。杨伟名冷眼观看，静观运动的态势，但他大约丝毫也预料不到的一件事发生了。一个造反派大学生找他来了，进而酿成两人撼天动地泣鬼神的悲剧。

这位大学生名叫刘景华，是西安冶金建筑学院的学生，也是“西安地区大专院校红卫兵统一指挥部”下的一个造反派成员。该组织授命他组建一个调查团，调查整理并形成对西北地区最大的走资本主义道路的当权派、且有叛徒之说的刘澜涛的定罪材料。刘景华曾有文字坦言：“我出身于穷苦人家，是毛主席等老一辈无产阶级革命家打下了江山，我一个农民的儿子才得以上大学……我就无条件地站在以毛主席为首的无产阶级革命路线一边，一颗红心两只手，党叫干啥就干啥。党叫我领导红卫兵调查‘走资派’的罪行，是对我的信任，我坚决执行。”于是，他很快组建起十二人的调查团，来到西安南郊长安县细柳公社姜仁村，开始着手调查。姜仁村是一九六四年“四清运动”时刘澜涛选择的“蹲点村”，三年后的一九六七年九月，刘澜涛已被“军管会”拘押，且押到姜仁村接受造反派的调查。刘景华带领他的十二名团员赶到姜仁村来了，这个满怀“忠心”的红卫兵调查团领队刘景华，在翻阅了作为西北地区头号“走资派”兼叛徒的刘澜涛的揭露材料后，首先对刘澜涛最致命的叛徒问题产生了怀疑。尽管他未说明怀疑的具体事件，但是我推想，肯定是那些揭露材料多属“莫须有”和虚妄之作，缺失最基本的可靠性，也就缺失了可信性。他的怀疑成为一桩颇揪心的困惑，想找人交流却又不能，因为谁都会意识到这是为刘澜涛翻案的大忌讳，况且他的身份是调查团的团长。刘景华隐匿着不无痛楚的怀疑，继续翻阅刘澜涛的罪恶材料，其中有一条涉及包庇户县反革命分子杨伟名的事件。他得知刘澜涛不仅没有处分杨伟名，而且指派西北局办公厅主任陶信镛亲自到户县和有关人士谈话，不仅把杨伟名的《怀感》刊登在《西北建设》杂志上，还破例聘请杨伟名为该杂志的农民通讯员。刘澜涛当年这种作为高级领导人尊重人才的美德和眼睛向下的良好作风曾经成为美谈，现在却成为罪恶。关键在于刘景华对此事发生极大兴趣，怀着已有的疑问，当即找到《怀感》阅读。他自述的读后感是这样的："我认为这篇文章本质地分析了当时我国农村的经济形势，一针见血地指出了造成这种困难局面的原因，并提出了解决困难的办法……"刘景华就"决定去户县见见杨伟名"。几日前，在对刘澜涛的叛徒问题产生怀疑后，刘景华曾急于和人交谈辩白此事而不能，且郁闷郁结，随之看到杨伟名《怀感》事件竟然也牵涉刘澜涛的罪证材料时，他终于遇到了一个可以交谈乃至倾吐衷情的对象。他肯定知道这是一个叛逆的决定和行为，不堪设想的后果也是明白在眼前的。我便尤为感动、感慨于这位难得的独立思考者——刘景华的大无畏精神，尤其是在"文革"最疯狂的夺权背景下。这是从陕西贫困山区走出且怀着感恩忠心的大学生刘景华的反叛，面对的是铺天盖地的"刘澜涛不投降就叫他灭亡"的叫嚣，他要去找杨伟名，这就注定了他年轻的生命别无选择亦无可逃遁的悲剧。

刘景华只身来到户县，两次找过杨伟名。第一次是在七一村的大队办公室里(此时的杨伟名是被判为"死老虎的五类分子"，何以会待在大队办公地，我猜大约是被看管)，刘景华和杨伟名竟然一见如故，有资料说"促膝相谈"(我猜想刘景华大约是以造反红卫兵的身份为伪装，才可能有与杨伟名谈话的机会)。两人"促膝相谈"一个上午还不能尽兴，杨伟名领着刘景华到他家吃了午饭又接着谈。第二次仍然是刘景华赶到杨伟名家里长谈。在第一次和第二次交谈的间歇，发生了一件大事，红卫兵造反组织正式给刘澜涛形成"叛徒走资派"的结论时，不仅专案组和造反头目意见完全一致，"中央文革"也已有了明确的表态，但刘景华竟然发言说"刘澜涛不是叛徒"。刘澜涛被定性为叛徒的材料上报中央，刘景华当时被严重警告。刘景华不服气，又到户县和杨伟名交谈倾诉。还是在他们两次会面的间隔期，两人还有多次通信交流，可见他们达到怎样相见恨晚水乳交融的状态。然而,他们谈话的内容只有他们自己知道,信件也在后来的灾变中被家人焚毁了。仅我能看到的资料,只笼统地说到杨伟名此时已不顾个人安危,公然指出“文革”是“盲人骑瞎马,夜半临深池”,说学习《毛选》的口号“急用先学、立竿见影”是教条主义,说“阶级斗争”“反修防修”和“文化大革命”是极左路线的极端发展。这是杨伟名和刘景华交谈和信件的只言片语,总算留下了一些见出杨伟名的思想锋芒的珍贵文字。我想杨、刘两人能如此投机,当属“英雄所见略同”,而对刘澜涛定性“叛徒”的反对意见,便是刘景华的思想导致的行动。他的这种行动仍不能倾泄义愤,进而拍案而起,他把由刘澜涛莫须有的叛徒冤案引发的对“文革”的彻底否定和反对,写成十余张大字报,张贴到古城西安的钟楼上,这是西安的心脏部位。大字报引发惊天动地的反响,很快被公安人员揭走。刘景华被逮捕,判处死刑,但不知因何故没有立即执行。刘景华被囚整整八年,到粉碎“四人帮”后才获释平反。

由刘景华案的牵涉,杨伟名陷入灭顶之灾。原本他已不在造反派夺权焦点之内,甚至造反派懒得再批再斗这只“死老虎”。但刘景华被逮捕后,他和杨伟名来往和通信的事也露了底儿,以他所在学校西安冶金建筑学院为主的造反派追到户县,联合户县的造反派,对杨伟名展开前所未有的“武斗”。造反派给杨伟名认定的罪名是“反革命分子刘景华的黑后台”,又是“杨刘反革命集团”。之前杨伟名被本地红卫兵批斗时,据说只有低头弯腰的惩罚措施,尚未动用武力。但这回被大学生造反派批斗时,由“文斗”兼加“武斗”了。批斗地点选定在城关公社院内,造反派质问并声讨他和刘景华的“反革命言论”,却不准许他回答,更不允许他申辩,干脆不容他开口。红卫兵造反派要他向毛主席下跪,他不跪。造反派扇他耳光,用拳头捶打他,用脚踢他,从背后踢到他膝盖弯里,他跌倒了也跪下了。杨伟名的妻子放心不下,又去不了批斗现场,只好让女儿杨新慧去。杨新慧不敢到批斗现场,偷偷躲在后窗,看到这样一幕:杨伟名膝盖跪着的竟是铡草的铡墩(底座),而且垫着烧焦的煤渣。女儿看到乱拳乱脚乱打乱踢的景象,吓得逃走了。这样的批斗连续两场,时在一九六八年五月五日和五月六日。和批斗中被打罚跪等身体所受的折磨摧残相比,更致命的是杨伟名在造反派的叫嚣声中得知,刘景华已被逮捕，且判了死刑。

杨伟名和妻子当晚双双自杀，这是一九六八年五月六日夜发生的悲剧。

杨伟名的儿子杨新民和两个女儿至今清楚地记着当晚发生惨剧的过程和细节。杨新民告诉我，五月六日傍晚，被整整批斗了一天的父亲回到家中，吩咐他把两个出嫁的姐姐叫回来，却不说有何事。妻子已做好晚饭，杨伟名不吃。杨伟名夫妇和两个出嫁的女儿、儿子杨新民在一个简短的全家团圆见面之后，他便安排三个儿女到右边卧室休息睡觉，他们夫妇常住左边隔间卧室。杨伟名的女儿告诉我，弟弟新民尚未成年，父母让睡就睡着了。姊妹俩觉得蹊跷，根本无法入眠，随后听到厨房有拉风箱烧锅的响动，她俩便来到厨房，见母亲在灶下烧锅，问母亲天这么晚了烧锅干啥。母亲说烧开水。她俩更奇怪了，说电壶（暖水瓶）里有开水呀。母亲便不耐烦，让她俩少管闲事快去睡觉。姊妹俩也未再追问便回屋去了，却依旧难得入眠。不久又听到木楼上有响动，姊妹俩又问谁在楼上干啥。母亲说她取个东西，又催她俩睡觉。到半夜时分，刚刚入睡的姊妹俩被一阵很痛苦也很大的呻唤声惊醒，慌忙爬起来跑到父母卧室前，但是推门推不开，门栓反插着，煤油灯也被风吹灭了。大女儿杨彩英情急之下从后门出去爬上后窗，砸破窗玻璃进入屋内，闻见呛人的农药味，慌乱中点亮煤油灯，就看见父亲杨伟名和母亲刘淑贞并排躺在炕上，已无声息，两人的胳膊还挽在一起……我听到此，做记录的手抖得写不成字。

姊妹俩随后才明白，母亲烧水是为了净身，父母的卧室地面上还留着泼洒的水痕，父母都从内到外换穿了一身干净衣服。母亲上楼是取剧毒农药，木楼是作为生产队的保管室沿用着，既存有种子，也有杂物，还有杀虫除菌的剧毒农药。姊妹俩懊悔不迭，曾有疑心，却仍然粗心大意，没想到会发生这样的惨剧。从杨伟名被批斗完回家，到他和妻子双双烧水净身换干净衣服，再到他们夫妇喝下剧毒农药，整日整夜都下着雨。第二天，在某个公社造反派干部吆喝着“杨伟名是自绝于人民自绝于党”的声响里潦草下葬的时候，雨下得更大更猛了，真可谓天公垂泪。

在我理解，杨伟名的自杀选择，无疑是一种绝望，一种彻底的绝望。

一纸补天济世的《怀感》，把自己弄到这种死不下活不旺的处境姑且不论，而且把一个从穷山沟里跨进高等学府的刘景华害苦了——不是一般的惩戒处罚，而是坐以待毙！杨伟名曾有对《怀感》理论坚持不改的精神自信，也有面对批斗乃至跪铡墩等忍受肉体折磨的刚强，却承受不了彻底的绝望，且不说以生命之躯对“文化大革命”的控诉……我在户县采访结束时，想去杨伟名的墓前致礼，掬一捧黄土撒上他的坟冢。杨新民无奈地告诉我，原本潦草埋葬的坟堆，后来被一家小工厂征地建厂时抹去了，连他也找不到准确位置了。我便退一步想到，把杨伟名的思想和品格以及由此发生的时代性悲剧形成文字，权且当作那一抔无处抛撒的黄土。

这是二〇〇五年岁末月初，已经是天寒地冻的隆冬时节。从户县回到西安，我便急于寻访刘景华。我多方打问，得知刘景华平反后一直在广州某高校任教，电话联系倒也未有周折。我说明前往拜访意图，他很爽快地应诺，只是时间稍微推后，他正忙于学生期末考试，还要阅卷。他说春节要回老家，到时可以见面，也免去我劳神费事跑远路的折腾。我便和他约定待他春节期间回来见面。我等待他的电话，想到他从远方归来，又是春节，亲朋好友难得一聚，但我怎么也想不到，农历大年初二晚上接到他打来的电话，竟然说他检查出肺癌。我一下惊呆了。他又缓缓地告诉我，已经做过手术，恢复尚好，只是回不了老家了。我哪儿还有“纠缠”他的心思，连连劝他专心养护身体，采访之事暂且不管。他说手术做得很成功，术后恢复很好，约我一月后去广州见面。

刘景华家住广州老城区一条窄巴的巷道里，临街两边全是卖各种生活品的小铺。几经打问，终于找到一幢平顶住宅楼房，抬头看见楼台上站着一位男子往街巷张望，看见我时便问是不是西安客人。我当即招手应声。我走到他站立的平台，握手问好之际，看见他满头稀疏花白的头发，胖瘦适中的脸上呈现着沉稳平和的气色。我依旧难以抑制激动的情绪。他领我走进他的屋子，住室很宽敞，家具摆饰不见豪华，质朴实用。我和他坐下交谈，他谈到往事，不仅神闲气静，而且更显得淡漠。我意识到不单是时移世易痛定之后的超然，更当属他对把整个民族和国家陷入灾难的“文化大革命”的蔑视。他说话断断续续，我已经不再提问，不忍心看他说话的艰难,也怕过细地谈到曾经遭受的折磨使他伤心动情,肯定会影响正在恢复的病体。我能见到他已经很荣幸。告别时握着他的手,再看着那稀疏花白的头发,脑海中又浮现出那个在西安钟楼张贴声讨“文化大革命”檄文的风华正茂的刘景华,竟有泪水涌出……

二〇一四年七月十九日二府庄

又及:近十年前,先后寻访了杨伟名和刘景华,原想写块稍大的东西,却终未成事。遗憾且不论,这两位陕西乡党的伟迹一直搁在心底,竟成一种纠结。近日发生自我宽宥心思,作退一步想,把就我所知的他们的事迹记述下来,既向他们致敬,也注入我的文字存留。

(原载《人民文学》2015年第1期)

三石之弓及其他

李国文

一

在冷兵器时代，弓最为骑兵和步兵所乐用，因其击敌距离，要数十倍于近战的刀枪剑戟。

弓箭的射程，决定于器械的质量和射手的膂力。“养由基百步穿杨”，说明箭射出百十多米远，应该是没有什么问题的。在这个距离内，敌方若无盔甲保护，而射者的命中率比较高，那对手就死定了。但箭的弱点在于射得愈远，“强弩之末，力不能人鲁缟”，其杀伤力也愈低。为改变这种劣势，射手必须与射击对象缩短距离，不过，距离越短，危险越大。尤其对手有座骑的话，移动较快，射手目测较难，尚未瞄准，疾驰的奔马已杀到眼前。所以，只有加大弓弩的弹射力，才能远距离地制敌于死命，这样，需要射手具有相当的膂力，才能胜任。

膂力，泛指一个人的体力，而对一个射手来讲，决定弓箭射程的重要因素，系于臂肌、胸肌、腰肌的强弱，还系于瞬间爆发力的大小。弓的强度单位为“石”，一石约等于现在的五十至六十公斤的样子。古时的度量衡，各朝制度不一，但古人所用的弓，其拉力要略大于现代箭术比赛所使用的弓，是可以肯定的。杜甫诗云，“挽弓当挽强，擒贼先携王”的强，就是拉力强的弓。凡射手，无不以挽强弓为能事。

战国时期的齐宣王田辟疆，很厉害，经常挽弓射箭，自以为有万夫不当之勇。此人按当下的北京话说，颇有点“二”。他之所以如此，一是当时的齐国很强大，虽然并非他立下的功劳，但国家强大使他底气十足；二是他接位以后，曾经率兵出征，平定了燕国的内乱，使他在诸侯各国之间，很出了一阵风头。老本加上新功，遂有点飘飘然。所以，这位喜欢表现自己剽悍有力的国君，每当举弓拔箭准备骑射的时候，最愿意听到的话，莫过于大家称赞陛下的神勇，陛下的英武，陛下的膂力，陛下的气慨了。

应该说，此人能将三石之弓，拉到满月的程度，也是很不错的了。要他活在今天，肯定选进国家射箭队，参加奥运比赛的。《吕氏春秋》和《尹文子》都讲到了这个《三石之弓》的故事。“齐宣王好射，悦人之谓已能用强弓也。其尝所用不过三石，以示左右，左右皆试引之，中关而止，皆曰：‘此不下九石，非王其孰能用是？’”所谓“左右”，自然是他的臣宰，将领，和宫廷中的各式人等了。在中国，能混到帝王周围，能进入帝王视线，都非等闲之辈。既然陛下好吃这一口，灌米汤谁不会？戴高帽谁不会？“了不起啦”，“盖了帽啦”，“空前绝后啦”，“天下无二，世间第一啦”，叫好，喝彩，万岁，呜啦，让齐宣王好一个受用。

更有马屁精跳出来，请求陛下准许他们试一试这支御弓，齐宣王勒住了座骑，解下了弓，递给这些拍马者。显然试者非止一个，大家轮流执弓，比试一番。一个个或脸孔憋得通红，或脑门暴起青筋，或踉踉跄跄跌跌冲冲，或弓未拉开人被反弹，最多也就将弓拉到一半程度，就精疲力竭，就上气不接下气，而且还悻悻然地说，果然神弓，果然神弓，陛下这支御弓的拉力，一定不下于九石，所以小的们费出吃奶的劲，也是休想拉动分毫。更有人说，除了陛下，敢说这个世界上，谁也甭想使用这支强弓。于是，三石之弓的齐宣王，被大家忽悠成九石之弓的齐宣王，而且，这个本来就“二”的田辟疆，也就果然自己定位，拥有九石之弓的神力，那当然是很可笑的事情了。

《尹文子》说：“然则宣王用不过三石，而终身自以为九石。三石实，九石名也。宣王悦其名丧其实。”《吕氏春秋》说：“宣王之情，所用不过三石，而终身自以为用九石，岂不悲哉？”不过，你放心，凡自我膨胀的人物，无一不自我感觉良好：凡自我感觉良好的人物，无一不知人间尚有羞耻二字。更何况，齐宣王本来就“二”，怎么会感到“岂不悲哉”呢？半点也不脸红地认为自己具有九石之弓的膂力。

齐宣王距今已两千多年了，但齐宣王式的人物，却一直不绝于缕，就在时下所见所闻，所经所历的大千世界里，那些夸夸其谈，浪得大名的学术明星，忽然间成了一通百通，无他不通的文化泰斗；那些身居高位，不过业余的官员文人，蓦地成了散文小说，诗歌戏剧的行家里手；那些夤缘时会，扶摇直上的投机分子，一下子成为叱咤风云，指点江山的社会名流；那些原本稀松，现也草包的文坛要员，想不到竟成了众星拱月，到处露脸的文学大师……说实在的，他们比春秋战国的齐宣王还不如，至少，田辟疆虽虚有九石之名，但究竟还拥有三石之实，而以上那些经常在会议上出现，在电视上露面，在报刊上列名，在饭桌上举杯的人士，不但无三石之实，哪怕两石，一石，甚至连半石之实也没有的。

我忽发奇想，要是这些能将三石之弓，鼓吹成九石之弓的帮衬们，都来从事文学评论的话，我们的文学形势会不会越来越好呢？

二

羿，大家都晓得的神话人物，但晓得他还是古代传说中的一位神射手者，不多。弓箭的出现肯定要比他早，但他用弓箭射下过天空的太阳，封他为中国第一射手，不为过誉。羿的缺点，其实或许是他的优点，他不大爱宣传自己。所以，很少人知道原来的天空里，曾经有过十个太阳，那九个，是他射掉的，这是多大的功劳啊。可是，他不说，别人也不讲，数千年过去，大家也忘记头顶上九个太阳照射的痛苦，当然也就忘记这位神射手，所以，羿的名声还没有他老婆嫦娥那么响亮。

在史书上，有两个羿，一个是尧(舜)时的羿，近乎神；一个是夏(商)时的羿，近乎人。他俩由于生平相类，由于遭遇相似，而皆以善射名世，于是，后世人遂混为一谈。人类远古的历史，总是伴同很多似是而非的神话故事；同样，古老的民间传说，也总是混杂不少将信就疑的史实真象。所以，羿，或者后羿，或者奔月的嫦娥，只是姑妄言之的神话而已。

传说中的羿，不但本事大，而且功劳也大。尧能成为天子，与羿的射日，与羿的除害，有着莫大的关系。从《淮南子》所说："尧之时十日并出，焦禾稼，杀草木，而民无所食，羿上射十日，万民皆喜，置尧以为天子。"从

《山海经》所说："逮至尧之时，十日并出，焦禾稼，杀草木，而民无所食。猰貐、凿齿、九婴、大风、封豨、修蛇皆为民害。尧用使羿诛凿齿于畴华之野，杀九婴于凶水之上，缴大风于青丘之泽，上射十日而下杀猰貐，断修蛇于洞庭，擒封豨于桑林。万民皆喜。置尧以为天子。"由此可知，尧能受到万民的拥戴，不是光靠响亮的口号，鼓舞的言词，光辉的愿景，以及美好的明天那些许诺而得民心的。许诺固然需要，若开的是空头支票，干打雷不下雨，老百姓不但不买账，还会骂娘的。尧懂得这一点，倘不实打实地做出几件改善民生的实事，那也是不行的。他把羿找来，阁下，天上有十个太阳蒸烤着，地下有六个害虫骚扰着，你看该怎么办？

羿说，我只善操弓。

尧说，我想也只有你操弓，才能解百姓之忧。

尧了解羿的弓箭本领，煞是了得，要想彻底解决攸关百姓的民生问题，不是走过场，做样子，敷衍了事，而动真格的话，非他莫属。羿之善射，在《韩非子·说林下》里，有过极为精彩的阐说，诸如"百发百中"、"万无一失"、"箭法高超"、"得心应手"等形容词，一概舍弃不用，而是写他"持鞅执扞，操弓关机"时，"越人争为持的"，人们争着为他当靶子的细节，把羿的操弓善射所能达到的出神入化境界，充分表达出来了。谁都会想，如果不是羿指鼻子不打嘴唇，指眼睛不打眉毛的准确性，谁敢去冒这个险？所以，韩非子说"弱子扞弓，慈母入室闭户"，若是一个小孩子举起弓来，连他的母亲也会吓得逃回家，关紧了门，生怕她儿子要她出来举"的"，当靶子打。"故曰：可必，则越人不疑羿；不可必，则慈母逃弱子。"这就是当下世界上那些没有什么本事，没有什么本领，没有什么本钱的二把刀，不受人待见的原因了。

尤其那些没有什么本事，装出来有本事；没有什么本领，装出来有本领；没有什么本钱，装出来有本钱的三脚猫，那就更遭人讨厌了。

后羿射日，是中国神话中最为壮观的场面。据说，羿一口气射下九个太阳以后，准备挽弓射第十个，也就是现在还挂在我们头顶上的那轮太阳。一摸箭壶，空空如也，原来是老百姓担心没有一个太阳，那摸黑的日子恐怕也不好过，于是将箭偷偷拿走。这样一来，原定指标十个，只是射掉九个，完成任务百分之九十，而不是百分之百。羿看看尧，尧看看羿，琢磨怎么办才好？

羿说，既然如此，恐怕也就如此吧！

尧说，既然这样，那也只好就这样吧！

好在那时没有什么面子工程，政绩工程之说，于是就留下这轮太阳。由此可见，羿也好，尧也好，民心才是第一工程，所以，尧时天下盛平。时下，已少有人提到这位扳弓射箭的祖师爷。不过他的太太嫦娥，近年来断不了见诸媒体，因为登月计划，使她广为人知，要比她先生出名得多。

有真本事的人不出名，而出名的人不一定有真本事，这也确实是多年来文坛上屡见不鲜的无奈了。

三

战国时期，天下合纵拒秦，以楚考烈王为纵长，时任令尹的春申君主其事。

春申君，名黄歇，战国四公子之一，集内政外交于一身的他，位高权重，不可一世。司马迁在《史记》里说过："虽名相国，实楚王也。"有一次，来自赵国的使臣魏加，问起谁会来统帅这支合纵国的联军，黄歇不假思索，脱口而出，即将委任临武君景阳为主将。显然，这个小道消息，魏加早有所闻，才专门求证于这位权侔楚考烈王的春申君。经此落实，不由心凉半截。他太了解这个空谈兵法绝对在行，动手打仗绝对不在行的临武君了，根本不是强兵悍将的秦军对手。

他记得很清楚，公元前 259 年，秦军围赵国都城邯郸十七个月，形势危殆。赵平原君驰楚求援，"日出而言之，中午不决"，平原君的舍人毛遂火冒三丈，拔剑出鞘，黄歇这才派临武君领军北上解围，景阳此前与秦交手多次，每战必败，因此心存畏惧。军至钜鹿，遂趑趄不前。幸亏魏信陵君窃得用兵虎符，率精兵八万救赵，大败秦军于邯郸城下，赵国才免于灭亡命运。

魏加为外交官，深谙语言艺术，自然不能直指黄歇用人非当，便转移话题，说起自己早年也曾是喜好弓箭之辈，算得上略通骑射。春申君有点匪夷所思地看着他，怎么一下子扯到引弓挽箭了。魏加一笑，因为您欲起用临武君为将,臣不禁想起一件往事,不知当说不当说?齐孟尝君,魏信陵君,赵平原君,与楚春申君,史称战国四大公子,都以养士闻名。凡养士者,不管真的假的,都要做出来有容人之量的宽阔胸怀。春申君说,“且讲无妨,黄某洗耳恭听”。

魏加开始讲述他的故事:早年间,有一位叫做更赢的神箭手,与魏王站在高高的台阁之下,仰望天空,只见一群一群的雁阵,或人字形,或一字行,嘹唳飞过。更赢对魏王说,“大王,您信不信,我引弓虚发,箭不脱手,也能打下鸟来?”魏王怀疑不信,直是摇头,“难道你的射击术能够达到如此境界吗?”稍顷,有雁由东而来,往西飞去。更赢果然挽弓虚发,弓响而箭犹在弦,只见那雁扑腾两下,飕地一声跌落下来。从人检了来给魏王看,魏王惊叹不已,直是点头,“看来你的射击术是能够达到如此的境界的”。

更赢说:“此孽也(这是一只受伤的雁)。”魏王问他:“何以知之?”更赢回答:“因为它飞得慢而且叫声惨,飞得慢,由于受过伤,叫声惨,由于离群久。创伤未愈,惊心不宁,听到弓弦的响声,吓得往更高处飞。往高飞,要用力气;用大力,创口挣裂;创口破,剧痛难忍,就只好应声坠地了。”说到这里,魏加补充了一句也许是春申君最不爱听的话:“今临武君,尝为秦孽,不可为拒秦之将也。”(《战国策·楚四》)

一个多世纪以来,军舰堵住国门,炮火封住家门,枪口对住脑门,铁蹄踩住命门,中国人饱受帝国列强之欺侮凌辱,之践踏蹂躏,之侵略进犯,之消灭屠杀,也算登峰造极,要想不成为惊弓之鸟也难。然而,有血性的中国人,为民族尊严,为国土完整,抵抗者有之,斗争者有之,抛头颅洒热血者有之,活着是条爱国的汉子,倒下是精神不死的中国人者有之。荜路蓝缕,披荆斩棘,总是希望奋斗出一个扬眉吐气的中国。然而,不知为什么,在知识分子中间,颇有一些像临武君这样永久牌的惊弓之鸟,不知是吓破了胆呢?还是喝多了迷魂汤?投怀送抱于唯“美”主义,顶礼膜拜于“西”化精神,凡老外的一切,无不好,即使不好也好;凡中国的一切,皆不好,即使好也不好。那种惊弓之鸟的变态心理,总是处于负气而又神经质的生存状态之中,真是既无知,又可怜啊!

看来,那些以洋人好恶,以西方胃口,来写文学作品的中国同行,同样也是属于更羸所说的“孽”。若是皮肉上的伤痛，也许容易医治，而如果是心灵上的缺陷，恐怕就很难祛除的了。

四

隋朝末年，天下大乱，大家都知道瓦岗寨英雄，秦叔宝用锏，程咬金用斧，小将罗成用枪，单雄信用槊，还有尉迟敬德，李元霸，也都用槊，只有王伯当用弓箭。也许打红了眼，短兵相接，血染风采，这些英雄们都采取零距离的贴身战术，不是你死，就是我活，求其一个痛快。这样，拉弓射箭，未免太绅士风度了。但在张鷟的《朝野佥载》中，当瓦岗寨英雄杀得天昏地暗之际，却有一位叫昝君谟的射手，他不去打家劫舍，更不去争城夺地，而是闭关研修，吃透领会执弓之道，刻苦颖悟，得心应手射箭之术。弓箭本是一种武器，在他手中成为一门艺术，达到了超凡脱俗的极致境界。

张鷟曰：“隋末，有昝君谟善射。闭目而射，应口而中，云志其目则中目，志其口则中口。”那时没有擂台赛，没有比武会，然而，昝君谟的射术名闻天下，连李世民的第三个儿子李祐，都亲自跑来向他拜师求艺。王伯当算是此中好手，大概担心一下子栽在昝君谟手下，不好在江湖立足，于是，一部《隋唐演义》，没见过这位不可一世的王伯当，挑战过昝君谟，这就是瓦岗寨英雄既卤莽又不太傻的聪明了。

追从昝君谟学习射箭术者，很多。有一位叫王灵智者，最为出类拔萃。理论课，门门都得A＋，实践课，箭箭命中靶心。大家认为，他不但得到昝君谟的真传，而且还有青出于蓝胜于蓝的后发优势。于是，王灵智起了歹念，若除了昝君谟，他不就是老子天下第一了吗？张鷟曰：“有王灵智学射于谟，以为曲尽其妙，欲射杀谟，独擅其美。谟执一短刀，箭来辄截之。唯有一矢，谟张口承之，遂啮其镝。笑曰：‘学射三年，未教汝啮镞法。’”

类似的桥段，在段成式的《酉阳杂俎》中还举了《列子》的例子：“甘蝇，古之善射者。弟子名飞卫，巧过于师。纪昌又学射于飞卫，以蒸角之弧，朔蓬之竿，射贯虱心。既尽飞卫之术，计天下敌己者一人而已，乃谋杀飞卫。相遇于野，二人交射，矢锋相触，坠地而尘不扬。飞卫之矢先穷，纪遣一矢，既发，飞卫以棘刺之端、捍之而无差焉。于是二子泣而投弓，请为父子。刻臂以誓，不得告术于人。”

挽弓需要膂力，大家知道，射箭需要视力，大家更知道。试想一下，闭上眼睛，射一个固定靶，用上三年五年，不行，用上十年八年，也许不难做到。而若是闭上眼睛，射一个移动靶，能够做到说什么，射什么，指什么，打什么，这就不是苦练而能得到的功夫了。如同文坛一样，某些作家，写了一辈子，写了无其数，都是些说不上坏，但也说不上好的平庸之作；某些作家，未必写一辈子，未必写无其数，却能给这个世界留下精彩。

这就是小师和大师的不同之处了：小师形而下，求实，大师形而上，尚虚。求实，则重眼前，为适应利害，必然会训练出许多小聪明，小机智，有所收获，便有所满足。尚虚，则高空邈远，浮想联翩，有所思考，便有所颖悟。小师的目光，常常集中在饭碗之内，大师的视线，有时就会超越到饭碗之外。小师生怕饭碗打翻，饿肚子，大师哪怕饿肚子，敢扔掉饭碗。所以，大师能达到的境界，小师怎么努力也休想达到。同样，小师所得到，所拥有，所希冀，所盼望的一切，大师甚至不屑一顾。

即使王灵智耐住性子，再学射三年，掌握啮镞法，就能置昝君谟于死地么？回答是否定的。因为大师的才华，不竭如泉，而小师最大的本领，就是照猫画虎。大师之所以大，就在于其心灵的广度，天才的高度，永远是一众小师不管怎么折腾，也是不可企及的。列宁说过，鹰有时会飞得很低，但它属于天空，最终是要翱翔在丛山峻岭之上的蓝天白云里，那些在垃圾堆里觅食的鸡，无论它怎么飞，也飞不出后院的篱笆。

（原载《文学自由谈》2015 年第 2 期）

在“奥斯维辛集中营”，想起了威廉·夏伊勒

肖　凤

（一）

第二次世界大战结束至今，已经快要七十年了。关于“奥斯维辛集中营”的话题，我也已经听到过无数次了。在电影《辛德勒名单》及其他电影中，以及在许许多多的新闻报导里，我都见过这座“灭绝营”的画面再现。然而，当今天，我真的走进它的大门口，亲眼目睹了曾经在这里发生过的种种惨状时，心中的沉痛和悲愤，简直无法用笔墨来形容。

从波兰古城克拉科夫出发，驱车约六十公里，就到了已经被联合国列为世界文化遗产的“奥斯维辛集中营”。其实，我觉得这里不能被称之为“文化遗产”，而应该被称之为“历史遗产”或“人类战争遗产”。

“奥斯维辛集中营”是希特勒纳粹党于 1940 年 6 月 14 日建立的。直到 1945 年夏天二战结束，在这里，他们屠杀了大约二百五十万人，还没有算入被活活饿死的五十万人。这两个数字，是奥斯维辛的“管理者”霍斯 1946 年在德国纽伦堡法庭上供述的。霍斯是一个党卫队恶棍，来奥斯维辛之前，曾经因为杀人服过五年徒刑，后来当监狱看守，之后就被派到奥斯维辛来当“管理者”。

这座集中营的面积不小，里面有二十几座三层的红砖小楼，原本是一座兵营，纳粹占领波兰后，这座兵营就变成了囚禁波兰政治犯和犹太人的“隔离营”。纳粹还在这里兴建了一座化工厂，从煤中练油并制造合成橡胶，而这些“犯人”，就自然而然地成为了他们的奴隶劳动者。为了补充不断死亡的劳动力，他们把一批又一批的犹太人，从欧洲各国，输送

进这座“死亡工厂”里。今天我看见的奥斯维辛，除了这二十几座小楼外，还有两间毒气室和两个绞刑架。

克拉科夫是古城，曾经是波兰的京城，类似我国的西安。克拉科夫有铁路，交通发达。希特勒上台后，纳粹党徒就对欧洲各国的犹太人说：你们到波兰去吧，那里的生活会更好。他们欺骗着，又用暴力逼迫着，把一批又一批的犹太人，从德国，从希腊，从法国，从荷兰，从前苏联，等等国家，还有从波兰全国各地，驱逐至奥斯维辛。

许多犹太家庭都是全家带着所有的行李来到奥斯维辛的，在一座小红楼的一间屋子里，我看见了十四个家庭的全家福照片，这些照片幸存了下来，而他们的主人，早已经先后被纳粹谋杀了。

来到奥斯维辛的人，走下火车后，遇见的第一个人，是一名纳粹医生，这个纳粹医生并不开口讲话，他只用自己的眼睛和拇指，决定来人的死活。他用眼睛观察谁的身体好，谁的身体差；然后用拇指，指向左右两边。身体好的，指向一边：去当做苦工的奴隶；身体差的，指向另一边：送进毒气室，杀死。执行的纳粹，只需看着医生的手势，就会对即将被送进毒气室的人们说，让他们放下行李，带他们去洗澡。不论是被处死的还是被分配去做苦工的，所有家庭的行李全部要“充公”，由纳粹统一处理。

住在欧洲的犹太人都属于经济比较富裕的阶层，纳粹不仅要剥夺他们的生命，纳粹还要掠夺他们的财产。他们被迫带到奥斯维辛的所有东西，都被纳粹统一分类：金钱和贵重物品被纳粹党拿走；其他的暂时放入仓库；从死者头上剪下来的头发，质量好的，被送回到德国的工厂里织布。等等。在另一座小红楼的一个很大的展厅里，我亲眼看见了两吨被剪下来的死者头发，用一面玻璃墙隔开，占据了房间的很大一块面积；还有囚徒们从家里带来的厨房用具和其他生活用品，有的衣箱上还写着物主的名字。纳粹认为无用的东西，就在院子里烧掉。在院子里烧掉的，还有因为人太多，在毒气室里杀不完的人。

纳粹党杀人的方法五花八门，在20号楼的一座监狱“医院”里，他们也用“打针杀人”的办法，杀死那些他们认为身体太弱，不能再为他们做苦工的人。

在11号楼里，我看见了苦工们睡的“三层木板床”，类似火车硬卧车厢里的三层床铺，一个三层床紧挨着另一个三层床，空间狭小，但这算是最好的待遇。同一座楼内的 22 号房间，是纳粹为“不服从管制的人”设立的牢房。他们用水泥墙隔开的牢房，只能容纳一个人站着睡觉，没有窗户，在这样逼仄的环境里生存，结局只有死亡。

被纳粹留下的、暂时不被送入毒气室的奴隶劳动者，包括二至十六岁的童工，大多数会被“饥饿”杀死。我看到了一个体重只有二十五公斤的成年女人照片，酷似骷髅，我站在那里，心头颤栗，不敢再看。她是一位熬到了纳粹覆灭的人，等到了战争结束，活下来了。她的妹妹不如她幸运，虽然也与她一样，也熬到了战后，但是因为饥饿的时间太长，被解救后，乍一吃饭，就死去了。

走出了这些小楼，来到院子里，我仰望着蓝天，大口地喘气。然后，跟着我的同伴们，向着大门口的方向走去。距离大门口还有约五十米，朝左边一拐，就是毒气室 1 号。

毒气室 1 号是一排很不起眼的平房，房顶上有几根很粗的烟囱。它的大门很小，走进去，右手的第一个房间里，至今仍然挂着女人和儿童的衣服。左边有一间大房子，乍一看，是澡堂，房间的四周装着如集体澡堂一样的喷头，共二十四个，但当年，那里面流出来的不是水，而是一种名为“塞广必”的毒气，用五至七公斤这种毒药，可以杀死一千五百人。我在刚才去过的一座小红楼的 25 号房间里，就看见了用来装“塞广必”的“罐头盒”。那些被纳粹赶进来，等着洗澡的女人们和孩子们，都赤身裸体地被这种毒气屠戮了。

在“奥斯维辛”，也曾经有过反抗的勇士，他们有的被关在上面提到的逼仄牢房里，有的被吊死。在离大门不远的地方，我看见了一个木制的绞刑架，形状类似足球赛的大门，有十二名烈士被当众绞死在这里，为的是吓唬其他的囚徒，杀一儆百。除了这座绞刑架外，在“奥斯维辛”大门的旁边，还有另外的一座绞刑架，那是纽伦堡审判后，绞死刽子手霍斯的地方。

因为“奥斯维辛集中营”已被列入“世界遗产”，所以来这里参观的人络绎不绝。这些人来自世界的四面八方，什么肤色的都有，所有人的表情都悲郁凝重。我们来的这天，人也很多，在一座小楼的走廊里，人们在房间的两侧排成了两队，缓缓地朝前走。我看见对面的队伍里有一位老者，白种人，不知来自欧洲还是美洲，他微微地仰着头，棕色眼睛里流淌出来的泪水，滴落在他花白的胡须上。这样的人物和这样的场景，数年前，在德国的柏林墙旁边，我也见到过。

古今中外的历史都证明，人类曾经互相残杀，这一个种族的人残杀另一个种族的人，同一个种族的人也自相残杀。至今，地球上的流血冲突，仍然时断时续。这到底是为什么？

每一个国家，都有属于自己的历史；每一个人，都有属于自己的痛苦。如果，全世界的所有国家和所有的人，都能够尊重别国或者别人的历史和痛苦，对待别人像对待自己的家人一样，那么，世界的面貌，就会与现在的状况，大不相同。当然，这可能只是我这个傻子的“痴人说梦”吧。

（二）

关于第二次世界大战和我国抗日战争的书籍，我已经读过了若干本，中国的，前苏联的，美国的，英国的，捷克的，德国的，等等；小说，诗歌，报告文学，讲演，历史研究，等等。在这些著作中，给予我以强烈震撼和永久记忆的，是美国记者威廉·夏伊勒的不朽名著《第三帝国的兴亡——纳粹德国史》。

夏伊勒是20世纪的著名记者，多年担任美国环球新闻社和哥伦比亚广播系统的驻德国特派记者。他在德国期间，深入地研究了二战前的德国历史，并亲眼见证了希特勒上台前后德国社会的剧烈变化。二战结束以后，他又花费了五年多的时间，研读从纳粹德国缴获来的堆积如山的秘密资料。他以大量的珍贵史料为依据，用历史学家的史识和史德，写出了他的传世名著《第三帝国的兴亡》。

我第一次知道有这部书，是1974年，那时，我刚从“五七干校”回到北京不久。一位朋友告诉我，北京的一家出版社，刚刚出版了一部“内部书籍”，这部书就是《第三帝国的兴亡》。听说了这个消息后，在朋友的帮助下，我立刻买了一部。

这是一部外表装帧极朴素，而内容含量极丰富的书。黑白两色的封皮，四厚本，没有照片，也没有插图。它的文字立刻吸引了我，我几乎是不吃、不喝、不睡地读了起来。我一边废寝忘食地读着，一边被作者渊博的学识、深刻的思想和精确的判断力所感动，因此，就牢牢地记住了威廉·夏伊勒的名字。同时，也记住了四位翻译家的名字，我与这四位翻译家素不相识，但是以后凡是看见他们的名字出现在报刊上或书籍上，我都会认真地读。他们是：董乐山，李天爵，李家儒，陈传昌。他们能够在"文革"期间那么严酷的环境中选择翻译这部书，这样的胆识，令我钦佩。

"文革"结束后，看"内部书"不再是一种偷偷摸摸的行为，我可以光明正大地看了。再后来，我有了走出国门的机会，先到了位于德国巴伐利亚州贝希特斯加登小镇山顶上的"鹰巢"，这里曾经是希特勒的"第二大本营"，书中引用的有关"元首会议"记录和希特勒与他的亲信们茶余饭后的谈话记录等文件，就是盟军从这个"鹰巢"里缴获的；后来，我又到了德国古城纽伦堡，专门去拜谒了审判二战罪犯的"纽伦堡法庭"。无论是在"鹰巢"里徘徊，还是在"纽伦堡法庭"的院子里思前想后，我总会不知不觉地立刻想起威廉·夏伊勒和他的《第三帝国的兴亡——纳粹德国史》。

今天，当我走进了"奥斯维辛集中营"后，又一次地想起了威廉·夏伊勒和他的这部传世名著。在这部书里，作者用严谨的态度，以无数确切的文件、史实与数字作证明，告诉了我们第二次世界大战前后的历史真相。他告诉我们：希特勒这个有着恶魔性格的战争狂人，是如何利用狡猾的流氓手段，从一个"传令兵"爬到权力的顶峰，成为德国独裁者的；之后，他又如何把德国人民和世界人民引入了战争的深渊。他还告诉我们，纳粹党如何一边用谎言欺骗德国人民，一边在欧洲推行他们所谓的"新秩序"，给被占领的各国民众带来了多么深重的苦难，他们用常人无法想象的残忍手段滥杀无辜，在奥斯维辛以及其他的地方建立"灭绝营"，直至希特勒自己的灭亡。

这是一部醒世恒言式的著作，是留给全人类的历史教科书。这部书告诉我们的真理很多，其中有一点是最令我感到欣慰的，那就是：不论独裁者如何不可一世，横行霸道，因为他祸盈恶稔，是反人类的，所以他的终结一定是自取灭亡。对于我们这些平民百姓和弱小者来说，这是历史给予我们的最大安慰。

现在，我们已经进入了21世纪。生存在地球上的人类，绝大多数都认识到了和平的可贵，但是也有极少数迷信暴力与恐怖的人存在。睿智的、目光远大的威廉·夏伊勒，在写作于20世纪的此书的前言中，就曾经郑重地告诫后人，他说：在人类已经发明了诸如氢弹、弹道导弹、火箭等许多杀人的新玩意儿以后，假如再出现一个像希特勒那样的疯子，想要发动新的大规模的侵略战争，那么，这样的战争一定是那个自取灭亡的疯子按一下电钮所发动的。他警告说："这样一场战争不会历时很久，也不会再有后续的战争。这种战争的结果不会有征服者也不会有征服，而只有烧成焦炭的尸骨堆在一个渺无人迹的星球上。"

这句话，真是振聋发聩，我一直铭记在心。

也希望那些顽固地怀抱着侵犯野心的家伙，能够警醒。他们能够警醒吗？

2014年深秋于北京

（原载《中华读书报》2015年3月18日）

条子沟

贾平凹

镇街往西北走五里地，就是条子沟。沟长三十里，有四个村子。每个村子都是一个姓，多的二十五六家，少的只有三户。

沟口一个石狮子，脑袋是身子的一半，眼睛是脑袋的一半，斑驳得毛发都不清了，躺在烂草里，天旱时把它立起来，天就下雨。

镇街上的人从来看不起条子沟的人，因为沟里没有水田，也种不成棉花，他们三六九日来赶集，背一篓柴火，或掮一根木头，出卖了，便在镇街的饭馆里吃一碗炒米。那些女人家，用水把头发抹得光光的，出沟时在破衣裳上套一件新衣裳，进沟时又把新衣裳脱了。但条子沟的坡坡坎坎上都能种几窝豆子，栽几棵苞谷，稀饭里煮的土豆不切，一碗里能有几个土豆，再就是有树，不愁烧柴，盖房子也不用花钱买椽。

镇街上的人从来缺吃的，也更缺烧的，就只能去条子沟砍柴。我小时候也和大人们三天五天里进沟一次，十五里内，两边的坡梁上全没了树，光秃秃的，连树根都被刨完了。后来，十五里外有了护林员，胳膊上带一个红袖筒，手里提着铐子和木棒，个个面目狰狞，砍柴就要走到沟脑，翻过庾岭了，去外县的林子里。但进沟脑翻庾岭太远，我们仍是在沟里偷着砍，沟里的人家看守不住村后的林子，甚至连房前屋后的树也看守不住。经常要闹出沟里的人收缴了砍柴人的斧头和背篓，或是抓住砍柴人了，把胳膊腿打伤，脱了鞋扔到坡底去，也有打人者来赶集，被砍柴者认出，压在地上殴打，重的有断了肋骨，轻的在地上爬着找牙，从此再不敢到镇街。

沟里人想了各种办法咒镇街人，用红漆和白灰水在石崖上画镇街人，都是人身子长着狼头，但几十年都没见过狼了，狼头画的像狗头。

他们守不住集体的那些山林，就把房前屋后属于自家的那些树看得紧。沟里的风俗是人一生下来就要在住户周围栽一棵树，松木的、桐木的、杨木的，人长树也长，等到人死了，这棵树就做棺材。所以，他们要保护树，便在树上贴了符，还要在树下围一圈狼牙棘，还要想法让老鸦在树上搓窝。谁要敢去砍，近不了树身，就是近去砍了，老鸦一叫，他们就扑出来拼命。但即便这样，房前屋后仍还有树也被砍掉了。

我和几个人就砍过姓许的那家的树。

姓许的村子就三户，两户在上边的河畔，一户在下边靠坡根，我们一共五个人，我和年纪最大的老叔到门前和屋主说话，另外三个人就到屋后去，要砍那三棵红椿树。老叔拿了一口袋十二斤米，口气和善地问换不换包谷。屋主寒毛肌瘦，穿了件露着棉絮的袄，腰里系了根草绳。老叔说米是好米，没一颗烂的，一斤换二斤包谷。屋主说：包谷也是好包谷，耐煮，煮出来的糊汤黏，一斤米只能换一斤四两包谷。老叔说：斤六两。屋主说：斤四两。我知道老叔故意在谈不拢，好让屋后砍树的人多些时间。我希望砍树的人千万不要用斧头，那样有响声，只能用锯，还是一边锯一边把尿尿到锯缝里。我心里发急，却装着没事的样子在门前转，看屋主养的猪肥不肥，看猪圈旁的那棵柿树梢上竟然还有一颗软柿，已经烂成半个，便拿脚蹬蹬树，想着能掉下来就掉到我嘴里。屋主说：不要蹬，那是给老鸦留的，它已经吃过一半了。我坐在磨盘上。沟里人家的门口都有一个石磨的，但许家的石磨上还凿着云纹。就猜想：这是为了推着省力，还是要让日子过得轻松些？

日子能轻松吗？

讨价还价终于有了结果，一斤米换一斤半包谷。但是，屋主却看中了老叔身上的棉袄，说如果能把那棉袄给他，他可以给三十斤包谷。老叔的棉袄原本是黑粗布的，穿得褪了色，成了灰的，老叔当下脱了棉袄给他，只剩下件单衫子。

当三个人在屋后放倒了三棵红椿树，并已经掮到村前的河湾崖角下，他们给我们发咕咕的鸟叫声，我和老叔就背了包谷袋子离开了。屋主说：不喝水啦？我们说：不喝啦。屋主说：布谷鸟叫，现在咋还有布谷鸟？我们说：噢噢，那是野扑鸽声么？

过了五天，我们又进沟砍柴，思谋着今日去哪儿砍呀，路过姓许的村子，那个屋主人瘦了一圈，拿着一把砍刀，站在门前的石头上，他一见有人进沟砍柴的就骂，骂谁砍了他家的树。他当然怀疑了老叔，认定是和老叔一伙的人砍的，就要寻老叔。我吓得把帽子拉下来盖住脸，匆匆走过。而老叔这次没来，他穿了单衫子冻感冒了，躺在炕上五天没起来了。

条子沟的树连偷带抢地被砍着，坡梁就一年比一年往深处秃去。过了五年，姓许的那个村子已彻底秃了，三户人家仅剩下房前屋后的一些树。到了四月初一个晚上，发生了地震，镇街死了三个人，倒了七八间房子，第二天早上传来消息，条子沟走山了。走山就是山动了。过后，我们去了沟里，几乎是从进沟五里起，两边的坡梁不是泥石流就是坍塌，竟然一直到了许姓村子那儿。我们砍树的那户，房子全被埋没，屋主和他老娘，还有瘫子老婆和一个小女儿都死了。村里河畔的那两户人家，还有离许村八里外十二里外的张村和薛村的人都来帮着处理后事，猪圈牛棚鸡舍埋了没有再挖，从房子的土石中挖出的四具尸体，用苇卷着停放在那里，而大家在砍他家周围的树，全砍了，把大树解了根做棺材。

还是那个老叔，他把做完棺材还剩下的树全买了回来，盖了两间厦子房，还做了个小方桌，四把椅子，和一个火盆架。

老叔总是显摆他得了个大便宜，喜欢请人去他新房里吃瓜子，我去了一次，不知怎么竟感觉到那些木头就是树的尸体，便走出来。老叔说：你咋不吃瓜子呢？我说：我看看屹岬岭上的云，天是不是要下雨呀？屹岬岭在镇街的西南，那里有通往山外的公路。公路在岭上盘来绕去，觉得我与外边的世界似乎若即若离。

果然一年后，我考学离开了镇街，去了遥远的城市。从那以后，我就很少再回镇街，即便回来了，都是看望父母，祭奠祖坟，也没想到要去一下条子沟。再后来，农村改革，日子温饱，见到老叔还背了个背篓，以为他又要去砍柴，他说他去集市上买新麦种去，又说：世事真怪，现在有吃的啦，咋就也不缺烧的了?！再后来，城市也改革了，农村人又都往城市打工，镇街也开始变样，原先的人字架硬四椽的房子拆了，盖成水泥预制板的二层楼。再后来，父母相继过世，我回去安葬老人，镇街上遇到老叔，他坐在轮椅上，中风不语，见了我手胡乱地摇。再后来……我差不多二十年没回去了，只说故乡和我没关系了，今年镇街却来了人，说他们想把镇街打造成旅游景点，邀我回去参加一个论证会。我回去了，镇街是在扩张，有老房子，也有水泥楼，还有了几处仿古的建筑。我呆了几天，得知我所熟悉的那些人，多半都死了，少半还活着的，不是瘫在炕上，就是滞呆了，成天坐在门墩上，你问他一句，他也能回答一句，你不问了，就再不吭声。但他们的后代都来看我，虽然不认识他们，就以相貌上辨别这是谁的儿子谁的孙子，其中有一个我对不上号，一问，姓许，哪里的许，条子沟的，说起那次走山，他说听他爹说过，绝了户的是他的三爷家。我一下子脑子里又是条子沟当年的事，问起现在沟里的情况，他告诉说二十多年了，镇街人不再进沟了，沟里的人有的去省城县城打工，混得好或者不好，但都没再回来，他家也是从沟里搬住在了镇街的。沟里四个村，三个村已经没人，只剩下沟脑一个村，村里也就剩下三四户人家了。我说：能陪我进一次沟吗？他说：这让我给你准备准备。

他准备的是一个木棍，一盒清凉油。几片蛇药，还有一顶纱网帽。

第二天太阳高照，云层叠絮，和几个孩子一进沟，我就觉得沟里的河水大了。当年路从这边崖根往那边崖根去，河里都支有列石，现在水没了膝盖，蹚过去，木棍还真起了作用。两边坡梁上全都是树，树不是多么粗，但密密实实的绿，还是软的，风一吹就蠕蠕地动，便显得沟比先前窄狭了许多。往里继续深入，路越来越难走，树枝斜着横着过来，得不停地用棍子拨打，或者低头弯腰才能钻过去，就有各种蚊虫，往头上脸上来叮，清凉油也就派上了用场。走了有十里吧，开始有了池，而且是先经过一个小池，又经过了一个大池，后来又经过一个小池，那都是当年走山时坍塌下的土石堵成的。池面平静，能看见自已的毛发，水面上刚有了落叶，便见一种白头红尾的鸟衔了飞去，姓许的孩子说那是净水鸟。净水鸟我小时候没听说过，但我在池水里看见了昂嗤鱼，丢一颗石子过去，这鱼就自已叫自已名字，一时还彼起此伏。沿着池边再往里去。时不时就有蛇爬在路上，孩子们就走到我的前边，不停地用木棍打着草丛。一只野鸡嘎嘎地飞起来，又落在不远处的树丫上，姓许的孩子用弹弓打，打了三次没打中，却惊动了一个蜂巢，我还未带上纱网帽，蜂已到头上，大家全趴在地上不敢动，蜂又飞走了，我额头上却被叮起了一个包。亏得我还记得治蜂蜇的办法，忙把鼻涕抹上去，一会儿就不怎么疼痛了。

姓许的孩子说：本来想给你做一顿爆炒野鸡肉的，去沟脑了，看他们有没有獾肉。

我说：沟里还有獾了？

他说：啥野物都有。

我不禁感叹，当年镇街上人都进沟，现在人不来了，野物倒来了。

几乎是走了六七个小时，我们才到了沟脑薛村。村子模样还在，却到处残墙断壁，进了一个巷道，不是这个房子的山墙坍了一角，就是那个房子的檐只剩下光椽，挂着蛛网。地面上原本都铺着石头，石头缝里竟长出了一人高的榆树苗和扫帚菜。先去了一家，门锁着，之前的梯田塄下，一个妇女在放牛。这妇女我似乎见过，也似乎没见过，她放着三头牛。我说：你是谁家的？回答：德胜家的。问：德胜呢？回答：走啦。问：走啦，去县城打工了？回答：死啦，前年在县城给人盖房，让电打死啦。我没有敢再问，看着她把牛往一个院子里赶，也跟了去，这院子很大，厦子房全倒了，还能在废墟里看到一个灶台和一个破翁，而上房四间，门窗还好，却成了牛圈。问：这是你家？回答：是薛天宝的，人家在城里落脚了，把这房子撂了。到第二家去，是老两口，才从镇街抬了个电视机回来，还没来得及开门，都累得坐在那里喘气。我说：还有电呀？老头说：有。我说：咋买这么大的电视机呀？老头说：天一黑没人说话么。他开了门让我们进去坐，我们没进去，去了另一家，这是个跛子，正鼻涕眼泪地哭，吓得我们忙问出了什么事了，这一问，他倒更伤心了，哭声像老牛一样。

问他是不是哭老婆了，他说不是，是不是哭儿了，他说不是，是不是有病了，他还说不是，而他咋哭成了这样？他说熊把他的蜂蜜吃了。果然院子角有一个蜂箱，已经破成几片子。

不就是一箱蜂蜜么！

我恨哩。

恨熊哩？

我恨人哩，这条子沟咋就没人了呢？我是养了一群鸡呀，黄鼠狼子今日叼一只明日叼一只，就全叼完了。前年来了射狗子，把牛的肠子掏了。今秋里，包谷刚棒子上挂缨，成群的野猪一夜间全给糟蹋了。这没法住了么，活不成了么！

跛子又哭了，拿拳头子打他的头。

我不知道说什么好。

返回来，又到了沟口，想起当年的那个石狮子，我和孩子们寻了半天，没有寻到。

（原载《美文》2015 年第 11 期）

不能想的父亲

朱　鸿

父亲逝世几年了，我一直都没有哭过。

在五十九岁那年，父亲突发脑溢血，幸而命硬，也治疗及时并得当，遂能保存。不过他也从此手足失灵，行动不便。尽管这也是常有的情况，然而父亲获病，总是我的忧愁。经一春是一春，历一秋是一秋，他坚持了二十年。

至七十九岁，父亲再犯脑溢血，以迅速抢救，免于殁矣。惜一再摧折，他也就越来越弱。厌烦了医院，也似乎有所怀疑，遂回家康复。

进了自己的房子，他欣然，有解放之感，显得踏实与轻松。不过在我的注视之下，父亲日渐萎靡，彻底卧床，随之食减力竭，言语短，瞌睡多。三个月以后，腰部便患了褥疮。请了保姆照顾他，但保姆却是不会换药的，遂又请了一个大夫专门换药。然而这个人比较冷酷，他用镊子夹了棉球向碘酊瓶子里强塞，猛拉而出，率易涂抹于背，横划，竖划，圆划，角划，算是消毒。

辞了大夫，我决定自己给父亲换药。无非是消毒，晾干，把软膏抹在纱布上，再贴在患处。我很舒缓，气氛也不紧张，父亲遂能安然。遗憾褥疮是顽症，缩聚甚慢，愈合极难。

有半年之久，褥疮好了一个，又添了一个，没有不好的，也未全好。父亲不感到疼痛和煎熬，也不丧失希望，总是一种尊严的平静。

那天晚上，大约十点左右吧，我换了药，叮嘱保姆明天洗一下窗帘。父亲看着我，手伸出被子，放在床沿，似乎轻轻地摆了摆。我毫无预感，丝毫也没有注意到他的表示。数小时以后，父亲便归天了。

我瞻仰着父亲，他还是一种尊严的平静，然而造化已经抽提了他额头的温度。此刻，我没有哭。

我是长子，丧事由我主导，遂反复陪着亲戚、朋友、同事向父亲的遗像鞠躬，并招呼父亲单位的领导。这个过程，我也没有哭。

向父亲的遗体告别以后，我作了致辞，悼我父亲并感谢送我父亲的所有故人和家人。此间，我还没有哭。

火化结束，父亲就变形为骨灰了。我捧着盛放他的盒子，十分茫然。这时候，我还没有哭。

逢父亲的忌日，我召亲戚往陵园去祭祀他，凡三年。三年三次，我仍没有哭。

每至清明节和寒衣节，我都会依风俗习惯，为父亲烧一沓纸。夜幕笼罩，火苗冉冉。我栖之城，尽管华灯齐亮，汽车咸驰，但是阴气森森，大为寂寞。即使沉浸在这样的氛围和情景之中，我也没有哭。

父亲之死，我真的无动于衷吗？这怎么可能呢？儿子是恃父亲而生的，也仗父亲而成长，所以父亲为怙。以天演地转，儿子必壮，父亲必朽，然而儿子与父亲天赋一种血缘、一种生态、一种结构、一种链式、一种秩序，父亲之亡，能对儿子不产生影响吗？父亲之去，让我觉得世间的空旷，空虚，空荡，空落，仿佛院子里的一棵老槐树被伐走了，厅堂里的一张老方桌被抬走了。生活如流，忙忙碌碌，然而我也并非一下就能适应永别父亲的变化。有时候，我觉得孤独。有时候，我甚至觉得失魂落魄，轻得像飘浮。有时候，我的目光会悠然拂过楼顶，直抵云霄，看到我的父亲。我的泪水潸然而下，不过这不是哭，这只是眼睛里有了泪水而已。

我曾经梦到父亲两次。一次是夏天，他站在少陵原我家的院子里用毛巾擦胳膊以图凉爽。一次是他坐在一辆三轮车上，旋韦曲镇一个转弯的坡道飞速逆行。他穿着白衬衫，敞着怀，露出了贴身的白背心。他面色严峻，似乎有急事，让三轮车快，再快。不知道他为何是坐在车帮上，眼睛向外，腿也向外，而且还略跷着。父亲有什么急事呢？父亲不怕危险吗？看起来他很结实，是四十岁左右的样子。他穿的也是20世纪70年代的男士普遍穿的衣服。父亲啊！这些梦有什么寓意呢？向我暗示什么呢？我已经有鼎力，情理当助您，您就吩咐我吧！

我不能想父亲，因为想到父亲我就泪水涌流，几乎要哭。我有儿子，有妻子，有学生，有朋友，有从我左右前后闪过的衮衮相识者或陌生者，我不愿意让他们看到我泪水浸睫的样子。然而我想父亲，无时无刻不想到他。

在明德门城墙遗址公园散步，看见有人搀扶一个摔倒趴地的小孩，蓦地就看见父亲用自行车驮我走几十里，驰过田野的小路，驰过西安城喧闹的大街，至钟楼附近的一家医院给我补牙。窗子很大，玻璃很明，钻牙而补之都太疼，父亲之眉紧皱着。那年我八岁，父亲三十六岁。

只要看见有人搓手，我就看见父亲站在我的小屋，问躺在床上的我："腹部怎么不适？左边不适还是右边不适？"询之再三，仍有焦虑，说："我按一按。"就扔掉烟头，反复搓自己的手，直到手掌手指热透了，才放到我腹部，问："痛不痛？"他不敢使劲按，当然不痛。那年我二十一岁，父亲四十九岁。

父亲爱我甚于我爱他一千倍，一万倍，这是我多年以后才悟出的。父亲爱我甚于爱自己的其他子女一百倍，一千倍，这也是我多年以后才悟出的。我一切的优点，他都高兴，我一切的缺点，他都理解并原谅。小时候，少陵原冬天的风总是从旷野呼啸而来，冻得我鼻尖发红，耳轮发烫。他有狗皮褥子，会让我铺。他有羔羊毛大氅，说："你长高了，就是你的。"他有军鞋，可以踩雪踏冰，颇能暖脚，我上学想穿，他脱下拭净就给了我。我想要军帽，他就给我军帽，想要军装，他就给我军装。他有一辆当年很是时尚的永久牌自行车，我要骑，他便送我。他有工作，也有顶替的政策，几个子女大约都起了接班之念，但他却声色不动，唯默许于我，等我选择。我考上了大学，户口遂由农村转到西安，他喜悦地说："你现在就是西安的人了。"我愚蠢地反驳父亲："不，是国家的人了。"他把自己戴了十二年的上海牌手表摘下给我，说："这方便你掌握时间，准点上课，准点吃饭。"似乎若有所思，不知道还有什么东西可以送我。一月之后，他到大学我的宿舍来，坐了坐，从包里掏出一把剃须刀，说："这个给你。"每当我刮胡子的时候，每当我在买新的剃须刀的时候，我总是清晰地想起父亲送我剃须刀的可以从窗口看见终南山的那个遥远的晴秋，鼻子便一酸一酸的。然而我强忍着泪水，没有哭。

父亲送给我的东西，在今天看起来都是极其普通的东西，不足挂齿的。然而三十五年之前，社会尚处匮乏和贫困状态，这些东西也不是易得之物，遂显稀罕。关键是，凡此普通之物，无不融入了一个父亲对他儿子的无穷的爱。只要想到这一点，我的泪水就要来，不过我没有哭。

家有祖传的一件酒器，银质小杯，刻有蔓草，确实是精细之作。小时候，逢过年，我就看见父亲用小杯独斟三五，高兴而惬意。患脑溢血以后，他戒了酒，不过偶尔也会拿出小杯置之于掌，仔细把玩，并把小杯用绢擦得发亮。我并不以为这是什么珍品，但父亲却视之为宝。有一天，我回家探望他，饭毕，他取出此小杯，解开包着它的绸子看了看，又包上，也送给了我。我捧着小杯，觉得父亲已经没有任何属于自己的贵重之物了，顿生伤感。

2008 年，早就申请的一块宅地终于获得批准，我遂筹款，计划筑两层楼让父亲和母亲住。要有卫生间，有厨房，宽宽展展的。父亲闻之很是兴奋，忽然从什么地方取出一个存折递我，说："凑一点钱给你。"意料之外，遂难断接还是不接。接吧，儿子给老人建宅，又用老人的钱，未免不慷不慨，不诚不忠，甚至是借机而索；不接吧，又恐老人过虑，认为是我嫌其钱少所以拒绝，伤害了他怎么办。稍加权衡，我接了存折，说："两层楼，联合盖。"父亲很是得意，报了密码。实际上只有 12756.5 元，不过它凝结着一个老人的尊严，也是一个老人对他儿子负荷的分担。问题是，这笔钱尽由老人节俭而蓄。每想至此，我就欲哭。尤其是父亲和母亲在新的两层楼里并没有久居，因为父亲再犯脑溢血，不得不进了医院。2011 年 5 月 1 日，他就逝世了。每想至此，我就欲哭。也是在这一年，少陵原上轰然拆迁，我和父亲联合所盖的两层楼也被夷平了。每想至此，我就欲哭。

尽管父亲对我有无穷的爱，我也爱父亲，然而我与父亲并不特别亲密，更无亲昵，且多少存在着一种距离。当然，这纯粹是一种父亲与儿子之间的天赋距离。我从来没有把自己的书送给他，是不愿意让他跨入我的一片微妙难懂的感情领域。但父亲却会自己往书店去买，这是我无可奈何的。有一次，他说："听广播知道你的书出版，我就买了一本。"抬手指了指，顺之转目，只见桌子上确乎摊着一本书，是我的。我略感惭愧，然而也保持着沉默。他又说："晁雄也想要你一本书。"晁雄是同乡同巷，我不打算赠之，遂仍保持了沉默。我的沉默颇为柔和，以免激我父亲之愤。

只有一次，我和父亲之间的距离有所拉近。他再犯脑溢血，在医院经过月余的治疗，已经无碍，遂要回家。大夫不持意见，认为回家也可以康复。我要他继续住在医院，因为这里毕竟安全，但父亲却不想。我笑着问："你回家行不行？让我看一看你能不能起床？"他保证着说："行。"就用一只没有疾症之手狠拽床背以起身。我又笑着问："腿行不行？能不能走？"他便穿上鞋，端坐床边，运了运气，抬起左脚使劲踏下去，又抬起右脚使劲踏下去，显示有力能走。我不禁笑出了声，又顷感老人的可怜，就答应他回家。离开医院一月之余，他便倒下了。数月之后，褥疮遂现。

我抱怨过父亲几次，是为我的弟弟。顶替他的工作，我考上了大学，不需要了，我姐姐已经出嫁，也不必给她了。由父亲决定，我的妹妹接班，入职 3507 工厂。弟弟当年才是初中生，他应该还有自己的前途，不料他竟以独守农村而抑郁，终于损毁命运，得了精神病，一再赶父亲和母亲离开我家。筑两层楼，也是要结束老人流离失所的生活，以让他们安居于少陵原上。在租借的房子里，我尝抱怨父亲没有周密考虑顶替一举潜藏的得失，甚至忽略了我的弟弟。父亲不承认自己有错，固执地认为是我弟弟懒。反复治疗，弟弟的病不得根除，反之越来越狂躁，或日以继夜地昏睡。这时候，父亲才察觉了问题的麻烦，遂半靠在床背上，一根接一根地吸着烟，直到烟头塞满了烟灰盒。现在，我经常想起父亲半倚在床背上的一副沮丧和颓唐的样子。当此之际，我没有一次不心如刀绞，泪水横飞，悔恨自己为什么要抱怨父亲，抱怨又有什么用，抱怨难道不是给父亲增加他的不幸吗？

我二十九岁那年，由于有事久未回家，父亲非常焦虑并担忧，又不敢往单位去找我，以直面他儿子可能会冒着的风雨。多年以后他告诉我："那些日子，我每天都在你单位门口蹓跶，或坐在附近的台阶上。我偷偷地，想从远处看见你。只要我看见了你，就知道你平安着。当然，万一发生了什么，我也想得通，因为你不是为自己。我就当你是进秦岭背柴去了。我和你母亲也会为你养大孩子的。"我哭了，不过我很快就咽下了泪水。然而只要想起父亲这样的一番经历，我便浑身颤抖，泪水濛目。父亲平凡，却深明大义。我敬他。

不能想父亲，是我不愿意哭。然而自父亲逝世以后，我处处会想起他。在书房里，在校园里，经少陵原，过韦曲镇，在朱雀路上看见一个手足有碍的老人，有时候看到树摇叶翻，看到一只燕子在蓝天下滑翔，看到夜空的星星，我都会想起父亲。父亲是走了，但他却时时刻刻出现在我的身前，身后，身左，身右，完全在相挽之间。想到父亲，我就泪水夺眶，以哭之不成，遂酸哽而使之倒灌胃里，从而给口腔一次又一次地留下苦涩。

我偶尔会闪念往终南山去，就是父亲所想象的我背柴的那个地方，深入幽谷，隐匿丛林之中，只有风鸣水响，禽言兽语。身处此境，我将放声哭一场，哭我的父亲，哭出我的五脏六腑，哭净行世之艰和为人之难。

（原载《散文》2015 年第 9 期）

汉代告诫我们的

穆 涛

政治秀

丞相,是国家副职。丞是承,相是辅,相从木和目,也含着省察的寓意,以目观木,可察山川地势的走向和风向。丞相也被称为宰相,在古代,王族和望族最重要的家事是祭祀,祭祀时重要的仪程是宰杀牲牛。"象征这一意义,当时替天子诸侯及一切贵族公卿管家的都称宰"(钱穆),从这个角度讲,丞相也是皇帝的大管家。

皇权与相权的关系从来都是中国大政治里最重要的,也是最微妙敏感的。在汉代,丞相位列三公之首,与太尉、御史大夫分治国家事务,皇严之下,丞相是政府首长,太尉是军事首长,御史大夫是纪律检查首长。丞相下辖十三曹,相当于今天国务院的十三个部委。须说明的是十三曹中有兵曹,汉代常规部队不过七八万人,但全民皆兵,每个男子二十岁至六十岁每年要服兵役,此年限史载有分歧,一说是二十三至五十六。国家每年搞一个月"预务役训练",征募和协调工作由兵曹担任,这支部队也承担着今天"武警"的部分职能。汉代丞相的权利是很大的,如果和太尉联手的话,皇权就被架空了。西汉和东汉都发生过这样的事情,比如王莽,不仅是架空,干脆一脚蹬开皇帝,自己篡了大位。

黄霸是汉宣帝刘询的丞相,由颍川太守擢升太子太傅,做太子的老师,再升迁御史大夫,而后丞相。黄霸的政声是治理郡县有方,主要是精神文明建设搞得好。皇帝有诏书赞谕:"颍川太守霸,宣布诏书:百姓乡化,孝子、弟弟、贞妇、顺孙日以众多,田者让畔,道不拾遗,养视鳏寡,赡助贫穷，狱或八年亡重罪囚，吏民乡于教化，兴于行谊，可谓贤人君子矣。”（乡民不为小事争斗、盗贼不兴，鳏寡有所养，贫困有所助，为任八年没有重大刑事犯罪。）

黄霸任丞相后，即在全国推广这一精神文明模式，郡国进京述职汇报工作的官员被分为三等，“有耕者让畔，男女异路，道不拾遗，及举孝子弟弟贞妇者为一辈，先上殿，举而不知其人数者次之，不为条教者在后叩头谢。”有典型成果的为第一等，有具体措施典型不突出的为第二等，既无措施也无典型的为末等。“叩头谢”，指的是要做出深刻检讨。汉代名臣张敞时任京兆尹，相当于今天北京市委书记，他对黄丞相这项措施很不满，上书汉宣帝，措辞相当严厉。张敞认为国家治理的根本是教化民风民心的朴素，这种抓道德表象的政策不仅会使官员弄虚作假，“敢挟诈伪以奸名誉”，还会导致民风败坏。国家大政，不能玩虚的。“浇淳散朴，并行伪貌，有名亡实，倾摇解怠，甚者为妖。”刘询虽不是大帝，却是明君，他不在乎损伤自己的面子，虽然有诏书在先，还是果断采纳了张敞的诤言，这场政治秀只实施一年即被终结。

地位暴露人格，也暴露人的实际水平。如果黄霸不做丞相，肯定会有很多人相信他是大丞相的材料。不幸的是，黄霸做了丞相，事实证明他能力不够。《汉书·循吏传》的史评是，“霸材长于治民，及为丞相，总纲纪号令，风采不及丙、魏、于定国（丙吉、魏相、于定国均是汉宣帝时的丞相），功名损于治郡。”但黄霸也确是善政的地方大员，是难得的好官，任太守时，体恤民苦，廉政俭朴，“霸以外宽内明得吏民心，户口岁增，治为天下第一。”世上的事情，开头时都是千头万端的，但到了高耸地带，差不多只剩下一个，就是叫格局或境界的那种东西，这道大坎迈不过去，就别硬撑了，认命吧。更重要的是，一个人对自己要有清晰的判断，水平不过的话，不要一味地往上爬。

曾经读过一段话，据说是胡适说的，也没查到具体出处，这段话碰巧偶合我写这个文章想要表达的意思：“一个肮脏的国家，如果人人讲规则而不是谈道德，最终会变成一个有人味儿的正常国家，道德自然会逐渐回归。一个干净的国家，如果人人都不讲规则却大谈道德，谈高尚，天天没事儿就谈道德规范，人人大公无私，最终这个国家会堕落成为一个伪君子遍布的肮脏国家。"

汉代大司农的职务侵占

汉代的大司农位列九卿,主管国家财政,田租,赋税。九卿与三公(丞相、太尉、御史大夫)共理国政。三公相当于政治局常委,九卿是政治局委员。

九卿分别是:太常"掌宗庙礼仪",掌管国家祭祀、礼仪,兼管"选试博士"(教育)。光禄勋"掌宫殿掖门户",是皇家的大门房,总领宫内事务。卫尉"掌宫门卫屯兵",是卫戍区首领。太仆"掌舆马",兼皇帝车队队长。廷尉"掌辟刑",执掌国法之外的皇法。大鸿胪"掌诸归义蛮夷",诸王晋拜、列侯受封,及外国使节贡献。宗正"掌亲属",打理皇族事务。大司农"掌谷货","司农领天下钱谷,以供国之常用。"少府是皇帝的小金库,"掌山海池泽之税,以给共养",田税、赋税归属国家,山林湖泽的物产税收归皇室。

田延年是汉昭帝和汉宣帝两朝大司农。

在汉昭帝刘弗陵与汉宣帝刘询之间,还有一个皇帝,是昌邑王刘贺,在位仅二十七天,不足满月,在"试用期"期间即被废黜。

汉昭帝是暴崩,储君尚未建。老臣霍光总理朝纲,仓促间拥立昌邑王,但这位新君过于不争气,居丧期间沉溺淫行,干了不少荒唐事。但霍光再行废黜新君经过了慎重思量。大臣拥立皇帝,言立则立,言废则废,臣威侵主,是犯朝野忌讳的。于是霍光找来大司农田延年商议,田延年是他的门生故吏,既有知遇之恩,也是一手提拔起来的放心干部,由长史,到河东郡太守,再到大司农。田延年领会霍光的用心,在朝廷百官议废时'指责'霍光,说,"当年武帝把幼主昭帝托付于您,是寄厚望于您的忠贤能使汉家帝业安泰,如今昭帝大行,新君又是这样的不孝,昌邑王不废,您死后有何面目见先帝"?之后"延年按剑,廷叱群臣","今日之议,不得旋踵,群臣后应者,臣请剑斩之。"昌邑王被废后,宣帝刘询即位,田延年以"决疑定策"之功受封阳成侯。

田延年"东窗事发"起于一宗奸商"囤积居奇"案。焦氏和贾氏是当时的两大商业集团,大量囤积"炭苇"等丧葬物资,当年是土葬,炭和苇草是墓穴必需品。这些东西被囤积后导致市场紧缺,物价飞涨。焦氏和贾氏的运气不好,正赶上昭帝暴崩,炭苇成了紧急国需物资。田延年上书,“商贾或豫收方上不祥之器物,冀以疾用,欲以求利,非臣民所为。请没入县官”。“方上”在汉代专指皇帝陵区,还有一个词“方中”,指天子预修的墓穴。“没入县官”是充公没收。焦氏贾氏因亏损“数千万”而破产,为出怨气,他们向朝廷实名举报田延年的一桩“职务侵占”行为。昭帝大行后,“平陵”土建工程紧急上马,“方上事暴起”。其中有一项,租用三万辆牛车拉运沙子,每辆车租金一千钱,田延年主管此事,把租金虚增一千钱,利用职权把三千万据为已有。“车直千钱,延年上薄诈增僦直车二千,凡六千万,盗取其半”。霍光知道此事后,找来田延年询问虚实,并且暗示,即使真有其事,我也会让你过关的。田延年板着身子说硬话:我出身大将军您的门下,素质是有保证的,绝无此事。霍光下令追查到底,罪证坐实后,霍光仍让御史大夫捎话给田延年,可以从宽处理,御史大夫是三公之一,相当于中纪委一把手。但田延年谢绝荫护,把自己关在家中数天,“使者召延年诣廷尉,闻鼓声,自刎死,国除。”办案人员到后,听到“警笛”声,以刀自刎。今天警车用警笛,古代是击鼓。“国除”,指废除阳成侯爵位。从另一个角度看这件事,田延年也是条汉子,自己的枷锁自己扛,不牵涉有恩于自己的人。

田延年这个人,人品和官品都差,被班固定性为酷吏。在河东(今山西运城临汾带)太守任上,以暴力执政闻名,霹雳手段多,“滥杀无辜”,这样的人生结局也是天意。《汉书》记载的汉代十余位酷吏,善终的不多。

汉代的通货膨胀与汉武帝驾驭之策

汉代通货膨胀的主因,是货币失控。

汉代建国后,自公元前 206 年至汉武帝元狩五年(前 118 年),近九十年的时间里,一直袭用秦朝的“半两”钱。货币也不由国家统一发行,允许民间私铸。秦“半两”是中国最早的统一货币,铜铸,圆形方孔,因币面有“半两”二字而得名,“铜钱质如周钱,文曰‘半两’,重如其文”(《汉书·食货志》)。“重如其文”指币身的体重,一枚十二铢,古制二十四铢为一两。“汉兴，以为秦钱重难用”（同上），吕后主政后，缩水为一枚八铢，汉文帝时，再缩至一枚四铢，但币面上仍写“半两”。说是“钱重难用”，实际上是原材料（铜）紧缺。汉代的山林物产收入不入国库，归皇室，铜矿的采炼、制币和流通掌控在少数贵族以及巨贾手里，钱币私铸，让这一部分人暴富起来，“吴以诸侯即山铸钱，富埒天子……邓通，大夫也，以铸钱财过王者。故吴、邓钱布天下。”（同上）这一时期，民间也大量仿制，钱币“制假”在当时并不违法，因而成为“社会职业”，“民亦盗铸，不可胜数”。市井不法商贾还出奇招，把钱币用刀锉薄锉小，用铜屑再铸，有的钱小如榆树荚，仅重一两克，被笑称“榆荚半两”，还有“剪刀半两”，指用剪刀剪下边沿的钱币。西汉中期以前，货币流通之滥是我们今天难以想象的，导致钱轻米贵，物价飞涨，民怨载道，“钱益多而轻，物益少而贵”。汉文帝时，贾谊上书直谏当时的币制乱象，主张中央政府统一发行货币。“市肆异用，钱文大乱”“今农事弃捐而采铜者日蕃，释其耒耨，冶镕炊炭，奸钱日多，五谷不为多”（同上）。当时藩郡势力强大，汉文帝有心无力，直到公元前118年，汉武帝改革币制，发行“五铢钱”（因币面有“五铢”两字而得名），铸币权收归中央，私铸钱币以死罪论处。

任何改革都是有社会疼痛的，而且重大改革往往是剧痛。“自造白金、五铢钱后五岁，而赦吏民之坐盗铸金钱死者数十万人。其不发觉相杀者，不可胜计。赦自出者百余万人。然不能半自出，天下大氐无虑皆铸金钱矣。”（同上）公元前118年之后的五年间，以私铸罪处死者数十万人，畏罪自杀者不可胜数。自首被赦免者百余万人，但自首者不到实际人数的一半，天下人大概都在仿铸新币。《汉书·食货志》里的这段描述让人脊背阵阵发凉，西汉这一时期的全国总人口在四千万上下，涉案者已近十分之一。

汉武帝抑制通货膨胀的手段是政治高压，那时候不讲按经济规律办事这种话。严惩私铸，不手软，不留情，后来“犯法者众，吏不能尽诛”，不得已才“赦自出者”（自首者赦免死罪）。西汉对商业从业者的政策一直苛刻，对商贾严格管控。刘邦规定“贾人不得衣丝乘车”（不准穿丝质衣服，不准乘马车），吕后时，“复驰商贾之律，然市井子孙亦不得为吏”（稍放宽政策，但商人后代不准做官）。武帝时期给商人建立“市籍”（户口），并开始征收工商税——“算缗”。缗是串钱用的绳子。商人自行申报财产,依收入纳税,税率约为6%。汉代的工商税并不高,可怕的是同时推出的“告缗”制度,“告缗”是鼓励全民举报,政策规定,对虚报收入的商家一经查实,查没家产,奴婢和土地,举报者获一半奖励。重奖之下有勇夫,一时间,出现了大量的“举报专业户”,以举报为职业。国家也由此敛财无数,告缗制度实质上是对商家的一次洗劫。“得民财物以亿计,奴婢以千万数,田大县数百顷,小县百余顷,宅亦如之,于是商贾中家以上大率破,民偷甘食好衣,不事畜藏之产业”。中国的工商业在汉武帝时期遭到重创,中等以上商家几乎悉数破产,更冷的教训是,全民举报败恶了民风,人性中恶的东西以“正义”的名义被激活了。

汉武帝时期的经济政策,值得我们今天认真检讨。

脏唐臭汉

《红楼梦》第六十三回,贾蓉自晒家风里的淫失之行,“从古至今,连汉朝和唐朝,人还说脏唐臭汉,何况咱们这宗人家。谁家没有风流事,别讨我说出来。连那边大老爷这么利害,琏叔还和那小姨娘不干净呢。凤婶子那样刚强,瑞叔还想他的账。那一件瞒了我!”话是贾蓉说出口的,但根子在作者心里,曹雪芹讲脏唐臭汉,指的是朝廷及权贵人物的“淫失之行”。

我列举大汉雄风腋下的几桩“汉臭”:

“四年冬十月壬寅,立皇后张氏。”(《汉书·惠帝纪》)“太后立帝姊鲁元公主女为皇后。”(《汉书·高后纪》)两句史话指的是同一件事,汉惠帝刘盈娶的是外甥女。刘盈的胞姐鲁元公主,下嫁赵王张敖,生女张嫣,吕后做主,把外孙女嫁给儿子。

“孝武陈皇后,长公主嫖女也。”(《汉书·外戚传》)汉武帝刘彻的首位皇后陈阿娇,是长公主刘嫖的女儿,刘嫖是汉文帝女儿,汉景帝胞姐,武帝刘彻的亲姑姑,封馆陶公主,下嫁堂邑侯陈午,生女乳名阿娇。(“金屋藏娇”一词即源于此)。刘盈娶外甥女,刘彻娶表妹。

“(武)帝姑馆陶公主,号窦太主,堂邑侯陈午尚之。午死,主寡居,年五十余矣。近幸董偃。……出则执辔,入则侍内。”(《汉书·东方朔传》)馆陶公主刘嫖五十岁后豢养董偃,从十三岁起,至十八岁“圆房”收为内侍,武帝刘彻去看望姑姑兼岳母,称呼董偃叫“主人翁”,今天的主人翁是人民群众,在汉朝专指长公主的小鲜肉。“后数岁,窦太主卒,与董君会葬于霸陵。”(同上)董偃因舆论压力,三十岁郁郁早逝。刘嫖弃丈夫,与董偃合葬,且葬于父皇汉文帝霸陵,属于入祖坟。刘嫖也算敢为天下先的女子。

“元朔中,偃言齐王内有淫失之行,上拜偃为齐相。……乃使人以王与姊奸事动王。王以为终不得脱,恐效燕王论死,乃自杀。”(《汉书·严朱吾丘主父徐严终王贾传》)元朔是汉武帝年号之一,由公元前128年到公元前123年。偃是主父偃,武帝刘彻的大臣,他向武帝告发齐王与胞姐有淫乱行为,并由此出任齐相,到齐赴任后,让人捎话给齐王,说皇上已知奸情。齐王在极度恐惧中自杀。因为此前不久,燕王才因为乱伦被处死。主父偃有政治才华,但人品差,爱告黑状,下场很惨,“乃遂族偃”,被诛杀全族。

“帝作列肆于后宫,使诸采女贩卖,更相盗窃争斗。帝著商贾服,从之饮宴为乐,又于西园弄狗,著进贤冠,带绶。又驾四驴,帝躬自操辔,驱驰周旋。”(《后汉书·孝灵帝纪》)东汉汉灵帝刘宏是亡国皇帝,也是无耻荒淫衰君,在位二十一年。十二岁即位那一年,即在宦官操盘下发动文化大清洗(党锢之祸),杀捕文化贤臣数千人。刘宏偏好一出“市场经济”的后宫游戏,在后宫建商业一条街,宫女依柜台俏卖,他装扮成商人沿街选购,随兴淫乐。还有更恶劣的,给狗穿上官服,佩上印绶,出入宫殿,“狗官”一词由此而起。他业余时间在后宫搞自驾游,驾四驴车。范晔给刘宏的史评是,“灵帝负乘,委体宦孽。征亡备兆,《小雅》尽缺。”

清代学者顾炎武有一名言,“士大夫无耻,是谓国耻”,用今天的话来表述,国家重要的公务员无耻,是国耻。

有多少种觉悟叫迷悟

菩提本无树,有什么呢?

佛学是进口的,是外来的精神。佛宗进入国门之前,儒学担纲着国人修身齐家治天下的责任。尤其是汉代,一门独大。佛学进国门之初,是奢侈品,尤其是唐代,被皇家御用,一度成为治国的指导思想,很有点反客为主的意思。宋代儒学再度中兴，把佛学从宫廷中排挤到民间。佛门是伟大的，生命力极强，就此落地生根，禅宗便是佛学中国化的产物。外来的精神想中国化，如果不被老百姓广为接受并喜爱，是不太可能的事情。从这个角度讲，马克思主义中国化还有一段踏实的路要走。

汉代治国养民的大义有“六指（旨）”，“天端，流物，得失，法诛，尊卑，谦义”。天端是顺自然，守天地大规律，德在天地，神明贤集，“木生火，火为夏，木为春，天之端”，“火由木生，为物皆本于春，《春秋》首书春，所以正天端也”。流物是世间百态，以及变幻无极的万物。“援天端，布流物，而贯通其理，则事变散其辞也”。“天端”和“流物”是总则，世道变数的奥秘之理隐于其中。“志得失之所丛生，而后差贵贱之所始也”，影从形起，响随声来，记载得失产生的缘由，可察晓尊卑贵贱差别之义，用今天的话讲，叫考察社会各阶层心理指数。“论罪源深浅定法诛”，法律是保障社会公正的，要有恒温，不可因时而宜，不可人为的从重从快。“载天下之贤方，表谦义之所在，则见复正焉耳”。推表贤良方正之士，彰显谦和礼义，人心则崇尚正道。六指是儒学大道理，汉代不是讲出来的，是做出来的。东汉末年的党锢之祸，是当年的“文化大革命”。166 年和 168 年，政府两次镇压了几百位儒学大人物，读书人由此开始疏离政治，有了归隐田园心理，及至魏晋、唐之后，形成儒释道三足并存的中国文化局面。宋代的儒学，尽管再度被皇家器重，但已和汉代是两个天地了，汉儒在社会学范畴，宋儒升腾为理学，给自己留了退路，入了哲学的境地。

《曹源一滴水》是一本禅识录，有意味的是，里边有一辑是历代高僧大德专门回答“如何是道”的。恭录几则：

僧问：“如何是道？”师曰：“道远乎哉？”

僧问：“如何是道？”师曰：“何不问己？”曰：“自己云何是道？”师曰：“处处绿杨堪系马，家家有路通长安。”

僧问：“如何是道？”师曰：“妄想颠倒。”

僧问：“如何是道？”师曰：“顶上八尺五。”曰：“此理如何？”师曰：“方圆七八寸。”

僧问：“如何是道？”师曰：“只在目前。”曰：“为什么不见？”

师曰："瞎！"

僧问："如何是道？"师便："咄！"僧曰："学人未晓。"师曰："去！"

僧问："如何是道？"师曰："太阳溢目，万里不挂片云。"曰："如何得会？"师曰："清清之水，游鱼自迷。"

僧问："如何是道？"师举起拳。僧曰："学人不会。"师曰："拳头也不识！"

僧问："如何是道？"师曰："高高低低。"僧曰："如何是道中人？"师曰："脚瘦草鞋宽。"

僧问："如何是道？"师曰："拍手笑清风。"

僧问："如何是道？"师曰："头上脚下。"曰："如何是道中人？"师曰："一任东西。"

僧问："如何是道？"师曰："砖头瓦子。"曰："意旨如何？"师曰："苦。"

土崩瓦解

瓦是一个独立的汉字，也是一些字的偏旁部首。

纺车上的纺锤最早是用黏土烧制的，叫瓦。《诗经》里说，"乃生女子，载寝之地，载衣之裼，载弄之瓦。"家里生了女孩子，旧称"弄瓦之喜"。睡觉在地上，穿着短衣，裼是粗布家常短衣，遮体而已。给一个纺锤当玩具。纺锤的寓意是操持家务，祝贺有了内当家的。家里生了儿子叫"弄璋之喜"，也源自《诗经》，"乃生男子，载寝之床，载衣之裳，载弄之璋"。男孩子生下来要睡在床上，穿长衣服，裳是男子的长裙，裙字从衣从君，在古代是男装。男孩子的玩具是璋，璋是蕴含着使命的玉，寓意政务和军务，古时候的国家大事，王朝典祭，乃至兵符的信物都用璋。这两个成语有男尊女卑的旧意识，因此半途而废，如今很少被人提及了。

在上古时候，黏土烧制的东西都叫瓦，《说文解字》给出的定义是，"土器已烧之总名"。瓦作为建筑材料比砖早，最初是被用作屋脊的装饰构件，依据现有的考据资料，最早使用瓦的是岐周人，即今天陕西省的岐山县，在西周，歧周是都邑，政治地位很高，贵族显要云聚，周天子经常举办高规格的祭典，因而宗庙建筑也多，最初的瓦是应用在官宅和宗庙屋顶上，如今秦岭腹地深山里的人家，屋脊上仍能领略到当年的那种遗风。

土崩瓦解，昭示着中国历史里两种亡国形态，瓦解是权力层腐败，国家肌理烂掉了。土崩是底层人日子过不下去了，揭竿而起。东周之后，房屋顶上开始全覆瓦，不再仅仅作为装饰了。砖的发明是建筑材料的革命性进步，是中国建筑业的首次华丽转身。砖受瓦的启发，但也极大促进了瓦在生产和应用技术上的提升和普及。带瓦的汉字有四五十个，常用的已不多，仅剩瓶、瓷、瓮、瓯、甄等，大多数都因社会变迁弃置不用了，但琢磨那些名存实亡的字，仍可回味出瓦在上古时代的多姿多用之美。

秦砖汉瓦这个词，代表着中国古代建筑美的一种峰值。秦砖重实用，块大，敦厚。今天的板砖可以提在手里拍击人，秦砖不行，一只手拎不起来。秦砖也讲究装潢美，界面有饰纹，文字纹、图案纹、人物动物纹。到了汉代，一块画像砖，本身就是一件精妙的工艺品。汉瓦的突出代表是瓦当。瓦当是屋檐最前沿的一片瓦，也称滴水檐，“当，底也，瓦覆檐际者，正当众瓦之底，又节比于檐端，瓦瓦相盾，故有当名。”在建筑构件中，瓦的主要功能是防水、排水、隔热，且有效保护木构的屋架。瓦当既保护檐头，有使用价值，也凸显房屋的建筑之美。

最初的瓦当是半圆形的，秦代出现了完整圆形，汉之后全部为圆形，这种转变蕴涵着中国人的人生观——对生活圆满的崇尚。瓦当当面最初是平面无饰的，和砖一样，后来才出现设计美观的文字和图案，动物纹尤其精妙，常见的有牛、马、鹿、兔等，最难得的是“四神”，即青龙、白虎、朱雀、玄武。一套“四神”瓦当，如果是真品，如今已价值连城。

世上万物都是有定数的，定数是寿限。蚂蚁、蟋蟀这些小动物有，月亮、地球、太阳这些大家伙也有。今天的大建筑，主体材料已不再用砖和瓦，这也是定数。交通方式变化之后，马退役了；农耕方式变化之后，牛退役了；书写方式变化之后，毛笔字成为艺术品，被挂在了墙上。生活方式变了，趋势就不可挡了，这不是宿命，这也是科学发展观。

（原载《青年作家》2015 年第 12 期）

根是花朵的吉祥如意

郭文斌

八德和五伦是传统文化的核心元素，为什么古人世世代代都认同和践行它们？因为它们是最重要的能量通道。八德归于孝，五伦基于婚，把孝道和夫妻道行好，就成了提高我们生命力的关键，也成为提高我们幸福指数的关键。从缘分的角度看，孝道和夫妻道，本质上是惜缘，如此，对生命就具有超越性意义。惜缘如果我们做得不圆满，就结束不了流浪生活，回不了家。时间久了，第一恐惧就产生了，根本焦虑就发生了。一定意义上，惜缘是生命最重要的事情，因为“惜”的背面是“了”，这个“了”，是把生命从低能量频道切换到高能量频道的必须。这就像一个人从出发地到机场的一段路，如果我们走不完，就上不了飞机。这样想来，我们就会自觉地践行八德和五伦，特别是自觉地践行它们的核心部分孝道和夫妻道。下面，我从三个方面谈些浅见，以就教于大方之家。

八德的根本是孝道

中国人讲的“八德”是“孝、悌、忠、信、礼、义、廉、耻”。

第一德是孝，也是八德中最重要的一德。中国人为什么要讲孝道？因为孝道是天地伦理，也是第一能量。

我们生存的宇宙，都是小的围绕着大的，能量低的围绕着能量高的，就好像月亮绕着地球转，地球绕着太阳转。枝和叶一定是从根上长起来的。不孝敬老人，就不可能吉祥如意。有句古话叫“老人堂上坐，一宝压百祸”，说的就是老人能给全家带来福气。《诗经》中讲“寿考维祺，以介景福”，讲的也是同样的道理。古人抢着养老，今人抢着过自己的日子。

孝从顺开始，故称“孝顺”。被称为“天下第一规”的《弟子规》第一句就讲“父母呼，应勿缓”。父母喊你，你马上答应，说明两个人的信息系统是畅通的；信息系统畅通，能量系统就是畅通的；能量系统畅通，物质系统也是畅通的。对应在两辈人上，身体就是健康的。

整个宇宙都是在演绎着一个“顺”字。它们都在自己的轨道上运行，毫厘不爽。如果哪一天太阳说，要换一个方向去旅行一下，人类可能就会遭到不测。春夏秋冬之所以存在，就是对大自然这种顺的状态的赞美。春分、秋分、立春、立夏这些节令几千年不变，就是顺应节气而来。

“药补不如食补，食补不如天补”中的“天补”，讲的也是“顺”字逻辑。晚上九点相当于一年的立冬，该睡觉，补阴气；早晨三点相当于一年的立春，该起床，补阳气。遵从它，我们的身体就获得了一份正能量。否则，阴阳两失，身体就会出现各种病症。现在人们讲养生，往往是昂贵的食材买了一堆，却不重视不用花钱的“天补”，也就是养顺应天地之气的生机。没有长养生机，又从何养生呢？养生养生，就是养生机，只有“生机”，才能“勃勃”。

现在的孩子，经常是父母千呼万唤都不应，从电脑上都拉不下来。父母呼他没反应，老师呼他也没反应，将来国家呼他肯定没反应。“父母呼，应勿缓”，其实是一个人教育养成中的第一养成。

父母对子女的爱，有时能产生奇迹。我主编的《黄河文学》杂志曾经发表过一篇散文。讲的是有一家医学院准备了十条狗进行医学解剖，其中九条很快完成了麻醉，但一条狗无论下多大剂量的麻醉药都无济于事。后来师生们就强行把这条狗绑在手术架上，当刀子从这条狗的腹部拉过的时候，他们惊呆了。原来这是一条怀了孩子的狗妈妈！我非常震惊，打电话问作者这个故事从何而来？才知道这是她亲历的一件事情。

原来这个世界上还有一种力量，可以让现代科学文明在它面前失去效力。这就是母爱。当不断增加的麻醉药的剂量在她的体内发作的时候，她是如何在跟这种力量作着较量？

丰子恺的漫画中，有一条鳝鱼被厨师投到锅里，头和尾巴都下去了，肚子还鼓在上面，怎么摁也摁不下去。后来厨师把它捞上来，剖开腹部一看，才发现里面有鱼子。我看的时候，以为那只是画家的想象，现在才知这一切都是有可能的。汶川地震时，一位母亲用她的身体保护了她的孩子。搜救队员后来在这个孩子身边发现了一个手机，上面有一条短信："孩子，如果你能够活着出去，请你记住，妈妈爱你。"这世上居然还有一种骨头，比钢筋水泥造的楼房还要坚硬，比倒下的废墟还要刚强，那就是母亲的骨头。可见，母亲对我们的爱，是一种怎样神奇的力量，如果我们拒绝了这份能量，将是多大的损失。母亲对我们的那一份爱是不求回报的。从我们在襁褓之中的时候，每天晚上母亲都要起来给我们换尿布，一两个小时就要起来一回，一晚上很难睡个好觉。要是换了别人把我们从梦中唤醒，让我们一两个小时就起一次，我们早就发火了。母亲没发火，那种不求回报的爱，让母亲这个词格外伟大。天地之所以要创造父母，就是让这种爱一代一代传下去。每一位子女长大后也要为人父母，就是为了让这种爱延续。这样，我们生存的世界才是生机勃勃的世界。正是这样的爱，唤醒了我们生命深处的感动，让我们知道，有孝心，是一个人成为人的第一合法性。明白了父母对我们的爱是不求回报的，我们就会自发地想要唤醒自己生命中对等的这一份爱。孝是人生的第一课。不说别的，光是十月怀胎的恩情我们一生都报答不了。

母亲怀胎育儿的辛苦，有首"十月怀胎歌"大家可以听听："十月怀胎在娘身，娘奔死来儿奔生。娇儿平安落下地，为娘九死又一生。"我们的生意味着母亲的死。这才是辛苦的第一步，生下后还要一点点把我们带大，为我们操心。张三丰《水石闲谈》有云："人当亲在，需要及时尽孝为佳，否则亲容一去，因时追感，伤情有不可言者。今日当秋山林中，有守制者听吾道来：'又是秋商路满林，碧云天外望亲心。黄芦白草霜中老，泪洒泉台几尺深！'试诵此诗，能弗惨然。"

孝敬父母又该从何做起？可以从给父母打一盆洗脚水做起，也可以从给父母做一顿饭做起。有些人一提到孝敬老人，就是给老人钱，给老人买吃的，这很好，但仅止于此，仍然没有懂得孝的含义。孝的本质是敬，所以孔子讲"今之孝者，是谓能养，至于犬马，皆能有养，不敬，何以别乎"，如果不敬，就跟动物没两样。

这就说到孝的第二个层次，养父母之心，做让父母高兴的事情。做了好人，忠于国家，在社会上赢得赞誉，都是能让父母高兴的事。在养父母之心方面，我们缺得太多。我的父亲有一次生了重病，我带着妻儿回家去探望。我平日因为浅眠，对睡眠环境要求较高，哥嫂就给我安排了单独的房间。这时，儿子跟过来，悄悄对我说：“爸，我建议你跟我爷爷睡一晚上。”我说：“你爷爷的鼾声很重啊。”他说：“你就听一晚上又何妨？”我一想有道理，父亲已八十多岁，以后恐怕很难有机会了。

去父亲的屋子里躺下，父亲的鼾声听上去已没有当年那么有力。在那样的鼾声中确实难以入睡。童年的一幕幕就从眼前闪过，像过电影一样。有那么一刻，心里像刀子拉了一下。工作之后，我曾许下一个愿望，等自己有了钱，一定要带父母出去旅行一次，让他们坐一次火车，坐一次飞机。母亲在儿子考上大学后，还一起去北京旅游了一次。而父亲则永远没有可能了，他已经失去了出远门的能力，想让他坐飞机都不行了。那一刻，我一下理解了“树欲静而风不止，子欲养而亲不待”这句话的含义。

世界上最等不住的事情就是孝敬老人。而真正孝敬老人，要从不嫌弃老人开始。我父亲喜欢讲他年轻时那些光荣的故事。家里每来一个人他都要讲，我就觉得有点烦。以后逢到他讲第一句，我就接着讲第二句，他知道我烦了，就闭口了。但我儿子不是这样，他爷爷什么时候讲他都倾听，有时候躺在爷爷奶奶的中间听他们讲大半个晚上。有时我进去，父亲正在给我儿子讲当年的事情，一看我进来，就再也不说了，我当时就感到十分惭愧。

有一次我出差回来，看见儿子给我父亲录了一段视频。他布置了一个像论坛一样的场景，父亲坐在桌前，像演讲一样讲得眉飞色舞、铿锵有力，比我讲得还精彩。这对父亲将是一种怎样的安慰，让他觉得当年的那些光荣事没有白干，总算留给了后人，再也没有遗憾。我将父亲接到身边来住，却从未想到过这一点。可见养父母之心，是一个多么细微的工程。

现在有许多老人不愿意跟儿女住在一起，就是因为找不到那种被尊重、被需要的感觉。他住在子女家里就感觉是在关禁闭。如果我们做不到“顺”和“敬”，做不到让老人找回被需要的感觉，还是让他待在原来的地方。过段时间去看看他，可能要比关在城里要好，关在城里的老人老得更快，离开他熟悉的家的气息，离开滋养他精气神的土地，人一下就老了。

养父母之志，是完成父母的理想，也让父母活得有志向。往小了说，"身有伤，贻亲忧；德有伤，贻亲羞"，父母总是希望子女身体健康，有良好的品德修养。往大了说，父母望子成龙、望女成凤，希望我们能成为国家栋梁。现在经常有报道，年轻人因为生活压力等原因跳楼自杀，很多媒体都对社会发出谴责。其实除了社会需要反思，动自杀念头的孩子也应该有所反思。从楼上一跃很容易，但父母的感受呢？如果这些孩子孝心是打开的，他不可能做这样的事。关键还是在于断根了。

"身有伤，贻亲忧；德有伤，贻亲羞。"道德受伤，伤父母最重。"人自宋后羞名桧，我到坟前愧姓秦"，这是秦桧的后人到岳飞坟前发出的长叹。宋朝以后，就没有人用秦桧的"桧"起名字了，而姓是没有办法改变的事情，作为秦家后人，他只能感到羞愧。让父母不蒙羞，就是养父母之志。

其实孝敬不单单是一个向上负责的姿态，还是一个向下负责的姿态。《了凡四训》里说："远思扬祖宗之德，近思盖父母之愆；上思报国之恩，下思造家之福；外思济人之急，内思闲己之邪。"古人不是只为自己活着，"立身行道，扬名于后世，以显父母，孝之终也"，是要荣耀他的父母。爱自己的孩子也同样是孝，孩子是传承祖上家业的链条，把孩子毁掉了，祖上的家业也就毁掉了。

中国人的传统节日，实际上也是对孝敬传统的演绎，是中华文化得以生生不息的最有效保障。时代的变化可以让经典传统中断，却无法让民间传统断流。没有谁能把老百姓的春节给取消了。中国人过春节，既是孝敬的演绎、感恩的演绎、狂欢的演绎，还是教育和传承的演绎。大年三十的时候，一族人在祠堂里过大年，其实就是开总结会，看一族人中谁获得国家的奖励最多，获得单位的奖状最多，这是一次无形的激励。更重要的是，当一个人在祠堂里找不到祖先牌位的时候，心中就有一种羞辱感产生，他就会想，仅仅为了他的子孙后代不蒙受羞辱，也要好好做人。

除了春节，清明、端午、重阳……每一个传统节日，都是中国人最天然的教育平台，也是中国人的天然精神营养素。我们在这些化典成俗的节日中接受到的，是孝道的启迪，是一切德行的培养。

孝敬的第四个层面是养父母之慧，就是让父母心安，消除他们对死亡的恐惧。人到老了，都会被死亡的恐惧所折磨。从内心获得安详，是消除对死亡恐惧最好的办法，而安详，正蕴含在深厚的传统文化中。我们要设法告诉老人，生命中有一个永恒性存在，不要让老人觉着他这一生完了就什么都没有了。让父母把第一恐惧消灭掉。消除掉第一恐惧，老人才会心安，心安自然身健。我的父亲已经九十高龄，母亲已经八十有五，但身体仍然硬朗，这和他们心里怀有安详不无关系。

说"忠孝不能两全"，其实是一个误区。一个忠臣，哪怕血洒疆场，也是在孝敬老人。曾经有些不理解，忠臣战死后，皇帝还要给他许多封赏，有什么意义？现在才知，这些封赏一是荣耀他的父母，一是荣耀他的子孙后代。这种尽忠的荣耀感也是在为父母、为家族尽孝。如果我们把工作、生活理解成这样一种状态，就没有一个人愿意敷衍手中的工作。

从更加本质上来讲，小的孝敬，是在小家里面完成的，但是大孝是在爱国中完成的，是更高层面上荣耀父母的方式。比如宋儒张载讲的"为天地立心，为生民立命，为往圣继绝学，为万世开太平"。如果再往大里讲，凡是让我们的爱出发的行动，让爱成就的行动，都可视为孝行，那已经是一种普爱天地万物的生命状态了。

舜为我们开创了孝的先河，也立下了一个孝的高峰。他的父母几次都要置他于死地，但他一点抱怨都没有，仍然对父母充满孝敬之情。历代皇室也极其注重孝行，汉朝的官制"举孝廉"，孝就占了很重要的一项。一个人如果不孝敬父母，不仅功名无望，在社会上都是很难立足的。后来虽然取消了这种选官的方式，但是对于孝行的倡导却一直延续了下来。

在养父母之心中，有一个非常重要的方面，那就是行悌道。这就是《弟子规》里面讲的"兄弟睦，孝在中"，兄弟和睦本身就是孝敬老人，天下父母总是希望儿女们团结、互助、互爱。

我的母亲就是一个悌道的实践者。奶奶在去世的时候给我父母留下了一句话："善待你的哥哥嫂子。"奶奶之所以要以此为嘱，一个很重要的原因是伯母不生育。这一句话就成了我们家的宪法。

我们家在附近被人们传成美谈,因为父亲与伯父他们一辈子没分家。我们兄弟姊妹几个,一直觉得有两位父亲、两位母亲。母亲更是一辈子都把我伯母当作自己的婆婆一样对待。记忆中,母亲常常在伯母起来前就把扫院、挑水、掏灶灰、填炕一应事情做完了。每一次做饭的时候,母亲都要请示:“嫂子,这顿做啥?”问烦了,伯母就会说:“问什么问?你做就行了嘛。”但下一顿母亲仍然是:“嫂子,这顿做啥?”一辈子就这样。

从后来母亲帮我们带孩子时闹出的笑话,我们可以知道她老人家将这种习惯强化到何种程度。一天,妻子正在上课,母亲推开门,妻子问有什么事,不想母亲问:“土豆是切成条呢,还是切成块呢?”惹得学生大哗。当妻子给我描述这个细节的时候,我的眼泪就下来了。母亲连土豆切成条还是块的主都作不了。这种状态,已经是古人讲的“忘我”状态了,没有自己了。

伯母每一次生病,母亲都像护工一样忙前忙后。伯母是小脚,每一次母亲给她拆洗裹脚的时候,因为味儿不好闻,我们都躲得远远的,但母亲从未嫌弃过。公社里建了一个养老院,我们兄弟去看过后,觉得比我们家漂亮多了,回来就说养老院真好,让伯父伯母住进去该多好。就说了这么一句话,没想到招来母亲的一顿好打。

更加详细的内容我写在散文《永远的堡子》里。现在,母亲已经八十五岁的人了,还能给我们擀面条蒸馒头吃,成天闲不住,乐呵呵的,我把它视为上苍对她老人家尽悌道的奖励。

现在再看中国人讲的“八德”“孝、悌、忠、信、礼、义、廉、耻”,我们就会发现,它的根是孝。《大学》讲:“所谓治国必先齐其家者,其家不可教,而能教人者,无之。故君子不出家,而成教于国。孝者,所以事君也;悌者,所以事长也;慈者,所以使众也。”“一家仁,一国兴仁;一家让,一国兴让;一人贪戾,一国作乱。其机如此,此谓一言偾事,一人定国。”这是讲孝悌和忠信的关系。而一个人一旦心怀孝悌忠信,已经没有理由不“礼义廉耻”了。不可想象,一个大孝子大忠臣还会做出无礼无义不廉不耻的事来。于此,《孝经》和《论语》中都有非常完整的论述。

当下,治贪之所以成为一个难题,正是因为人们的“孝心”是沉睡的,“我”的“幸福”就自然凌驾在家族幸福、民族利益之上了。人们的孝心一旦打开,个人的欲望冲动往往就会被光宗耀祖的信念制伏。

唤醒人们的孝心,培养人们的“孝思维”就成了文化归位关键中的关键。

五伦的根本是婚姻

据民政部发布的 2013 年社会服务发展统计公报显示,2013 年全国依法办理离婚手续的共有三百五十万对,这是自 2004 年以来,我国离婚率连续十年递增。为什么会有这么多的夫妻劳燕分飞? 许多人都在思考这个问题。但有一点可以肯定,这些夫妻找不到幸福与快乐了,这也是今天社会病象频出的原因。幸福应该源于家的美好。自古以来,中国人讲的幸福是天伦之乐,天伦里面都找不到快乐,维系家庭的纽带也就断了。

那么多夫妇申请离婚意味着什么? 意味着孩子很有可能见不到爸爸,或者见不到妈妈,同时也意味着他们将会成为让家长、学校甚至于社会都头疼的问题少年。离婚后父母虽享有共同抚养的权利,但家长分居,肯定会让孩子失去与另一方家长相处的时间。离婚之后,有的夫妇会在孩子面前攻击对方,以表示自己的正确性、优越性与合法性,给孩子幼小的心灵埋下仇恨的种子。认为世界上要么女人很坏,要么男人很坏,要么男女都坏,让孩子从小对爱情和婚姻产生恐惧感,甚至对人本身产生怀疑。

我有一次到监狱去给少年犯罪者讲课,刚走进去,那些孩子就唰地站起来,齐唱《世上只有妈妈好》。我的眼泪就下来了。一问,这些孩子中的很大一部分,生下来都没见过妈妈,但他们却给我们唱《世上只有妈妈好》,这怎么不让人唏嘘。

离婚的夫妻想得更多的是自己的幸福,然而无辜的孩子,却要在病态的心理中长大。高离婚率的背后,纵然有一万条不同的理由,但有一条是相同的,那就是双方都少了些对孩子的爱和责任。一些夫妻为了弥补离婚对孩子的伤害，对孩子千依百顺，又宠坏了孩子。

从这样的家庭中走出来的孩子，在性格上一定是有缺陷的。有的孩子或许学习成绩很好，但他脸上没有笑容，拒人于千里之外，这样的孩子，很难和人们和谐相处。一个孩子的成长需要两种能量，一种来源于父亲的阳刚之气，一种来源于母亲的阴柔之气。阴阳和合谓之道，这是夫妻责任最为核心的内容，也是传家的根本所在。庄稼如果只晒太阳，没有月光长不大，相反亦如是。只有父亲没有母亲，或者只有母亲没有父亲，能量都是残缺的。孩子是一个生命，是天地之子，是爱的传人，我们不能对他不负责任。

如果把一个问题孩子推向社会，会给社会带来无尽的麻烦。当一个家庭破碎了，孩子的心灵也随着产生了裂痕，将来很难体会幸福，也很难给别人带来幸福。

一个家的和谐，意味着一个孩子心灵的和谐，而一个孩子心灵的和谐，则意味着国家的和谐。国家是一个整体，每一个心灵单元是她的细胞，细胞若不和谐，整体又何谈和谐。从一定意义上讲，爱家就是爱国。

现在的离婚率高，与这一代人的成长有一定关系，他们是在换的思维中长大的。有一种家长，给孩子一天提供十个玩具，另一种家长呢，让孩子一天只玩一个玩具。两种玩法决定了两种活法。一天玩十个玩具的孩子，他会产生一种生命的惯性。觉得这个玩具不好，就换一个新的，他是“换”的思维。一天把一个玩具玩十遍的孩子，玩着玩着没什么好玩了，拿过来找一个角度再玩，把一个玩具换十个角度玩十遍。两种玩法，导致了两种活法，也导致了对待婚姻的两种态度。

子夏就说：“贤贤易色；事父母，能竭其力；事君，能致其身；与朋友交，言而有信。虽曰未学，吾必谓之学矣。”重视妻子的贤惠而不看重她的容貌；侍奉父母能够竭尽自己的全力；服事君主能够奉献自己的生命；和朋友交往能够信守承诺。这种人即使自谦说自己没学过什么，我必定说他已经学过了。

一个人来到这个世界上，总要与同类和睦相处，那就首先要处理好各种伦常关系，包括天伦、人伦与物伦。而人伦是人们必须首先处理好的。人伦有家庭伦与社会伦两大方面。家庭伦包括夫妇、父子与兄弟三组关系;社会伦包括上下级关系和朋友关系。

子夏把夫妻关系放在首位,可见它是其他五伦的基础。试想一下,一个从小就开始仇恨父母的孩子,长大后"事父母",能"竭其力"吗?"事君",能"致其身"吗?"与朋友交",能"言而有信"吗?为此,儒家讲,夫妻关系是"人伦之始""王化之基",非常有道理。

最重要的能量通道

"孝"是人的第一生命力。在我们体验幸福的过程中扮演着很重要的作用,中国人以孝治国,保证了几千年来民族文化没有断流。孝为我们的生活提供了源源不断的能量,母亲哺育儿女成长,儿女又以感恩之心回报父母。这种能量带给我们民族的生机,犹如大地长出五谷,长出参天之木,生生不息。

现在的犯罪率、腐败率这么高,一个最主要的原因是孝道的建设缺失了。如果一个人想着父母还需要我养老送终,父母去世后还需要我在坟上撒上一把土呢,他就轻易不敢冒险去贪、去腐。一个人无论是做官还是为民,心中始终想着父母,想着家人,他就不会轻易地用自己的生命去冒险。要想让官员不贪污,就要让官员找到一种比贪污更快乐的东西。那就需要打开他的孝心,让他从孝敬老人中找到快乐,从天伦之乐中找到快乐,因为天伦之乐离我们最近。

"敬"是人的第二生命力。我现在常常给青少年讲,人生有两个不可再生资源不能轻易开发,一个是初恋,一个是初夜,因为它们是生命能量的两个重要关口。一旦青少年意识到它们是极为重要的能量节点,他们自然会慎重对待。初恋前,人的能量无漏;初恋后,就开始漏了。这件事非常难以控制,但家长和老师保护得好,引导得好,让孩子少接受污染源,诱导源,可以延后,即使是延后一年,对孩子都非常关键。

重点说初夜,我常常讲,一定要先拜高堂,再进洞房。现在有很多人结婚不愿意举办仪式,也有很多人选择婚前同居。基于各种现实原因的考虑,有一些年轻人选择"裸婚",或者"旅游结婚"。其实,这是忽视了一个问题,夫妻双方对对方的正式承认的过程。婚礼节俭值得提倡,但婚礼庄严仪式对于夫妻双方责任感的确认更为重要。如果我们深入到能量角度考量，就会更加感受到婚礼的价值。

仪式是能量的通道，从一定意义上讲，它本身就是能量。先说拜天地，人是天地之子，没有天地厚赐，生命无法生存，保障生命的大地、水、火、空气、粮食、时间、空间等等，都是天地所赐，没有这些天地恩情，爱人就无法长成。现在，天地把一个用无限恩情和缘分养成的生命送到我们面前，我们居然没有正式向天地行个大礼，天地会高兴吗？它不高兴，来自天地之间的一份能量就关闭了。没有得到天地祝福的婚姻，是很难幸福的。

再说拜高堂。生命是家族的延续，结婚是传家的站点，两个长长的家族链条，要在两个新人身上展开新的画卷，有多少位祖先在看着，在盼着，在期待着。可是，我们要合二为一了，却没有给祖先打声招呼，祖先会高兴吗？心理学已经证明，人的潜意识是永恒的，既然潜意识是永恒的，那么祖先的潜意识就在，祖先的潜意识在，他就一定盼着一对后人从他们手里接过祖辈们代代相传的衣钵和旗号，那是生命接力不可或缺的庄严仪式，也是传家系统工程中不可或缺的庄严环节。可是，我们却忽略了这一授旗仪式，祖先能高兴吗？我曾听黄帝公祭办公室的同志讲，每年公祭，天气都会晴好，常常天气预报大雨，到时就会晴空万里。2015年清明公祭，我在现场见证了这一点，这让我们实实在在地感受到祝福的力量。现在，我们却放弃或拒绝这种力量，不是有些太遗憾了吗？

接着说夫妻互拜。我们不要小看这一拜，它是对缘分的谢仪，是对恩情的谢仪，是对对方长长的过去时积累的能量和缘分的谢仪。说穿了，是对人的来处的谢仪。这一切，都是能量。当我们这一拜下去，这些能量都接通了，都正式签署命令，归我们调用了。可是我们却将它省略了，这实在是一个很大的遗憾。这些年，我在全国作调查，但凡省略了这个环节的婚姻，无论是从长度还是幸福度，都大打折扣。那些走向失败的婚姻，几乎都没有举行过这一仪式。

不止夫妻间应如此，对待一切我们都要敬。《弟子规》里甚至说“墨磨偏，心不端，字不敬，心先病”。因为你在敬的同时，看上去是对书本的一种姿态，事实上是通过这个姿态，动了一个恭敬的念头。恭敬的念头一动，潜伏在生命深处的根性能量就被激活，生命由之获得了一份来自源头的力量。恭敬本身是能量，因为它是一种面向根性的姿态，有种反身而诚的味道，也有种靠近生命零极限的味道。而心理学已经证明，零极限里潜藏着生命最圆满的能量，它是整体宇宙和个体宇宙的全息接口。《礼记》开篇就讲“毋不敬”，说明古人早就发现了这个秘密。

敬畏心也是“敬”的表现。敬畏感是我们跟天地交换的一个频道。古时庄稼产下来之后，要进行谢恩仪式，合祭百神。因为要享用天地给我们的这些粮食，就要先感谢天地。祖先们留下来的许多传统节日，一大半都是表达感恩和敬畏的。因为只有感恩和敬畏才能与天地同频，才能实现天人合一，所谓“与天地合其德，与日月合其明，与四时合其序，与鬼神合其吉凶”。没有敬畏感，这些都合不上了，合不上，就要受到规律的惩罚。人类自从进入工业时代以来，随着技术的发展，渐渐萌生了征服世界的野心，疯狂开采，疯狂生产，疯狂消费，结果大家都看到了。

“惜”也同样重要。因为每一个珍惜的念头都连着一份能量。生命能量如面缸里的面粉，既需要我们装进去，又需要我们堵上漏洞。一个人有珍惜的心，说明他心的面缸下面没有漏洞。无漏的缸里装的就是无漏的幸福和快乐，古人把他叫作无漏之乐。更加实在地讲，这些能量会变成节省者自己的长寿、富贵、康宁、好德、善终，也会变成家族的长寿、富贵、康宁、好德、善终，自然会成为中华民族的长寿、富贵、康宁、好德、善终。换句话说，它会成为节省者自己的生命力，也会变成中华民族的生命力，变成我们实现中国梦的生命力。国家搞“光盘行动”，一方面为社会省下了巨大的财富，同时也保护了中华民族的集体能量，提高了中华民族的集体生命力。

节约粮食惯了就会节约时间；节约粮食惯了就会节约空间；节约粮食惯了就会节约生命。许多人拼命地让孩子今天学做面包，明天学做饼干，后天学做点心，孩子学了满脑子的面包、点心、饼干制作术，但就是做不出面包。为什么呢？因为没有教给孩子如何往自己生命的面缸里装面粉。

孝、敬、惜是人生这个大鼎最重要的三足。只有做到孝、敬、惜，才能把这个鼎立起来。孝、敬、惜的本质是感恩，是我们与世界沟通的桥梁。

感恩心、敬畏心、珍惜心，是一个人最重要的三种能量。一个人如果缺了孝，缺了敬，缺了惜，他就缺少了在社会中立足的根本，他要成功很难，要健康很难，要幸福也很难。

拥有了孝、敬、惜三心，就是拥有了感恩与爱，我们的心就是一个永远年轻的心，有生机的心。如果放弃孝、敬、惜这三足，那意味着人生的大鼎永远举不起来。

（原载《北京文学》2015年第1期）

母亲泪

冯积岐

我对母亲的最初记忆缘于1958年的“大跃进”。那一年,我五岁。我记得,母亲是清早起来出了门的,到了傍晚,母亲才没精打采地回来。母亲走进了灶房,喝了一大碗凉水,从厨房里出来,坐在了豆沙石的房檐台阶上,看了看我,很不自然地笑了笑,一句话也没说。后来,母亲告诉我,那时候,生产队里的干部总是整她们这些出身不好的女人,说她们给生产队里的田地里拉粪土时没拉够规定的回数,拔了“白旗”,罚她们去公社大院里拔草。母亲和婶婶几个妇女在公社大院里拔了一整天草,没喝一口水,没吃一口饭,傍晚时,才被赦免了。那一年,母亲仅仅只有二十四岁。母亲像叙述别人的故事一样给她的儿子讲述往事,没有忧伤,没有抱怨,连一声叹息也没有,那种淡定、淡然,像立在墙角的磨刀石一样。

父亲是对家里的任何事都不管不顾的人。记得那是我六七岁的时候,一个十分清丽的傍晚,我跟着母亲去邻村的水磨上去磨面。那时候,我们村还没有用上电,也就没有电磨子。幸亏,邻村有一座水磨,几个村里的人都去水磨上磨面。母亲的肩膀上扛着一斗玉米,腋下夹着装面的口袋和一把短笤帚,我拉着母亲的衣角,母子俩行走在窄小的乡村土路上。母亲走路很快,我一路小跑着,才能跟上母亲。果然,来水磨坊磨面的有好几个人。我和母亲只好排队等待。天黑尽了,水磨坊中点上了孱弱的马灯,昏黄的马灯给磨坊里投下了浓重而诡秘的影子,潮湿而发霉的气味和面粉的香味比灯光还亮眼。由于那渠水只有水桶那么粗,清清的水像没有吃饱饭的庄稼汉似的少气无力地推动着木轮盘,木轮盘无可奈何地带着一盘石磨,石磨发出的响声迟钝而可怜。不知等了多长时间,才轮到了母亲磨面。母亲把口袋里的玉米倒向石磨上的磨斗中,站在石磨跟前用手偶尔拨动一下。磨过两遍以后，母亲开始在石磨旁边的木柜里用箩儿箩面。我瞌睡得坐在水磨的磨柜上直打盹，母亲就抱起我，把我放在磨柜上，她说，你睡吧，一会儿娘叫你。我和石磨苍老的响声一同睡着了，我在睡意蒙眬中被母亲唤醒了——她已经把磨好的面装进了面口袋。母亲说，岐娃，咱回吧。等我走出磨坊，走上乡村土路的时候，睡意全消了。我记得，眉毛似的月亮紧紧地贴在西边的天上，天很高很蓝，没有风。我紧紧地拽住母亲的衣角，跟随着母亲很碎很快的步子。田野进入了梦乡，村庄也在酣睡中，我和母亲走过去的脚步声如同苜蓿地里淡蓝色的花儿一样，从远处的村庄里传来的鸡鸣狗吠声稀疏的雨点一样溅在我和母亲的粗布衣服上……那个情景，我至死不会忘记的。

1959年的初秋时节，村子里大我几岁的玩伴去学校里报名，我是一块儿去凑热闹的。可是，有几个玩伴却因为数不清手指头而被老师拒收。老师叫我数手指头，数了几遍我都数对了，老师就把我的名字写在报名册上了。老师问我，你家是啥成分？我说我不知道。老师说，你回去问你娘。我回到了家，给母亲说，我报上名了，母亲正在纳鞋底，抬起头来端详了我一眼，说，好么，好么。我说，老师叫我问你，咱家是啥成分。突然，母亲纳鞋底的右手僵在了半空，那根还没有完全从鞋底上抽出来的细麻绳子悬在了空中，仿佛那绳子的一头连着的是母亲的心而不是鞋底，母亲很困难地说，咱家是，是大农。还没等母亲再说下去，我跑到了学校给老师说，我娘说了，我家是大农。老师扭过头来看了我一眼，皱了皱眉头，说，你回去吧。后来，我才知道，这个老师家也是地主成分。他当然知道，我的母亲所说的大农是指的什么，因为在阶级成分中就没有“大农”。年轻的母亲明白，地主成分对于儿子来说或许就是一种耻辱一种伤害，她怯于说出口。可是，她不直接地说出来，就能护佑儿子免受成分之灾吗？母亲那片苦心，我长大后才明白了。

因为是地主家的女人，母亲在生产队常常受到欺负，邻居家的女人用恶毒的语言辱骂母亲，母亲只能缄口不语。母亲被人骂急了，也会理直气壮地还一句:我家也是贫农。母亲的话没错。外祖父家确实是贫农成分。母亲嫁到冯姓人家才背上了地主的黑锅。

母亲的忍耐、隐忍使我感到敬佩和自惭。生活有多煎熬，母亲承受多大的压力，有多大的委屈，她都能忍耐她都能隐忍。父亲一生不顺畅，脾气又很暴躁，他将他的不平、愤懑常常发泄在母亲身上。我记得，有一次，父亲抓住母亲的发髻，把母亲从房间里拖出来，顺手就是两个耳光。母亲没骂一声，也没哭一声，只是说，你打，把我打死算了。父亲在县政府当过八年干部，有点文墨，他骂母亲的言语很文化很尖刻，如刀子一般。父亲还在咆哮，母亲平静地说，我的儿子都那么大了，你还这么骂我，我还有脸没有？母亲说着说着流泪了。这是我第一次看见母亲流泪，母亲只是默默地流泪。

“文化大革命”那十年，家里吃了上顿不知道下顿在哪里，一家人的日子要母亲一个人操持。临到做饭，没有火柴点火，母亲就抓一把麦草，在麦草中裹一团穿了十几年的老棉花去邻居家点火，母亲将老棉花在邻居家的灶膛里点着，裹在麦草里，小跑着走进灶房，塞进灶膛，拉动风箱，才能用柴禾烧饭。家里要买一斤盐一包火柴，也要母亲去街道上借钱。母亲推着日子的磨棍，艰难地行走，她从未抱怨过一句。

已经到了1976年的夏收时节。我记得，那天是端午节，晌午，我和父亲以及两个妹妹去给生产队割麦回来，一看，母亲没在灶房里做饭，锅冰灶凉。我问祖母：我娘哪达去了？祖母说，没有米面做饭，大概出去要面了。一家人干了一大晌活儿，又饥又渴，回到家，却没有饭吃，即便我们是民国时期的长工也未必这样苦。父亲和妹妹他们坐在房檐台上，一脸苦相，我的饥饿已被心痛所取代——我们这是活人过的日子吗？我痛楚得眼泪花直喷。可是，有什么办法呢。不一会儿，只见母亲急急地从院门里进来了，她的脸色蜡黄，额头汗珠滚滚。她手里提着一个面口袋，一句话也没说，走进灶房，开始和面。等一家人刚吃完饭，出工的铃声又敲响了。母亲是怎么讨要的？是从哪个村子里要来的面？母亲是不是受了屈辱——开口讨要本身就很屈辱。我一直不敢问母亲，直至母亲去世，我也没有张开这个口。即使我问，母亲也不会如实告诉我的——她从不把自己的委屈向人诉说。她的巨大的承受力使我感到害怕。

有一年夏天，我们一家在生产队里的打麦场上碾打自留地的麦子。麦子碾毕，刚扬出来，忽然，雷声大作，乌云滚滚，眼看，雷雨就要来了。我和父亲慌忙地朝粮食口袋里装麦子，装好了三个口袋，母亲在旁边用绳子扎口袋的口。最后一个口袋装上麦子之后，又是一阵炸雷，偶尔有豆粒大的雨点落下来。就在这时候，父亲发觉，没有扎口袋的绳子。父亲质问母亲，绳子在哪里？母亲急忙认错，说怪她少拿了一根。粗暴的父亲即刻逼迫母亲解下裤带扎口袋，父亲开口便骂，父亲骂得很脏。大场里正在忙碌的农民听见父亲的叫骂哄堂大笑，父亲骂得太狠太毒了，比雷声还响亮。而父亲还在逼迫母亲解裤带——这对母亲是极大的羞辱。母亲流泪了，默默地流。这是我第二次看见母亲流泪。

母亲第三次流泪时，已是昏迷不醒了。

1994年腊月二十三晚上凌晨两点多，母亲独自一人从热被窝里爬起来，到一里以外的邻村电磨上给弟弟一家人磨好了过春节的面粉，天将明时回到家。回来后，她躺倒在炕上，没有再起来。1995年正月初二，我把母亲送到了岐山县医院。母亲每天都在发高烧，用什么药也退不下去。半个月过后，母亲处于半昏迷状态。她一醒过来，就给我说，积岐，你把我送回去吧，我不能再花你们的钱了，我的病恐怕看不好了，叫我死在家里吧。我一听，心如刀绞。母亲这一生，活得太艰难太可怜了。我彻夜不睡，坐在母亲的病床前，用酒精棉球给她揩擦额头和腋窝——试图降温。母亲已经不能言语。昏迷中的母亲一动不动。我看见，从母亲的眼角里突然流出了两行眼泪，默默地流。和许多农民母亲一样，我的母亲一生遭遇了太多的不幸，承受了太多的苦难，临走时，依旧牵挂着我的疾病缠身的父亲，牵挂着儿孙们的未来。我俯下身叫她：娘！娘！母亲一声也不能吭了，她的脸色苍白无光。我不忍心多看一眼，跑出病房，站在楼梯的台阶上，放声哭了。我无力挽救母亲的生命。母亲发了二十多天的高烧。可怜医生们连她得了什么病也没弄清楚，母亲就离开了我们，那一年，我的母亲仅仅六十一岁。

（原载《散文》2015年第11期）

鹰之死

祖克慰

一

我喜欢鹰。严格说，是喜欢鹰的飞翔。我在乡下时，在晴朗的日子，喜欢走上山坡，坐在松树下，坐在田梗上，坐在光滑的石块上，仰望蓝天，看白云在我的眼前掠过，看一望无际的蓝。鹰总是在我不经意间，出现在我的眼前。它有时在天空中飞翔，有时在我的眼前一闪而过，有时落在我前面的松树上。那时我就觉得，大地上的鹰真多，多得你想到鹰，鹰就出现在你的视线中。

我一直认为，鹰的飞翔，是所有鸟类中姿态最美的。是的，在瓦蓝的天空中，一只鹰在飞，它呼扇着两只硕大的翅膀，一上一下不停地扇动。然而，当你在眨眼的瞬间，鹰停止了扇动的翅膀，停留在天空中，一动不动，像定格在蓝天之上。其实鹰一直在飞，只是速度有些慢，缓缓地向下。如果是看到猎物，鹰盯着目标，像一支箭，嗖地一下射向地面，当你再看时，它已腾空而起，鹰爪上挂着一只正在挣扎的猎物。不管是扇翅飞翔，还是滑翔，再或者是箭一般的弹射。鹰，总是把最美的姿态呈现给你。

老家在乡下，有山有丘陵，山上有树，多是松树，密密麻麻绵延数十里、上百里。远远看，一片苍翠的绿色，把山遮蔽得严严实实，除了绿色，你看不到其他的色彩。走在松林里，一棵接一棵的松树，遮天蔽日，蓝天变得斑斑驳驳，硕大的树冠把人淹没，有一种压抑的感觉，让你透不过气来。丘陵上也是树，树多是杂树，刺槐、栗树、黄栌，偶尔有三五棵桃树，还有一墩墩栗毛,杂乱地生长在山坡上。走上山坡,你就走进了一片绿色。就是村庄,也长满了树,杨树、柳树、梨树、桃树、枣树、杏树,各种各样的树,把村庄染成一片浓绿。

鹰经常掠过天空,在山坡上盘旋,在村庄的上空盘旋,然后飘落在树梢上,盯着山上的野兔、飞鸟、野鸡,盯着村庄里的鸡、鸭。山上的野兔飞鸟野鸡,鹰可以肆无忌惮地捕猎,随心所欲地追逐。但村庄里的鸡鸭,鹰一般不敢轻举妄动,看着地上的美味,鹰总是小心翼翼地环顾四周,看到没有危险,才会腾空而起,然后把身体弹向猎物。

在乡村,生活太过枯燥,枯燥得看见什么都稀罕。天空中飞过一只鹰一只鸟,人们仰脸看半天;过一架飞机,人们惊叫着欢呼着,直到飞机没了影子;来一辆汽车,人们盯着看,直到汽车消失在人们的视线中。我没事时,喜欢走进山坡,看鹰看鸟。汽车我不喜欢。有一次,村子里来了一辆吉普车,看到车门开着,我刚坐上去,还没把座位暖热,那个师傅瞪着眼,大吼一声,把我从车上拉了下来,还踢了我一脚。后来,我看见汽车就远远地走开,一眼也不想多看。飞机我会看,但不会仰着脸傻傻地看半天,我觉得那不属于我。我觉得,只有鹰只有鸟才属于我,我想怎么看就怎么看。

在村子里,有人不喜欢鹰,他们家的鸡鸭丢失了,怀疑是被鹰叼走了。但我不这么认为,鸡鸭丢失,也可能是黄鼠狼,也可能是狐狸,也可能是狼,为什么是鹰呢?我家有一次丢了一只鸡,我妈非说是鹰叼走了,骂鹰可恶,骂鹰该死。我对我妈说,不是鹰,是黄鼠狼把鸡叼走的,我亲眼看到的。其实,我根本就没看到鸡是被黄鼠狼叼走的。

我就这么喜欢鹰,为什么喜欢,其实我自己也说不清。也许,那个年月,鹰的飞翔,给我寂寞的生活增加了一些色彩。

二

我时常在寂寞的时候,在心情烦闷的时候,在遭受挫折的时候,走上山坡。山坡就在我家的房后,我沿着缓坡,走上坡顶,坐在一块麻骨石上,傻傻地看树,从眼前看到很远的地方,把树林看成一片凝重的绿色;

傻傻地看天空，看蓝天上的白云，看白云下飞过的一鸟群，看一只鹰出现在我的眼前。有些时候什么也没看到，有些时候真的就看到一只鹰，或者多次看到鹰在天空上盘旋。

没有农活干时，我会走到远离村庄的地方，独自看天空，看大地，看树林，看河流，目光漫无目标。在村庄之外，更容易看到你想看又看不到的事情。比如看到乡村青年男女在树林里恋爱，看他们亲嘴，偶尔也会看到他们媾和。我和锐就看到过邻村的一对男女，在松树林里野合，看得锐满面通红，用双手捂着眼睛。

锐是我在乡村时的女友。严格说，锐不是我的女友，虽然我对她心存好感，却没有一点爱的感觉。但锐死心塌地地喜欢着我，喜欢得一塌糊涂。我觉得锐有点傻，我哪点值得她喜欢？论家庭，穷得叮当响；论相貌，也不是特别的帅气；论地位，我家三代农民，没有一个当官的。可锐却莫名其妙地喜欢我，这让我有点不理解。

行走在山野里，除了人与人之间的趣事，你还会看到一些平时不容易看到的动物奇趣。我曾在山坡上看到两只狗连蛋，就是狗交配，两只狗正在淋漓舒畅之时，被我惊动，于是屁股对着屁股拼命挣脱，但任凭怎么挣也分不开，急得唧唧咛咛地叫个不停。看狗连蛋，比看人亲嘴看人野合更有意思。曾经有一次看到过一只狼，从我眼前十几米远走过，它看到我吓得一愣怔，停下了脚步，看我站着没动，呲了呲牙，然后晃悠悠地走进树林，吓得我出了一身冷汗。我还看到过狐狸与刺猬的较量，狐狸看到刺猬后，跑过去抓刺猬，刺猬就缩作一团，任凭狐狸把它推得团团转，就是不露头。狐狸虽有点不舍，却没有办法，只好无奈地离开了。动物之间的争斗，看着真的很刺激。

在我的记忆里，最惊心动魄的是鹰抓野兔。我不止一次地看到过鹰与野兔的殊死搏杀，看得我心惊胆战。我觉得，自然界里残酷的搏杀，一点也不比人类逊色。看鹰抓兔子，绝对不亚于现在看一场惊悚的电影。

有一次我在南山岗挖花生，累了坐下休息，看到一只鹰蹲在一棵高大的松树上，眯着眼，似睡非睡的样子。突然，鹰的翅膀抖了一下，我还以为是我惊动了它。没等我眨一下眼，那只鹰噌地一声从树梢上弹起，向一块空旷的花生地飞去。我看到一只野兔从花生地里跳出来狂乱地奔跑。四条腿的野兔虽然善于奔跑，但跑不过天上的飞鹰。那只野兔可能是一只年轻的兔子，它没有经验，不知道躲避，不知道迂回，只管直线跑。鹰一个俯冲，一只爪子就抓在野兔的屁股上，野兔本能地回过头看，鹰趁机把另一只爪子刺进野兔的脖子里，野兔扑腾了几下，就不动弹了。

动物界的较量，没有永远的胜利者。还有一次鹰抓野兔，遇上了一只很有经验的老兔子，鹰就没有上次那么幸运了。野兔看到鹰扑过来，先是左跑然后右跑，不走直线，哪里有树林荆棘，就往那里钻，但最终还是被鹰抓住了屁股。但老兔子很狡猾，它不回头一个劲地跑。鹰的爪子刺进兔子的肉中，无法自己拔出，被老兔子拖着跑了很远，差点被兔子拖死。幸运的是，鹰最终挣脱了老兔子，幸免一死。

还有一年夏天我和锐去南洼，意外地看到一只鹰惨死在兔子的手中。那是一只很有实战经验的野兔，看到鹰斜着身子俯冲下来，迅速地躲开鹰的利爪。野兔躲开鹰后，并不逃跑，而是四仰八叉地躺在地上。鹰不知是兔子的计谋，扇动着翅膀向野兔扑去。就在这时，野兔突然弹出后腿，重重地踢在鹰的肚子上，鹰猝不及防，一头栽倒在地上，呼扇几下翅膀，再也没有飞起来。

那场面十分的惊险，看得锐时不时地发出一声夸张的尖叫，用头往我怀里拱。锐说，兔子能杀死一只鹰，我还没看到过。不过，鹰该死，想吃兔子反倒送了命。锐对鹰没有好感，她家住在东山坡，孤零零的一家，喂的鸡鸭，时常丢失。锐一直认为，她家的鸡鸭，是被鹰叼走吃了，她恨鹰偷吃她家的鸡鸭。

那只鹰被我捡了回去，做了一个标本。后来，我把那只鹰标本送给了一个叫蕾的女孩，她是我的初恋，是一个我爱着的女人，也是一个爱着我的女人。遗憾的是，因为贫穷，我们最终没有走到一起。那个叫蕾的女孩带着那只鹰标本，带着无奈和忧伤，消失在我的视线里。

三

秋天，我在地里收玉米。那一年的玉米棒子格外大，看着喜人。二分玉米地，屁大一块，掰了满满一架子车玉米棒子。我拉着玉米棒子往家走，快到家时有一个缓坡，我撅着屁股伸着头，吃力地往上拉，车轮胎就像瘪了气，再用力也不往前走，还直往后退，累得我满头大汗。正在发愁时，觉得身子猛一轻，架子车骨碌骨碌往前转。扭过头，原来是锐在帮我推车子。

刚到家，不等我把玉米棒子卸下来，锐就拉着我走。锐对我说，她家的鸡又丢了一只，刚才看到一只鹰，蹲在她家屋后一棵老松树上。那棵松树我知道，长在东山坡顶上，粗壮高大，鹰蹲在树梢上，居高临下，两面山坡都在它的视线之内，有个风吹草动，看得清清楚楚。锐喊我，就是让我帮忙杀死那只鹰。

走到东山坡，果然看到那只鹰，还傻不拉叽地蹲在树梢上。锐用手指着鹰说，就是那只该死的鹰。我心想，这只鹰也真该死，蹲在那里长时间不飞走，等着找死。锐的父亲拿出一支土枪对我说：瞄准点，把它打下来，省得再祸害家里的鸡，正下着蛋呢！

说实话，我有一两年不打猎了。自从两年前放走那只怀孕的母兔以后，我就发誓不再打猎。那只怀孕的母兔，在我用枪对准它时，它既没有逃跑，也没有惊恐，用平静的目光望着我，等待着死亡的降临。就是那次打猎，让我对动物有了怜悯和敬畏。可我无法拒绝锐，这个对我痴迷的女孩，她总是在我需要帮助的时候，出现在我面前。对于锐提出的要求，我没有理由拒绝。

我掂着枪，猫着腰，像一个贼，蹑手蹑脚地靠近那只鹰。我知道，这只鹰并非就是叼吃锐家鸡的那只鹰，可是它出现在不该出现的地方，因此，它的结局，只能是悲剧。在离鹰三十多米的地方，我站住了，靠在一棵松树上，把枪架在松枝的枝桠间，瞄准那只毫无防备的鹰。此时，我只要轻轻地扣动枪机，那只鹰就会随着一声枪响，从树上掉下来。

我不能打死它，自从我发誓不再打猎的那天起，我从没摸过枪，也没有伤害过一只生灵。我轻轻地用枪拨拉一下松枝，树枝发出轻微的响动，可那只鹰并没有听到树枝的簌簌声，依然蹲在那里。我想再拨拉一下树枝，但我不能，我的身后不远，站着锐和她的父亲。

我把枪口稍稍抬高了一些，也许这样，那只鹰能逃过一劫。可是，土枪装的是铁砂，铁砂射出枪口就会形成扇面，鹰在枪响时，会本能地起飞,这样一来,我没有把握不击中鹰。于是,我把枪口向下挪了挪,这样虽说有点明显,但不容易击中那只鹰。我就这样想着,扣动了枪机,随着一股青烟和“砰”的一声枪响,那只鹰呼扇着翅膀飞走了。

听见枪响,锐和她父亲跑了过来,其实,他们已经看到,那只鹰飞走了。锐说,你的枪法不是很准吗?怎么没有打中?我不好意思地说:打得有点偏低,失手了。锐的父亲看着我,笑笑说,常在河边走,哪有不湿鞋的,没打中也把它吓个半死,这只鹰,怕是以后再也不敢来了。

我说:是的。只要它不是只傻鹰,它就不会来。锐说:你才傻呢,枪口放那么低,能打中吗?锐的父亲走后,锐对我说,别以为我不知道,你是故意放走那只鹰的,对不对?看我有点不好意思,锐又说:我不怪你,这说明你心地善良,以后会对我好的,是不是?

四

秋天刚来,农活就出来了。先是掰玉米,接着是收花生,豆类开始采摘,水稻也金灿灿的。秋天的某一天,我在地里摘豆子,不大一块豆地,半晌就摘完了。天有点热,闷热那种,这样的天气,人是受不了的。那热,你感觉不到热的流动,但时时就在你的身上弥漫,很沉重的那种,好像就压在你身上,让人喘不过气来。

田埂上有一排桐树,硕大的树冠,留下一片树荫。我点燃一支烟,坐在树荫下凉快。树上有两只麻雀,也不怕人,在我的头顶叽叽喳喳地叫着,跳来跳去。还有几只麻雀,在豆地里蹦跳。我不知道它们是不是在觅食,我想小小的麻雀,是咽不下豆粒的。也许是在啄食草籽,或者是在寻找一条虫子。它们不知道热,在田野里玩得自由自在,玩得开心快乐。人是不能与麻雀比的,人怕热,麻雀却不怕。人不自由,麻雀自由。麻雀想干什么就干什么,人想干什么干不成什么。比如我,不想摘豆荚,可父母逼着我摘。我就想,有些时候,人还不如一只麻雀活得自在。

正在想麻雀时,冷不丁看见一只鹰追逐一只野兔。在乡村,野兔随处可见,经过一个夏季的繁殖,野兔格外的多。到了秋天,食物充足,野兔膘肥体壮。走在山野里,时常可以看到野兔从树林里,从庄稼地里跳出来，飞奔而去。鹰抓野兔，并不鲜见，时不时就能看见鹰与野兔的搏杀。

我眼前的这只野兔，看到鹰后，并没有恐惧地惊叫，也没有四处狂奔，而是朝着田埂上的那排桐树跑去，然后蹲在桐树下，瞪着眼睛观察着鹰。鹰在桐树上空盘旋着，盯着野兔，但始终没有冲下来抓野兔。其实，不是鹰不想抓野兔，而是不敢冲下来抓。鹰是担心冲下来时撞到桐树上，撞折翅膀。这只鹰在天空中盘旋了一阵，无可奈何地向远方飞去。看到鹰飞走后，野兔从桐树下跳出来，一溜烟钻进庄稼地里，没了影踪。

说野兔狡猾，一点不假，这只野兔，不费吹灰之力，就把凶猛的鹰斗得灰头土脸。不过自然界就是这样，斗智斗勇，适者生存。弱小的野兔，在弱肉强食的生存环境里，只有依靠自己的智慧，才能繁衍生存。

我这样想时，锐气喘吁吁地站在我的面前。锐说：让我好找，我都跑半架山了。我说：啥事啊，把你慌的？锐说：那只傻鹰又来了。我说：那真傻到家了，跑来找死啊！锐说：赶紧走吧，这次可不能让这只傻鹰再跑了。其实，锐说的那只鹰，谁知道是不是上次的那只鹰。我们老家这一代，天上飞的鹰，大多是苍鹰，长得一模一样，很难分清是哪只鹰。

回去的时候，我对锐说：你喊喊小江，他的枪法比我准，我没有把握杀死那只鹰。小江是我们村子里有名的打猎能手，经常上山打猎，次次不落空。我让锐喊小江，是有缘由的。小江喜欢锐，一直在暗中追求锐。小江多次问我：哥，你到底喜不喜欢锐，要是不喜欢的话，就干脆挑明。要是喜欢，就不要拖着，给她一个明确的答复。我对小江说：我与锐只能是兄妹，是不可能成为夫妻的。小江说：你不喜欢的话，那我就开始追锐了。小江追了一年多，可锐不喜欢他，从没正眼瞧他一眼，这让小江很伤心。

小江曾经对我说：哥，你说为啥锐不喜欢我？论家庭，我们家比你家富裕吧，是不是？论长相，我也不比你差，是不是？论地位，好歹我爹也是村里的支书，不比你家差吧，是不是？要说我不如你的地方，就是我没有多少文化，不会写文章。我就搞不明白，写文章能当饭吃还是能当钱花，你说是不是？

小江说的是实话，他各方面条件都比我好，可锐就是看他不顺眼。

我也曾劝过锐，可锐说：小江人不错，可不知道为啥，我就是不喜欢他。就像我，对你那么好，你却不喜欢我一样。有些事，是说不清的，我现在想通了，看缘分吧！

我和小江和锐赶到东山坡时，那只鹰早已飞走了。锐说：这只傻鹰，这次咋就不傻了。小江说：飞走就算了，这事就交给我吧，只要傻鹰再来，我就让它有来无回。

五

锐交代的事，小江很上心。没事的时候，小江就拉着我到东山坡瞎转悠，等待着鹰的出现。我们俩蹲在山坡上，抽着烟，眼睛盯着天空。山坡上很寂静，除了风，除了虫鸣，除了几声鸟叫，就是我们的喘气声。我们期待的鹰，一直没有出现。

烦躁的时候，小江就骂鹰。鹰听不见小江骂，当然也就不会来。就算鹰能听见小江骂，鹰也不会来。鹰也不傻，躲都躲不及，还能飞过来吃小江的铁砂子。锐不喜欢小江，大概不是因为小江读书少，不会写文章，可能跟小江急躁的性格有关。

鹰是在我们等待了三天后飞过来的。那天我和小江很无聊，一边在山坡上抽烟，一边投掷石子打锐家的鸡，石子打在鸡身上，鸡疼得咯咯叫着满山跑。可能是鸡的叫声吸引了鹰，一只鹰出现在天空上，然后落在东山坡顶的那棵松树上。鸡看到鹰飞过来，吓得扑棱着翅膀往家跑。鹰看着鸡满山跑，没有追逐鸡，而是蹲在松树上，居高临下，一副胜利者的姿态。

看到鹰稳稳地蹲在树梢上，小江把烟头掐灭，用脚踩了踩，掂起手中的土枪对我说：哥，这次可不能让它跑了，我俩同时瞄准，我先开枪，如果没打中，你就迎头开枪，要快。说实话，我虽然枪法准，但能不能打下一只惊飞的鹰，心里没有把握。不过，打中打不中，对我来说，并不重要。因为，我并不想射杀这只鹰。

那只鹰昂着头，不时地扭着头四下环顾，似乎是在观察附近随时出现的美味。但它不知道，此刻，一只黑洞洞的枪口已经对准它，危险正在降临。小江是猎手，把枪架到松树枝桠间，还没等我架好枪，小江的枪就响了。随着枪声，那只鹰嗵地一声，掉在了地上。原来，小江并没有打算让我开第二枪。

看到鹰掉在地上，小江把枪一丢，跑过去捡那只死鹰。可当小江跑到鹰跟前时，那只鹰挣扎着站起来，呼扇着翅膀向前奔跑。鹰跑过的地上，留下一道道鲜红的血，足足跑了十多米。然后蹲在地上喘着粗气，每喘一下气，就有一股鲜血涌出，那场景十分的惨烈。看到鹰蹲着不动，小江跑过去伸手去抓那只鹰，就在此时，那只鹰在小江手中猛地弹了一下，把利爪狠狠地刺在小江的手掌上。小江"哎呀"一声，咧着嘴巴，把那只鹰狠狠地摔在地上，鹰弹弹腿，躺在地上不动了。

小江捡起那只鹰，用手不停地扇着鹰的头，边扇边骂:狗日的鹰，都快死了，还有劲抓我。我叫你抓我，我叫你抓我，你个该死的东西。咋，你还敢瞪我，信不信，我把你的眼珠子抠出来当泡踩？我看了看小江，有点不耐烦地对他说:你手不疼了，还有力气打一只死鹰？

这是一只硕大的苍鹰，背部棕黑色，腹部密布着灰褐色和白色相间的横纹，尾巴灰褐色，大约有两斤多重，这样大的鹰，在我们家乡是不多见的。那只鹰已经死去，两只眼睛睁着，满眼的迷茫。鹰的翅膀耷拉着，沥沥拉拉滴着血。

我不敢再看那只鹰，我觉得，那只鹰的眼里，除了迷茫，还有一种无法言说的东西，是不甘还是仇恨，我说不清楚。

六

那一年秋天，挖过花生，割罢稻谷，刨完红薯，锐和我做短暂告别之后，流着眼泪，伤心地离开了家乡，去了北方的一座城市打工。这是1990年的深秋。

小江在锐走后不久，也离开家乡，去城里找锐。两年之后，小江如愿以偿与锐结了婚，婚后两人一起去了南方。

生活似乎还沿着原来的轨迹运行。早晨炊烟升起，夜晚暮色朦胧。山坡还矗立在那里，河流依然东流。只是，山坡长满了斑秃，树林日渐减少,河流慢慢浑浊。成群的飞鸟,在天空中消失。山野里,野兔也少了很多。

原来的山坡上,树木稀疏的地方,变成了土地。先是张家开一块荒地,后来是李家也开一块荒地。山坡上土地多了,树木就少了,山坡没有了昔日的苍翠。

1992 年秋天,家乡兴起了大规模的开荒造地,大片大片的松树林,在刀凿斧砍声中,在痛苦地呻吟中,轰然倒下。曾经茂密的树林,变成了一块块梯田。人们在一片欢呼声中,收获着花生、红薯、小麦和绿豆、黄豆。

90 年代中期,随着打工潮的兴起,村子里的青年男女,怀揣着梦想,离开了赖以生存的家乡。或南下,或北漂,把乡村甩在身后。乡村里,留下的是老人和孩子孤独的身影。山坡上的梯田,随着青年男女的离开,慢慢荒凉了,大片的梯田,长的不再是庄稼,而是丛生的杂草。

曾经人欢马叫的乡村,陷入长久的寂静。甚至连常见的鸟儿们,也形单影只,孤独地鸣叫。村庄里没有了鸡鸭,山野里没有了野兔,鹰也就不再光顾。

那一年,我揣着一颗落寞的心,离开老家,应聘到一家金融单位从事文秘工作。

那一年,听说锐与小江离了婚。据说小江生性多疑,性格暴躁,家庭里经常硝烟弥漫,两人最终分道扬镳。

锐、小江和我,还有曾经在天空飞来飞去的鹰,都很少回到我们曾经生活过的村庄。偶尔走进久违的村庄,也无缘相见。村庄里,多少人和事,多少美好和丑陋,随着时光流逝,被岁月的风尘轻轻掩埋。

(原载《山花》2015 年第 9 期)

舞煤者之殇

蒋 新

一

一看到煤，就想起他——那个说话瓮声瓮气的小学同学，和我出身相同的煤炭子弟。

可是，他在两年前就离开了这个充满热闹、诱惑和迷人的世界，我则在羊年来临之前才得知这一不敢相信的确凿讯息。

太晚了。他葬身于风驰电掣的车轮之下。

生命年轮永远定格在六十岁上。

二

他叫王炳章，除了老师上课这样称呼他，熟悉的人都叫他大章。大章腿脚不好，瘸。我不想这样说，好像有歧视的因素掺在里面，然而，这是我认识他时的第一印象，很深刻，抹不掉。残疾的是左脚，且相当厉害，前掌与脚心以后的部分几乎折成九十度。他鞋上的鞋带特别长，不仅要系在鞋上，还要牢牢地拴在脚脖子上，样子十分独特，像调皮的孩子模仿芭蕾舞演员翘起的脚。脚前掌成为支撑身体重量的一个点。视觉里有些说不清楚的别别扭扭，可怜？难受？别扭？似乎都有，但理不出来，看他的脚像听《二泉映月》。

放学的时候，班主任留住他，喊住我，还留住其他几个同学。把我介绍给大家后说："王炳章，你们又多了一个伴，上学放学一块走好了。"

那时，我家刚由城里搬来煤矿住宿舍，我便转到煤矿子弟学校读书。此时才知道，大章他们几个与我住在同一个宿舍区，而且大章的家与我家仅隔两排房。他成了我在这里念书时距离最近的同班同学。

学校距离宿舍大约四五里路，除了百米长的煤屑路、百米长的青石板路外，全是深深浅浅、坑坑洼洼的黄色土路。路弯曲像蛇，绕来绕去，要穿过一个宿舍区，一个村庄，经过一座石桥，走两个长长的坡(崖头)。几里路放在健康人的脚下不是难事，尤其不知疲倦的小学生们，路上还没有说够玩够笑够，几里路就被热闹碾过、覆盖了。但对大章来说，每次行走，似乎都是一次马拉松。六十年代，矿工家里难得见到自行车的影子，更不用说轮椅了。家长脑子里也没有"接送孩子上学放学"的现代概念。一切行动靠自己。我记得他好像有一副简易的木拐，但极少见他使用——用拐才是残疾人，不用说明不完全是残疾人。我曾经用自己创造的理论来冲淡《二泉映月》对我的视觉影响。

大章和我们一样，天天步行上学。我们几个按照老师的嘱托，组成"一帮一"学习互助组。与他一块儿上学、回家、做作业，这成了每天不可少的功课内容。他行走很特别，要靠屁股的扭动发力，两肩随着屁股的扭动摆来摆去，身体起起伏伏，深一脚浅一脚的，如同在山路上跳跃。平时还好说，雨天就极为难走，黄黄的泥巴紧紧地粘在鞋上，像被什么咬住了似的，甩都甩不掉。那次下雨，他穿着雨衣走在我们中间，每当左腿往前迈时，他都用手使劲按住右膝，把那条有病的腿提过来。看到他吃力的样子，我们想扶他，可每次都被他毫不客气地推开。他的脸红红的、沉沉的，嘴巴一张一合，喘着粗气，往前挪动。两条深浅不同的鞋印叠加往前，不规则地烙在走过的泥泞路上。

人什么都可以有，但不能有病。病常常成为身体最大的"短板"和让人家取笑的话柄。有些同学背后偷偷地喊他"王瘸子"，或者唱他的片子："王炳章，真正能，一瘸一踮定太平。"他知道同学起的绰号，但他很无奈，听见了也假装听不见，谁叫自己的脚不争气呢。喊急了他也生气和发怒。我曾见他紧紧地攥住一个瘦小同学的胳膊不松手，那同学疼得把腰弯成了一个大虾米、泪在眼里团团转，直到求了无数次饶，他才撒手。他的手劲很大，扳手腕全班第一。同学都怕他的手劲，为了不让他逮住，常常偷偷地小声嬉戏或者远远地逗他。有时,他也会瞪着两只大眼盯看偷着喊他绰号的同学,直到把对方盯得低下头或者把眼睛藏起来,他才收起咄咄逼人的目光,坐在凳子上喘粗气玩铅笔。

他在班里属于“大哥大”,十岁上一年级,中间又留了一级,我转学来上二年级,那时他已经十三岁了。他眼睛很亮,皮肤很白,方正正的脸上很少有少年的笑容。大章不是天生的残疾,三岁以前他的左脚与右脚完全一样正常,他母亲曾经将他小时候的照片拿给我们看——梳着整整齐齐的小分头,很精神地站立在父母中间。因为发烧,医生把冷冰冰的针打在了幼小的腿神经上。从那以后,他的左脚就成了现在的样子。在他跟前最好别提医院医生之类的字眼。一提,他就骂,让医生都绝种。绝种,是他骂人词汇中最厉害的武器。

为了让他少走路,放学后我们一般都拥到他家做作业。大章的母亲每次都早早地把小桌子和小凳子给我们准备好,然后坐到门口纳鞋底或者择菜,其实是给我们“站岗”,不让邻居大声说笑或者小孩进屋影响我们。他父亲是煤矿上的运班工人,在井口负责摘挂运输小滑车。喜欢喝酒,喜欢说话,而且嗓门特别大。在他家学习如果碰到他喝酒,就听他数落儿子:“大章,你啥时候能给我考个六十分、八十分的……”往往他一唠叨,我们便互相使眼神,以写完作业为由,悄悄地溜出充满酒香和唠叨的家门。我们不愿看到大章挨熊的尴尬样子。

读完初小四年级,不知是他父亲的想法还是他自己的想法,说什么也不再念书了,到家属委员会报名待业,成为矿上年龄最小的待业青年和唯一的残疾青年。那年,他刚刚十五岁。

我们上初中的时候,他已是公社(镇)开办的小煤矿上的过磅员,开始挣钱养家了,每月能开二十一元钱,真的有些让我们羡慕、嫉妒和眼馋。

三

上世纪六七十年代,煤炭像食品一样珍贵和紧缺,不但不好买,而且买也要用煤票。城里人取暖煤每人每年只有三五百斤,农村连这一点都没有。一些想用煤的人便想方设法偷偷买高价煤,或者托关系到小煤井上去买煤。过磅员成了买煤人必须经过和讨好的重要关口。一吨煤多几十斤或者少几十斤根本看不出来,也就一锨两锨的事儿。买煤人为了有点赚头,经常悄没声息地塞给过磅员一盒烟或者一点土特产之类的东西。

大章的命运在过磅中悄然发生着改变。

原来他骑一辆大金鹿牌自行车上下班,这车与其说骑,不如说是他行走的拐杖和带东西的工具。每次下班经过长长的宿舍区,一些比他年长的邻居就跟他开玩笑,指着车后座上鼓鼓囊囊的口袋问他:"大章,今天带的啥? 地瓜还是地蛋(土豆)?"

大章已经习惯了邻居们的玩笑,每次都喘着粗气无表情地"吭"一声,不答复不肯定也不否定,一瘸一踮地推着车子穿过被嘻嘻哈哈拉起来的无形甬道。他知道背后有邻居议论他,也清楚朝他射来的目光里有羡慕也有眼馋。他不再羞涩,而是用不断拔起的胸迎接各种目光。每天在这丰富多彩的目光里闪进闪出,如同享受温泉的沐浴,让曾经卑屈的自尊心得到极大满足。

他像一颗星一样升腾起来,牵着人们注视的眼睛。

四

宿舍都是依山而建的平房,北高南低,中间有两条交叉贯穿东西和南北的土路,虽然坑坑洼洼,但十字路宽绰,有石碾,有厕所,有小卖部,有路灯,还有四五棵窜天高的白杨树。这里自然而然成了邻居们凑热闹的"小广场"和信息采集与释放的集散地。大章的父亲几乎天天到这里来。拿个马扎子一坐,便与邻居海阔天空侃起来。大章上班以后,他脸上的笑意渐渐多起来,不断浓密和叠加着高兴的厚度。有时说,莱芜沙地的长果(花生)比土里长得香;有时把烟拿出来分给邻居抽,边分边说,这盒金叶烟是老大给的。老大就是王炳章。老爷子很少提王炳章的乳名了,也很少在人前嚷嚷,张口就是老大怎么怎么的。谁也没有想到,曾经被他父亲处处数落的残疾人王炳章,给他父亲带来了那么多引为自豪的面子。

后来，人们发现，王炳章下班的时候，经常有拖拉机把他送回来，拖拉机上面还有那辆自行车，很神奇、很精神地挺立着，与主人一同检阅似地穿过宿舍区的黄土马路。有的邻居教育孩子：好好跟大章学，将来也有拖拉机坐。

他的命运在靠山的小煤矿上不断发生着变化。

有次，有个家在惠民的农村叔叔请父亲帮忙，想给老家买吨煤。父亲把家里积攒的煤票都给他，也只有半吨多。父亲让我找王炳章想办法，看看能不能帮帮忙。于是，我第一次走进了他上班的小煤矿。那是公社开的一个小煤井，井架很矮，但十分忙碌，吱吱的井架声断断续续地响着。煤场紧挨着井架，但没有煤，几个拿铁锨的人在等待，一筐煤从井架上来，倒出，便被他们瞬间抢到自己的车里。小煤井与我们参观过的大煤井没法比，职工上井下井和被挖出的煤炭同走这个井口。工人上下井，乘坐的不是电梯似的罐笼，而是一根光滑的木棒。那人骑在木棒上，便由绞车缓缓地送下去，或者缓缓地拉上来，每次只能上下一人。看了职工乐呵呵地上下井，心里发紧，觉得那煤炭出来得真不容易，怪不得煤矿人把煤看得那样珍贵，也怪不得父母常念叨"不要费炭"。

大章已经不当过磅员，到办公室开票去了。他的办公室与井架相对，在一排红瓦低矮的平房中间。房子每个门口都挂着一块窄长的白木牌，牌子不整齐，但很醒目。大章那间屋的牌子上写着"供销科"。屋里有三张桌子，他在最里面靠墙的位置。进进出出的人流不断，还有四五个人坐在联椅上吸烟。浓浓的烟雾使低矮的屋子更加昏暗。

他看到我，没有惊喜，没有惊讶，也没有站起来，只瓮声瓮气地跟我打招呼："来了。"指指对面那把椅子，示意我坐下。接着问我："有事？"顺手拿起桌子上的泉城牌香烟，抽出一根抛给我。

进进出出的人多数来找他，我担心说出来让他难为情。他见我吞吞吐吐，便直达主题："是不是想弄点炭？"

我扫描一下屋里的人，急忙点点头。

"多少？"

我看他不回避那些人，也不再藏掖，痛快地告诉他："一吨吧。"我想，即使他拦腰砍去一半，也完成父亲交给的目标任务了。

他没吱声，顺手拿出一张白纸，写了“请发原煤一吨”六个字，签上名字和时间后递给我，让我去财务交钱，脸上依旧没有同学相见的那份亲热表情。

我没有想到事情办得如此顺利。原来以为他忘记了同学之情，因为每次回家碰到他总是两个字——“来了”或者“走啊”，似乎是无可奈何地打招呼。这次若不是父亲下令给人家解决困难，我大概不会去找他。

父亲很高兴，说，大章帮了咱一个大忙。

我参加工作不久他就结婚了。是小学同学中第一个结婚的，那时他刚二十一岁。新娘是黄河以北的农村姑娘，很漂亮。好事的邻居背后指指点点地说：“好花插到牛粪上了。”也有邻居猜测说，媳妇是大章用炭换来的。听说那姑娘很贤惠很能干、对大章也十分疼爱，这些都是大章父亲摇着芭蕉扇说的。于是，宿舍区里又有了新的说辞和故事：大章腿不好，可他命好。

我只遗憾他没有请同学们喝喜酒，据说一个也没有请。

他为什么不请呢？

五

大章的早逝让我很难过，死于非命的他大概自己也没想到。可是，没有想到的事情还是毫不留情地碾过他那残疾的躯体。

他有一儿一女，儿子的儿子已读小学，女儿的女儿也上幼儿园，可他已经听不到“爷爷”、“姥爷”的亲切呼喊、感受不到儿孙绕膝的天伦之乐，只能在另外一个世界，用人们听不到的声音祝福他们。

我开始关注驶过身边的各样车辆，望着那些飞快的车胡思乱想和瞎琢磨，什么车驾人呀，人驾车呀，路霸呀，车奴呀，想着想着，酿成一句只有自己听见的话：车呀，慢一点吧……

当然，慢一点的不只是车。

灵魂不需要风驰电掣，真的不需要那么快。

（原载《散文百家》2015 年第 6 期）

真水无香

李　皓

妈妈的话越来越少了。

往家里打电话，一般都是爸爸接的。如果我不是刻意让妈妈接电话，妈妈是断不会抢着接电话的。爸爸说，只要妈妈听说是儿子来的电话，爸爸在这头讲电话，妈妈在那头兀自偷着乐，一脸的知足。

有时候爸爸出去锻炼，或是到邮局取报刊，妈妈一个人在家的时候，我的电话打过去，妈妈接过电话第一句话就会问："你找你爸有事啊？"我说："有点事，也不是什么大事。"妈妈就说："哦，那就等你爸回来再打给你！没有什么事就挂了吧，省点儿电话费，哈！"我正打算跟妈妈聊上几句，只听电话那边已传来无情的"嘟—嘟—"的蜂音。那时那刻，我就"恨恨地"想：难道妈妈就不想儿子？难道妈妈就这么"狠心"？

妈妈的"狠心"，我是多有领教的。

前几日路过家乡小镇，顺便回父母家探望。小坐了个把小时，临行，我们的车驶离家属楼，妈妈竟然跟着车走出好远。我打开车窗向妈妈挥手："回吧！回去吧！"妈妈也不说话，只是远远地站住，直到我们的车驶离她的视线。

一向"狠心"的妈妈，幼时经常打我骂我的妈妈，无言无语中现出老态，我的心一阵发紧……

1

在我十岁以前，爸爸远在鞍钢工作，妈妈一个人拉扯着我和妹妹生活在乡下。一家之主不在家，我们娘儿仨基本可以被视为孤儿寡母。妈妈既当爹，又当娘，家里家外一个人。

小孩子在外面惹是生非是免不了的，通常是跟小伙伴打了架，回了家又要挨妈妈的巴掌。年幼不懂事，看妈妈既要种田，又要忙活家务，每天累得半死，我却成天跟小伙伴到处胡作，上树掏鸟，下河摸鱼，一玩就是一天，天黑了妈妈不满屯子喊遍了绝不回家。这时妈妈就会气不打一处来，烧火棍、鸡毛掸子就飞将起来，在我的脊背和屁股上留下一道道绺子。

然而，一觉醒来，经不住小朋友的口哨、暗号，趁妈妈一不留神就溜之乎也。用妈妈的话说：顺着粑粑尿儿就跑了。妈妈气得不行，索性骂了起来：你这个披麻袋的荒料，什么时候能懂点儿人味啊？

玩累了，我索性决定独自一人去姥姥家过年。想不到，“狠心”的妈妈竟然毫不犹豫地同意了。

那是 1978 年 1 月，也就是我上小学一年级的第一个寒假。此前七八年的童年，我几乎年年都是在姥姥家过年。不为别的，只因为姥姥家人多，热闹，有意思，当然姥姥的厨艺对我也有着无与伦比的吸引力。还有一个原因，就是在鞍钢工作的爸爸为了省路费，常常不回来过年。

妈妈把猪肘子、猪心装进一个筐里，上面用一块花布蒙上，就含着眼泪打发我上路。当时我完全没有意识到，这一步，对于我个人而言，在接下来的生命体验当中，具有划时代的意义。

我自是欢天喜地，完全不顾及妈妈的感受，扤着筐就大步流星地走出了家门。

姥姥家在临近的另外一个公社(现在叫乡镇)，与我家隔着三四十里的山路。那时我还不会骑自行车，只有徒步行走。道路我是熟悉的，从一个村屯到另一个村屯，我都熟记在心。只是在两个公社交界处的山梁，灌木丛生，行人稀少，似乎藏着不为人知的凶险。但为了到姥姥家过年，我的凛然，我的义无反顾，早已将这些置之度外。走在无人的山间，我大声唱着无名的歌曲，给自己壮胆、打气，我有一种战争电影里孤胆英雄的感觉。我的脑门儿上有一种麻沙沙的凉意，但我的额头冒着男子汉的热气。偶尔有牧羊人走过，我不动声色地紧紧跟在那些绒山羊和绵羊的屁股后面，我闻到一股好闻的干草的味道，还有羊身上特有的膻味儿……

筐越扛越沉，我不断地更换胳膊。当两只胳膊都无法承受猪肘子、猪心之重，我就停在路边歇息一会儿。这时不断会有路人打趣地问我："小孩儿，上哪儿去啊？"我就瓮声瓮气地回答："上俺姥家！"当人家表示要帮我扛筐的时候，我便坚辞拒绝。虽然那时节没有人贩子这个行当，但我有着与生俱来的警觉。从家里出来的时候，妈妈嘱咐我，遇到陌生人，视年龄称呼大爷大娘大叔大姑，嘴一定要甜。那一刻，我全忘了……

我怯生生地走进姥姥家的院子，大黄狗率先认出了我，朝我直摇尾巴；然后是灶台前忙碌的姥姥喜出望外地喊道："哎呦妈呀，这不是外孙狗么？"之后就开始数落："你妈也真放心，这么小一个孩子，走丢了可怎么办啊！"不苟言笑的姥爷则露出难得的笑容："这个小熊儿有点闯劲儿，将来是块料儿。"

我人生第一次徒步走向陌生的天地，妈妈下了怎样的决心，我是不得而知的。

那时没有电话，没有人告诉她八岁的儿子是否真的到达了她的娘家；那时只有写信，但邮局的效率之低，足以让一个孩子丢失一万次。

她唯一的期望，就是孩子再次真切地出现在她的面前，那要等到二三十天以后，与一封信的旅途相差无几。

妈妈的心，真够狠的。

2

在我的记忆中，妈妈的身体一直不好，简直就是个"病秧子"。腰酸腿痛大概是劳累所致，整日价的头痛，我基本可以断定是姥姥的遗传，因为妈妈像姥姥一样大把大把地吞吃着去痛片、安乃近这些白得瘆人的药片儿。

妈妈一有病，就卧床不起，哼哼呀呀疼得在炕上捶胸顿足。这时我已经稍微懂事，我开始学着做饭炒菜、喂鸡喂鸭喂猪，尽量让妈妈省心。

我首先在妈妈的言传身教下，学会了淘米。

淘米是一门手艺。

当年妈妈为了吃上大米饭，毅然远嫁他乡。她不仅教会了我淘米的手艺，还在那些寒冷的冬夜里，一遍遍不厌其烦地给我和妹妹讲述“梁山伯与祝英台”“秋翁遇仙记”“卖花姑娘”的故事。这些故事深深地刻进了我的脑海，成为我一生念念不忘的“神话”。

时至今日，我时常有一种冲动，面对着即将入锅的大米，总想展示一下自己淘米的功夫，但是瓢呢，我已找不见。我知道，我有一种说不清的病。

这种病是妈妈给予我的，她“狠心”地让我过早地学会了淘米、切菜，让我过早地体验到生活的艰辛。即使我的左手在切菜时切出一个大口子，妈妈也没有惯着我，照样让我在学习之余做家务。只是如今，妈妈常常对着我左手长长的刀疤发呆，却没有半句后悔的话。

妈妈的心真硬！

3

在辽南的乡下，流传着这样一句“负能量”的俗语：好铁不打钉，好汉不当兵。

究其缘由，大概是上世纪 70 年代末 80 年代初，南线有战事，邻村在部队上服役的人有参战的，有牺牲的，也有负伤的。所以不少人家对孩子当兵多有顾忌，不少人干脆想方设法逃脱服兵役，把当兵看作一件不幸的事情。我就亲眼看到，大姥爷家的二舅去当兵临行那天，大姥娘哭得死去活来，好像儿子要去赴刑场似的。这件事，让我改变了对大姥娘一度的好印象。

我妈却不是这样，她对军人有着与生俱来的好感，她极其羡慕她的大姑找了一位军官，整天“吃香喝辣”的。这朴素的追求，成就了我妈妈和爸爸的姻缘。二十二岁，妈妈与正在海军某部服役的爸爸经人介绍，处上了对象，一年后，爸爸转业到鞍钢，他们就成了婚。

只有高小文化的妈妈眼光是独到的，也有人说她命好，但不管怎样，尽管爸爸没当上军官，但这个受过部队锻炼的男人，在饥馑年代过后，基本上做到了让妈妈衣食无忧。

所以妈妈对当兵这条路是比较看好的，尤其是当军官，在妈妈看来，基本上是吃穿不愁的。

小的时候，妈妈就教给我一首儿歌：大雨哗哗下，北京来电话。叫我去当兵，我还没长大。

爸爸兄弟两个，爸爸在海军服过役，叔叔在陆军服过役。于是妈妈就让我长大了当空军，当飞行员。我也在她的心理暗示下，整天骑着小马扎当飞机开。那时爷爷家门上钉着一个“光荣军属”的牌子，金属做的，漆着红漆，黄字，毛主席的字体。我常常跟小朋友炫耀这块牌子，上学时写“我的理想”为题的作文时，我都是写长大了要当空军飞行员，从来没有变过。

1989 年 3 月，空军某部到家乡征兵。当时我正在读高中，偷偷报名参加了体检。镇里体检通过了，到县上体检却是需要跟家长沟通的，瞒是瞒不住了。

村里负责征兵的治保主任到家里说了，我也主动跟妈妈坦白交代了。当天夜里，下班回来的爸爸火气冲天，一场家庭论战的硝烟弥漫在逼仄的小屋里。

爸爸坚决不同意我走从军之路，一定要我考上大学，给他争口气。在他看来，我当时读高二，在学校是学生会主席、文学社社长，前一年还在全国中学生诗歌大赛中获奖，前途一片光明，怎么能轻易放弃学业？然而我去意已决，与爸爸争吵得面红耳赤，只是爸爸碍于我业已成人，才没有向我抡起拳头。

这时，还是妈妈发了话：“随他去吧，没准儿在部队上还能考上军校，当个军官也不好说……”

爸爸还是不依不饶，直至声嘶力竭，那一刻，他简直忘记了自己曾经是一名革命军人。这时候，妈妈的眼泪流下来了，妈妈的眼泪成全了我。爸爸在万般无奈之下，一阵长吁短叹，答应我自己的路自己走，家里帮不了我。

经过一番周折，我终于穿上了军装。临走那天，妈妈没到镇上送我，也没说多少话。后来妹妹写信给我，告诉我上车之后，妈妈在家里号啕大哭。

两年后,我考上了军校。

然而,只上了一年军校,我的人生就出现一场重大的变故:因为一个无法言说的事故,我的军官梦迅速破灭了。确切地说,是妈妈的军官梦破灭了。

尽管我没有做什么见不得人的事情,但一心希望儿子出人头地的妈妈始终转不过弯儿。我退伍回到家乡,但我相当长一段时间无法走进自己的家门,“狠心”的妈妈无法面对这个事实。我只好寄住在同学家里,直到找到工作以后,妈妈才慢慢地接受了我。

我不知道妈妈的心有多高,我只知道从小妈妈就自认为我比别人家的孩子优秀。妈妈对我的要求近乎苛刻,每次考试要求双百,年年要当三好学生,要第一批戴上红领巾,不一而足。不然,打骂是常有的事情。

我常常想,这个女人是不是我的亲妈?如果是,她的心怎么那么狠、那么硬?

我走上军旅的道路,除了践诺梦想,很重要的一条,是我要尽早地离开这个家。

4

自从工作、结婚之后,我回家的次数极其有限。除了工作忙、路途远,一个很重要的原因,就是妈妈在我的心目中难称完美,与许多人笔下慈祥的妈妈相去甚远。同时,由于我所受教育的局限,很少能跟妈妈面对面促膝交谈。有时即使面对面,我也不知道说什么好,反倒是对妈妈的唠叨总是有些厌烦。

人到中年,我也常常反思:作为儿子,有什么理由要求母亲十全十美?什么理由要求一个农家妇女必须知书达理?母亲对儿女的爱,唯其朴素,才更经得起岁月的考验;唯其无言,才更值得生命的推敲。

在妈妈眼里,我是个不善于表达的孩子。

我想,我的讷于言是否有母亲的基因?我的敏于行是否成于母亲的狠心?母亲常常念叨着的“惯子如杀子”,是否是她的信念?只是她诠释得如此教条,甚至冒着让儿子误解的危险。

我该怎样形容我的母亲呢?

我想到了一个成语:真水无香。

明人张源的《茶录·品泉》:“茶者水之神,水者茶之体。非真水莫显其神,非精茶曷窥其体……流动者愈于安静,负阴者胜于向阳。真源无味,真水无香。”本意是表水,真水不在于显示自身价值,而能助茶发挥到极致,比绿叶红花之喻具有更高的境界。

倘若我是茶,妈妈就是这样的真水。一旦妈妈狠下心来,我的人生就有了些许的芬芳,淡淡的,一漾一漾,被不老的岁月渐渐化开。

(原载《北京文学》2015 年第 1 期)

豹 典

蒋 蓝

在汉语汗牛充栋的动植物典籍里，豹往往被一笔带过，成为虎的附庸，一如它飘忽、谨慎、独立、阴性的气质。这恰是豹比天子之龙与王道之虎更接近老庄哲学的一个被忽略的文化现象。豹是极静而动的东方哲学的具象。目前已知豹约有二十四个品种。本文中涉及的豹乃人文之豹，并非按照严格的动物分类学，头脑冰结之人请勿急于指谬——我还知道猎豹、美洲豹与豹的分类学常识。

豹

汉字的读音，固然约定俗成，但有些却又与颜色直接相关。豹犹驳、鸨，由于这两个字读音接近“保”，它们均指涉色彩斑驳。豹的上古音与“驳”相同，“驳”即是“马色不纯”的意思；而“鸨”身上布满了花斑。可见豹的花纹，在仓颉时代并不代表纯美气质。

豹为形声，从豸，勺声。“豸”(zhì)乃象形字，本指长脊的野兽。勺同杓，指的是这样一种物相：把一只瓜（比如葫芦）剖开，吸吮液汁，勺即是指剖开的瓜里有液汁的意思。这个字与同系的酌、瓢两字都是同义字。

勺，乃是轻漂在水体之上的意思。身轻如燕，踏水而行。这可以视作“轻功”的一个出典。

凶猛的走兽，一旦背上了一只勺子，明示了这种动物轻快而飘浮的步态。水上漂，想象一下吧，绝美。

李时珍指出：豹性暴，故曰豹。按许氏《说文解字》的说法：豹之脊长，行则脊隆豸豸然，具司杀之形，故字从豸、从勺。王氏《字说》云：豹性勺物而取，程度而食，故《列子》云：青宁生程，程生马。

古诗曰："饿狼食不足，饥豹食有余。"狼贪豹廉，有所程度而食。这个小心翼翼、举起勺子度量危机的动物，其实，它同时也在往内心的井口倾倒胆气与愤怒。

美国诗人卡尔·桑德堡有写《雾》的名诗："雾来了，踮着猫的细步。他弓起腰蹲着，静静地俯视海港和城市，又再往前走。"如果是豹的话，显然更接近雾气的本质。

程

《列子》指出，豹的另外一个名字叫"程"，程字从禾呈声，直贞切，所以"直贞"是我曾用的一个笔名，也是我的一个镜像。宋代陆佃的训诂专著《埤雅》里，称豹子为"程列"。但沈括的《梦溪笔谈》讲述了"虎豹为程"之名的词语考古学，我翻译如下："《庄子》说：'程生马。'有注释指出：'秦人称豹为程。'我到延州时，当地人至今还称虎豹为程，大概是指大虫。方言就是这样，或者也是旧的习俗吧。"李时珍对此予以了概述，但他更进了一步："秦人谓豹为程，至今延之失刺孙……""失刺孙"突兀而起，颇为古怪。《释文》引《尸子》："程，中国谓之豹，越人谓之貘。"又到底是什么意思？

刘正琰、高名凯编著的《汉语外来语词典》考证了"猞猁狲"一词，指出这是"一种类似山猫的动物，又作'猞猁、失利孙、失利、实鲁苏、宿列苏、沙鲁思'。源蒙"。结尾透露了逶迤于北国的苍茫气息。但成书于北宋的《梦溪笔谈》，那时蒙古语也进入中土学人的耳朵了吗？针对这种中原文化命名为"土豹"的动物——猞猁（舍利），周士琦在《土豹是什么动物》一文中认为，"猞猁及其别名猞猁狲、失利孙、失利等等均始于清代，它是清代时蒙古语的音译。"就是说，"失刺孙"实际上不是豹，而是与豹相像的猞猁。

作为"程"的豹子，不但可以水上漂，它的勺子还是一个度量之器，它已然是世界的器皿，更是道义的衡器。

至于《庄子·至乐》里展示的生物进化论链式则是怪力乱神："久竹

生青宁，青宁生程，程生马，马生人，人久入于机。万物皆出于机，皆入于机。”可以理解为“熊生豹，豹育化人”，在庄子心目中万物机变的轮回过程里，气与机变催化世界。那么，谁才是首鼠两端的“豹人”?!

豹隐

贾岛的《寻隐者不遇》：“松下问童子，言师采药去。只在此山中，云深不知处。”“不遇”应该是外道者寻访豹隐人物的基本性结局，可见隐者是神秘的，不会轻易亮相于俗人眼目，但隐者一般具有在暗中窥视来访者企图的癖好，从而决定自己的隐与显。惆怅的结局暗示，隐者是不能被外道人所发现；其次，隐者独自生活，独自品味，要隐如枯叶蝶；其三，隐者在山林里具有自己的精神气场；最后一点，隐者自得其乐，或者人们并不知晓他们旱地拔葱的云雾境界，故此每每心向往之。

猫科动物中，唯一群居的是狮子。豹子不但不相信群众，它甚至对自己的立场也心存疑虑。它心事重重，大尺度地摆动肩胛，是彻底的怀疑主义者。它被忧郁、怀疑灌醉，将信将疑、怀疑、狐疑、迟疑既是它的骨骼，也是满溢而出的影子，直到豹子成为怀疑的本体——“豹疑”一词尘埃落定。就像法国诗人弗朗西斯·蓬热所言：“不可能通过树的方式走出树。”所以，豹子无法以奔驰与攀援来抛弃那一身怀疑主义的斑纹。豹的独行是天性，隐士的独处是觉悟。合二为一的“豹隐”一词，是物质与精神仿生学一类的美词，既喻隐居山林，也是弱者支撑自己贫弱的强力遁词。《列女传·陶答子妻》：“妾闻南山有玄豹，雾雨七日而不下食者，何也？欲以泽其毛而成文章也。故藏而远害。犬彘不择食以肥其身，坐而须死耳。”“陶”为古邑名，因产陶器而得名，在现在山东省定陶县西北一带，周朝为曹国都城，春秋末属宋国，战国时属齐国。陶邑地处经济、交通中心，为春秋、战国时期著名商业城市。

作为陶大夫答子的妻子，丈夫在陶为官三年，名声不好但家境暴富三倍，可见他贪婪妄取，搜刮之术精益求精。妻子看出了必然遭殃的征兆，向丈夫指出为政应该“家贫国富，君敬民戴”，这一智者之论触怒了婆婆，将她赶走。她带着孩子毅然离家。她规劝丈夫提出的“豹隐”策略，开启了历史上修炼心性、韬光养晦的伟大策略。此话出自妇人之口，进一步被证明伟大光荣正确！可惜豹纹启示录，并未让官场中人清醒半分，他仅仅学习到了豹子的另外一面——暴，而贪暴的陶大夫三年以后终为盗贼所害；回到娘家“豹隐”的妻与子，安然无恙。

豹隐西山、东山可以吗？欲望中的青山，不过是众人的驿站而已，那只是豹的居所。

豹 纹

刘勰在《文心雕龙》中说：“虎豹无文，则鞟同犬羊。”意思是，老虎和豹子若是没有花纹，就如同狗和羊的皮一样，虎皮和豹皮都因为装饰性的花纹，造成了虎豹的威武。这是否仅仅是外在装饰呢？《论语》里早就回答了这个问题。棘子成说：“君子本质很好了呀，为何要文采呢？”子贡说：“可惜呀，夫子您的论君子啊。驷马之快赶不上舌头。文采也是本质啊，本质也是文采啊，虎豹的皮革就像犬羊的皮革。”这就让我联想到德勒兹在《千高原》里描述的条纹空间和光滑空间：当一头斑斓猛兽迎风起舞之时，它不但漫漶于这两个空间之间，而且混淆、侵扰、忧郁就是它精神空间的全部秘密。

每只老虎的虎纹都是不同的，世界上没有两只虎纹完全相同的老虎，也只有老虎具有垂向拉长的纹饰。

2012 年 6 月 23 日是著名的逻辑学家和数学家艾伦·图灵的百年诞辰。这一年，伦敦大学国王学院的研究人员已经证实这名著名电码译员提出已有六十年的理论是正确的。20 世纪 50 年代某天，他看见牛奶滴入水中的漫漶，灵感飞扬，后来提出了著名的反应扩散理论：生物系统中重复出现的规律图案，是由一对成形素（能控制生物图案的化学物质）相互作用而产生的，这对成形素一个起到了催化剂的作用，另一个则有抑制剂的作用。美洲豹的斑纹，幼年期是简单的斑点状，成长后才碎裂成繁复的多边形；另外，豹生活的区域或茂密或宽阔，对于斑纹的进化也有影响。具体点儿说，文豹的斑纹中间为空心，而美洲虎的斑纹中间有一黑点，近似于梅花党的标志，惊心动魄。

尽管“豹子无法改变它身上的斑点”，但鉴于《太平广记》里托名老子的“虎豹之文，猿猱之捷，所以致射也”的古训，因而豹子一直在摆脱白日对斑斓之躯的苦苦纠缠，它甚至不惜撕裂身体反穿豹皮，渴望褴褛地回到草木和黑暗。于是，豹纹在通往拓扑学的中途突然转身了。如果说服饰美学当中彰显豹纹的两大动机——狂野与性感是彻底的误读，那么在这一迷宫的出口——豹子的面颊上，两道泪腺的花纹才昭示了它的底牌，那就是孤寂、气短和忧伤。

文　豹

中国能见到的最早的猎豹图像，来自三星堆文明。尽管文保部门把那两件文物都归入“虎”，但王宝星教授考证后认为是印度猎豹。理由在于，古埃及人对于非洲种最大猫科类的狮子重视有加，法老王更常以狮子自比，代表勇敢和威信。如果人民能猎得狮子，并取下它的皮毛，必重重有赏。然而，狮子又岂容易遭到猎杀？相对印度豹就较之容易猎取，更往往成为古埃及人的宠物之一。

“文豹”一词在唐朝之前也可以泛指豹属，在元朝时就有特定指向，即西亚猎豹。

汉人朝廷官员王恽写有《飞豹行》一诗，诗前有一段较长序言，记录了忽必烈纵豹捕猎的壮观场面：“中统二年冬十有一月，大驾北狩(时在鱼儿泊)，诏平章塔察儿公以虎符发兵于燕。既集，取道居庸，合围于汤山之东，遂飞豹取兽，获焉。时予以事东走幕府，驻马顾盼，亦有一嚼之快，因作此歌，以见从兽无厌之乐也。(予时为左司都事。)”诗中关于狩猎的具体内容如下：“二年幽陵阅丘甲，诏遣谋臣连夜发。春蒐秋狝是寻常，况复军容从猎法。一声画鼓肃霜威，千骑平岗卷晴雪。长围渐合汤山东，两翼闪闪牙旗红。飞鹰走犬汉人事，以豹取兽何其雄。马蹄蹴麇歘左兴，赤绦撤镞惊龙腾。锦云一纵飞尘起，三军耳后秋风生。豹虽逸才不自惜，雨血风毛摧大敌。风烟惨淡晚归来，思君更上单于台。血埋万甲战方锐，爪牙正藉方刚才。古人以鹿喻天下，得失中间系真假。元戎兹猎似开先，我作车攻补周雅。大笑南朝曹景宗，夸猎空惊弦霹雳。

何曾梦见北方强，竟堕闭车甘偃息。扬鞭回首汉家营，一点枪缨野烟碧。”（王恽《秋涧集·飞豹行》）

这次豹猎是在忽必烈继位后不久举行的，当时正是忽必烈与阿里不哥的大战之前。诗歌从恢弘的狩猎场面与磅礴气势等多个方面粗笔勾勒，使诗歌显得场面宏大，气势雄浑。元世祖统治中期，意大利威尼斯人马可·波罗来到中国。由于受到忽必烈的充分信任，他可以深入蒙古统治集团上层以及民间，观察其日常生活。他记载了元世祖在上都等地飞纵猎豹捕猎的情况：“大汗豢有豹子以供行猎捕取野兽之用。”“汗每周亲往视笼中之禽，有时骑一马，置一豹于鞍后。若见欲捕之兽，则遣豹往取，取得之后，以供笼中禽鸟之食，汗盖以此为乐也。”这一珍贵记载可以元朝画家刘贯道的《元世祖出猎图》为证。不是亲眼所见，马可·波罗纵有荷马之才，也虚拟不了。

黑　豹

我已经写了多种豹子，它们像我扑出去的五根指头颤动在黄昏的空气里。我夹着一支烟，四根手指灵活而干燥，烟雾缓缓将手指的缝隙添满，蹼一般游动在茶色时间里。烟雾的兽皮在逆光下具形，把内部的力逼向毛发，我看见坚持的针，正在把黑丝绒的帷幕刺穿，金属的弧线反弹不已，在空气里颤抖，终于稳定了，又突然散开。而那根一直不被重视的无名指，逐渐在手指的芭蕾中退出去了，把无名的痛堆积在指尖。烟灰飘落在指甲上，有一种奇怪的白，在牵扯着无名指内部的东西。我意识到，那应该是黑豹丢在梦境边缘的光，飞起，又碎匿。

这样，我就必须看见一头豹，放它到广大黑暗的旷野，黑豹矸石一样亮起来。黑豹是夜的觇标！这是我无力抒写的，我的墨水只会加剧事情的复杂。因为最显著的错误，就是墨水可能会像电筒一样愚蠢，它把黑夜撕开，我就会认定这圆形的光斑是真相。被惊醒的黑豹，从伤口里冲出来，只好以咆哮来进一步扩大伤口。

黑豹是黑暗的元神，不要惊动它。

我逐步慢下来，从汉字的高处退下来，从书籍的影子穿过，抚平卷角的手稿，慢到可以听见很远的水滴在敲打芭蕉，连芭蕉叶细微颤动的身姿也可以看清。这时，黑豹总是如约而至。准确地说，是黑豹从“黑”世界脱身出来，只以“豹”的面目出现。但是，这绝对不同于监狱体制下的“放风”。

西班牙语作家马努埃尔·卡多瓦·里奥斯在爱欲的颠簸之中，总是回避不了那头巨大的黑豹：

黑豹再次出现，
使我第一次感到，
离开自己的躯体，
同样变成了黑豹。

黑豹不但是如蛆附骨，更要移形换骨，充当高潮的急先锋。同样的性事，是亚马逊北部的土著服用了春药“雅戈”的缤纷幻境。“服用时，萨满躺在吊床上忍受着‘肠胃的翻腾’，随之变成了一只美洲豹。他可以用这个化身，远行至银河以外的蓝色圣地。”就是说，无论千奇百怪的情欲，一旦灵魂出窍，豹子总会竭时而止。

它们被日光赋予得太多，日光下的生活总是单面的，那些因灵异的技术受制而无法施展的妖冶或者盛开，只好被推迟到梦境边缘。何况，日光的食物远不足以支持它们在黑暗中的超负荷工作。就像冥界的门卫三头犬萨贝拉斯，就像爱伦·坡的乌鸦，就像里尔克的黑豹，就像卡夫卡的穴鸟，就像封建专制权力豢养的鸩鸟，它们张嘴把光亮撕下一块，咀嚼的声音，体现了金属回归到法国哲学大师加斯东·巴什拉的“元素诗学”的过程，然后，它们吐出比黑暗更黑的东西。

这时，豹再次返回到黑字庇护的空气中，成为黑豹。是，似乎又不是。

梦中黑豹

科运特·布赫兹是慕尼黑一位享誉世界的插图画家，他给慕尼黑的出版社做过许多书的封面设计。某天，他来到 HANSER 出版社，把自己的画作在地板上摊开，所有这些画里都有书或书的前身——纸、打字机、自来水笔等等，总编想到一个主意：为什么不把画中的故事让人写出来呢？于是，编辑们把他的画分别寄给了米兰·昆德拉等四十七位不同国籍的作家，请他们根据自己对画作的想象和解读，把藏在画中的故事写出来，这就是题为《灵魂的出口》的小书的来历。

1996 年 2 月 6 日，在圣塔摩尼卡，荷兰作家蔡斯·挪特本用一些“沙制的绳索、镜子、碎金”般的词语，谶语连篇，连缀为典型的博尔赫斯式的文体，这就是杰作《梦中的黑豹》。他没有在巴黎植物园找到那写豹的诗人里尔克，但撒出去的金属词汇触怒了旋转在栅栏后面的一声长啸：那只失名的黑豹被一位盲目老人的梦境招来，它轻轻衔起里尔克的诗集，叼着它走上夜里的电线，户外的星星看起来就像雪花一样。而窗台上的书本里夹着一弯新月，仿佛书签：

> 对它来说，好像就只有这些栅栏，栅栏后的世界根本不存在。
>
> 即使在梦中也能再见。一阵柔软的脚步声和呼吸声传来，门无声地打开，一个黑影进来，比黑夜还要黑。这一次，动物看着他，他也用盲眼盯着那两只露出凶光的兽眼，想着他曾为其他的猛兽写的那首题名为“其他的老虎”的诗句……然后他看到，大猫的怒吼声像阵风似的灌入房间，站直，把书像猎物似的用爪子塞进利牙之间，衔着象牙白色的猎物向前一跳，看来很轻快，但同时又显得奇慢无比，经过开着的窗户，走上电线，消失在黑夜中。夜空中的星星看起来像雪花一般。

我想，里尔克此时正匿身于栅栏的高处，他从垂直的角度，而不是栅栏里与外的位置，在观察盲人与黑豹的相遇。他比较满意这个布局，观察黑豹，是不需要视力的。盲人之于黑豹，恰恰互为彰显。

这清楚地纠正了汉语翻译家们的一致性错误，那头里尔克的豹子，是黑豹，而不是一般的豹，更不是花豹。

只有这个解释才是唯一的，不然我们就无法理解里尔克另外的诗句。黑豹伫立在他的言辞高端，为了能够看见，他准备《挖去我的眼睛》……

我们难以想象一个人的才华会被动物提升到这个地步。他在受难中恢复了甘心奉献，他又在愉悦中收回了前世的病痛。黑豹，你这芳香的鬼魂，用硫酸哺育罂粟的园丁，用坩埚沸煮金红石的尤物，你翻动着深切的岩床，想把那矿脉的血在舌头上逼亮。

黑豹的烙铁将黑暗烧炙出了自己的身型，就是“灵魂的出口”吗？里面闪挪着濒死的愉悦。黑豹在莎乐美紧绷而发亮的身体边游走，黑豹独立在希律王的激情中心，它护卫贞洁，又单个享有。它其实是阴阳双性体。一方面，它宛如黑暗的高潮的子宫颈，铭记交媾时的疯狂闭缩；另一方面，黑豹是一根愤怒的乌木，它特有的叫声像是刺耳的咳嗽，它要打穿一切字纸和丝绸，在洞穴的幻象中高歌猛进。黑豹把贞洁埋在迷宫，迷宫里的时间没有速度，如同山大王把抢来的美女藏在石头中，他希望美女白日如石女，但在黑暗中盛开如少妇。黑豹知道出入迷宫的时间，并在贞洁的温湿走廊里打下暗号，它却畏惧于日光对路径的改写，于是，它在迷宫口再次制造了一层梦的帷幕，下面是无底的黑。它不希望被日光发现，正在过渡的事物惧怕曝光的急躁，黑豹躲在看不见的所在，怀念巅峰跌落而下的幽谷，里面布满忧伤。在这里，里尔克、豹子、黑豹是三位一体的，盲老人倒像是一个濒临死亡但奋力回阳的第三者。尽管如此，我们可以认定，“里尔克的黑豹”是“庄周梦蝶”的西语版本，唯一不同的是，黑豹拥有无边的性力，在欲望的旷野上时刻与血肉相遇，而庄子只是在被花朵抬高到诗经的天色里，空飞。

豹的发声

美国北卡罗来纳州区系动物沟通研究所科学家发现，“家猫打呼声的频率约二十七至四十四分贝，美洲狮、中南美洲豹、非洲山猫、印度豹及西南亚野猫等的打呼声频率为二十至五十分贝。这一发现证明，人类暴露于二十至五十赫的音波下，可以增强骨质并促进骨骼成长的理论是正确的”。这样正常的呼吸，暗示的另外一个秘密是，豹子喉头的呼噜不但可以疗伤，也是它慎独的气场。豹子将玫瑰抑或熏衣草的呼吸颠而倒之:呼吸如吐芳。

法新社2005年6月23日报道说，一名七十三岁的肯尼亚老人在自家田中劳作时，遭到了一只豹子的袭击，老人将手塞进豹子嘴巴，狠狠扯住豹的舌头不放，并使劲向外拉扯，豹的舌头被撕裂，发出了痛苦的怒吼。最后，豹子的吼声越来越弱……附近的村民赶了过来，结束了垂死豹子的性命。肯尼亚野生动植物署发言人说:“这只豹之所以攻击这名男子，是因为它在别处受了伤。当野兽受伤后，它们通常极富攻击性……而丹尼尔能够活下来，真是太幸运了。”

输与赢体现了豹子的布防漏洞，也展示了人的急中之智。这则直捣豹子柔软处的新闻在汉语里不是特例。吴伯箫在散文《猎户》一文中，曾经描述了一位“吃了豹子胆”的打豹英雄董坤。后来这类打豹女英雄风起云涌，成为“妇女能顶半边天”的身体政治符码。我翻阅过很多地方志，发现老虎在南方大规模消失于全民“大炼钢铁”时期;豹子一般消失在一九六三年开始推行的“农业学大寨”运动，至迟20世纪到70年代中期，豹几乎被消灭干净。绝大多数人并没有与虎豹发生“第二类接触”，他们仅仅是聆听过咆哮。

猛虎的咆哮声震山林，声音可传出十几华里，近距离能达到一百一十四分贝，据说可以与喷气式飞机起飞的怒吼相颉颃。百兽禁语而回避，后来镖局走镖的吆喝乃至体制的鸣锣开道，应该是对其的仿生学。以往科学家认为这缘于它的声带里有厚厚的脂肪层。但新的研究宣称咆哮声并不是脂肪，而是由于声带本身的形状。多数动物的声带是三角形的，但狮子强有力的声带是方形的。老虎的也是如此。方形可以使声带组织承受更大幅度的伸展，由此大型猫科动物可以在肺部施加较小压力的情况下发出更大的咆哮。

通俗文学大家李渔在小说《无声戏》第七回《人宿妓穷鬼诉嫖冤》开头即说:“访遍青楼窈窕，散尽黄金买笑。金尽笑声无，变作吠声如豹。承教承教，以后不来轻造。”面对千金散尽的公子哥儿，妓女没有展示狮子吼的绝技，而是“吠声如豹”，似乎低了一个档次，转念一想，狮子吼是强悍“内人”的专利，就通了。

声音就是一切。豹子在很多现身的语境里是声音升腾而起的幻象，而穿行其中的阴影就具有了硬度与锐度。豹的声带较为特别，与狮虎等猫科动物不一样，比较窄，它的叫声类似美洲虎，危急时刻匍匐于地，抿耳龇牙，发出短促的怒吼，为低音，因为夹杂有它快速奔跑的喘气，有人以为像“壮汉拉锯”。咆哮声有共鸣，似乎发自后脑，具有图穷匕见一般的金属之威；但有时却发出鸟儿般的唧唧声，为什么，不清楚。豹子的发声术在交配时达到自我陶醉的高潮，它们发出的声音像北风刮过纸窗缝隙声音，精怪，令人毛发倒竖。因而，1983年秋季我在巫溪县大山里听到的豹声，不能叫吼，就比猫儿叫春时略微高雅些，没有激情主义的浪荡，似淡淡哀鸣，近似于“苦闷的象征”。20世纪初，日本中学教师深入至巴蜀腹地，在峨眉山半山的息心所听和尚谈起虎豹长啸，声震山谷。其实，这分明是虎啸，其中哪里有半丝豹吼的音律？

与豹子一同赴宴

某天，我读到法国女星莎拉·伯恩哈特的传记，这个颠倒众生的尤物具有埃菲尔铁塔一般的声誉。1885年弗洛伊德在巴黎观看她的表演，抛开了纸上的精神分析，写下了“她使我目眩神迷”的感叹，朝思暮想，还把她的照片挂在办公室，凝视日久，女星也凝视老弗。1906年，作家劳伦斯显然从美色里捕捉了灵感，将她比作“一只和漂亮的豹子一样迷人和热情的瞪羚”。奥斯卡·王尔德为她写下了名剧《莎乐美》。而法国作家普鲁斯特则在伯恩·哈特的石榴裙周边提炼人物作为《追忆似水年华》当中主人公的原型……

异端富含异美，为此不计后果。豹子的腰身，精准体现了英国作家萨默赛特·毛姆所言的“具有三段论式的瘦削美”。异端之美由人及物，往往成为唯美主义者迷乱于异位之恋的寄托。奥斯卡·王尔德说没有忘记将莎乐美比之为豹。他在一个地方说：“兴奋感有一半来自危险。在我看来，这些是最灿烂的金色毒蛇，毒液使他们更完美……”他还说过：“这就像与豹子一同赴宴，你会立刻觉得自己与某种美妙而可怕的事物仅一息之隔，它即将发生在你身上。是的，这就是它那令人心醉的毒素……”

但卡尔维诺没有这么小气，他开具出来和谐与自然状况是：“吉尔玛城归来的旅人，都带了不一样的记忆：一个盲眼黑人在人群中大喊大叫，一个疯子在摩天大厦的楼顶飞檐上摇摇欲坠，一个女孩牵着一头美洲豹散步。其实，许多手持棍杖敲打着吉尔玛石子路面的盲人都是黑人，每座摩天大厦上都有人在变疯，所有疯子都在摩天大厦的飞檐上消磨时光，也没有哪头美洲豹不为任性的女孩子所饲养……”

兰花豹

2013 年是法国 20 世纪上半叶重要的女作家柯莱特去世五十周年。1947 年的一天，出版商梅尔莫与法国女作家茜多妮·加布里埃尔·柯莱特有了一个约定：梅尔莫根据时令经常送一束鲜花到柯莱特寓所，柯莱特按照送来的鲜花，按图索骥，予以描摹，风信子、马蹄莲、百合、玫瑰等开始在纸上渐次卓立。第二年，柯莱特将梅尔莫送来的二十余种花“移栽”成功，并汇集成了一本《花事》的精巧之作。此书有汉译本。

写《花事》之时，柯莱特早已步入老年，这反而让她有足够的阅历与花隔叶而观。第四篇即是《兰花》，讲述了一个年轻的猎人，总是习惯蹲在一条美洲豹经常出入的小路上狩猎。某天，他蹲在那条路上等豹子，但美洲豹迟迟没有出现，与他的耐心捉迷藏。他回头，突然看到了一朵别致的兰花，兰花像一只鸟、一只螃蟹、一只蝴蝶、一个魔法、一个性器，或者“甚至还像极了一朵花”。猎人放下猎枪，爬上坡摘下了这朵兰花。正在此时，那只美洲豹出现了，正朝着没带武器的他走来。豹子被露水打湿，眼眸里梦的薄雾漫过猎人，梦一般滑身而过。年轻的猎人呆立在那里，突然觉悟了。他不再做猎人了，而成了一位植物学家。

短文里的比喻是环形的，兰花，“甚至还像一朵花”，多么神妙，由此构成了一个巨大的环形隐喻。柯莱特是属于异性、同性两恋并至的，这就像豹被兰花赋予，再用皮毛加速播散兰花的香气。豹是一个被兰花赋予的存在，兰花是豹纹点燃的爱情。这让我们自然联想起博尔赫斯笔下那散发香气的豹子。这就是柯莱特。加斯东·巴什拉说:“无压抑就是无科学思想。压抑是关注的、深思熟虑的、抽象思想的渊源。任何一种连贯的思想都建立在抑止的、牢固的、清晰的体系基础上。”而多年以后,法国剧作家让·阿努伊这样评价柯莱特:“您不是一个正派的女人,柯莱特夫人,您是骄傲的无耻,您是乖巧的欢愉,您是傲慢的自由,您就是那类失去了最为神圣的制度保证和家庭限制的姑娘的代表。”

批评家德勒兹提出一种爱的模式叫“黄蜂-兰花之恋”,当黄蜂和兰花相遇时,会发生怎样的变化?德勒兹称之为“生成路线”,黄蜂在兰花采蜜,两者之间的关系是兰花通过色香味吸引对方,大肆诱惑。这不是免费的盛宴,因为兰花要解域,它要从这个不能动的地方飞往他乡,发动革命,这是兰花本身的解域化使然。

用这个公式反推柯莱特的兰花豹,情况要略微复杂化一些。兰花通过花的诸种媚术,让猎人卸下了杀戮者的身份,他成为了一个素净者,朝向兰花。那么猎人与之肌肤相亲,他把兰花变成了自己的领地,变成了不能让别的人来插手的私地。

美洲豹与兰花,本来是作为大自然的恋爱者,现在呢,猎人成为了“杀墙角”的,但因为他被解域化了,这样的浪迹,反而救了本性谨慎的豹子。我说过,弱者向来是火旺者的保护神。猎人不再是杀戮者,而是成为爱者,爱兰花,爱豹子。他被兰花彻底赋予,他不再关心豹子,只关心植物。这样,他被彻底劝化了。

豹是兰花的花蕊,花香安静了豹的骨髓,香气就是豹的方向。一旦香气从一朵一朵的豹纹间散开,大地的事情,成了。

这,还是柯莱特的意思吗?这个穿透了风情与风月的女人,她不是豹,是花,是不谢之花。是不是兰花,我不知道。

(原载《人民文学》2015 年第 2 期)

变形记

祝　勇

一

我们不能错过“黑船祭”——下田当地纪念“黑船”的节日。2014 年 5 月 16 日，我们到达下田那一天，正是它开始的日子。一到酒店，我就感受到浓浓的节日气氛——酒店的大堂上悬挂着许多“黑船祭”的小旗，墙上张贴着“黑船祭”的宣传画，连房间里的睡衣上，都印满了大大小小的“黑船”造型，处处提醒着“黑船”的存在，更有意思的是，我们下榻的这家酒店，名字就叫“黑船酒店”。

公元 1853 年，美国东印度舰队司令佩里准将率领的四艘军舰，也就是日本人所说的“黑船”，在鸦片战争之后已经开放的门户——上海完成编队，直指日本江户湾的浦贺港的。与鸦片战争不同的是，美国舰队没有开炮，因为这个弹丸小国，实在是不经一打，也就没有必要开炮，他给日本幕府的国书傲慢地说：“你们可以选择战争，但胜利无疑属于美国。”他甚至送给幕府一面白旗，告诫他们，一旦爆发战争，他们要学会投降，简直是羞辱到家了。只是吓唬了一下，孝明天皇就天颜大失，一筹莫展了，江户城也乱成一团，“城外大小寺院内钟声齐鸣，妇孺凄厉地哭喊，有钱人准备逃往乡间，更多的人拥进神社，击掌祷告神灵，乞求‘神风’再起，摧毁‘黑船’。”“落后就要挨打”，终于，这个积贫积弱的岛国在西方列强的逼迫下，签订了一系列丧权辱国的“不平等条约”。

我是为中央电视台创作大型历史纪录片《历史的拐点》之《甲午战争》，专程来日本寻访历史遗迹和史料的。除了纪录片，我还打算写一部书，通过日本遗迹和史料重看那场战争。书的名字去时就想好了，叫《隔岸的甲午》。

下田属静冈县，在伊豆半岛的南端，伊豆当然就是《伊豆的舞女》的那个伊豆。在川端康成的这篇小说里，我第一次看见下田这个地名。川端写道："巡回演出艺人辗转伊豆、相模的温泉浴场，下田港就是她们的旅次。这个镇子，作为旅途中的故乡，它飘荡着一种令人爱恋的气氛。"

我未曾来过下田，但我在一些日本电影里看到过这样的海边小镇，有茂密的山林、起伏的公路，还有面向大海的悬崖。其实午后时分在御殿场看过富士山，我们的车子转而向南，就一头扎进了伊豆半岛茂密的山林。从东京到伊豆，我仿佛一下子从现代穿越到古朴的旧时代，从我视线尽头走来的，应当就是《伊豆的舞女》里那个"头戴高等学校的制帽，身穿藏青碎白花纹上衣和裙裤"的二十岁青年。

那青年不是三浦友和，而应当就是川端康成自己。1918 年，川端康成考上第一高等学校后，就去了伊豆半岛旅行，并邂逅了他小说里的那位舞女。第二年，他在第一高等高校文艺部编辑出版的《校友会杂志》上发表了一篇名为《千代》的小说，小说中的那名舞女，就是《伊豆的舞女》里熏子的雏型。

1926 年初，川端康成在《文艺时代》杂志上发表了《伊豆的舞女》。这篇小说后来在日本尽人皆知，还先后六次被搬上银幕，其中，田中绢代、吉永小百合先后在 1933 年和 1963 年出演过《伊豆的舞女》，我们最熟悉的，当然是 1974 年山口百惠主演的电影，那一年，山口百惠只有十五岁，比川端康成记忆里的熏子还小，那是她第一次登上大银幕，也是第一次和三浦友和共同演出。她清清浅浅的笑容，从此刻印在人们的记忆中，永远也涂抹不掉。不知那个名叫熏子的舞女，是否读过这篇小说，或者看过这些电影。在电影里，那些貌美如花的演员，都是作为她的替身出现的。不知世界上还有哪个初恋情人能够享受她的待遇。可她始终没有出现，以至于川端康成在六十岁时无奈地写道："电影、电视和广播多次映播了《伊豆的舞女》，不晓得她知道不知道？《伊豆的舞女》这篇作品也选入国语教科书里，她恐怕不知道吧。"

川端康成一生中不知去过多少次伊豆，他爱那里的自然，当然也爱那里飘荡的那种令人“爱恋的气氛”。那的确是一个充满浪漫情调的地方,川端康成朦朦胧胧的初恋,就应该发生在那个地方。

二

我走进“黑船酒店”的房间,窗子刚好面对着深蓝色的太平洋。隔窗一望,我笑了,因为停在岸边的,正是那艘威风凛凛的“黑船”。佩里的“黑船”早就去向不明了,但它的替身还在,赖在下田不走,成为这座城市里最重要的布景。

暮色降临时分,窗外响起了音乐声,街上的人渐渐多了起来。房间里的“黑船祭”活动册页上说,今晚有音乐会,舞台是在街边搭起的,夜色完全黑下来的时候,舞台的灯光刚好亮起,人们就朝着那灯光里走。音乐自舞台上倾泻下来,像一袭袭贴身的绸衣,把每个人包裹起来。海风掀动着绸衣,让每个人的身体都荡漾出节奏感,像是那舞蹈的一部分。

川端康成把下田形容为“旅途中的故乡”,只有住下来,才能体会到这句话的深意。多日忙碌之后,倒是在下田——一个面对太平洋的海边小镇,我睡了最安稳的一觉。那一晚有很大很圆的月亮,从海面上一点一点升起来,像一盏孤独的灯,照耀着幽黑的大海。在酒店泡室外温泉,我们就仰头看着那月亮,心里想着我们此时几乎是在本州岛的东端尽头,可以说是孤悬海外了。我惊叹于下田——或者说整个日本傍山面海的美,心里苦思,守着如此美丽的家园,日本人为什么放着好日子不过,而偏要选择生灵涂炭、血流成河?

我整晚都开着窗子,也没有拉上窗帘,淡淡远远的音乐被风吹着,带着山林与海风相混合的腥甜气息,溢满整个房间。“黑船酒店”当然是一座现代化的酒店,但它的内部房间一律装修成和式。到日本的第一晚,我疲惫之极,像一只白胖的蚕虫子,躺在桑叶一般的席子上,浸泡在清风和蔺草席子的芳香里,美美地睡上一觉。

像一首古诗中写的:“山静似太古,日长如小年。余花犹可醉,好鸟不妨眠。”

恍惚中,我看见大片的樱花在夜空中绽放,我知道那不是梦,是“烟花祭”开始了。我坐起身向窗外看，硕大的花朵正在夜空中此起彼伏地绽放。花期如梦，烟花的花期最短，常常是刚刚绽放就消失无踪了，不肯有丝毫的逗留，因此更像是一场梦，让真实的美景变得虚幻。

我万万没有想到，日本人居然是以一份狂欢的心境度过“黑船祭”的。我以为当地设立“黑船祭”，并且仿制出一艘原大的“黑船”供人瞻仰，是为了“牢记历史”“勿忘国耻”。毕竟，下田是日本人缔结城下之盟的耻辱之地，而鲁思·本尼迪克特在《菊与刀》中又把日本文化总结为“耻感文化”。但是，自我到达下田那一刻开始，我就知道自己完全错了。

三

下田的了仙寺是1854年日本与美国签订《下田条约》的历史性场所，因此被定为日本国家史迹。了仙寺如同日本的许多寺庙一样，依傍着青山，山色翠绿，天空湛蓝，近处有粉色和白色的花瓣一层层地绽放。我们有备而来，已经预先知道了仙寺宝物馆陈列有当年的有关公文和黑船舰队来日的画卷，并收藏有关“黑船”舰队的文物一千多件，是日本国内最大的“黑船”资料库，要想了解日本开国和对外贸易的历史，在宝物馆里可以一目了然。

我们抵达了仙寺的时候，看见门口竖着一面用来照相的画板，上面画着“黑船”，还有佩里和幕府将军的形象，只是头部是挖空的，拍照的人站在画板的背后，把头伸进那个挖空的圆洞，他自己就成了佩里或者幕府将军，每一个把脑袋伸出那个圆洞照相的日本人都开怀地笑着。寺内还上演着一出舞台剧《下田条约的签订》，剧中美国“黑船”的炮声把幕府将军的脸吓得变了形，他们对美国“黑船”的夸大让台下笑成一片。美国等列强打到了家门口，逼幕府将军们投降，这事就这么值得开心吗？还有没有民族自尊心了？

我想当时的幕府将军们是有自尊心的，不战而降，世界上有比这还丢人现眼的事吗？难道这不是对“武士道”(Bushido)的巨大反讽吗？自从12世纪末，武士首领源赖朝出任“征夷大将军”，创立镰仓幕府，统帅天下军政，一直到明治维新以前，那些威风凛凛、武艺高强的武士一直都是日本历史的主语，历史学家坂本太郎在描述武士时说："武士娴于弓刀，它是对人忠心耿耿的打仗机器。他们穿着一套精心设计的有效铠甲来保护自己。在宽腿马裤、宽大袖子的轻丝袍之外，他们穿着金属薄片做的一件套战袍，用绳子串起来，通过皮带子吊在身上。为活动方便，右臂没有保护，腰下的铠甲分成四片宽松的战裙。武士头上醒目地戴着向外张开的头盔，意在威吓敌人，也可避开刀砍。"

第一次来日本，我就在东京国立博物馆看到过那些精美的武具。那些被展厅的射灯照亮的铠甲、头盔、刀剑几乎可以被当作艺术品看待，其中熔铸了日本人特有的细腻与精致，它们的审美品质让人几乎忽略了它们的暴力本质。幕府时代一位名叫村正的匠人，制作出一种锋利无比的刀剑，只要把他制作的刀剑放到小溪里，迎面漂来的树叶就会被刀刃一切两半。

然而，在这些光芒闪烁的武具背后，是日本漫长的、血腥的杀伐史。无休无止的统一战争，却成全了这些武士。尽管这些武士经常一无所有，穷成了赵光腚，许多下级武士甚至没钱讨老婆，只能混迹于花街柳巷，但"武士道"却让他们感到无比富有，这种不畏艰难、忠于职守、精干勇猛的信念照亮了他们穷困潦倒的生命，让他们成了"英雄"。宗泽亚先生在《清日战争》中说："在漫长的历史变革中，武士主导了中世社会的发展，完成和构筑了近世社会的体制。长期以来，抽象的理想主义精神伦理，在全民意识形态中定格，即'武士本分，其勇乃武士的价值，武士的价值对君主的忠义'，这种支配武士价值观的理想境界'士道'在江户时期发扬光大。"他们手起刀落，斩敌人首级如探囊取物，那份潇洒，至今仍在许多影视剧和电玩游戏中不断重现。

丰臣秀吉曾经写下这样的诗句：

如晨露之坠地，
如晨露之消失，
宏伟如大阪城堡，
亦不过梦中之梦。

在他们眼里，人生并不值得留恋，如晨露、樱花般绚烂地绽放又迅速地消失，更不失为一种凄艳的美，连女人也不例外。静御前是日本版的“花木兰”，她在12世纪在源氏将领的麾下作战，在一次战斗中，她冲向敌将，将他拉下马，一刀割去了他的首级。而大多数留守后方的女人，也需要军事训练，她们使用一种刃长两尺的刀，面对侵犯，也会表现出非同寻常的战斗力，据说她们的弯刀常常可以砍断敌军的马腿或者直接插入步战士兵的身体。对于她们来说，忠诚和荣誉同样重要。大名织田信长的妹妹，后来的浅井长政夫人，被认为是“天下最美的女人”。为了缔造联盟，她曾两次出嫁，当她的第二个丈夫受到德川家康的攻击时，她将女儿们送走，她本人却拒绝离开，以自杀表达了她对丈夫的爱和忠诚。

因此，在幕府时代耀眼的繁华背后，总是浮现着一种凶狠的表情，凶狠的武士，终于抵挡不过西方人的战船。在这里，这个封闭的岛国决定开放自己的门户，与西方签订了一系列条约，这些条约包括：1855年，日本与俄国签订《下田条约》，要求日本开放箱根、下田、长崎三港为对俄商埠。1858年，美国又强迫日本签订《日美友好通商条约》，迫其开放神奈川(后改名为横滨)、长崎等五个通商口岸，降低关税，规定出口税为5%，美国货的进口税除酒类为35%以外，其他绝大多数为5%，等等。就像戴季陶所说：“日本人在任何方面，都没有中国晋朝人清谈而不负责、六朝人软弱颓丧的堕落毛病。连最消极的‘浮世派文学艺术’当中，都含着不少杀伐气。这都是最值得我们研究、最值得我们注意的。”

我们习惯于把这样的条约称为丧权辱国的不平等条约，因为这种条约有两项重要内容，一向被我们视为耻辱——第一是治外法权，即领事裁判权，外国人在中国犯罪，中国不能审判，而要由他的领事来审判；第二是最惠国待遇、协定关税，国家可以将税率降低到5%。但是只要回看原文，我们就会发现，这种不平等条约其实是平等的，因为这些条件都是对等的，只是因为我们不到他们国家去，因此我们自己把它变成了不平等条约。

然而，日本人逐渐意识到，它们非常平等，因为它们让日本成为世界的一部分。他们认为：“对于开国利益的获得，日本方面比起美国方面是多了许多……如果你考虑到之后的文明开化现象，日本方面是获得大得多的利益……”伊豆半岛南端的下田,从此成了日本人心目中的开国之地,是他们融入新世界,成为世界强国的开始。所以下田这个名字,尽管对于绝大多数中国人来说都是陌生的,但是它对日本的重要性无与伦比。中国的近代史是和日本紧紧纠缠在一起的,因此,下田对中国来说也无比重要。

四

当“黑船”来袭的时候,日本也有林则徐式的民族英雄,抱着飞蛾扑火的决心,与西方列强以死相拼。1859 年,日本的爱国志士在横滨杀死俄国军官和水兵;1860 年,他们杀死了美国公使馆的秘书;1862 年,几名年轻志士趁着夜色靠近品川御殿山新建的英国公使馆,神不知鬼不觉地锯断木栅栏,潜入进去,扔出自制的燃烧弹。21 岁的伊藤博文参加了这次恐怖活动,那时的他,是“尊王攘夷”的积极分子——“尊王攘夷”,略近于义和团的“扶清灭洋”。

这一份宁折不弯的气质或许可以让武士们超凡入圣,但并不能救日本于水火,相反只能把它往火坑里堆。日本人很快明白了这个道理,情况也发生一百八十度的变化。

公元 1861 年,日本幕府派遣使节前往法、英、荷、俄等国,与西方列强商讨推迟开放江户、大阪等城市的时间,使团成员中,有福地源一郎、福泽谕吉、箕作秋坪等,他们后来都成为日本近代化转型中至关重要的人物。这是日本人第一次到西方的大城市旅游,工业革命后的西方花花世界,立刻就让这群日本乡巴佬看傻了眼,顺带着也唤醒了日本人的强烈的自尊心。村垣范在《遣美使日记》中密密匝匝的图文,记录的不只是西方科学知识,更透露出他们对西方强国表现出的惊讶和赞叹。

面对“黑船”事件之后的国际形势,日本启蒙思想家吉田松阴说:“我与美、俄的媾和既成定局,不可由我方断然背约,以失信与夷狄。必须严定章程敦厚信义,在此期间蓄养国力,割据易取的朝鲜半岛和中国东北的土地作为补偿。”吉田松阴为日本建立海军提供了一个真正目标——“垦虾夷,收琉球,取朝鲜,拉满洲,压支那,临印度,以张进取之势,以固退守之基。”

似乎是担心他的这些在当时看来很不靠谱“远大理想”会吓坏了幕府当局，吉田松阴还提供了一些可操作性的方案，其中包括：派遣优秀人才到国外直接学习；在日本设立近代化军事学校，在军事学校中的教学必须是按照外国书籍的原文去教授学生，如此才能直接了解并学习到外国的先进技术和经验。

尽管在美国“黑船”为代表的西方列强的逼迫下，幕府已经做出重大调整，实行开国，但在他们眼里，依旧是一团狗屎，必须把它彻底打倒，再踏上亿万只脚，让它永世不得翻身。维新运动是思想、体制、社会的全方位革新，大清的洋务运动与日本的维新运动尽管发生在同时，却根本没有可比性，甚至连戊戌变法也只是在沙漠上泼上一盆水，只冒了一股烟儿就什么都看不见了。倒是五四运动可与维新运动有一比，但与明治维新比起来，五四运动整整晚了半个世纪。

“黑船事件”让日本人决心洗心革面，重新做人。十四年后，公元1867年底，萨摩藩武士西乡隆盛与大久保利通等人发动政变，发布《王政复古》大号令。1868年4月，在弥漫日本的樱花的芳香里，一份政治改革方案颁行全国，它就是著名的《政体书》。明治维新，自此开始。

如同我在《盛世的疼痛》一书里所写：日本人明白了一个简单的道理，只凭“宁为玉碎，不为瓦全”的血性救不了日本，还需要“理性”，对于日本来说，这个“理性”就是谁厉害就拜谁为师。眼下是英国人厉害，所以不仅不应该与英国人为敌，还应该拜英国为师。与坚守儒家精神价值的中国人不同，“在‘町人根性’影响下，日本人不承认唯一正确的价值体系，也不认为有绝对正义”，谁厉害，谁就代表正义，他们没有儒家“仁者爱人”的人道主义精神，也没有中国人特有的文化优越感……，无论多么精深的文化，在他们眼中都会被分解为至为简单的两种：有用的和没用的，在伊藤博文眼里，西方文化是有用的，而以中国为代表的东方文化则已经过期作废，日本人不准备跟亚洲人玩儿了，决定与狼共舞，用他们自己的说法，叫“脱亚入欧”。

与福泽谕吉相比，就读于剑桥大学的稻垣满次郎更深谋远虑，因为在比学赶超西方列强的热潮中，他不仅有豪猪般的激情，还有鳄鱼般的冷静。当人们在福泽谕吉的煽动下把目光投向西方，稻垣满次郎则看到东方还是真正的福地。投奔西方只是出发，返回东方才能算是抵达。在甲午战争前三年出版的《东方策》一书中，他已经预言了今天的事实，那就是：世界政治的中心正在往亚太地区转移。在亚太地区的竞争中取得优胜的大国注定会成为下个世纪的主导。为了达到这个目标，日本必须努力增强自己的经济和军事实力。

为了推行他们的扩张主义，对中国有深入研究的冈田仓心又给野心膨胀的日本提供了一副更加生猛的理论药方，就是“日本的伟大特权”。这一“伟大特权”的来龙去脉是这样的：

> 我们这个民族身上流贯着印度、鞑靼的血，我们从这两方面汲取源泉。我们能够把亚洲的意识完整地体现出来，这是我们的与这种使命相适应的一种遗传。我们拥有万世一系的天皇的无与伦比的祝福，有着未曾被征服过的民族所具有的自豪，我们有着在膨胀发展中作出牺牲而坚守祖先留传下的观念和本能这样一种岛国的独立性，我们就能够使日本成为保存亚洲思想和文化的真正的储藏库。而在中国，王朝的覆灭，鞑靼骑兵的侵入，疯狂的暴民的杀戮蹂躏——这一切不知有多少次席卷了全土。在中国，除了文献和废墟之外，能够使人回想起唐代帝王的荣华、宋代社会的典雅的一切标记，都不复存在了。

日本就这样被他们想象为新的“中央之国”，亚洲的一切秩序，都是围绕日本这个中心来构建的。无独有偶，德国纳粹也宣扬“种族优越论”，认为只有日耳曼人与雅利安人才是上苍赋予了“主宰权力”的“优等民族”，有消灭和奴役劣等民族的权力。美国著名学者、麻省理工学院教授约翰·道尔在分析日本民族主义内核时认为，西方种族主义一般以一个具体鲜明的劣等“他者”来衬托，主要表现为对自我的高扬甚至崇拜。在对其他种族的贬低和偏见方面，日本人和别的民族相比也毫不逊色。德日好像都意识到自己的特异功能，准备联手主宰世界了，只是在这种不可思议的自我膨胀中，早已预埋了他们的悲剧。

五

在下田的那场酣睡无疑是我个人睡眠史上的重大事件。很多年中，睡眠都是困扰我的难题，但在下田的夜风和月色中，这一切不知不觉发生了变化。梦醒时，我觉得自己足足睡了一个世纪，从一个甲午年，睡到了另一个甲午年。

伊豆天亮得早，此时已是九点，阳光已升得很高，有近中午的感觉。透过窗子看大海的点点光斑，犹如无数只华璨的蝴蝶在半空中乱舞。"黑船"还固执地停在原处，没有开出去一步，仿佛历史不肯睡去的神经。

"黑船祭"的大游行预定开始的时间是上午11时。剧组分成两组，我与余乐、金颖为一组，前往游行始发地佩里公园，陈爽、曹一平、邢熠(日本新中华通信社记者)等在中途拍摄。从佩里公园通向市中心的道路很窄，游行开始前，当地民众已经沿着道路排成两队，手里挥动着小旗(日本和美国国旗)，对游行翘首以待了。

十一点，军歌响起，所有人的表情都变得肃穆起来，游行开始了。军歌是日本海上自卫队军歌《军舰进行曲》，这支岛山启作词、濑户口藤吉作曲的军歌，中国人并不陌生，因为它曾经作为日本"二战"时日本海军军歌，响彻"大东亚战争"的战场，被称作日本法西斯的侵略扩张政策主要工具。歌词大意是：

防守和进攻
都依赖着这黑色的钢铁城堡
漂浮在海上的师
镇守四方的皇国军舰
开火吧！
向着仇视太阳升起的国度！
煤烟摇曳着仿佛海上的巨龙
炮弹的呼啸盖过了风暴中的惊雷
开拓万里波涛，

布皇国国威于四方

然而,在2014年的日本,在下田这样静美的海边小镇听到它,还是让我觉得恍惚。下田,这个"旅途中的故乡",这个充溢着少女微笑的地方,怎么奏响荼毒生灵的军国歌曲?在水彩画似的海湾风景中,它显得那么格格不入,尽管海上自卫队的军舰就停泊在下田的港口,近在咫尺,早上我乘坐那艘"黑船"游览下田港湾的时候,还亲眼目睹了这些军舰。但那毕竟是今天的自卫队,而不是从前的侵略军。这个曾经以"爱和平的人,请到自卫队来"为招募广告的日本自卫队,难道真的要"向着仇视太阳升起的国度开火",让炮弹呼啸着盖过"风暴中的惊雷"?

六

对于中国人来说,这支军歌是与日本侵略的恐怖记忆紧紧地捆绑在一起的,在它雄壮的旋律里出现的,是天幕上落下来的黑压压的炸弹、南京屠杀的雪亮刺刀、七三一部队的活体实验、"三光政策"的变态与疯狂。日本军人无数次在这支军歌里器宇轩昂地出发,而他们行军的终点,却不是"王道乐土",而是他们亲手制造的地狱。刽子手的形象并不那么美好,再优美的军歌也修改不了杀人者的形象。不知当年开国的幕府将军们是否会想到,他们走向世界的冲动,竟然慢慢被篡改成征服世界的野心。他们听懂了"黑船"的语言,也相信了"黑船"的哲学。他们很快有了自己的"黑船",去兵临别国的城下。这样的"黑船"给他们带来越来越多的快感,让他们欲摆不能,最终让他们陷入彻底的癫狂。

然而,对民众来说,战争中的变态与疯狂都被过滤掉了,关于战争的所有真实讯息都中途夭折了,无法跨过辽阔的日本海回到故乡。故乡的人们既听不到南京被屠杀者的哭喊,也听不到慰安妇的痛苦呻吟,当战争的消息传回日本时,剩下的只有日本军人拼死搏杀的"英勇"和"开拓万里波涛"的"豪迈"。一场战争竟是那么容易被简化,几乎简化成了军歌本身,激情,嘹亮,具有唯美的品质和鼓动人心的力量,它遮蔽了战争本身的残酷、冷血,以及被害国人民的诅咒。

走在最前面的，是驻日美军的旗手，手里举着的却是日本国旗和日本海军旗，后面是军乐队，接着，下田市长、静冈县知事、横须贺地方总监、第三区日本海上保安部长、美国第七舰队战斗部队司令官等日美官员乘坐各自的敞篷轿车接踵而来，有些官员身边还坐着妻子儿女，戴着雪白的手套，微笑着向人群频频致意，一副“军民共建”的和谐景象。紧随其后的，是驻日美军和日本自卫队的方队。日本自卫队的旗手很帅，又瘦又高，军姿挺拔，手里握着日本海军旗，呈四十五度角斜举着，他走过来时，路边的民众情不自禁地响起掌声，或者拼命地晃动着手里的小旗。臭名昭著的日本海军旗，在特定情境下的确可以给人一种力量感，在中国人心中近乎滑稽的日本海军军歌，此刻也有了一种激动人心的力量，让现场的人们血脉贲张。军队的后面，是当地民众和学生的方队。在军歌中，每个人的表情都是严肃的，军歌把他们每个人都与他们的国家联系起来，让他们心中充满了庄严感。

然而所有经历过战争的人都会知道，那些英雄主义幻想不过是一场幻觉，是军国精心策划的骗局。那些经历过“大东亚战争”的老兵们曾经相信过军歌缔造的神话，但他们绝不会再信第二次了。可怕的是，好了伤疤忘了疼是人类的本性，年少的人们不会知道战争意味着什么，他们会被那种所谓的“英雄主义”情怀煽动着，重新投向战场。

我想起爱因斯坦曾经对悲剧做出这样的定义：人们总在做着相同的事情，却总想获得不同的结果。

在下田，“黑船祭”不过是一个旅游者的狂欢节，但不知为什么，从下田的天光帆影、歌舞升平里，我却看到了和平的脆弱。清茶浅酌，花好月圆，在枪炮的面前，是那么不堪一击。

（原载《红岩》2015 年第 1 期）

景德瓷

朱　强

一

那时候火在我们心目中的形象好比一面镜子，许多事物肉眼无法看清，需要找镜子帮忙。这个镜子有点像道士给贾瑞的风月宝镜，一面照出骷髅，另一面却照出美人。通过火，我们照出的也始终是两种面孔。有一种遇火——形状立马就散了，化为了灰烬；另一种是永远不为火所屈服的。当时这两种事物——组合成我们眼里的世界，使我们无论遇见一块石头还是一株草，都会设想一下，它们在镜子里的面孔可能是哪一种。

当然，我们也把一些碎瓷片投入火中，它们并没有助长火的气焰，结果只是瓷片上的花纹被火熏得一团漆黑。瓷是不怕火的，当初它就是因为火才得以成就。

那时，我们把瓷片、砖、瓦还有石头认作一类，它们与铁相似，坚硬而锋利，可以砸，可以敲，可以被抛掷到很远。瓷，一方面在生活中被当成了玩具，另一面又被作为饮食或欣赏的器物。被当做玩具的那一部分，都是些打碎了的碗、罐、碟、瓶。它们之前被陈列在显眼的地方，受到人们的优待，它们与孩童并无多大关系。只有当其不小心被砸落在地，变成了碎片，于是才从大人的视野里退出来，孩子们蜂拥而至，一人一片，立马将它们给瓜分掉了。当时我们每个人分得的碎片都不同，有的是一缕云，有的是一朵花，还有的仅仅是一只眼睛。也有分到一块碗底的，恭楷书写着几枚汉字。我们手捧碎片让大人识别，从大人的嘴里，我们听到了“景德镇”三字。景德镇是什么玩意？景德镇就像剪刀上烙印的“张小泉”，是一块足够响亮的牌子，也是中国造瓷业的一面旗帜。

在古代，从景德镇把瓷器运到赣州其实并不容易。它需要走昌江到赣江，中间有许多是类似于惶恐滩这样的老虎口，时常有运送瓷器的木帆船被这些险滩吞没。许多的瓷器因为剧烈的震动碎裂了，被河水裹挟带往不同的方向。有的被带到村落附近的浅滩，有的被埋藏到了泥土的深处，还有的就索性随波逐流被带到更远，尽管这样，大大小小载有瓷器的船只还是朝着这个方向驶来，他们当然不是为了把瓷器运往赣州，赣州太小，容纳不了这些华丽的身影。它们主要是通过这个驿站走梅岭陆路被送到广州的各大港口，然后经广州直接把这些瓷销往海外。现在我们在一件瓷器身上不仅能够看到火光，同时也可以嗅到水的腥味，小孩子们在瓷的身上当然也能够发现火光、嗅到水的腥味。不过他们感官世界里的水火与目前说到的这个水火却有着很大不同，首先，他们是通过火——去考验一块瓷片会不会被火屈服，然后通过水——去开始他们打水漂的游戏。这完全是两种不同的概念。

许多事物回头细看，似乎都带着某种必然属性，然而事先并没有谁能够预料到这个结果。在英语中，现在我们看到中国被称作 China 好像是天经地义的事，然而在当时中国完全也有可能不叫 China。现在两种与 China 命名最主要的说法都与景德镇陶瓷有关。一种是 Chinaware(陶瓷器)这个词汇，另一种是“昌南”的音译。景德镇坐落在昌江以南。当时几乎所有的瓷器都要从昌江运出。景德瓷很有可能是不出现的，江西人自己都没有想过这个呈长龙形延伸的小镇居然会是以后的瓷都。当年的昌江边，只有一个叫陶阳十三里的地方，它和南方的许多烧瓷的小村落一样，并不起眼，后来是因为一些偶然的因素，由该地烧制的瓷格外出彩，所以宋真宗才把自己专用的“景德”年号赐封给它，使它有了后面的一系列光彩。

二

历史上的许多发明创造，现在功绩多数都归在人的头上。可是细想就会发现,其实这些成绩不过是自然借我们的手去实现的。譬如我们摘得高处的东西,表面上看,摘取东西用的是我们的手,但假设没有送我们到高处的梯子作为铺垫,其愿望恐未必能够实现。10世纪五代时期,景德镇烧制的瓷器其实并无什么优势,它既不比北方邢窑定窑生产的白瓷,也比不过南方越窑生产的青瓷。忽然有一个机会,让当地的烧瓷人发现了一种适合生产白胎的瓷土,于是大家都想换换口味了,在南方的青瓷窑场里索性也烧一点北方瓷。但南方的传统烧法与北方的比起来还是有点不同,这一点不同之处,恰恰好就把青白瓷成就了出来,而"南青北白"的说法,一拳就被它击碎了。有时最优秀的模仿,恰好是模仿的不像,正如钱钟书说宋人学唐诗往往不能学像,这一点不像之处,恰恰也是宋诗的可贵之处——是同一道理。现在我们生活中已经很难看见有青白瓷了,但那时候,在生活中大家对于青白瓷的需求量还很大。它气质很有点像玉,白里闪出一点青。像帘子后面种着芭蕉,加上那时的人,想象力普遍比现在丰富,活法也更具诗意。叫"青白瓷"的人很少,多数人都管它叫"影青瓷"。李清照就很喜欢把这种瓷器当做玩具,一会儿是"佳节又重来,玉枕纱橱,半夜凉初透"。一会儿又是"玉鸭熏炉闲瑞脑,朱樱斗帐掩流苏"。玉枕、玉鸭都是影青瓷做的,并非真的玉。虽然书上说这个词女赌技高超,还时常赢钱,但拿玉做枕头是绝不可能的。

时间到了14世纪,大家对于这种玉质的瓷器兴趣越来越淡。已经看了有四百余年,不论多美的东西,感官里都开始有了审美疲劳。这时候在景德镇的窑厂里,又烧出了一种枢府瓷。色白,微青,呈失透状,颇似鸭蛋壳的色调。但是无论怎么变化,素瓷持续的时间那么久,有人突然恍惚了。是不是该让一朵花也在上边绽放,再让两只蜂蝶在上边转悠。瓷器之前是怎样烧制,现在还是怎样烧制,工艺却没有变。这仅仅是工匠们的一点小小的尝试,因为这时候外边的世界开始变得花花绿绿了起来,素雅的釉色已经显得有些不相称了。

尽管在9世纪,那时候还是唐代,在巩县窑里面已经有了青花。但这仅仅是为了满足中东的市场,可惜,这个市场不久就凋败了。而在国内,大家对于这种"白地蓝彩"兴趣一直不大,尽管青花的着色力强,呈色又稳定，纹饰还能够深深地扎到釉里，色彩无论是水洗，还是关照，总是不容易褪，但因为它看上去太陌生了，到底还是无法进入大家的视野。即便是到了元末明初，民间对于这类品种的瓷器的看法依然表现得那么执拗。恰好这时候，宫廷里开始有人喜欢上了它，宫廷里的兴趣，不管好坏，传染力总是很强的。它像一种繁衍能力很强的病毒，首先是朝臣，其次是妃嫔——都一一被它感染上了。然后传染的范围又向四围蔓延，当这种高贵的病毒再次扩散到民间，尽管它还在推进传染的速度，但它病毒的身份已经发生了一点微妙的改变，有一种人觉得：既然是来自于宫廷里的东西，无论如何，浑身上下自然充满了尊贵的元素，哪怕自己一辈子没能力入宫，但来自于宫廷的病毒至少还能够让自己感受到一点宫廷里的气氛，所以被它感染，甚至比在手上戴十几枚钻戒还要光彩；另一种人就像《聊斋》里所提到的华阴县令，因为那时候，上边都喜欢拿促织来斗，下面的官员为了讨好献媚，于是就想方设法的把这种病毒弄到手，然后呈献上去。这样一来，自然疏通了自己的官路。但无论哪种，都让病毒成为了那个时代的宠儿，有时病毒的繁衍并不需要病毒自己操心，只要它掌握了大众的心理，自然有人去替它操办一切，青花瓷也是这样，它从江西的某个山沟里出来，没过多久，就引领了时尚。

我被青花瓷感染，并不来自于青花瓷的美貌。而是一块残缺的碗底，它连一个完整的病毒都算不上，上面有"大明成化年制"的落款。确切说来，我对瓷器发生兴趣，也就是从这一行字开始的，那时候，我对中国历史上各个朝代的年号有着十分浓厚的兴趣。这一块残碎的瓷片——它上边的某个细节正好暗合我的兴趣，让我真切地感受着那些朝代的存在，一块碎瓷片把我脑海中某些模糊的镜头一下子拉向清晰，我甚至想，是不是每一个朝代都应该有一块这样的瓷片对应？它们的存在组合成中国的历史。而我只要把这些碎片凑齐，接近历史的任何一个时期都将成为一件轻而易举的事。

那时尽管青花已经把瓷身装扮得极其丰富了，各种植物把枝叶花瓣舒展开来，这些花卉在瓷器上开放的时间已经很久，完全把它当做了泥土。无论是牡丹、菊梅、苜蓿，还是石榴、茶花、海棠它们在瓷器上都显得精神抖擞。有时候作瓷人坐在昌江上发呆，看着天边的云朵，也学着发挥想象，他们觉得现实生活太枯燥了，心里很希望从一件瓷上面寻找到慰藉，寻找到刺激神经的元素，于是就让一条飞龙穿过花丛，龙在现实中被赋予的寓意太深，且又是那么的繁忙，一会儿腾云，一会儿潜渊。莫如让它在瓷器上彻底放松，或躺或卧。此外，话本传奇也开始在景德镇的大街小巷里流行，于是瓷人也开始在瓷上搭设舞台，学着说书艺人把各种传奇故事重新演绎。做瓷人觉得通过瓷——可以打通内心与外面的世界。现实里的事物，多少还是僵硬了一点，而内心的东西，又往往缺乏那个表现的形，瓷——恰好可以弥补这两方面的缺憾。但是无论怎样花费心思，瓷与生活里的东西还是有一点点隔膜，这些隔膜纯粹是因为青花瓷的色块过分单一所造成的:蓝彩霸占了整个瓷体，它像一只霸占山林的猛兽。看似典雅、秀丽，但感觉起来多少有点不大真实。它应该再让一点红，或者一点绿参与进来，于是景德镇的窑厂里，很快又烧出一种青花釉里红的彩瓷。这一点红的意义是巨大的。它把许多的色彩带进来，然后各种彩瓷又互相交配，斗彩、五彩、珐琅彩、描金就在飞溅的色块中应运而生了。

三

那时候，景德镇的夜空常常被炉火照亮，四时雷电镇的名号一点也不虚传。明清两代的御窑厂都设在这里，供皇帝妃子大臣享用的御用瓷从这里用稻草、竹篾包扎牢固，然后搬运到木帆船上，从昌江走长江、京杭大运河被运进宫里。当时全国最优秀的陶瓷工匠都汇聚在了御窑厂，在古代，皇帝手中掌握着集权，表面上看，他所把握的是天的一部分职权，但事实上，他所体现的却是人力的极限。譬如，通过科考，一些拔萃的人才冒出尖角，这样一些人被集中到朝野共事。宫廷画院的招募对象也往往是全国最优秀的画师，宫廷集中起他们，由他们创作最具有难度的画作。这个至高无上的权力，曾经使他的集团变得极其脆弱，也无比强大。因为皇帝的意愿，曾经的景德镇就被巨大的人气笼罩着，各地陶瓷业的精英差不多都住在了昌江边。这些对于瓷器十分敏锐的手指和大脑互相切磋，他们每天茶余饭后都在争论一件瓷碗和一件瓷瓶到底该如何烧制最好。另外，为了让皇宫里的某些思想能够直接干预到一件瓷的制作上来，于是，在景德镇的官窑里又多出了一个督陶官。在明代，督陶的多是些太监。到了清代，督陶官就由一些文化素养和官职都较高的人来担任。例如郎延极，藏应选，年希尧，唐英，这些人是历史上督陶官中的佼佼者。

特别值得一说的是唐英，这个人天生就是督陶官的最佳人选。可是却偏偏在宫廷的内卫上做官。后来是"命运"觉的这个安排并不合理，于是就把他调到景德镇御窑厂来督陶，他当然知道之前有个叫潘相的督陶官在这里因为刮收民脂民膏落了一个吃不了兜着走的下场，当时窑工们情绪发胀到青紫色，有好几个跳入窑火中自焚。这一跳于是激起了一场巨大的民变。窑工们联合起来，居然封堵了景德镇去京城的水路，于是潘相只有翻山越岭从安徽逃走。唐英本身就是做督陶官的料，既没有架子，又能吃苦。三年下来，坚持和陶工们同吃同住，加上自己还有一点艺术上的追求，上天现在给他这个机会，让他既能够光彩万分地扣着一具顶戴花翎——好好做官，又能够放开手脚，做自己喜欢的事。也正因为他的运气与他的这一片痴心，感动了瓷，于是所有的瓷器都垂青于他，所有的美瓷都商量好了似的，一概通过他的手——光彩出炉，转颈瓶，仿木纹，漆器的象生瓷，恍如一个个大家闺秀，从帘子后面探出脸来。瓷器们像一些会生长的树，在整个过程中，人不过是辅助工具而已，这些瓷自行把身体上的花样丰富起来，而且是一件比一件精彩，瓷器们好像天生与火、水、瓷土、釉料串通已好，在整个制作工序中，它们像一条鱼自行游弋。开片、造型、釉色常常让作瓷人自己也出乎意料。没有一会儿，这些瓷器就变戏法似的，让人眼睛觉得有些扑朔迷离起来。命名者也觉得已经词穷，因为唐英的贡献，于是大家就索性统一称呼它们为"唐窑"。可是现在看来，这些瓷器烧制得无论有多么美妙，接下来的命运——似乎都只有一个，那就是被带向皇宫，当然不是每件瓷器都能够享有这份殊荣，成为御用瓷。那些稍有瑕疵的，就从中剔出来，当场砸碎。碎片被偷偷运到御窑厂的一个偏僻角隅掩埋。要是遇上皇帝本人用的黄釉瓷碗，那更是左谨慎，右谨慎的。哪怕是一小块碎片，也要小心翼翼地运回宫中，以免流散到民间被人仿造，刺伤皇权。

确切地说那时候君王就像一只巨大的饕餮，它不仅把某些好吃的菜大把大把地夹到自己的碗里，还要求其他的人不允许吃同样的东西。谁吃了，就得杀头。譬如说皇帝的年号已经定下来，那么天下所有的读书人遇到这个字都要选择绕开，因为皇帝身份的确认，并不是别人高呼万岁就够了，它还要通过一些具体的行为来体现。譬如，它时常拿自己的有去比较别人的无，在有和无之间，皇帝的身份才被郑重地得到确认。

那时景德镇的窑火旺炙。在盛大的天空中照亮着一个大大的“皇”字。一些瓷器被精挑细选出来，运入深宫，另一些却成为碎片。景德镇的窑工们——表面上是在每件瓷器上精益求精，事实上，他们所参与的，却是如何把这个巨大的“皇”字往深厚里刻画，让皇帝至尊的身份真实得到彰显。后来，当这些巨大的饕餮一只一只死去，终于死得几近于零了，宫里的瓷器也由一个个证明人的身份回归到了纯艺术品。作为艺术品，不仅可陈列宫中，也可辗转民间。2001 年，在我的视线里，一件粉彩瓷罐把“官窑”的形象给树立起来，当时瓷上画一幅喜鹊闹春图，尽管大红大绿，但配搭却极其雅致，假设不是那一枚“官窑内造”的底款，恐怕我在脑子里有关于“官窑”的概念还要晚很多年才能得到具化。后来有朋友却开始在我的面前嘀嘀嘟嘟起来，说这并不是给皇帝老儿烧制的，在民国，景德镇也出产过一批“官窑内造”款的彩瓷。都是出在私人的作坊，只不过这个作坊的前身在御窑厂的范围之内，所以他们就借官窑的牌子来吸引买主罢了。

不管怎样，这个时候，时间总算一步步走到了民国。到了民国，什么东西都像是一颗憋了一千年的欲望——终于得到释放。这时国人的面上都蒙着一层暗暗的灰光。人性的某些欲望膨胀到极致，胃部也感觉到一阵阵不适。民间的作坊开始大量的仿制内造的御用瓷。视觉上与心理上的欠下的，恨不得立刻就补偿回来。

当然，也有好些精品瓷既没有深藏在宫中，也没有被砸成碎片，而是被巨大的桅船运送到了海外。景德镇的瓷人用当地的火与水、瓷土以及特有的做瓷工艺把西方人的眼球吸引过来。它和丝绸茶叶一道把东方的清香、厚重、柔情携往欧洲。这些来自于东土的物产一时间让那些大鼻子的想象力像只敞口布袋一样，有些收不住了，青花瓷让一向崇尚蓝色的民族一时间变得有些歇斯底里。于是这种瓷器的地位一下子凌驾于当地各种事物的上方。尽管它只是个新生物,但是很快人们对它的喜好就达成了默契,在萨达巴德宫款待波斯王的一个盛大酒宴上,国王把这些上好的青花瓷盘搬出来,酒肉佳肴立马就成了一个陪衬。同时每到国王登基,举办寿宴,大婚典礼,这些瓷器又被当做礼物赏赐给了有功的大臣们的享用。国王以及贵族们的这些举措已经把一件青花瓷的地位给确定下来。然而,不管这些瓷器当时在海外有多么的风靡,当初作为景德镇的窑工们肯定没有谁料想到,这种青花瓷器以后会在自己手上一件一件捏造出来。首先是因为这种蓝色调在国内很少有人青睐,其次是烧制这种蓝彩的原料 Sumra 需要漂洋过海地从萨迈拉运送过来确实不很容易。如果不是伊斯兰商人的那点经商的头脑和他们强烈的发财欲望,即便现在,青花瓷能不能问世还要打上一个大大的问号。伊斯兰商人抓准了这个天大的商机,既然他们自己没法烧制出精彩的瓷器,那么就索性把这些烧瓷所要用到的钴料和符合伊斯兰人审美趣味的造型图带往中国。景德镇的窑工们就是借助于这些钴料——让青花在瓷瓶上一朵朵绽放出来的。不过这些瓷的款式与国内比较,多少还是有点不同,首先是它普遍比较大,色彩又火爆又热烈,图案上常常跑出一枚陌生的徽章,或者一枝不大熟悉的花卉。但这些问题,在窑工们那里都显得微不足道。高大的瓷器轻巧地被烧制出来,然后就以高昂的价格销往欧洲的市场,随之西方的白银花花地流向中国。这时候的中国,富得确实有点流油了,当然流油的只是那些的大官大贾,景德镇的窑工们的日子并不见得有多好过。

四

历史所以跌宕起伏,是因为它本身就是由几块积木组成的游戏。这些积木彼此利用对方,向上攀爬,既互相提供支点,又相互踩踏。当初我们从西方人那里把 Sumra 这种原料弄到手,景德镇的高岭土很快就像找到一件适合表现自己衣服。这些衣裳在萨迈拉原本只是一些褴褛的碎片,始终没法穿出好的效果。但中国人把它们穿好了。穿得让那些出口青花原料的外国人完全目瞪口呆。那些常年穿梭于海上的货船基本上就在完成着这样的一种交换，首先西方人的苏麻青被运过来，它们很快地就被景德镇的瓷器工人们揉入到精美大方的瓶瓶罐罐上，这些有着蓝花的瓶罐让西方的白银长了腿似地跑到中国。那时候，西方人对于中国瓷一方面是十分的着迷，另一方面又表现得极其焦虑，他们也试图自己动手烧制喜欢的瓷器，但是感觉起来还是稍微拙了一点。加上难以找到优质的瓷土，所以在白的地方就很难烧出那种白里泛青的润泽，青的部分也是死板的，没有那种向四周荡开的动态感。

这个时候，我们把积木堆在西方人的上边，很耀武扬威的样子。因为我们的瓷器，他们尽管陶醉、狂欢，但是自己手上白银花花的流出去，心里又很不舒服，于是，他们也从我们这里像当初我们获取苏麻青一样地获取火药，经由他们的手，这些火药，最终既没有变成隋炀帝眼里"灯树千光照，花焰七枝开"一簇簇烟花，也没有变成《荆楚岁时记》所载的那种用来避山臊恶臭的炮仗。而他们不想再去因袭我们走过的路子了，再不想去玩以前的这种玩法了，因为烟花是让美的图案转移到天上的，而中国人，并不缺乏美，堆积在地上的就已经足够使人窒息了。

西方人把这些火药最终塑造成一枚枚弹药，有小巧一点的子弹，笨拙一些的炸弹，此外还有各种呆头愣脑的雷，他们觉得这个民族——长久地处于一种安逸享乐的环境中，思想就像古树的根一样，深深地扎在泥土里，他们讲求自尊，但是表现得却有些夜郎自大，因为长期以来，有这样无比的优越感充满在身体里，稍微新奇点的东西，不仅难以使他们着迷，甚至还极有可能被他们认为是与晦气沾边的一类。这样一来，你就唯有使他们痛了，因为只有使他们感觉到痛了，他们才有可能反省，感觉到自卑，唯有在自卑以后，这种抵御外货的心理防线才有可能被撤销下来。洋鬼子深知这个民族的人民，一方面既喜欢做主子，另一面也极喜欢做奴才，他们只要看见做主子的希望已经泡汤，奴才的位置能够坐稳，也依然手舞足蹈的，事实证明，果真如此。他们为了证明自己是奴才，于是就开始抢购洋货，很主动地向西方人献芹。景德瓷就时常被一只芹似的献出去。光绪曾经就献给苏丹王一只大芹，一只高一米多的"青花"。比较以前景德瓷上书写的荣耀，这时上边呈现的却是一个巨大的“耻辱”。

小时候，我们把火当做一面镜子，透过镜子，事物中有一类是永远不为火屈服，另一类遇火形状立马就散了，化为了灰烬。长大以后，火在我们眼里镜子的身份并没有得到改变。从一堆舞蹈的火中，我们既看见了文明，欣赏了那些精彩的美瓷，同时也目睹了野蛮，看清了伪装文明的兽。

（原载《花城》2015 年第 3 期）

饥饿是种深刻的记忆

韩浩月

路遥是对我有很大影响的中文作家，他写过长篇巨著《平凡的世界》，也有一部被改编成电影后轰动全国的《人生》，但印象最深刻的，却是他的中篇作品《在困难的日子里》，这可能是因为我和书中主人公的命运多少有点相似的缘故。

《在困难的日子里》的主人公名字叫马建强，在 1961 年那个中国历史上有名的困难时期，他从乡下以全县第二名的好成绩，考进了县城的高中，这对父老乡亲来说是件轰动的事，但因为没钱没粮，马建强险些没能如愿进入学校。

在父亲托人捎来话，告诉马建强再也无法给他送来一粒粮食了之后，他被推到了一个绝境，从此之后他就只能依靠自己解决“口粮”问题了，城郊的那片田野成为了他的“天堂”。人在饥饿的时候会被本能驱使，寻找一切可以吃的东西，路遥刻画了一个疯狂在田野里觅食的人物形象，“酸枣、野菜、草根，一切嚼起来不苦的东西统统往肚子里吞咽……”

《在困难的日子里》发表于 1980 年，我是在十多年之后才读到这篇小说的，也是因为这篇小说，喜欢上了路遥的其他作品，并把路遥当作了我人生的精神导师之一。记得在阅读这篇小说的过程里，我不止一次泪流满面，因为分明在马建强身上，读到了我自己的影子。

在我有童年记忆时，发生了一件大事，我的父亲去世了，因为疾病和饥饿。在小时候，奶奶无数次讲到家里挨饿时的情形，讲到村外的槐树皮都被剥了吃了。具体的吃法是，把槐树皮用石磨磨碎成粉，掺杂进一点少得可怜的玉米面、高粱面，蒸成好不容易才能捏成一个团团形状的窝头，就着白水吞下去。

我父亲有五个弟弟和一个妹妹。饿得没有办法，就带弟弟们去田野里偷吃的。青青的豌豆还没成熟，就被父亲偷着吃了，只能在地里吃，不能带回家，因为豌豆有生产队的人看着，被抓住了会挨一顿打，父亲和他的弟弟们，常吃得一嘴青色的豌豆汁。

父亲去世那年是1980年，那时候已经不用吃树皮、槐花和未成熟的豌豆之类的了，但地里的粮食还是不够吃。家里第一次烙小麦煎饼的时候，奶奶在灶前泣不成声，因为她想到我父亲这辈子，等到终于可以吃上小麦煎饼的时候，他却去世了。后来我和奶奶聊天，她总少不了要说一句："可怜我的大儿子，临死前都没吃到小麦煎饼。"

1984年，我和马建强一样，从农村考到了乡里的中学。之后不久，我们家从偏远的乡村迁往县城，因为我暂时不能转学去县城，只能一个人被留下求学，同时被留下的，是一大包煎饼和一小袋大约只有三四公斤重的小麦。

对于刚进入高中的马建强，路遥这样写道：

> 尽管目前社会普遍处于困难时期，但贫富的差别在我和这些人之间仍然是太悬殊了。他们有国库粮保证每天都有粮食供应，父母亲的工资也足以使他们穿戴得体体面面，叫人看起来像个高中生的样子。而我呢，饥肠辘辘不说，穿着那身寒酸的农民式的破烂衣服，跻身于他们之间，简直像一个叫化子！

这多符合我在当时的情境。因为没钱，我没法去学校食堂打饭，尽管那份饭菜加在一起可能也不过一两毛钱。在别的同学相约去食堂打饭的时候，我只能一个人溜到宿舍，打开那包煎饼，抽出一张来掰碎，放进茶水缸子里，再去用免费的开水泡开，一点点吃掉。因为不确定家人什么时候能来给我送吃的，我规划了吃掉这包煎饼的时间，也就是说，我起码要保证，在一个月内，每天能吃到一块煎饼，才会带来安全感，就这样，一直等到有人来给我送吃的，或者把我接走。

随着时间的推移，那包煎饼渐渐发霉了，但用开水烫烫，还是勉强可以下咽的。只是食量不够，在课堂上经常会感到饥肠辘辘。那时候好饿啊，但我没有马建强那么强的觅食本能，愚笨的脑袋，怎么也没想到可以去田野里找到一点吃食，只是被动地一天天缩小食量。

可能是青少年时期比较懵懂的缘故，我没体会到马建强在他所处环境里的绝望，只是有些孤僻，不爱和人相处，不爱运动，喜欢遐想，在思绪的漫游中觉得时间有时很快，有时又很慢……等我爷爷来学校接我的时候，煎饼已经全部吃光了，只剩下那袋没舍得吃掉的小麦，本来打算用它在最艰难的时刻去换取一些饼或馒头回来的，现在用不到了。爷爷后来和我聊天时常说的一句话是，“你那时候可怜的，就剩下一小袋麦子了……”

到了县城后，我们整个大家庭的境遇并不比在农村好多少。爷爷在街头摆了个摊子卖白开水，用这个连小生意都算不上的收入养活全家。在县城中学，家境好的学生更多了，那时候似乎没人再挨饿。起码孩子们是饿不着了，但我还是饿。家里从来都没有“早餐”这个说法，每天起床后无论寒冬还是酷暑，都是饿着肚子去上学，到了课间操的时间，已经饿得一点力气也没有了，路遥用这样的句子来形容：

> 饥饿经常使我一阵又一阵地眩晕。走路时东倒西歪的，不时得用手托扶一下什么东西才不至于栽倒。课间，同学们都到教室外面活动去了，我不敢站起来，只趴在桌子上休息一下，我甚至觉得脑袋都成了一个沉重的负担——为了不让尊贵的它在这个世界面前耷拉下来，身上可怜的其他部位都在怎样拼命挣扎着来支撑啊！

《在困难的日子里》中的马建强很幸运，他遇到了一个无论形象还是性格都很美好的女同学吴亚玲。吴亚玲是马建强困难日子里的一道光，她为马建强做了一份饺子，还把自己父母支走了，想要马建强吃一顿饱饭。为了这顿饭，吴亚玲可是煞费苦心，但马建强已经敏感到一定程度了，连听到“吃饭”这两个字，都觉得是别人对他的怜悯，委屈的吴亚玲泪珠挂在了脸上，而马建强的身体也在“剧烈地哆嗦着”，“止不住的热泪在脸颊上刷刷地淌下来了……”

由此可见，饥饿是多么可怕的东西，它让自卑的人更自卑，让敏感的人更敏感，它让人与人之间丧失了本真的联系，让美好的情感竟然变成了耻辱。在马建强所处的时代，饥饿是悬挂在人们头顶的乌云，走到哪儿抬头都能看到它，即便你不抬头看它，它也会通过胃部的痉挛来提醒你，在饥饿面前，尊严有时候会凸显它强烈的模样，有时候又脆弱到不堪一击。

在我上中学的时候，班级里兴起一股风气，偷女同学带的盒饭吃。那是不愿意中午回家吃的女同学们带的午餐，这些午餐，往往在上课间操前后，就被饥饿的男同学们偷吃掉了。开始的时候，有女同学向班主任告状，后来发现没用，就纷纷多带一点，有喜欢的男生，还会专门送到他面前，看着他吃完。

我参加过偷吃盒饭的行动，被女同学抓到过，也被班主任训斥过。不知不觉间，也有两位女同学注意到了我，她们开始给我带吃的，不仅是盒饭里的米饭和炒菜(有时菜里面还有一些辣炒的肉块)，还有一些时令水果，冬天的时候，还有香喷喷的烤地瓜。我看到过网上有人问，在路遥的小说里，吴亚玲是喜欢或爱马建强吗？对于这个问题，我的看法是，这里面有喜欢和爱的成分，但更多不是异性之间的，而是人性美好的一面在闪光。在困难的日子里，如果连这些美好的人性也消失了，那才叫难上加难，没法活了。

我一直把那两位女同学，当作姐姐式的人物，她们也把我当作弟弟，听我讲我以前的故事，会哭，流泪。毕业之后，我们保持了一段时间的通信，她们告诉我她们的境遇，喜怒哀乐，我告诉她们我喜欢文学，在学习写作。后来联系慢慢地中断了。现在已经记不清楚她们的样子，但不会忘了她们在我饥饿的岁月里提供的食物，这也让我对女性产生了独有的情感，抱有倾慕之心。

断断续续地，后来还有过一些挨饿的经历，不过都已经是片断式的了。记得有一次坐长途公交车去另外一个县城，坐上车后心慌慌的，才想起来上车前没有吃东西，胃空荡荡的，也没法下车去买什么食物，只好在口袋里摸索，竟然摸出了几十颗瓜子，把那些瓜子一颗颗小心地剥开，再小心地放进嘴里，慢慢地咀嚼，慢慢地咽下，真是觉得这瓜子是天下最好吃的食物。饥饿真是一种深刻的记忆，以后纵然品尝过诸多美食，但一直忘不了那几十颗瓜子的味道。

在以后的时光里，我再未读过路遥那篇《在困难的日子里》，因为不用读，文字中那些刻骨铭心的描写，已经深深印在心里。哪怕具体的章节和词句都忘记了，但故事里那个倔强少年的形象，却一直以飘摇的方式存在着，他那被冷风吹起的破旧衣裳，他奔跑在田野里，为一颗被人们遗留在地里的土豆而欣喜若狂的样子，面对喜欢的女生时的那种自惭形秽……都让我感同身受。也许，从读完这篇故事开始，我的骨子里就有了饥饿情结，对描写饥饿的文字特别感兴趣，后来才知道，许多优秀的中国作家，都有深刻的饥饿情结，因为他们都曾经历过比我所经历的要困苦无数倍的饥饿岁月。

莫言获得2012年诺贝尔文学奖时，有记者问他是什么促使他走上了文学道路，他的答案是“饥饿”。和《在困难的日子里》的马建强一样，莫言在三年困难时期，吃过树皮、草根。同样是在1961年，村里的学校拉来了一车煤块，莫言从煤车上抢了一块，咯吱咯吱地啃了起来，后来回忆起来，莫言觉得那煤块越嚼越香，“味道好极了”。可以说，是饥饿“喂养”出了一位诺贝尔文学奖获得者。

写饥饿，天津作家杨显惠写到过一种食物叫“粉汤”，别看这个名字看上去挺洋气，事实上却是用黄茅草籽煮出来的，只是看上去像淀粉熬的汤而已，杨显惠在书中写道：

> 这东西根本就没有营养，但是也没毒，吃它就是把空空的肠胃填充一下，克服饥饿感，就像有些地方的人吃观音土一样。这种东西能挺时间，吃上一次能挺三天，因为它是不消化的。既然不消化也就排泄不出来，需要吃别的野菜什么的顶下来。这种东西千万不能在粥状的时候喝下去。在它还没凝固成块状之前喝下去，它会把肚子里的其他食物——树叶子呀，还有别的杂草籽呀——粘在一起，结成硬块堵在肠子里形成梗阻。

如果说这样的描写还不足够惊心动魄的话，那么书中记录的其他故事足以让人惊呆：一名“劳改犯”把刚吃到胃里的食物呕吐了出来，还没来得及消化的食物颗粒，马上被别的“劳改犯”抢了去，为什么要抢去？因为这些呕吐物放在水里清洗一下，还可以重新当成饭吃下啊。我不是太过感性的人，但看到这样的情节，也难免落泪。

我一直觉得，现在的食物浪费状况如此严重，和我们曾经的饥饿记忆有关，因为被饿怕了，所以宁愿吃不了，也要点满一桌子饭菜，宁可被倒掉，也不愿意在请客时面对菜肴被吃光的尴尬。这是对饥饿记忆的一种报复，而这种报复又是那么的没有必要。面对物质过剩，我们更应该正视过去的饥饿，走出饥饿的阴影，用正常的心态去对待食物，进一步来说，用从容的心态来面对生活。

在给年轻的孩子推荐读物时，我会特别推荐这本《在困难的日子里》，孩子们嘻嘻哈哈，要去读漫画、玩游戏，薄薄的一本书放在那里，也许一页都没打开过。他们没有挨过饿，他们中的多数，都是被爷爷奶奶、爸爸妈妈端着饭碗满屋子追着喂食的一代，因此，他们并不知道食物之所以香，不是因为出自多好的厨子之手，不是因为是多么优良的食材，而是因为——只有在饥饿时，你才会觉得，食物会让人感恩，会让人流泪，会让人铭记。

（原载《散文》2015 年第 8 期）

The Best Chinese Literature

现实的探寻

2015

迁徙的故乡

梅　洁

1

前些年在故乡湖北郧阳、丹江口、十堰等地采访时，已看到各级政府官员和父老乡亲们为送汉水进京而日夜奔忙着、焦灼着。他们最最焦灼的是移民。是啊，几十万移民要在两三年内迁徙完毕，谈何容易？

他们是一个个生命，是一家家人，不是羊更不是一根根木头啊！

常常看到一些故乡领导和移民干部紧锁着眉，向你说着话时脸望着天，不知是对你说话还是在喃喃自语。我想，他们是把沉重的心事托付给天啦！

常常听到汉江两岸的乡亲们说，要搬快搬吧，我们都等老了，房子都等得快塌了，媳妇都等没了……望着他们近乎乞求的眼神和风雨飘摇的土屋，我总是别过脸，望着远处的山，无以回应。

半个世纪了，这块土地上的人们从来没有安生过。今年调水呀，明年调水呀，一说就是十几年、几十年，一纸“停建令”下来，他们不能修路，不能建厂，不能盖房，他们在等待中贻误了发展，在等待中老去了生命！在等待中四十八万人已别离了故乡，沿江几千个村镇、古城都已沉没在了江底。

五十年了，故乡一直走在迁徙的路上……

2010 年，老家终又开始二期移民了。消息从不同渠道传来，远在京城的我和老家人一样振奋。

背井离乡——一个原本有着深重悲怆意绪的事，对于故乡来说，竟是一种解脱般的快事，是熬白了头发要一洗沧桑的快感，是前途未卜、翻过山就能明白的期盼，是漫长的没有结果的一个结果啊！

实在等不起了，我的故乡！真的开始上路啦，我迁徙的故乡！

2

5月5日，我和几位中国作家在湖北郧西。

在悬鼓山，接到故乡县委柳书记发来的短信："梅老师，你在哪儿？家乡已开始移民了，你什么时候回来看看？家乡的樱桃熟了，我们接你回家吃樱桃吧！"

看完短信心中好一阵温暖。我就想，有什么比故乡与游子的心更默契呢？

5月10日，我回到了湖北郧阳。五月的家乡，满山的樱桃坠弯了枝头。父亲母亲的坟茔旁，塔柏、香樟、紫荆、春兰长得葳蕤苍翠。跪下为苦难的父亲母亲叩头，含泪祝福亲人们从此安息。

起身环望，沉眠地下几十年的灵魂，也都从这座山、那座山迁到了这里。人间、地下，都在为了一江清水送北京而庄严地别离、迁徙。

金菊一见面就告诉我："安阳已迁走两批移民了，这几天若不下雨，还会有一次千人大迁徙。县里领导分批带队，这次有我……"县委宣传部年轻的女部长还是那样爽朗，那样快言快语，一双大眼睛扑闪着，有平静，有庄重，有责任在肩、义不容辞的坚毅。

"移民不是泼出去的水，而是嫁出去的女，为了国家利益，移民牺牲了自己的利益。作为娘家人，我们有责任帮助他们，让他们迁出后尽快融入当地，安居乐业。郧阳永远是移民的家，欢迎你们常回家看看……"送别仪式上，县委柳书记讲着话就落下了眼泪。

这个嘴硬、脸苦、心肠软的人啊……

就要出发了，胡县长从车窗伸进一只手，拍着心肠软、眼窝浅的柳书记说:“你可莫哭,现在移民感情脆弱得很,你一哭大家就都哭起来了!”柳书记双眼通红没作声,他在忍。

柳陂两万人已是第四次迁徙了。移民们脸难看、话难听、门难进。是呀,几十年、几代人在荒沙滩上创造了一片国家级无公害蔬菜基地,现在又要全部沉没了,柳陂的牺牲有多大?柳陂往后怎样再驾驭自己的命运?

移民局邓局长来了,长年在乡村移民中走呀走呀,他显得格外清瘦而黝黑。人们告诉我他的手机上存了一千多个移民的电话号码,他每天与移民通话的次数多达一百二十次。

……

3

县移民指挥部,设在移民局很旧的小院里。周副总指挥长的办公室门开着,人不在。

环视简朴的办公室我在想,这个相貌英气、说话幽默、做事果决、极富判断力的人,两年前我认识了他,如今,政法委书记兼起了移民指挥部常务副总指挥的职务,看来,特殊时刻,县里在紧急调兵遣将。

正想呢,他进来了,“哎呀梅老师,你可回来啦。你知道我们咋盼你呢!”坐下后,他又说:“真是忙昏了头,身体还不争气……”这时,我看到他左小臂上有隆起的一块肉包。他说他感冒不好,咳嗽不止,打了十八天针也不痊愈。医生做结核试验,说他肺部深处有结核菌感染。我担心地说,那你一定要注意休息啊。他说,关键时刻,怎么休息?

是啊,移民的关键时刻,成千上万的乡亲每天都在等待着启程的号令,千里迢迢的迁徙长路,数万个家庭的安家落户……每天都要作重要决策的指挥部,“休息”“保重”“注意身体”的养生之词,对于他们已是奢侈了。

他很快说起了“包保”工作队。

“包保”! 这是今天这个时代、调水源头人民创造的一个崭新的词汇,我开始竟没有听懂。他拿给我一张红纸,纸上密密麻麻印着“包保”

的内容,他说,他们印了一万份,“包保”队员人手一份。我粗略地看了一眼那张纸,那是个严密且严厉的责任体系……

面对压倒一切的“移民”工程,县主要领导包移民乡镇,县直单位包移民村,党员干部包移民户。六十六个驻村工作专班、一千二百多名党员干部组成一百零九支工作小分队,迅速下到乡镇村庄和移民家里,落实责任。

我细读了“十包”责任制:包移民搬迁户的思想政治工作,包移民政策宣传,包移民身份和实物指标核查,包各类矛盾纠纷排查,包上访移民劝返稳定,包搬迁户协议签订,包督办移民搬迁户建房,包腾空并拆除旧房,包顺利搬迁,包善后处理相关工作,包一江清水上路!

我突感一阵沉重:在“包保”这个词汇后面,有着多少艰辛、汗水和生命律动!

周副总指挥还告诉我,为了做通移民思想工作,他们曾组织全县开展“我回家乡帮移民”活动。全县一千多名公务人员回到家乡化解了五千多移民的心事……

啊,全县出动了!一个多大的战役呀!

周副总指挥还说,全县已先后组织五千五百余名村组干部和移民代表到安置地进行对接考察,亲自参与并监督安置地房屋建设。同时,安置地也已有一千多人次来库区协调外迁前期准备工作。

一个千军万马齐上阵的“战场”啊!

等着吃水的北京人知道调水源头的人在这样生死鏖战吗?

4

天在下着小雨。中午,我来到安阳龙门堂移民村。

村长刘继武向我走来。当我和一双粗糙的、结实的中年男子的手相握的刹那,刘继武怆然的泪水夺眶而出。我的泪水也滚滚而出。这个坚强的男人,多少天、多少月、多少年他都在鼓励自己的村民:为了国家的工程,为了北方人能喝上汉江水,我们到别的地方重建家园吧,我们不哭。可他在我面前,却再也无法忍住。他粗糙地用一双大手胡乱地抹着脸上的泪水，然后指着村前广阔、肥沃的田地说："今年地里没种一棵庄稼，去年都说搬呀搬呀，结果也没搬，地都撂荒了……"我顺着他手指的方向看去，往日的千亩稻田里长满了杂草，刘继武心疼这来之不易的土地。

安阳在半个世纪里因调水工程两次被水逼上山岭，这次要全部消失了！千年的汉水码头"小汉口"要全部消失了！一代哲人杨献珍的故乡要最后消失了！

"你去忙吧，搬家乱糟糟的。"我对刘继武说。

"好，那你忙。以后有机会到团风那边看看我们。"刘继武流着泪。

我不忍心再看这个流泪的男人，只好别过身去……

中午了，县里的"包保"单位开始给移民送饭。每家按人口计算：每人两碗方便面、两根火腿肠、一袋榨菜、一瓶矿泉水，移民们已经没有了锅碗，许多人家的房子已拆了。

看呐，坡上坡下，坎上坎下，大路小路上，都奔走着送饭的"包保"队员。他们挨家挨户地送，一盒盒、一根根、一包包地把饭送到移民手上。这也许是他们的"包保"内容之一吧。

送饭完毕，"包保"队员们或站在树下或蹲在地上吃方便面……

午后，天开始下雨，好在四十九辆货车已装载完毕，盖好了苫布，编号列队，卧龙般静静地停在公路边，只等出发的命令。下午四时，一声令下，货车徐徐驱动，离开安阳，向广阔的江汉平原驶去。

雨越下越大，我来到安阳青龙村。

青龙村数百人已冒雨集结在青龙小学。小学校的教室里、走廊里、屋檐下都蹲着、坐着、站着一群群来自各村组的移民。他们从十里八里地外自己的山坳赶来，赶到这能上车的地方，等着上车的命令。

天气很冷，移民们大多穿得很单薄，很多人光脚穿着草鞋。如果按上级规定的出发时间——明天凌晨四点——他们还要在这里等十几个小时。那只有一个月大的小移民刘心雨、只有两个月大的小移民陈从园怎么受得了？那个七十多岁、坐在轮椅上的偏瘫老人怎么受得了？她大小便失禁啊！那个等待生产的孕妇怎么受得了！那个癫痫病人怎么受得了……

许多移民几天前房子都被扒了，锅灶已拆了，他们已好几天没吃上热饭没喝上热水了！

我多么希望指挥长现在就下命令，让移民上车、出发！否则，这样的雨夜他们怎么熬得过去？

我知道我这样的想法多么荒唐！

移民们在风里雨里等待了多少天多少夜啊！二十二点零五分，常务副指挥长周副总指挥终于“违规”下令：移民车队提前启程！

所谓“违规”，是上级明文规定，不允许移民车队夜间出行，否则出了事后果难负。

然而，周副总指挥断然决定违规夜行。他是不忍心再看移民在风雨长夜里受罪呢，于是他下令了。但是他又怕因此连累头号首长柳书记。他认为自己在郧县算不了什么，可郧县目前绝不能没有柳书记。

他走到柳书记面前，低声说道，现在情况特殊，必须马上出发，否则要出大问题。从现在开始，我关机，你不要给我打电话、发短信。这里的一切我负责。如果今晚夜行出了事，我就跳崖，你上报我畏罪自杀就行了。说完毅然决然跳上指挥车，大臂一挥，让千人车队出发！

那一刻，郧阳的青山一定是静默的，它们在向一个为了人民安危而敢于担当的指挥官致敬！那一刻，天空落下的雨是悲壮的，它们在为一个如此大义的壮士挥泪！

那一刻，柳书记的心里肯定是翻江倒海的，为周指挥长的凛然而震撼，为战友的患难之交而感动。多好的干部！多好的战友！柳书记再次感到奋斗的意义。

他向指挥车上的周副总指挥缓缓举起手臂，泪水混合着雨水冲过他的近视镜流进嘴里。

5

雨淅淅沥沥地下着。

我和故乡的朋友兴明、萍清迅即来到沿江大道，我们想在那里送送移民，最后看看他们。

秋夜的雨，在昏黄的路灯下扯着斜斜的银线，雨点打在伞布上发出嘭嘭的声音。

夜，静寂了。江风吹过来，凉飕飕的。街上没有一个行人。我们三人站在雨里等待。等待乡亲们从这里走过。

二十三点十五分。一辆警车驶过。一辆指挥车驶过。一辆医务救护车驶过。啊，满载移民的大轿车驶过，一辆又一辆……二十五辆啊！

我使劲向车子招手，向父老乡亲们招手。

故乡的人们呀，你们就这样在这寂静的雨夜悄然地告别了故乡。

永远的告别呀！

我鼻尖发酸，泪水和着雨水，在脸上奔涌……

突然，手机铃响了，是金菊发来的短信："梅老师，辛苦您了！我代表二百二十户、九百四十六名移民向您致敬！我看到您深夜站立在风雨中的形象，我万分感动！保重，再会！"

啊，金菊在护送移民的汽车里看见了我。

又一声手机铃响，是周副总指挥发来的信息："梅洁大姐：我没能力、没条件为人民干大事，但无论干什么事我都要无愧人民，个人安危实在是太小的事！这次您回来太仓促了，没能陪您。希望下次回家时。时间备足点好吗？"

读着周副总指挥的短信，我泪流满面……

抬头仰望雨夜的天空，我双手合十，为我迁徙的故乡祈祷平安。

6

每次回故乡，总要和家乡的朋友们站在堵河口，远眺静躺在汉水中央的韩家洲，心中便每每升起一种莫名的惆怅和忧愁。

这座被汉水四面围拢的江中小岛，以其两千多年的历史，把古老和神秘一起编织成一帕面纱，雾霭袅袅地笼罩着这片千年的土地。然而，南水北调，将结束这里的一切，包括姓氏与生命的密码，包括千年的纤夫文化，包括古陶、剑镞，包括秦砖、汉瓦……

2009 年端午节前夕，我随故乡的几位朋友一起登上了韩家洲。

那天，大雨如注，江面雾霭蒙蒙。在村支书的引领下，我们登上去韩家洲的船，船在汉水的江面上，犹如一片飘零的树叶，摇摇晃晃。渡船行驶到堵河对面的河滩，从船上跳下来，我们便踏上了韩家洲的土地。

也就是那一次登临，我们发现了韩家洲人世代传唱的《汉江号子》，当洲上几位古稀老人为我们唱出那悠长、深沉、高亢的音符乐律时，我们仿佛走进了一个千年的沧桑、千年的劳苦、千年不衰的生命的创造与传承。

也就是那天，我了解到韩家洲上的一百零九户家庭都姓韩，而且他们固执地认为他们是汉代韩信的直系后裔。虽然他们没有什么证据，但他们把家族在此地的居住史追溯到了汉代，不得不耐人寻味。他们还固执地认为，洲头那座庞大的、高出地面数米的圆土堆是韩母陵。

历史活在历史的典籍里，更活在世世代代生命的传承和记忆里。

同样是在那一天。我知道这千年小岛上世居的四百八十多人，要因中线调水全部迁出，韩氏家族将全部迁往湖北随县——2009 年刚建立的、共和国最年轻的县市。

韩家洲在忧伤、愁苦。两千年的家园、两千年的文化、两千年的根脉啊！

离开韩家洲时，雨还在下。乘船过汉江，站在堵河口，回眸再望雨中的韩家洲，我突觉眼前那苍茫朦胧的古岛犹如一位白发千丈的母亲，静静屹立在江中，为她就要启程的儿女们祈祷平安、幸福。

2010 年 6 月 16 日，是韩家洲人在故乡度过的最后一个端午节，八月桂花飘香的时候，他们就要远迁了。我和家兄千里迢迢，特地赶往韩家洲，我们想在那里重温童年的欢乐——汉水边长大的孩子谁没有童年在江边看龙舟赛的记忆?

这时,只见清澈蓝绿的江面上锣鼓喧天、彩旗飘舞、龙船竞渡,沿袭了数千年的原生态龙舟赛在堵河与汉水交汇处、在六月的阳光与水光的交融里快乐举行。

此刻,呐喊声在水上振荡,生命的激情在江面飘拂。

蹲立在岸边、山头、树林、房顶、路边的成千上万的观众,头顶骄阳,欣赏着这场民间原始的赛事,分享着生命本真的快乐。

男人和小孩们已热得赤胸裸背,没牙的奶奶、婆婆们也眺望着江面笑得满面春风。

只有在此刻,所有的韩家洲人才忘却远迁的忧愁,把最后的欢乐沉浸于这片土地。

明年端午节还能划船吗?

站在汉江南岸的码头上,我久久遥望着对岸的韩家洲,遥望江上、船上的汉子,回身再看身边韩氏人家的奶奶、婆婆们,一种莫名的忧伤和感激倏忽涌上心头……

到了随州,没有了这岛、这水、这龙舟,韩家洲人将怎样面对?没有了汉江号子,没有了传说和故事,没有了图腾般的盛会,韩家洲人精神里还会深藏怎样的记忆?

两个月后,韩家洲人开始搬迁。

时近中午,包保工作队员给移民们送去午餐,移民们迈着几近沉重的脚步踏上过江的船。他们手捧着饭菜,没有一个人开始吃,齐刷刷地抬头望着韩家洲,望着各自的土墙老屋,望着洲头上他们顶礼膜拜的韩母陵,望着岛上的一草一木……

稍顷,二十多条装满移民物什的机船一齐开动马达,然后依次慢慢离岸,朝下游渡口开去。机船越行越快,马达轰鸣,破浪而去。江水掀起的波澜,轻轻拍打着韩家洲江岸的崖壁,仿佛是在安慰这片即将孤寂的岛屿。

随着一阵长长的汽笛声响起,二十余艘大型铁船满载着四百八十三名韩家洲移民,一字排开,浩浩荡荡地向汉江对岸驶去。

别了，我的故乡……

别了，千年的韩家洲！

韩家洲从此不再有人烟，江中小岛从此开始沉寂。唯有韩母陵在岛上永远高高地耸立，唯有那白发千丈的母亲在江水中作永远的守望。

两年前，韩氏家族已经开始着手编纂家谱，搬迁前，他们已经拿到了前六十代的家谱。将来无论走到哪里，从韩家洲走出去的韩氏后人，都能够按照辈分找到亲人。

永远的韩家洲啊……

7

陡坡村尽头，一位老人，安静地半倚在自家破旧的土房子门口，沟壑般的皱纹见证着远去了的沧桑岁月。

门口的院子里放着一张床，还有一些盆盆罐罐。摇摇欲坠的房子里，一口锅孤零零地架在灶台上，一张长满霉斑的方桌在光线不足的角落里显得凄凉无比。

“老爷爷，你家的东西全部上车了吗？”有人上前问道。

老人只是摇头，一脸泪水，不予回答。

再三追问下，老人终于开口说话了。

“走了就回不来啦，回不来啦……”两行泪珠从老人苍老的脸上滚下来，他只是反复念叨着这一句话。

村支书说，老人名叫张富山，今年七十五岁，是一位孤寡老人。他自小在这里出生、成长，从来没有离开过陡坡村。如今，为了南水北调国家大事，却要在古稀之年背井离乡，对故土难以割舍的痛苦折磨着这位老人。

饶祖铺村九十二岁高龄的董同秀也要迁徙了。

董同秀十二岁进入饶祖铺，在八十一年的生涯中，她与这块土地生死相依。背井离乡的那一刻，老人眼眶里噙满了泪水，一直抚摸着她的红木棺材不肯离去。

家人劝她,棺材就不要搬走了,因为安置地天门市早就实行了火化,把寿木搬过去根本用不上,还不如卖成钱贴补生活。

可老人坚持要把她的棺材一同搬走。她唠叨着说,身子骨老了,这一去就永远回不了饶祖铺了,棺木都是用饶祖铺的木料做的,死了睡在老家的棺材里,才算真正的叶落归根,才算回到了饶祖铺老家……

最后,老人亲眼看着自己的棺材被抬上了搬迁运输车,这才抹一把眼泪,让儿子背着登上了远行的汽车……

古时有将军"抬棺决战",留下多少"壮士一去不复返"的悲壮故事;今有我故乡的移民"抬棺远行",蕴含着无尽的感伤、苍凉和悲情。

八十四岁的张奶奶特意让儿子砍了一根竹子,用竹篾编成三间正屋和一间猪圈屋的框架。然后用白纸糊成房屋的样式。搬迁前一天的黄昏,白发苍苍的张母把一家五口人带到祖坟前,放上供品,点燃香烛,趴在坟头哀哀地痛哭,老头子啊,你晓不晓得,你的儿孙都要搬迁到很远很远的地方啊!清明节、寒衣节,再也不能来给你上香磕头了,我也不能来看望你了……

张奶奶哭得肝肠寸断。

儿子赶紧上前扶住母亲,儿媳和两个孙子哭着点燃了"纸糊的房子",一家人齐刷刷跪下,望着寒风中吱吱燃烧着的火苗,泪如决堤的江水……

"纸房子"很快烧完了,变成了一堆灰烬。突然,一阵风吹来,灰烬旋转着腾空而去……

坟前的人,望着渐飞渐远的灰烬,再一次泪落如雨。

儿子站起来,把全家人的钥匙一一收在手中,然后在坟墓上掏出一个泥洞把钥匙全部放了进去,小心翼翼地掩上泥土。

爹啊,我们要走了,土地也淹了,房子也拆了,剩下几把钥匙给爹留下做个纪念,这是爹爹辛辛苦苦创下的家业,还给爹了……

儿子一边埋着钥匙,一边揩着流不尽的眼泪。

爹爹,我们走了!

爷爷，我们走了！

老头子啊，你在那边等我啊……

儿子一捋袖子，擦干眼泪，站起身搀扶起母亲，带着一家五口走向停在村口的搬迁车队……

8

长岭沟村的江而兵在搬迁前两天就把房子拆了，把房瓦和木料送给了不外迁的亲戚，自己先住在亲戚家里。可他家的狗“来福”却怎么也不肯随他们到亲戚家，就只肯待在已经被拆得乱七八糟的老家院子里。而且从那天起它就开始绝食，谁喂东西它都不吃。狗是很有灵性的，也许它已经知道主人搬迁不能带它走，它曾经忠诚守护的家也不再有它温暖的窝儿了，它是太伤心太伤心了，所以吃不下东西了。

“人走房拆”，这是搬迁的规定。在搬迁的那一天，所有搬迁移民的房子全要被拆完。拆房的队伍来推房时，来福在旁边狂叫不止，几次跃上去扑咬拆房队员和拆房的机械。有经验的拆房队员早有防备，十几个队员拿了备好的打狗棒准备把它打死。这时，来福忽然安静下来，卧在地上，眼中含泪，喉咙里发出低沉的呜咽声。一位队员心软了，拦下其他队员们的打狗棒说，算了，这狗怪可怜的，把它撵走算了。

拆房队员们轻轻地轰撵它，来福似乎知道它的抵抗是无谓的，便拖着尾巴慢慢地跑到房后的山包上去了。队员们在拆房时听到来福时不时地发出一声轻吠，那声音让人听着感觉无奈而伤心。

房子很快被拆掉了，来福又回到那片废墟上，时而来回地转悠着，时而轻轻地嗅着废墟里的东西，时而坐在那里发出轻轻的呜咽。附近没搬走的邻居看来福可怜，给它送来些吃的，可它一口也不吃；想把它唤到家里，可它一步也不离开那片废墟，夜晚到了，来福还守着那片废墟。它坐在那里，望着夜空，隔一会儿发出一阵凄凉的叫声。

几天之后，当人们再看到“来福”时，它已经死在那片废墟上了。

以前的家即使被拆了，这里也仍是它的家。废墟上有家的味道，闻着家的味道它就能够像以前一样的感受温暖，所以它至死没有离开……

库区万只忠犬如“来福”的命运一样，现在，谨祝它们灵魂安息。

丹江口库区三十四万移民已经迁徙完毕，三千里汉水就要进京了。谨以此文告慰我的故乡，也告慰我自己那颗无法告慰的心……

（原载《黄河文学》2015 年第 5 期）

泥土哪去了

南　帆

一

屋前的墙根下整理出一片巴掌大的空地，想到要种几株花，突然发现无处取土。邻居踅了过来笑了笑：可以打电话订购，但是价钱很贵。泥土也得花钱了吗？我不禁愕然。

花草的根系可怜地裸露着，四处找不到泥土。泥土和大地渐渐地撤出了我们的生活。现在，我们栖居在水泥、钢筋和塑料构筑的人工环境里。狭窄的居室和楼道，窗户用铁栅栏封住。街道上匆忙往来的汽车如同一个安装了轮子的移动密封舱。行政大楼的大厅有一个弧形的问讯柜台，墙上各种金属牌子标出各个楼层众多机构的名称，一开一阖的电梯是穿行于大楼内部的流水线。步履匆匆的员工如同各种型号的产品被及时地卸到某一个称之为办公室的固定方格。他们的大部分时间与电脑的液晶屏幕久久相对，偶尔抄起电话听一听机器里传来的说话声音。地平线上的城市就是各种人工制造物的集合体。水泥马路、桥梁，鳞次栉比的建筑，一些建筑的金属或者玻璃外壳时常在正午的阳光下发出灼亮的反光。据说这个城市四十层以上的建筑已经多达数千幢，巨大的重量压得城市的地皮持续下沉。那些黑黝黝的泥土在水泥和钢筋的重压之下吱吱乱叫，四散而逃，坚硬光滑的城市表皮再也留不住它们。

这个城市到处都会遇到工地，众多规划之中的大楼正在破土动工。挖掘机和铲车挥动铁臂在地面挖出一个大坑，十余台轰鸣的大卡车列队等待，轮流将这些泥土运走。我突然对泥土敏感了起来：这些泥土要运到哪儿去？它们被迫背井离乡，如同一些俘虏被押上了囚车，遣送到遥远的集中营。古往今来，这些泥土始终踞守在这里，它们的天命就是等待某些抛下的种子，接受它们，养育它们，使之扎根、开花、结果。现在，泥土突然被赶走，坚硬的钢筋、水泥蛮横地挤了进来，鸠占鹊巢。

一些人居然还能在这个没有泥土的城市里面栽种蔬菜。他们的蔬菜基地是公寓的阳台或者楼顶上。找来几个花盆，塞入一堆白色的泡沫，蔬菜栽种在泡沫之上。泡沫代替泥土贮存水分和肥料。可是，我常常觉得阳台或者楼顶上的蔬菜是塑料做的，泡沫生长出塑料才对。

泡沫代替泥土是科技时代的奇思妙想。物理学、化学、生物技术或者制造工业正在将生活安排得精确、精致、富有效率，可以果断地抛弃农耕文明残留的陋习。闹钟或者手机每一个早晨准时响起，还有什么必要等待黎明时分的雄鸡报晓？机械制造的药片严格地计算出剂量和服用时间，许多人不再信任砂锅里草药煎熬出的褐色汤汁。旷野上的一阵大风如同厚厚的布匹劈头呼地蒙下来，几乎令人窒息，然而，现在我们栖居于密闭的大楼内部，心安理得。大楼的每一个房间安装了完善的空调系统，没有人再为窗外的数九寒冬或者炎炎夏日发愁。只有当窗户的玻璃出现了斜斜的水纹，才会有人漫不经心地问一句：下雨了吗？

生活正在彻底改装。然而，这种生活是不是有些不自然？客厅的跑步机上一个小时的奔跑与林荫道上一个小时的奔跑肯定有些不同。人工设计的世界并没有什么错，只是我们再也嗅不到万物蓬勃的蒸腾气息。我想起了一条小河流。少年时代时常下河捕鱼摸虾，嬉戏游泳。沿着倾斜的河岸慢慢地踩到水里，脚掌试探着触到水底滑腻的河泥，偶尔会有一块瓦片或者一个鹅卵石硌得脚底一痛；河边漂浮的水草，浸泡已久的一截枯树上歇着一只鼓着眼睛的青蛙，一条水蛇划出长长的水纹疾速远去，几只蜻蜓在亮晃晃的阳光里俯冲下来，一群水黾摆动细细的长腿贴着水面滑行。脚掌下的河泥即将消失的时候，双腿用力一蹬，哗地扑到了河流的中央，温暖的水流缓缓地淌过身躯……时至如今，这条河流只能汩汩地穿过我的记忆——现在我只能到游泳池去。游泳池里一泓蓝色的清水，如同一块清澈而乏味的大玻璃。池底的马赛克历历在目，消毒剂的氯气味道扑鼻而来。这种清水里面什么也没有，耗掉了足够的卡路里之后就立即上岸离开。

生活的确有些不自然。科技正在将我们从大地上连根拔起，重新安装在机器的逻辑轨道上。当然，这是一项旷世的秘密工程，我们所能察觉的症候仅仅是——泥土不见了。

二

出入于泥土的许多小动物也不见了。

我想了想，已经很久没有见到慵懒的蚯蚓，神经质的蚂蚱，鬼鬼祟祟的四脚蛇，纹丝不乱的蜗牛，浩浩荡荡的蚂蚁队列，还有拳头大的蛤蟆笨拙地跳过田埂。现今常常照面的只有蚊子和蟑螂。据说蚊子可以藏身于空调机里面，蟑螂的乐园是厨房里油腻腻的污水管道。总之，它们已经摆脱了农耕社会的泥土而适应了工业文明的钢铁和塑料。

烙印在记忆屏幕的第一个小动物大约是一只螳螂。那时我似乎四岁左右，居住在一个大杂院里。邻居撬开了天井里的几块大石条，堆上泥土种一架丝瓜。父亲从乡下回来，逮回一只绿色的螳螂。螳螂夸张地掀动两个大刀一般的前臂，雄视左右。父亲用一根细线拴住螳螂的肚子，细线的另一端捆在插入泥土的小竹竿上。阳光透过丝瓜的藤蔓照射下来，碧绿的螳螂通体透明。玩耍了一阵再度过来的时候，我惊异地发现螳螂已经成为一具僵死的躯壳。泥土之中一队蚂蚁潜行而至，螳螂的肚子被咬开了一个大洞。螳螂大刀一般的前臂无法抵御蚂蚁的团队战术。

十来岁的时候，父亲在天井里摆上一个大水缸，水缸内喂养了几只红白相间的金鱼。金鱼的理想饲料是生长在池塘或者湖水里的一种肉红色的小虫子。一块纱布缝的袋囊捆在竹竿的末端，这是自制的打捞器具。每隔一两天，我就要扛上这个玩意儿奔赴附近的几口池塘，夏天常常被晒得脱一层皮。养蚕似乎是那个年代所有少年的课余活动。黑色的蚕宝宝开始蠕动、蜕皮、吐丝、结茧、蚕蛾、产卵，这个循环的全程必须有充足的桑叶保证。附近所有的桑树都只剩下光秃秃的枝丫，我和一些小伙伴不得不冒险进入一个桑树园。匆匆地摘了一挎包的桑叶之后，看管人员大呼小叫地追来，小伙伴一哄而散，分头奔蹿在茂密的桑树林中。少年时代我还喂养过几只猫，猫在发情期的尖利嚎叫至今声犹在耳。猫的沙场点兵多半在瓦顶上。一群猫疾速地从瓦顶上奔驰而过，稀薄的瓦片惊心动魄地响过一阵之后，几缕阳光从蹬开的瓦片缝隙照射下来，一绺一绺灰尘悠然地飘浮在光柱里。养鸡似乎是年龄稍大一些的事情，包含着显而易见的经济企图。母鸡每日能生出一枚蛋，这个远景对于一个饥肠辘辘的少年产生了巨大的诱惑。但是，鸡的恶习是随地拉屎。一个人来人往的大杂院里，斑斑点点的鸡屎肯定是惹是生非的由头，这一场伙食自助运动很快就寿终正寝。

我想起来了，少年时代我和一批小伙伴还迷恋过寻找蜗牛。我们要的是指甲片大小的圆形蜗牛，有暗红色的、铁青色的或者花的，蜗牛壳上一圈一圈的螺纹最终归结到一个圆点上。我们利用这些蜗牛展开竞赛：两个人分别将两只蜗牛壳上圆点对在一起用力顶撞，直至其中一只蜗牛的外壳破碎凹陷，完好无损的蜗牛为胜者。那一只外壳最为坚硬的蜗牛将如同皇帝一般被供奉起来，没有人想知道那些外壳破碎的蜗牛是否还活得下去。不知道这种游戏从哪儿传来，但是，周围同龄的男孩子几乎都动员起来了。我们翻检所有的草丛、墙根、瓦砾堆、石缝，所有的蜗牛被搜索一空。传说遭受重压的蜗牛外壳尤为坚硬，石块底下铁青色的蜗牛成为众人抢夺的对象。我忘了这种游戏什么时候不再流行。总之，有那么一天，我们突然觉得这些游戏既幼稚又不卫生，于是起身拍了拍身上的尘土，开始忙碌一些另外的事情。

起身拍了拍身上，数十年的时光仿佛一下子消散在尘埃里。那些小动物只能活在弥漫着泥土气息的回忆里，如同一部黑白的老电影。现在我们的身边只剩下各种人工合成材料，无论是墙壁、地板、各种管道和导线还是手机、电脑、汽车和飞机。我的寓所里现在只养一只狗。它大部分时间都关在阳台的玻璃门背后，每天眼巴巴地望着栅栏外面的陌生世界；它的四个爪子几乎没有机会触碰到真正的泥土。

三

“大地”是一个沉稳的词，“大地”隐喻的是宽厚、阔大、质朴和不尽的生机。山脉起伏，河流蜿蜒，树木葱茏，湖泊的水面映照出闪亮的落日余晖。我突然想到，已经很久没有接触到所谓的“大地”了——这一幅景象多半是从飞机的舷窗上看到的。

相当长的时间里，人类奔波在大地上，春种秋收，打猎捕鱼，皮肤被太阳晒得黝黑发亮。然而，历史肯定存在一个神秘的拐点——某一天开始，人们之间的社会关系超过了人们与大地的自然关系。社会制度、社会组织、货币与经济、行政机构与意识形态，艺术与美学……这些概念愈来愈密集地分布在周围，大地一步一步地退却，逐渐面目模糊。

“天苍苍，野茫茫，风吹草低见牛羊”，大地似乎曾经生动地保存于古人的视野之中，即使闭门辞谢也绕不开——王安石有诗句曰：“两山排闼送青来”。书法史上有一则著名的轶事，怀素曾经与颜真卿切磋书法，颜真卿询问怀素有什么心得，怀素说：“吾观夏云多奇峰，辄常师之，其痛快处如飞鸟出林、惊蛇入草。又遇坼壁之路，一一自然。”颜真卿说：你觉得屋漏痕怎么样？怀素起身握住颜真卿的手说，得到真谛了。谈论纸上的笔墨线条，念念不忘师法自然，各种大地的意象是他们挥毫泼墨的灵感来源。栖身于天地之间，古人不时以植物自况，伸出根系扎入泥土，牢牢地抓住大地是立身之本。汉语之中，“根本”是一个重要的词汇。众多带“根”的成语表明了古人对于大地的敬畏，例如“根深蒂固”、“落地生根”、“寻根究底”、“游谈无根”，如此等等。可是，现在还有多少人匀出心情想到泥土和大地？我们要么上电影院，逛服装店，寻觅佳肴美味；要么坐在玻璃幕墙背后的办公室里，精心算计某一个官职或者某一笔款项，只有iPhone6、股票涨停、房价波动或者微博上疯传的明星绯闻才能带来稍许的骚动。大地的退却从未让我们惊惶失措。退却的大地不是仍然待在某个地方，支撑着万事万物吗？谁还会担心，哪一天我们的城市会失去大地悬挂在半空中？闲常的日子里，我们对于大地仅仅剩下象征性的牵挂：庭院的角落摆两个盆景，阳台的栅栏上种几簇花——遥远的大地仅仅是花盆里的一小撮泥土。

那一天我路过一个修建之中的公园，突然嗅到了浓郁的青草气息。一些工人蹲在一块坡地旁边铺草皮。浓郁的青草气息有些呛鼻，我想起了夏日曝晒之下潮湿的田园或者树林间腐殖层蒸发出的气味。我们的嗅觉已经适应了城市的气味系统:工厂标准化生产出的气味单纯强烈,性质稳定,例如香水、烟草和烈酒;厨房里烹调菜肴的气味隐含了热烘烘的暖意,街道上飘浮的煤烟味或者汽车尾气显示出工业社会矫揉造作的化学风格。这时,青草气息是粗鄙的乡野,混杂了泥土和粪便的味道。久违的气息令人想到了各种遥远的故事。辽阔的大地此刻又在哪里?

四

太太先前从未种植过什么。这几天她兴味十足地搬来许多盆花花草草,浇水施肥,不亦乐乎。我认不出其中一盆是什么树,询问之际居然遭到了嘲笑。我有些不屑:这算什么,我先前在一座大山里种过一棵大树呢!

我种过一棵龙眼树,长在一面向阳的山坡上,大约有六七米高。大约四十年前,我在乡下插队当农民。生产队里有一批龙眼树和橄榄树,分配给每一个劳力管理,每年大约要松土、浇粪若干次。收获的果实一部分交还生产队,剩余的归管理者个人。大多数农民的名下分配到六七棵不等,我仅一棵龙眼树——估计生产队长不怎么相信我的管理能力。我曾经挑过一担尿水长驱十来里山路,一勺一勺地淋在树根上,此后似乎再也没有做过什么。收获的季节到了,这棵树上挂下来的龙眼特别稀少,而且干瘪瘦小。因为担心嘲笑,我不想和农民一起采摘,一直拖延到最后,整个山坡只剩下一棵树垂着黄灿灿的龙眼,无人问津如同一个孤独的弃儿。

一个寂静的中午,我借了一架二丈长的竹梯独自进山。这一带乡村的规矩是,长竹梯不得横扛在肩上。山路狭窄弯曲,长长的竹梯容易磕磕碰碰,摆弄不开。农民的习惯是双臂平伸,竖擎一架竹梯如同擎起一面旗帜。年轻人炫耀臂力,他们可以谈笑自若地擎着竹梯健步如飞。我企图如法炮制,完全没有料到竹梯如此之重,以至行走数十米就双臂颤抖,气喘如牛。幸而那一天山间空无一人,我最终还是将竹梯扛上肩头。挣脱藤蔓、茅草对于竹梯的纠缠毕竟容易一些。忙碌了一个下午,我摘下了一麻袋的龙眼。扣除了交给生产队的份额，剩下的估计还值三十来元钱。当年这是一笔不小的款项。意外的财富让我有些后悔：如果多费一些心思和气力，是不是还可以发一笔小财？

四十年过去了。大地苍茫，可是，我认识一座深山里的一棵树。这个念头让我有些激动。山坡上的一棵树不像海里的一条鱼，转眼间就潜入水下无影无踪。这棵树始终矗立在那一面向阳的山坡上。四十年的时间，这棵树肯定已经进入盛年，历经风雨，枝丫遒劲，盘根错节，果实累累。虽然我们只有一年多的契约关系，但是，只要我愿意，多少年之后都可以进山在原地找到它。相信第一眼我们就可以彼此相认。

然而，造访东北的一片森林之后，我开始产生怀疑：一棵树真的不会转身溜走吗？站在一大片大腿粗细的树林中央，认准两三米开外的一棵树，然后闭上眼睛转两圈。再度睁开眼睛的时候，我已经无法肯定刚才认定的是哪一棵树了。当然，巴西亚马逊河两岸的热带雨林更加捉摸不定。湿润的地面铺满层层落叶，无数的参天大树拔地而起，茂密的树枝在空中挤成一片，炽烈的阳光只能在树叶之间找到几道缝隙曲折地射下。树林间湿气弥漫，树皮爬满斑斑驳驳的青苔，各种藤蔓盘旋缠绕，纷披飘拂。当地人警告我，只要深入森林十来米，可能再也无法返回依稀的林间小路。密密匝匝的大树纵横交错，如同众多巨人奔走遮挡在四周。人们很快就会丧失辨识能力，找不到任何方向。谁说树不会走动？

当然，宽阔的东北黑土地和肥沃的亚马逊河两岸现在仅仅印制在地图上。我所接触到的只能是，窗台下的墙根依次摆开几盆花，细细的枝叶和花瓣在微风中抖动。这些可怜的家伙一辈子只能栖身于小小的花盆，让人看着有些心疼。

这个城市的花鸟市场出售各种植物。许多待售的树木枝繁叶茂，身姿优雅。但是，沿着树干往下看，树木的纷杂根须居然委屈地塞入一个小小的简易塑料盆。这么小的盆子也能长出一棵树？花鸟市场的主人自信地挥了挥手，够了。的确，树木的叶子碧绿发亮，不像营养不良的样子。辽阔的大地收缩为一个小小的塑料盆，但是，这些树木早已学会了委曲求全的苟活，甚至强作欢颜。人在屋檐下，怎能不低头？树木也是如此。只有方寸之地，谁还会固执地揣着不合时宜的雄心壮志？

我只能叹一口气。

五

一个民工抄着一台电锤钻开路边的土层，嘈音喧嚣。他的身后拖着一根长长的电线，电线旁边搁着一柄十字镐，木柄光滑坚硬。我的一个冲动是，上前抡起十字镐，帮他将剩余的土层刨开。

当年在乡下当农民的时候，使用过各种农具：镰刀锋利，扁担宜宽；偷懒的时候要挑选某一种形状特别的畚箕，装土的空间小一些可以减轻担子的重量。十字镐是霸气十足的农具，没有一把好气力是抡不起来的。年纪大的农民多半将一柄锄头使得出神入化，挖、刨、勾、耙轻巧娴熟，至于沉甸甸的十字镐往往扔给了身强力壮的年轻人。高高地抡起十字镐，腰背弯得如同一张弓，嘿的一声镐头深深地没入土地，一大块泥土应声而起。抡一个下午的十字镐，全身的肌肉要酸疼好几天。

酸疼是必须的代价，这是叩问大地的谦恭形式。然而，现在的世道变了，年轻人用起了电锤，十字镐被轻蔑地晾在一边。他们用机器对付大地。这没有什么不对，我只是觉得有些不敬。一镐一镐地刨土，我们深知大地辽阔深厚；嗒嗒的机器嘈音似乎仅仅是草草地打发泥土。

我当然不是谴责这个民工。一直在泥土中讨生活的人，从来没有多少闲情逸致想到“大地”这种文绉绉的词语。当年我下乡插队的时候就是如此。我们与一丘一丘的田地打交道，有些田地肥沃，有些田地贫瘠，有些水田里的蚂蟥特别多，有些水田里的水冰凉刺骨。我曾经下到山坡上一丘桌面大小的水田里插秧。双脚刚刚踏入，几秒钟就陷到了腰部。幸而农民有言在先，我的左手牢牢地按住一个小木盆支撑身体，否则立即有没顶之灾。一身泥一身水地回到屋里，狼吞虎咽一番，常常来不及洗漱倒头就睡。怎么就是一个与泥土纠缠不清的命？这多半是临睡之前脑子里闪过的最后一个抱怨。那种日子鼠目寸光，我想到的仅仅是尽快地完成每一丘田地里的活计。什么时候我曾经抬起头来，手搭凉篷，遥望无边的大地？

屋子的墙根下种点什么，不少邻居都会踱过来看一看，议论几声。那些曾经在乡村生活了半辈子的邻居，眼光里多半有些不以为然。泥土的记忆与不堪的日子混杂在一起，面朝泥土背朝天。无数的农民拎上一个编织袋不顾一切地逃离田地，挣扎了多少年来到城市定居，怎么肯重操旧业？太太珍惜地收拢搜罗来的一些泥土，他们会不由地笑了起来：要是到了我们老家，想种多少地就给你多少地……一两个老人家有时忍不住动手帮帮忙，一操起锄头就知道曾经是一个好把式。太太没有正式侍弄过庄稼。长年累月的公寓生活让她觉得，如果有一个庭院种些什么，真是莫大的奢侈。她在墙根的一个小土坑里种下一棵柠檬树苗，自豪得如同拥有一座果园。太太乐观地推算这棵柠檬树苗何时发育成熟，何时可以结出多少果实，絮絮叨叨如同农妇，于是，丰收的气氛突如其来地弥漫开来。当然，没有人真心想吃树上的几个柠檬。重要的是，恢复生活与泥土的联系。

这个联系已经中断了很长的时间。泥土无声无息地消失，古老的农耕文明如同一个遭受遗弃的废墟深深地埋葬在水泥路面之下。我们的生活早就交给无数的机器安排：钟表、手机、电视机、电脑、汽车、飞机、轮船，如此等等。机器仿佛将所有的日子装上了马达和齿轮。一个大齿轮带动数十个小齿轮，我们的效率越来越高，手边积压的事情却越来越多。什么时候还能返回大地的正常节奏——返回腰圆膀阔、心思简朴的日子？“天地玄黄，宇宙洪荒。日月盈昃，辰宿列张。寒来暑往，秋收冬藏。闰余成岁，律吕调阳。云腾致雨，露结为霜……”我突然想到了一句老话：晴耕雨读。古人心目中，书本与泥土共同守候在我们的日子里。文章的气韵交织于阳光、风雨、泥土和各种植物之中，读起来才会有悠然心会之感。现在我们的阅读大部分都发生在电脑或者手机屏幕上，囫囵吞枣，一目十行。我想起了一幅图景：一堵土黄色的围墙，墙上挂下几丛茂盛的藤蔓和绿叶，上面点缀一些紫色的花朵。天气微寒、细雨，围墙之内的屋子没有关门，透过栅栏可以看到屋子中央的一张长桌和靠墙的一架书，咖啡的香味隐约拂过。我当时就觉得，如果日子如此惬意，此生足矣。当然，我清晰地记得，这一幅图景出现在一个庞大而且老资格的工业社会边缘。我们乘坐的车子在城区的狭窄街道上兜了半天，终于逃到了可以喘一口气的地方。钢铁、机器、厂房和高耸的大楼渐渐耗尽了气力，到了这里已经不再急匆匆地扩张。于是，另一种生活设计开始赢得了空间——我记得这是在伦敦的远郊，大约是牛津大学附近的一个小镇。

（原载《天涯》2015 年第 1 期）

回乡办书院

王兆军

去年秋天，我决然离开热闹喧嚣的北京，回山东老家办了一处可以说是当代中国最小的书院。这个小小书院只有两间教室，充其量能接受六七十个学生。如果它不算是当代中国最小的，至少可以称为最底层的书院——它直接落在村子里，属于生产队一级的。

这里没有豪华的厅堂会所，也没有幽雅的山涧流泉，书院的左邻是一位退休工人，右舍是一对九十一岁的农民夫妇，前边是一条土路，后边是两家兼做小生意的农民。从早到晚，附近都是街巷声乐，有推着小车卖豆腐脑的，有开着农用三轮收购新麦陈谷的，也有放着响亮的音乐接送孩子的校车，尚未硬化的土路上长满了荒草，远处是田园稼穑，近处是杂树草木。

在这样的地方办书院，不是有点儿奇怪吗？谁会到这样的地方读书？

有时候，我也会这样自问。

秋风何故绕前庭

上古时代，鲁南一带属于“东夷”，孔子问郯倾盖的故事和“周失其官学在四夷”的感叹就发生在这里。我的书院因此为名——东夷书院。实话说，当代乡村不仅找不到一点古风雅意，就连三十年前那种农事连绵、简素自然的情景，也难得见到了。叫天子在蓝天飞翔，布谷鸟殷勤歌唱，那已经是很遥远的记忆了。

这种感觉，早在七年前，也就是我撰写长篇纪实文学《问故乡》（人民文学出版社 2014 年出版)时,就很强烈了。三十多年的发展,乡村确实有了翻天覆地的变化,这一事实,无人否认。但是,这种变化也蕴含了很多令人惋惜的丢失。工业化几乎灭绝了各类匠作艺人,城镇化抽干了乡村的资金,现代化像黑洞一样吸走了优秀的人才,乡村(至少是我所在的鲁南)好像被遗弃的敝屣,没有人能用三两句话描述那种碎片一般的文化风貌。现在都爱说"留住乡愁",面对这样的情景,你连是否还有愁绪,都说不清。

我没有高大上的理想,从不认为有力挽狂澜的能力,也无意挽留被潮流淹没的沙砾,但我决计离开北京。这只是一种直觉。直觉告诉我,退休以后的我在北京已经没有什么乐趣,我从来没有深入到这个拥挤的大都市,也厌烦了"群居终日言不及义"的所谓文人生活。我再次强烈地想起自己来自乡村,如同基因的本能鼓动——这条游荡了五湖四海的三文鱼应当回溯到自己出生的地方,不是为了产卵,而是寻找最后的生死激动抑或铺陈惆怅。

我坚信,在乡村,有些东西是不应这么轻易丢失的,因为它们都很美好,如简朴,如平和,如闲趣。乡村未必要如此紧张地追求时尚而牺牲传统,未必要脚步匆匆忘却信义和祖宗。我不是一个复古主义者,但我坚持自己的判断:流行的未必都好。离开首都,去那里,至少我还可以观察故乡,以不合时宜的眼光凝视那片生养我的地方,解答自己的疑虑,甚至表达自己的一点心愿。

于是我回去了,一头扎进底层,在阡陌上踽踽而行,起初脑子里一片繁乱,后来有了一点觉悟,想着办一个学校。凡是当过教师并尊崇这一职业的,都有两个毛病:一是爱挑剔别人的小错小误,比如语文老师喜欢指出别人的错别字;二是老认为教育能拯救一切,到哪里都忘不了学校,痴迷得近乎神圣,颇有点"拿了鸡毛当令箭"的堂吉诃德精神。我当时是作如是想:人总不能一天到晚都忙于挣钱吧,下棋还得留个眼呢!我得办个乡村技艺传习所,把那些尚有生命力的艺术元素培养起来,给大家一点乐趣。如果能发扬光大或产生经济效益,那就更好。为了让那些技艺适应现代生活甚或具备一点艺术的意义,我还得办一个乡村图书馆,让手艺人开阔视野,把东西做得更好。这一切都离不开文化情怀的培养，尤其是民间文化传统，因此我还得介绍一点传统文化脉络，让农民的技艺有一点审美上的依托。

古人创造的“庸人自扰”一词，大概就是针对我说的。经这么一想，我的清闲日子就完蛋了，于是得盖房子。没有地方，只好将自家几间旧屋翻新，并加盖了二层，好歹有了两间教室。好在十年前栽植的竹子已经长得很高，多少装点了那个狭窄的长条小院。经过九个月的艰苦卓绝、与这个年龄不相配的努力，终于将这个处于最底层的乡村小书院建成了。望着这个东西，我自己都感到莫名其妙。唯一安慰我的是王国维的那句诗：“一事能狂便少年。”因为有事情做，而且带有一点与风车作战的傻劲，我觉得年轻一些了。

原来落叶也有情

对于年近古稀的我来说，建房的过程如同生死考验。看去年朋友们拍的那些图片，没人认得出那个躲在秋雨漏棚里的老头是我。俗话说：“与人不谋，劝他垒墙盖屋。”盖房子是件累死人的大难事。太多的事情要做，而且得亲力亲为。开工之前，你得跟村里和乡镇上提出申请吧；建筑队要打线，你得马上去附近买石灰吧；要准备石子、水泥、红砖、模板吧，每一样东西都需要找信息、问质量、讲价格，稍有不慎就会被骗。宏观上的农民是个美好的概念，单个打交道时，什么样的人都有呢。

这还仅仅是开头，后来的事情多着呢！随便拿一天说吧：一大早你就得准备开水吧，建筑工每个人都有一个很粗很大的塑料茶杯，他们一上工就把茶杯摆在你面前，得逐一灌满茶水，他们一旦上了脚手架就不轻易下来，那么一公升茶水两三下就光了，而且不能喝很烫的开水(没时间慢慢品茗)，所以要预先把开水备好了。地下水早已不能饮用了，每天要到村里仅有的一个自来水龙头那里灌满一大塑料桶水，蹬着小铁车运过来。开始做工了，工人们忙，我也闲不着，不是缺这就是少那个，一会儿找铁丝扎什么，一会儿拿木片垫什么。沙子不够了要随时运来，开“四不像”(一种非汽车非拖拉机的农用车)的司机喝醉了，你得另外找人吧？什么东西碍事就得挪什么，常有意想不到的急事需要处理。收工以后，里里外外都是家什、机械和建筑材料，得照看吧？书上说民风朴实，但个别见物生心的小贼并不少，丢东西令人烦恼，更重要的是误了事情啊。

可以说，事无巨细，千头万绪，纵你有三头六臂，都难以独自应付得了。当然，尽量找人代替，可是许多事必须屋主才能决定。再说了，人人都在忙着挣钱，临时找人，并不容易。离开北京之前，我还觉得自己身上有多余的肉呢，几个月下来，不自知“清减了小腰围”，十几斤体重不翼而飞。当然，这种清减也伴随着疲惫和苍老。一位朋友感叹道：如果我是你这个年纪，不会做这种勉强的事情。是的，我不够超脱。

关键是少钱，也就是投资家们说的资金短板或金融家们说的头寸不足。如果谁说作家（大言不惭了）大都没有多少钱，许多人不信，但这是铁打的事实，冰冷而且坚硬。我的《问故乡》算是发行得较好的书，算起来，稿酬也只有万余元，去了税，再买几十本书送人，到手的只有八千多块钱。试想，五年时间，多少个不眠之夜，深入到千家万户，走遍了三区九县，牺牲了休息与健康（曾因写书而心梗），也就这么点收入！

不说不好听的吧。令我感到欣慰的，是乡亲们给了我实用而具体的帮助。近年来认识的一些朋友，给了我巨大而周全的帮助。他们都是志愿者，没有任何人要我一分钱，有时他们还自己掏腰包买些急用的东西，故意不让我知道。给他们钱，他们说“要想挣钱的话就不来这里了！”古书上说的侠肝义胆，在他们身上凸显，如同朝日的灿烂。我算了，从盖房子到装修，每天都有四五个亲友在这边义务帮忙，算起来要一千多个工，按每工一百元（这是最低价），要十几万呢。而且，这些人和雇工不同，他们热情而负责，处处当自己的事做，这可是多少钱都买不到的情义啊！

朋友们的慷慨相助，让我看到依然洋溢于民间的豪爽和侠气，感受到故乡那一脉相承的传统，还有人性本身所具有的善意和友爱。在乡村，依然蕴藏着的地老天荒般的淳朴和对文化的无法摇撼的挚爱，弥足珍贵，给了我办学的信心和激情。我曾经委婉地询问过他们：何以如此大方，如此长时间地助我？朋友们这样回答：“俺是冲你建书院来的，这是好事，也是大家的事。等书院建好了，咱来看个书啊喝杯茶的，也好消停消停，省得一天到晚跟个急狗子似的。若是你自家盖房子，俺不来。”这话让我十分感动，他们的慷慨奉献中饱含了对文化的渴望与热爱。

休说清风不识字

在写《问故乡》的那几年里，我发现，广大农民基本不读书，老年人听收音机，青年人看电视，小孩子玩游戏。现在耕地不多了，机械把农民从繁重的体力劳作中解放出来，但是物质生活的改善和劳动强度的减轻并没有带来相应的文化提升，生活方式一如既往甚至不如从前那么简约疏朗，很多人一闲下来就凑到一起喝酒打牌，赌博的也不少。在广大的乡村几乎看不到可以凭借的精神资源，男女老少好像只认得钱不认得书。有些村里建了图书馆，大多是摆样子的，不仅书少，也不实用，好多图书室是给领导参观用的。

东夷书院建起来之后，最先装修起来的就是图书室，我称之为农工书屋，挂了牌子。书屋的基本硬件得有书。我把自家多年收存的大部分书都弄过来了，也就两千册左右，远远装不满三间图书室，还有好多书架空着。不得已，我向我复旦的同学求助，在微信上发了信息。同学们的平时交往大多在半虚无的文字之间，这次遇到具体而细小的实事，却一直表现出扎实的热情来，叫我感到惊喜。《文化报》副总编汪澜在网上发出号召，很多同学把多年积累的书寄到书院来，上海的吴惠源同学还买了一箱子文具寄来。成都的何昌宇不仅把自己的藏书寄来，还和他曾经供职的四川人民出版社议定了一份善举，今后每出新书都将无偿赠送东夷书院以表对农工读书的支持。

我得感谢临沂市总工会，他们最先发现了这个小小书院的诞生及其在当代乡村生活格局中的积极意义，并给予了很大的支持。总工会领导带领部分机关干部来此参观，还购买了大量图书，其中有家畜养殖、机械修理、苗木培育、家庭教育、卫生健康等，各方面的都有，而且十分实用。临沂市及河东区的文化部门给图书室赠送了电脑，以便农民工上网。市民政局也给予书院很多帮助。

乡村书屋的难点不在于房屋建设和图书购买，而在于如何管理，如何让农民愿意坐下来读一点书。农民和工人中虽然不乏爱好读书的，但大部分人觉得读书耽误挣钱，也没意思，一坐板凳上就想打盹儿。要想让书发挥作用，书得实用，农民没兴趣读《战争与和平》那样的名著，他们喜欢有趣且有用的东西。前来读书的，有些是关心幼儿教育的，有些则是寻找治病、减肥、养生的验方什么的，青年人则关心机械修理、苗木栽培之类，中学生则关心写作方面的书，有的也看小说。现在，每天都有一些农民到这里来阅读，那情景让我感到十分欣慰。不是清风不识字，而是字不识风，乱杂书籍很多，适用于乡村的并不多。我写的两本村史，《黑墩屯》和《朱陈》，虽然没有眼花缭乱的情节故事，但是很多人愿意读，因为那里有他们要找的东西。

乡村图书室的管理存在诸多困难。首先是经济的原因，人人忙着挣钱，没有闲情逸致坐下来读书。其次，读书讲究个方便，在家里，随手拿起来翻几页，最好。要抽出时间来到阅览室读书，就得正经安排出空儿来。对于书屋来说，如果允许读者把图书带到家里去，书籍就很难收回。书屋书院养不起专职管理员，有时候读书的人来了，没人开门；家里有人时，却没几个人来。还有，各色人等随意进出，丢失图书的事在所难免。有人背了个包进来，转悠一阵子，几本书不见了，我也不可能追上去翻来人的包是不是？还有，充实新书也需要资金，这种不能产生经济效益的事谁肯干呢。

自在草木都是诗

东夷书院虽然规模小，但我自认为格调不低。

现在提倡国学，好多人以为背诵几句《论语》或念了《弟子规》之类便通晓了精髓，我对此不尽以为然。在首期传统文化班开学那天，我讲了关于国学的三点看法：国学有若干层次，童蒙诵读的圣贤语录只是初步，博大精深的国学应是一个完整的系统；其次，国学不仅仅是孔孟儒学的一家之言，而是包括整个中华民族的精神库存。国学也不能仅看作是心灵的鸡汤，而应是修身齐家治国理事的文化依托和伦理根据；同时，国学应是国人开放视野、锐意革新的立足点，而不能成为民粹主义的工具，不能成为拒绝和排斥其他先进文化的挡箭牌。时风中存在某种暧昧而保守的成分，当代人不能不警惕。

书院开业第一天，有六十多人前来上课，济济一堂。学员中有教师、公务员，有民营企业主，文化艺术工作者，还有一些工人、农民和青年学生。无论从年龄还是从既有学历看，文化程度差距很大，但他们对了解传统文化的兴趣却一样的强烈，每个学员都表达出渴望求知的上进心。一位小企业主说："整天忙着做生意，挣钱养家，脑子里跟糨糊似的，想来学点真东西，想知道祖先们到底说了些什么。"有一位教师说："春去秋来，年复一年，以前学的那点卖光了，需要补充新知识，让新的旧的都有个合适的落脚处。"

不能拿农民当作什么都不知道的群体，以为随便灌输一点东西就能让他们满意。实际上，他们当中有很多人获得了丰富的知识，但是不成系统，需要梳理，尤其对当代社会是如何从历史传统中演变过来的缺乏清晰的认知。书院开业后第一个课题是"传统文化的历史演变及其当代生存"。不客气地说，这差不多是研究生的研究课题，但农民工听得懂，而且感受到我对他们的尊重。作为主讲人，我从上古部落社会的文化谈起，讲到尧舜禹三代的社会转型，肯定了奴隶制社会的进步性，如私有财产的确认，国家概念的形成，社会角色的分化及文化艺术的发展等。然后，分别讲了诸子百家以及古代圣贤所表现出的春秋精神。一位教师身份的学员说："只有了解春秋乱象，才能明白诸子们的良苦用心。了解国学，既需要理性认知社会发展的规律，也需要忧国忧民的正义感。"

首期传统文化课结束后，学员们各自选了感兴趣的题目，开始做切实的社会调查，以期发现传统的演变脉络和内外原因，审视当今社会的生存境况，从科学意义上认知哪些成分应当坚守哪些是不可避免要改变的，向哪里改变，人在其中应当保持怎样的态度并因而确立健康的生活方式，等等。

起初，我也担心学员们听不懂，可是从结果看，不是理解力的问题，而是方法问题。只要教学得法，深入浅出，辅助以他们能够听懂的解释，完全可以很快达到做学问的水平。书院计划将学员的成果收集整理，每期出一个小册子，集腋成裘，成为研究当代民间文化的一份资料。学员们感到鼓舞，因为每个人都得到了提高。有人说，这学上得不轻松呢。我说，轻松学不到东西，睡大觉轻松，却只能做梦。开玩笑了。

青山到处是风景

工业化的浪潮汹涌澎湃，新科技新工艺层出不穷，很多民间传统技艺面临灭顶之灾，修理铁锨头的铁匠失业了，好大的砧子被当作废铁卖了，古朴的大风箱被拆了当柴草烧火。木匠也没活干了，原先盖屋要请木匠上梁架檩做窗户，现在都用了钢筋混凝土和铝合金窗户。染坊没有了，布艺裁缝没有了，没有衣服穿就到集市上买成衣，买那些没有任何美感的劣质流行货。只有泥瓦匠还在忙碌，因为家家户户都想盖房子。

是不是现代化一定要灭绝所有的乡村手艺？是不是工业化要把所有匠人送到葬身之地呢？我看，未必。连绵数千年的手工艺术不仅是昭彰民间智慧的传统，也应是现代生活不必排斥的精神财富。为此，东夷书院努力发掘现有资源，尽可能把原有的艺术活动赋予当代意义。书院开始着手就柳条编制、土法染织、手工刺绣、中草药收集和农民书画几个方面进行资料整理，然后请高手示范，组织村民学习新技艺，争取做出当代人喜欢的精致产品，尽可能推向市场。

出于同样的缘故，乡村那些传统的游戏和体育活动也几乎消失殆尽。现在的小孩子喜欢守着电脑打游戏，许多我小时候喜欢玩的露天活动都没了，像跳方、滚铁环、打翘儿，都成为被遗忘的生僻词语。怎样将民间喜闻乐见的艺术元素加以烛照，给贫瘠的乡村文化带来一线光明几分欢乐，也是书院关心的事。

鲁南地区，农民爱下一种被称为“大六”的格子棋。这种棋的棋盘有横竖六道杠组成，三十六个节点，杀器是四个棋子组成的“方”和六个棋子连成一条线的“六”。成方，吃对方一个子儿；成六，吃两个子儿。这东西有点像围棋的雏形，因此被称为小围棋。农民几乎都会下这种棋，地头上，树荫下，大路边，随便在地上划出棋盘，棋子儿就地取材，你用细树枝，我有小石块，你用草棍儿，我用泥巴捏个小蛋蛋，随手拿来，能用就行。

出于对传统玩乐的爱好，东夷书院组织了首届河东区“大六”比赛，设立了冠军、亚军、季军三个等级的奖项。一开始大家都不肯参与，好像谁参加比赛就是为了钱似的，虚荣的人羞答答不肯入场。其实，这些人并非跟钱有仇，而是担心输了棋丢面子。后经各方面动员，终于在今年六月十日成功举办了第一届“大六”格子棋比赛。前来参加比赛的农民超过两百人。抓阄找对子，初赛复赛决赛，农民制定了规矩组织了裁判，非常热闹。

当地有几个“大六”高手，在自己村里是独孤求败的人物，常常四乡八镇寻找对手，一决雌雄，这次听说东夷书院有正经的比赛，兴致勃勃地赶来了。有一个牛贩子，比赛进入酣战阶段，老婆打电话说母牛要下小牛了赶快回来接生，比赛者回话谎称“我正在这边买牛呢”，弄得看景观战的人一片笑声。经过几轮鏖战，这个人取得了第二名，亚军，奖金五百元。

黑墩屯农民修自满力克群雄，获得冠军，得奖金一千元。这人天性腼腆，就是不肯上台领奖，只好找了个邻居替他拿了奖杯和奖金。次日，有两位妇女找到书院，强烈要求我重新举行一次发奖仪式，一定得让修自满露露脸。我问为什么。她们说，修自满真是个大憨子呢，得了奖不上台，凭空丢掉了一次上电视的机会。他到现在还没有娶上媳妇，若是上台领了奖，跟领导握手，捧了个金灿灿亮闪闪的大奖杯，还有那么多钱，电视上一放，说不定会有女子找上门呢！女人喜欢有才艺的男人呢，他个憨子不懂这个，你们另外再给他拍个片子吧……

实际上，乡村依然存在很多既有传统文化元素也具备经济价值的艺术活动，条编、刺绣、手工布艺，都是女人的拿手好戏。厌烦了皮鞋的城市人喜欢手工布鞋，而许多农妇除了接送孩子上学放学，许多时间都浪费了。木匠虽然不再做旧式门窗，但精致的小型木雕却是市场青睐的装饰品。农民现在不用石磨了，但各种石雕被用在厅堂宅院里，莒南县坪上镇的石雕艺术品生意很好。富有民间情趣的农民画也是艺术品。如果认真发掘，有很多好东西可以形成规模，不仅能创造经济效益，也可以丰富乡村文化生活。

即便是玩耍，也有发扬光大的必要和可能性。这次“大六”比赛的成功，给书院增加了这方面的信心。明年，同一时间，书院将举行第二届河东“大六”比赛，奖金将会有所提高。到时候，还将邀请政府体育机构来现场观摩,希望将来成为正式比赛项目。

未敢轻作梁甫吟

书院开业不久,就引起各界的关注,不少城里人从临沂赶来就读,对书院的新式教学方法很感兴趣。他们说:这里没有学历,但有真学问;这里没有考试,但可以开发禀赋,增加知识自信,获得尝试的机会。书院开业那天,书院还举办了书画展,不少农民说:“这是平生第一次在家门口看到画展这玩意儿。”有些人从前没见过油画,老想用手摸一摸,得有人看着,不然非把画布摸脏不可。

书院在许多方面都遇到困难。首先是上课时间问题,无论课程怎么安排,都有一部分人觉得不方便。上班的公职人员都不能请假,腾不出时间来。周末看起来是空当,但学员们要看望老人,要办些家事,要照顾孩子,尽管很想读书,苦于无法分身。目前,书院只能根据学员的情况灵活安排,周末上大课,平时谁有空谁来。这样做,教师就比较累。书院试图探索一种新的教育方式:以学生为中心而不是以教师为中心;以科学态度认知传统文化,将方法论提高到价值观等同的地位,尽可能排除功利用心和主观灌输;建立讨论式教学方式,启发自由思考,不搞死记硬背那一套。为了这些,书院不仅要自编教材,管理也要创新。书院的传统文化课、民间艺术传习和图书阅览目前都不收费,但是,仅凭一己之力,很难长期维持下去。今后怎么办,尚在探索之中。

(原载《新华每日电讯报》草地周刊 2015 年 7 月 24 日,原题为“回乡办书院:一个作家的‘文化支农’心得”)

我的乡村我的城

吴佳骏

一

律回岁晚，寒气尚未完全褪尽，板结的大地上铺了一层霜。高低错落的冬青树，像一些裹着棉大衣的兵士，戍守着脚下这块贫瘠的土地，以凌然的姿势在眺望春天的到来。

村头的池塘边，一大一小蹲着两个孩子。看模样，应该是一对姐弟。消瘦的脸蛋被霜风冻得通红，却仍露出快乐的表情。水面上，几只鹅在来回戏水。不多一会儿，不知是浮水浮累了，还是讨厌水的温度，几只鹅一起上岸，曲颈偎在孩子脚旁。那两个孩子低埋着头，同时伸出四只乌紫的小手，争相抚摸鹅被雨淋湿的翅膀。嘴里嘀咕着什么，不知是在与鹅谈心，还是在诉说自己正在度过的童年。鹅扇动翅膀溅起的水珠，打湿了他们身上破旧的棉袄。

这是我在旧年底回故乡时看到的情景。那天，距离来年春节还不到十天。这组池塘边的生动画面，给了我意外的感动。尽管，在这感动的背后，暗藏着那么一点点的凉。

这凉，来自于近些年我回乡的见闻感受。每次回去，我都有一种迷失的惆怅。我感到故园就像一位寡居多年的老太太，正在斜阳晚照下，孤单地苟延残喘着。良田大面积荒芜，茂密的杂草成了野鸡、老鼠等动物的“游乐场”。房舍破败得不成样子，宛若蒲松龄笔下那些狐仙出没之地，透着一股子阴气。一根根被蛀虫啃坏的柱子，像尸体糜烂后裸露出来的骨骼。沧海桑田间，青山依旧，夕阳几度。往昔的热闹与生气，早已随着年轻人的出逃，老年人的病逝而烟消云散了……

目睹斯情斯景，故乡，这个陈旧而又伤感的词汇，一次又一次击中我的要害。像一柄生锈的柴刀，认出了它曾经留在我手上的那道伤疤。一丝隐忍的痛，在我的心尖上颤动。

二

听母亲讲，那两个小孩，是村头张大爷的孙子孙女。张大爷是我们村出了名的倔强老头儿。为人耿介，有正气，曾得罪过不少的人。有一年春天，村里要集资修路，村长偏袒其小舅子，想方设法把工程项目承包给了他。全村的人都知道其用意，却敢怒不敢言。只偶尔躲在背地里议论一下。结果路修完半年时间不到，路面就开了坼。路基也被几场大雨泡得松软，出现塌方。村人们看在眼里，却仍旧不敢做声。惟独张大爷义愤填膺，像一只被激怒的蜂王。有天傍晚，他早早地收了活儿，气急败坏地跑去村长家里讨说法。一进门，张大爷就指着村长的鼻子骂：德泽娃儿，我是看着你长大的。人做事，不能昧良心。这条路是用全村人的血汗钱换来的，现在出现状况，你必须跟大家作个交代，否则，我就是去区里、市里，甚至到北京，也要讨回公道。村长先是爱理不理，后来发现暗中支持张大爷的人多了，怕万一弄出动静，自己官职不保，只好叫他小舅子返工，重新将路修复。这之后，虽然张大爷伸张了正义，为村人们出了头，可村里的人怕惹火烧身，也只能暗中感激他。于是，来自村长的仇恨也便记在张大爷一人头上了。权力就是那么令人惧怕，即使是来自基层的小小职权，也能让众多逆来顺受惯了的草芥之人胆战心惊，低眉垂首。

张大爷有两个儿子。大儿子在福建打工，二儿子在广东打工。两个儿子离开他，均已快十年。这期间，他们只在几年前的春节回来过一次。平时，都是张大爷和老伴赵婶相依为命。赵婶常年有病，家中草药从未间断。这些草药，都是张大爷按照偏方去山上挖的。在我的记忆里，他们家整天飘散着一股中药味。打从门前路过，一股浓浓的刺鼻怪味便随风扑来，像有毒气体一样将人淹没。张大爷对赵婶很体贴，天气晴好的日子,他会端张椅子,坐在院坝里,替赵婶捏腿捶背。累了,就掏出烟袋,卷一张烟叶抽。阳光从树枝的缝隙里漏下来,照在他们皱纹纵深的脸上,像一幅苦难浸泡出的剪影,透着祥和而又复杂的表情。

可就是这么一个细心胆大,长着硬骨头的老人,却在前年经历了丧子之痛。他的大儿子在福建无故辞别人世。老俩口得知消息后,老泪纵横,悲痛万分。工厂在通知死者家属时,说他们的儿子下班后,独自去外面喝酒。归途中,失足掉下街道石梯,导致头部破裂而亡。可张大爷说他儿子以前在家时从不沾酒,死活不相信厂方说的话。但苦于路途遥远,无法取证,厂方只是象征性地赔了一点钱了结此事。

当死者火化后运回乡里,老俩口坚持要为儿子举行一场葬礼。张大爷说,他儿子命苦,从小跟着他受穷,在外闯荡多年,还没讨个女人成家,就赴了黄泉。在他人生的最后,举行一个仪式送其上路,既是对儿子的补偿,也是对自己的安慰。

据母亲说,举行葬礼当天,全村的人都去了,包括一直仇恨他的村长德泽。场面十分热闹。锣鼓齐鸣,鞭炮喧天。看到老俩口孤独、凄苦的样子,在场的人都泪湿眼眶。一个铮铮铁骨,顶天立地地活了一辈子的老人,却没能经受住这意外的沉痛打击——张大爷那天晕倒在了大儿子的坟前。

在农村,倘遭遇老年丧子,就等于打碎了“香炉钵”,少了一个给自己送终的人。这种撕心裂肺的剧痛所暗含的乡村宗族文化意蕴,不止是肉体所能承受的灾难。一种比权利更为可怕,也更为残酷的灾难。

直到葬礼完毕,张大爷的二儿子都未曾露面,这是张大爷耿耿于怀的地方。得知大儿子死讯,他首先想到给二儿子打去电话。可二儿子在电话里说:既然人已经死了,那就埋了吧,我厂里请不到假,就不回来了。张大爷听完二儿子说的话,心像被毒蛇咬了一样痛。他不愿相信这两兄弟之间,竟会隔膜得如此深。都说血浓于水,可二儿子让他失望了。这无疑又给这个刚刚遭受丧子之痛的老人当头一棒。但没过多久,张大爷即想通了。他这两个儿子,从小都在忍饥挨饿中长大,衣不蔽体,食不果腹。为碗里仅剩的一块肉,会争得拳脚相加。物质的极度贫乏,加之未受过良好的教育,导致了亲情的疏离。长大后,为了生计,他们又天各一方，为各自的命运苦苦挣扎，多年不曾有过问候和交流，冷漠是必然的。谁也改变不了谁，不论活着还是死去。

三

我站在池塘的堤坝上，冷风吹皱池水，几根散乱的鹅毛漂浮在水面，像我散乱的心情。天空阴惨惨的，要下雨的样子。那些挺立的冬青树，像一些冷静的旁观者，静静地看着这两个孩子。

一种创伤，再次子弹一样击中了我。

我走过去，朝孩子打了声招呼：你们不怕冷吗？可能是我的声音惊扰了他们。两个孩子同时转过脸来，疑惑地看着我。有些羞涩，又略显惊惧。大概是见我并无恶意，他们才渐渐放松下来，又继续回转身去抚摸身旁的鹅。我接着问：你们爸妈呢？女孩埋着头说：广东去了。那你们跟着谁吃住啊？女孩回答：婆婆。在我跟女孩简短的问话中，那个瘦小的男孩一直没出声，独自跟鹅玩耍着。仿佛他已经遗忘了自身以外的世界。

这两个孩子的父亲，即是张大爷的二儿子。母亲跟我说，张家老二是在他大哥去世一年后回村的。他回来不是为了悼念大哥，更不是为了安慰父母，而是设法在镇上购置商品房的。

近两年来，因我故乡属于库区，又紧邻旅游风景点，区委区府着力打造旅游产业，要对旅游点周边环境进行规划、整治，对景区周边居民实行整体搬迁，此举闹得乡民们人心惶惶。但后来由于拆迁赔偿压力大，政府只将库区外围的居民作了安置，统一在镇上给他们建了坯房。而对于生活在库区里面的居民，未做任何拆迁动员。这让村民心里极度不平衡。眼看河对岸的人有序搬入楼房居住，他们就像吞咽了苍蝇一样难受。

我理解这种难受。

被河流围困了一辈子的农民，做梦都想逃离这个穷山沟。他们祖祖辈辈挣扎于此，见惯了崎岖的山路，交通的闭塞；体会了劳动的受苦，贫穷的折磨；经受了山石滑坡的恐慌，河流涨水的厄运……他们早已厌倦了这里的一切。如果村里的男青年,不出去靠打工挣钱,是很难讨到老婆的。因此,这里一代又一代人都有一个共同的憧憬:进城。在农村人眼中,城市不但能让他们的肉身免遭超强度的劳作之罪,还可以使他们过上体面的有尊严的生活。就像那些搬进安置房的农民,虽然生活在镇上,生活本质也并未发生多大变化,但他们的生活态度明显不同于过去。曾经总是愁苦的脸上多了几分光泽,心情似乎也好了很多。从人面前走过,腰杆也比过去挺得直了。这些微妙的变化,让仍旧困在库区内的居民心生嫉妒。

后来,政府为平民愤,照顾居民情绪,避免群众上访滋事。他们招商引资,在安置房的另一边,专门辟地建了几栋商品房,以每平米一千五百元的价格销售给当地居民。这一看似惠民的售房政策,同样害苦了那些梦想“进城”的老百姓。由于商品房只售给拥有本地户口的居民,房屋又不能按揭贷款,必须付现金,每套住房总价都在二十万元以上。开发商贼精明,虽有政府的建房补贴,他们仍投资谨慎。先让购房者登记,交预付款五万元(概不退还)。然后根据售房套数定量造房。交房时,再一次性结清尾款。

售房政策甫一公布,村民们都蠢蠢欲动。邻近几个村的乡民,像是受到外界突然袭击的马蜂,纷纷奔走呼告,一边通知在外地打工的儿子儿媳回来商量对策;一边四处向亲戚朋友筹措预付款。那段时间,这个亘古封闭的乡镇,刮起了一股现代化的飓风。它来势凶猛,先以摧枯拉朽的力量扫荡着昔日落后的生活风貌;又以饿虎扑食的威猛颠覆着这群农村人陈旧的思想观念。这场飓风伴着熊熊燃烧的烈火,点燃了这群穷惯了,怕惯了的乡下人生活的激情。他们像一群穴居黑暗已久的困兽,突然看到了光亮,嗅到了新鲜的空气,那种喜悦是幸福而迷人的。尽管,长久以来钻进他们体内的寒冷,还像寄生虫一样盘踞在他们的骨骼和肌肤里。

有了住房,就等于有了一个避风港,一个可以躲避风雨和日晒的硬壳。可对于农村人来说,要想买这么个“钢筋水泥浇铸的硬壳”谈何容易?为了交那五万元的预付款,不少家庭扯皮吵嘴,风波不断。老的哭,少的骂,搞得几个村子鸡犬不宁。

张大爷的二儿子跟老婆商量后，决定要在镇上购一套房。可他们这些年在外打工所存的积蓄并不多，除去日常开销，总共只有四万块钱。他们想尽各种办法，就是凑不齐预付款。无奈之下，张家老二想到了圈里养的那两头猪。猪原本有三头，张大爷为大儿子办丧葬时杀了一头大的。剩下的两头还不到出槽时间。这几头猪，是老俩口熬更守夜，辛辛苦苦喂养的。当老二提出要卖猪时，张大爷坚决反对。张大爷对二儿子说：这猪是我跟老太婆惟一的经济来源，你们小俩口在外讨生活，又没寄一分钱回来，把猪卖了，我们怎么办？你妈常年生病，要是遇到个三长两短，谁管我们？你这个不孝的东西。没想到张大爷的一番话，却激怒了二儿子。老二气急攻心，跨步上前甩手就给张大爷一耳光。张大爷用手摸着灼痛的脸，半天没回过神来。赵婶见势不妙，吓得浑身哆嗦地跪在地上，边哭边向儿子求情。这个张家老二丝毫不顾母亲的规劝，仍怒目圆睁，大声吼道：你们不要倚老卖老，我落得今天这个下场，全是你们给害的。

那天下午，张大爷像一个受到刺激后突然变得呆傻的人。他坐在院坝边的条石上，一口接一口地抽闷烟，袅袅烟雾在他头顶盘旋。

张家老二打骂完父亲后，就操着手出去了，直到吃晚饭时，也不见回来。他还在四处为预付款的事发愁。赵婶叫张大爷吃饭，张大爷一声不吭。他在院坝边坐到天黑尽，直到把烟袋里的烟叶抽完，才回房去睡觉。赵婶让孙子孙女端去饭菜，哄爷爷开心，张大爷仍是不理。独自躺在床上，望着屋顶上的青瓦发愣。赵婶体谅张大爷心情，便再没去打扰，独自收拾碗筷到灶房忙活去了。孙子孙女也开始守在电视机旁，看起了动画片。

待赵婶忙完灶房的活儿，准备为张大爷倒杯热水时，才发现躺在床上的张大爷不见了。赵婶慌张地喊了两声：老头，老头。没人应。跑去问孙子孙女，也说没看见人。这时，赵婶乱了方寸。她急忙冲向院坝大声喊叫：老头……老头……仍未听见回应。黑夜像一层幕布，掩盖了赵婶的哭喊声。

当张家老二气咻咻回来时，看到家门前的池塘边人声喧杂，几只手电筒形成的光柱，像几柄挥舞的利剑，试图将这深黑的夜幕撕裂。远远地，老二听到母亲的悲声，预感出事了。他急冲冲跑近一看，发现父亲上半身栽在池塘里，满嘴都是泥，两只放大的瞳孔充满血丝。张大爷的尸体旁，横放着一个装过“百草枯”的空药瓶子。老二一下子傻了眼，双腿直打哆嗦，像一棵飓风中不停摇摆的树苗。

一生倔强，不畏强权，乐善好施，誓死捍卫做人尊严的张大爷，就这样潦草、绝望地走完了自己的一生。

刚处理完张大爷的后事，张家老二就急不可耐地奔赴广东去为做“城市人”的梦想而努力了。他惟一留给多病母亲的，除了痛失至亲的双重悲痛，再就是两个幼小的孩子。为实现伟大的进城之梦，他不能携带任何包袱上路，他在做人生最后的孤军奋战，或拼死一搏。

跟两个孩子交谈后，我特意去他们现在的家看了看。家中大门紧闭，没有看见赵婶。孩子说：婆婆去后坡挖红苕去了。惟见大门两边哀悼张大爷的挽联还醒目地张贴着：

思亲惟望白云去

守孝常伴晚霞归

挽联写得情真意切，痛彻心扉。可惜本该守孝的人，却在亡者尸骨未寒之际，早已身披朝霞，踏上了漫漫征途。只留下两个幼小蒙童，守着空空的旧巢和一丝若隐若现的亲情。

当下的中国乡村，倘借用马克思的话说，果真是“一切固定的东西都烟消云散了”。

四

转眼到了春节。正月初一早晨，阳光已经照亮大地很久了，才听见村前村后稀稀拉拉地响起了鞭炮声。在我童年的记忆里，那时的春节是热闹和喜庆的。天还未亮，鞭炮便炸开了花。那种持续不断的轰鸣，宛如滚滚春雷，从天边碾压而来，送来新年的祝福。鞭炮响过之后，便是孩子们的天下了。他们换上母亲缝制的新衣新鞋，在村子里欢呼雀跃。像一群春天的精灵，初降人间，充满了蓬勃的生命力。

可如今，这一切美好的记忆，似乎也随着那些固定的东西烟消云散了。

吃完母亲做的汤圆，我便跟随父亲去上坟。这是我们每年初一要做的第一件事情，雷都打不动。这一不需要制度来约束的自发行为，或许是维持乡村最后的一道文化传承了。祭祖让我们知道自己的根在何处，知道自己身体里流淌的血脉的源头在哪里，一个人无论走多远，都应该看清自己的来路。只有这样，人生才有方向感。

凑巧的是，我们在祭祖的时候，正好碰到赵婶带着两个孩子，也在给他们的爷爷和大伯上坟。这两座坟堆间隔不远，张大爷坟头上的白帆和花圈还没完全被雨水沤烂。赵婶拄着木棍，驼背弯腰，两鬓的白发像秋天的芭茅穗子，凌乱而焦枯。那张疲惫的老脸上还挂着两行泪珠，看样子刚刚哭过。而两个孩子则跟我初见时一样，穿着一身破旧的棉袄，双手冻得跟红萝卜似的。小男孩的鼻孔里总是爬着两条“虫子”。我向他们问好，他们回头看看我，便在婆婆的指引下跪在坟前，貌似虔诚地给逝去的亲人磕头敬香。

这个场面是如此的颓败，又是如此的神圣。

我不知道对这两个孩子来讲，他们是否懂得死亡的含义；但事实是，在他们本该享受父爱和母爱的年龄，生活却无情地剥夺了他们的童趣，又过早地教会他们如何抵挡生命里所遭受的寒冷。

上完坟回到家里，我的心情久久不能平静。那两个孩子的身影，像一场电影里的特写镜头，反复在我的脑海里放映。我在想，他们从小生活的家庭环境，会不会影响其身心发展。以至于当他们长大后，也像他们的父辈那样，以牺牲人伦道德的代价，去为一些虚妄的梦想投放赌注。

倘若果真如此，那么，这样的结局无疑是悲壮的，也是悲剧的。

怀着担忧的心绪，下午，我再次去看望两个孩子。姐弟俩仍旧在池塘边玩耍。他们的婆婆估计又上坡干活去了，大门依然关得很紧。在乡村，即使是春节这样的日子，农民们也没有消闲的时候。生活不允许他们休息和放松，更别奢望能像城里人那样，一家人其乐融融地围坐在电视机前，嗑着瓜子，翘起二郎腿，欢声笑语不断。他们命贱，没有那样的福分。

我给两个孩子带去几袋点心，希望能让他们高兴一下。小男孩一见零食，迅速站起身，伸出沾满泥巴的小手来拿。惟有他姐姐却悻悻地望着我，原本伸出的手又缩了回去。我说：拿着慢慢吃吧，专门给你们带的。听我这么说，小姑娘才重又伸手接过食品。我让他们把手洗干净再吃，话刚出口，小男孩早已撕开食品袋，大吃起来。

这时，我下意识看了看他们自造的玩具——用干柴棍和黏泥土搭起的一座小楼房。我故意问：你俩弄的什么啊？这回倒是小男孩先开口：房子，我们的大房子。他接着用手指着"泥楼房"说：这间是爸爸妈妈的，这间是姐姐的，这间是我的。在小男孩给我提及的家庭成员中，惟独没有提到他们的婆婆。

也许，在这个孩子眼里，每天带病给他和姐姐洗衣、做饭的老太婆，还没有融入他的情感领域。又或者，他们的父母还没来得及教会他们如何感恩，如何寻找足迹的来处。

我继续追问道：如果在房子和爸妈之间做个选择，你们愿意选择什么？姐弟俩异口同声地说：房子。我问：为什么？姐姐说：爸爸妈妈都喜欢房子，有了房子，他们就不会每天吵架，也不会不管我们了，爷爷也不会死。

我的脑子像被人用砖头砸了一下，有轻微的疼痛感。面对这两个幼小的孩子，我不知道说什么好。

我每天上班或下班途中，都会看到大量不同年龄段的农村人从我身旁往来穿梭。他们穿着朴素，步履匆忙，缺乏自信。他们靠从事一些低廉的工种来养活自己。他们以放弃故园的惨痛代价，来城市里寻求梦想，期望借城市的一角屋檐避避雨，遮遮阳，但却最终不过是城市里的边沿人和弱势者。这个群体是庞大的，他们是一座城市幸福金字塔的基座。

经济学家茅于轼在他著的《中国人的焦虑从何处来》里说：

> 住房的不平等，自从人类社会出现以来从来没有改善过。不管是奴隶社会、封建社会，还是资本主义社会，统统如此，没有例外。也不管是计划经济还是市场经济，是公有制或者私有制，都没有例外。现在和过去比较如果有什么不同的话，就是

不平等扩大了。最穷的人住房几千年来没有多大改善，古代的穷人和现代的穷人住得差不多，都是坏得不能再坏了。但是最富的人可大大改善了他们的住房，他们的住所不但有寝室、客厅、餐厅、还有电影院、动物园、宴会厅、画廊、收藏室。再往前看，不论什么主义，什么社会，住房的不平等恐怕是最难解决的人类平等问题。

茅于轼先生的这段文字，宛如一团浸泡在消毒液里的药棉，他在用这团药棉清洗社会伤口的同时，也让大家看到了时代和个人共同的尴尬。

五

节日是短暂的，就像幸福的消失一样。但这个春节留给我的痛感和思考，却不会轻易消失。因为，我知道在那些长满茅草的良田里，倒塌的房屋废墟下面，埋藏着人类生活过的印迹，以及历史兴衰的见证。

走在返回城市的路上，内心百感交集。车过小镇时，透过车窗，当我看到工地上那些正在建设的商品房，以及脚手架上那些刚过完春节，就匆忙赶来施工的农民兄弟，内心像涨潮的水，此起彼伏。我不知道那些商品房的背后，藏着多少家庭的喜怒哀乐，歌哭悲欢；更不知道，那些在城市里修建了无数漂亮住宅的农民工，有哪一间房子是属于他们的。

一生忧国忧民的诗圣杜甫，曾在他的《茅屋为秋风所破歌》里发出过揪心的浩叹："安得广厦千万间，大庇天下寒士俱欢颜"。如今，这声浩叹，穿越千年时空隧道，变成了一个孩童稚嫩的声音，在我耳际萦绕：房子，我们的大房子。这声音，尖细，有力，像植物拔节的脆响。循着这声音的余音，我顿生另一个追问——那便是贝淡宁、艾维纳合著的《城市的精神》一书里那句最具警示意义的话：

全球化时代，城市何以安顿我们？

（原载《作家》2015 年第 5 期）

流民图

江　子

一

争吵一直在继续。女的喋喋不休，男的闷声不吭，偶尔爆一声粗口，发出一两声辩解。却不料又惹得女的更加凌厉的声讨。女的声音越来越大，大概是平日怨气太深，今日找到了一个出口，但言辞过于激烈，已经到了咬牙切齿恨不得把男的生吞活剥的程度。争吵内容，大约是女的嫁给男的，没过一天好日子，房子是租来的，男人赚的只够日常花销，生个病都不敢上医院，女的连新衣服也买不起，婚前的许诺永无兑现可能，而男的还有勾搭别的女人的嫌疑。

是在一辆车上——一辆冬日午夜的出租车上。他们都不年轻了，大约四十出头的样子。听他们的语气，他们是二婚，有一个才几岁的女儿——那孩子正睡在车后排的座位上，与她的母亲在同一排，身上盖着大人的衣服，睡得正香，他们再激烈的争吵也不能把她吵醒。

男的是这辆车的司机。一对中年夫妻带着孩子，坐在这辆车上，在这么深的夜，是怎么回事？女的解释说，天太冷，出租屋里没装空调，怕孩子冻着，就把家搬到开着暖气的车上，并不影响出租车载接单身的客人。而男的以为抓到了把柄，反咬一口说，还不是担心他会去会子虚乌有的女人，找理由盯梢来着，还押上孩子，有病！他的反驳，无疑遭到女的更加激烈的回应。

他们的副驾驶位上，坐着我——一个与他们的命运并不相关的路人。我从外地出差回来。走出火车站，我应着司机的招呼走上了这辆车。我与司机搭讪——天这么冷,即使车上有暖气,可我还没暖过来,何况在午夜,不说点什么都觉得不合适。可我觉出了车上气氛有些异样,回头,一个女人感觉打搅了我似的,黑夜中目光饱含歉意,蜷缩在后座。她的旁边,是个睡着的孩子。

这车不合适。我以为她们和我一样也是旅客,可我没有与陌生人坐同一辆出租车的习惯。何况还是半夜。可司机劝着我,说是他的老婆子和孩子,陪着他拉客呢。我也就安心坐下了。这时候更需要说点啥了。我开始说天气(这通常是最便捷的搭讪入口),夸赞他的妻子疼他,故意往高里估算着他今天的收成。我是善意的。可不料捅了马蜂窝。原本温暖的流动的家变成了互相撕咬的战场。

——争吵一直在继续。他们的话题,在双方的前配偶、子女、父母的赡养费、结婚以来的种种不如意等问题上盘旋往复,中间夹杂了许多陌生的名字。(其中有没有一个,是命运的化名?)在争吵中,男人成了无能、不忠、不孝、猥琐、卑劣的代名词,而女人就是前世造孽今生瞎了眼看错的苦命人。

我下了车。我对司机说抱歉。可司机说该他不好意思才对。他踩着油门,开着车摇摇晃晃地在大街上走。灯光昏暗,午夜的街道无声,只有他的车的引擎声由近而远,渐渐消失。

我站在路口,望着车消失的方向。我不知道,司机一家在这座城市的家到底有多寒冷,竟让他们窘迫到不惜影响生意非挤到出租车里吹暖气的地步。还要多久,他们可以返回家中?这么冷的天,这么冷的家,他们更应该拥抱着取暖,在如此激烈的争吵之后,他们如何尽快冰释前嫌,全力以赴地应对如此凛然的冬天?

二

他们的女儿死了。不知是谁弄死的。死的时候身上的衣衫都被撕成了碎片。不知是有意还是无意,探视死者、为死者洗尸的人破坏了现场,孩子身上提不到任何有价值的线索。孩子是被掐死的。她的脖子上有掐的痕印。经法医鉴定,孩子早已失贞,而她只有十三岁,是我老家中学的学生。

按当下流行的说法,孩子是留守儿童。她的父母,都在南方城市里打工,需过年时才能回家。她跟着年迈的奶奶一起生活。奶奶耳背,说啥她都听不见。也许,孩子被人掐的时侯她就在现场不远,孩子发出过激烈的喊叫。可是对一个耳背的人来说,这有什么意义呢?

孩子死了。他们匆匆赶回,掩埋了孩子。当然,哭泣是必须的。伤心是难免的。对于父母,还有什么比失去自己的孩子更为不幸的?按理他们应该留下来,过完头七,甚至慢慢理出线索,寻找那个杀害自己女儿的人,以及那个甚至是那些让女儿失贞的人。还有,他们自己也应该忏悔,因为是他们的失职造成了女儿的厄运。

可是他们都来不及。他们已经不仅是农村里的农民,还是南方城市私人企业的打工仔。他们的老板只给了他们不到一周的假期。逾期不归,即意味着他们将失去工作,而这是他们不愿意的。女儿反正已经死了,又丢了工作岂不更加不划算?他们唯有匆匆掩埋了孩子,迅速抹去泪水,又马不停蹄地往南方赶去。

从他们的故乡到他们打工的南方城市,坐火车要七个小时。在这无所事事的七个小时,他们终于可以松懈下来,无需为不能如期抵达担心了。他们终于可以放心地悲伤了。不知他们在火车上是会相互安慰,彼此说些死的死了,活着的要继续活下去的老套话,还是相顾无言,默默流泪?——当然他们不会在火车上大放悲声,火车是公共场所,而他们好歹是见过世面的人。

三

我的堂弟繁民又不见了。谁也不知道他去了哪里,靠什么活着。手机是开着的,不像有时打过去,电话里的声音说已欠费停机。可是没有人接听电话。发短信过去,从来就没有回应。

我的五叔的儿子繁民原本是个循规蹈矩的人。他有妻儿。他努力工作。他有一门不错的油漆手艺。听我弟弟元生说,他的油漆手艺,叫他大师傅都不为过——在我的老家,大师傅是对最厉害的工匠的称谓。

靠这手艺，他在南方城市有稳定的收入。这世道，到处是工地，怎么会不需要油漆工呢？

可是后来他变了。他不工作。他不停向也在南方打工的妻子索取钱财。他与妻子离了婚，并且对在老家父母身边的孩子再也不管不问，也对他的父母不管不问。他不接受任何人的问候，关心。他过年也不回家。他经常不接电话。他经常玩消失。我的祖母去世，他也不回来奔丧，而他是我祖母带大的。

一年大约有几回，他会主动打电话给我在南方城市的亲人，求着在做装修的他们领着做几天事，那通常是弹尽粮绝的时候。十天半月，拿到了可以让他应付暂时生活的钱他就会不告而别。谁也不知道他是怎么想的，他会去哪里。谁也不知道大把的时间里他忙些什么。

当然，目前为止，他还没有干什么坏事。他没吸毒，虽然现在他瘦得厉害。他也不偷盗，没跟上犯罪团伙。他还没有沦为乞丐，虽然他向我的亲友们借了不少钱。他也没染上什么病，虽然我猜他或许偶尔会去嫖娼。

他也没有爱上艺术，与哲学宗教啥也丝毫不沾边。他只是一个只有乡村初等中学文化程度的农民，没那么深刻。

他是怎么变成这个样子的？他的心里有怎样奇怪的逻辑？他妈的，是谁让他变成这个样子的？是怎样邪恶的力量，让一个原本老实巴交的农家子弟，变成了一个人人感到陌生的食不果腹居无定所无父无母自我放逐的孤儿？

我的堂弟又不见了。这世界早已不以为意。与他有关的人都烦了他。他耗尽了所有人的耐心，爱意。让他去吧，就当这世上从来就没有过这个人。他们都这么说。

四

中央电视台焦点访谈把镜头对准了北京街头的行乞者。镜头里出现最多的是一对老年男女。他们在北京街头，女的睡在被窝下面装病，男的扮演着病人家属，向路过的人们请求施舍。一会儿，男的睡在被窝下装病，女的扮演病人家属，向路过的人们请求施舍。

除了盯上他们的记者，没有人把他们指认出来，因为他们的前面，是一条人形成的河流，不会有太多的人短时间内第二次经过他们。即使天天经过，谁又会在乎他们，谁又会有心思发现他们的伎俩？

他们会很坦荡地换班，或者睡在被底下的人大大方方地起来换口气。他们不用害怕会有人揭穿他们。他们在老地方，但面前经过的人是新的。

中午时，会有人给他们送来吃的。晚上，他们就卷起铺盖走向路边专为他们停靠的车辆，等着车里的人拉着他们回到北京郊区的家中。

《焦点访谈》的记者很执着。他们一直跟着他们的车辆，找到他们北京郊外的住地。在镜头里，他们面对装成路人无意询问的记者，表情木然，脸上的皱纹、头上的枯发和粗简的衣着似乎暗示他们一直在厄运中。——他们的住地，凌乱而寒碜，比真正的行乞者的确好不了多少。

《焦点访谈》说，他们是几年前住在这里的。这意味着他们并不是北京人。那他们真正的故乡，是在哪里？是什么原因，让他们即使暮年依然要背井离乡，来到北京，在街头以情景剧的方式行乞？

他们的收入不算少，每一天大约有三四百元，而这三四百元中，只有数十元是真正属于他们的——天知道他们怎么接受了这样苛刻的分配方案。这样的收成，其实比低保户好不了多少。他们忙乎一天，工作强度不算小，要早出晚归，要在寒风中躺在被窝里一动不动，要跪着面对人群，却只有几十元的收成，如果说他们的行乞是一场骗局，那他们可能是世界上最可怜的骗子。

——镜头里，天没亮，老人们三三两两走到同一条路上，其中有前面提到的老年夫妇。有两个衣着光鲜的年轻人在引导着他们。他们步履沉重的样子，与其说他们是去行骗，倒不如说是去受刑。他们与引导者应该是同伙，可看起来他们更像是遭到胁迫。他们的日子，其实是末日；他们面前的道路，其实是穷途。

《焦点访谈》曝光后，他们骗乞的饭碗砸了。他们下一步将走向何方？是回到他们比在北京做乞丐还不如的故乡去，还是干脆离开引导者的掌控，到另一座城市，做真正的行乞者、流浪者？这个角色他们已经演过多时，完全可以驾轻就熟。

五

他在搬家。他和他请来的一群小伙子一起把他家里的东西装上了一辆脏兮兮的旧车。那都是些在旧货市场买来的二手家具，比如电脑桌、坐上去会吱吱作响的椅子、可以折叠的单人铁床、到处是陈年墨汁的旧书桌、吹起来摇摇晃晃的电风扇。当然还有成捆的书籍，老版本的名著，新出版的图书，那是他职业的证明。他的妻子，在旁边支应着。他和妻子的衣着、面目，有着与这些家具契合的粗糙和陈旧。

他是北京一小型文化图书公司的中层管理人员，也是一名资深京漂。这些年来，他做了一本本书，往全国各个书店里发去了一本本创意和影响力都不算十分出色的产品。他远没到成功的程度，没有一本书让他出名。至今为止，他除了梦想，什么也没有挣下。他没有一家自己的公司，一套自己的住房。他不断地跳槽，在北京的民营出版界兜售着自己。熟悉这一行的就该知道，他在这样的公司，这样的职位，每月挣得不会太多，刨去房租、生活费，就所剩无几。他已过不惑之年，却依然没有挣下他人生的第一桶金。他是否该反思自己，重新设计自己的前程?

可他坚决不离开北京，这座容易给人造成巨大幻觉的巨型城市。北京就像一块大磁铁，将他整个吸住了。故宫，长城，烤鸭，大剧院，大剧场，“大裤衩”，这些元素将北京变成了一个巨大的梦境，而他是一个耽于梦境的人。他根本不顾人才济济、人口密度大得惊人的北京能给他这样的人留下多少机会。他宁肯每顿吃五块钱的快餐，生病了扛着不上医院，呼吸着“雾霾”，也要在北京，在北京。

他不断跳槽，也就意味着要不断搬家。他都不知道这是他第十几次搬家了。他的手机里存了好多个搬家公司的电话。为了降低成本，他习惯买旧货市场的二手家具，这使得他的家总是一种生拼硬凑的意味。可是他毫不在乎。他一边灰头土脸地往车上搬动着那些旧家具，一边以与他的年龄不相称的语气心满意足地说，一个人老住在一个地方，是多么的无趣呀，每条街都住住才有意思呢。

他是我的朋友雨的同事。雨也是一个京漂，一个资历比他要浅的京漂。雨大学一毕业，就不管不顾北京举目无亲，买了一张火车票窜到了北京。她入了民营出版这一行。可是几年了，除了几次跳槽和搬家的经历，她依然什么也来不及拥有。

我劝雨回她的老家重庆。我说如果继续待在这样一座不缺人才、不断将你的努力残忍清零的城市，在这么一座永远获得不了户口买不起房、永远是局外人的城市，前途是渺茫的，眼前的他就是证明。可是如果回去进入出版行业，凭着在北京所学，三五年坐下来就会有所得。在亲友遍布的故乡的土地上，一切都会得心应手，她会在一条越来越宽阔的轨道上。

可雨摇摇头。她说我俗。她蛮不讲理地说自己就是要待在北京。我想她是被一种巨大的梦魇给攫住了。

六

倪萍又回到了中央电视台。她主持了一个叫《等着我》的大型公益寻人节目，每周二晚十点播出。在这个节目中，寻亲故事无奇不有，有弟弟寻找失散二十多年的哥哥，有女子寻找四十多年前的初恋情人，有怀孕的妻子寻找卷款失踪两个月的丈夫，有幼年遭拐卖的儿子二十多年后寻找自己的亲生父母，有九十多岁的抗战老兵寻找七十多年的战友。从这节目中，你会知道，这世界充满了那么多的离散之苦。

节目的现场中心是一棵树。树一看就知道是假的，不过是个道具，却真有那么点郁郁苍苍根深叶茂的意思。这似乎暗示着，离散并不可怕，落叶总要归根，亲人总会重逢。

每一次寻人的主角上场，在倪萍的引导下把离散的故事与心中的愿望说出，倪萍都会喊出“为缘寻找，为爱坚守”的节目主题语。那是开门的暗号，也是命运的谶语。顺着她的声音，象征答案的门徐徐打开，还真有许多人梦想成真。久别的亲人重逢，尘封的记忆启动，真是让人感慨万千，泪光闪烁。

可是即使如此具有国家背景的寻人平台，依然找不到一个叫邓昱哲的十四岁的孩子，那扇随着“为缘寻找，为爱坚守”的谶语徐徐打开的朱红色大门后面，邓昱哲并没有走出来。

邓昱哲失踪了。他走得扑朔迷离。他的父亲邓松华收到过两条短信，一条说孩子在他们手里，那相当于是被绑票了。另一条说孩子与他的同伴因为厌学离家出走，闯荡江湖去了。没有谁告诉他们哪一条是真的。

邓松华夫妇走上了中央电视台《等着我》节目现场，但没有像许多人那样收获了喜悦。听着工作人员的遗憾告白，邓松华夫妇和他们的女儿哭作一团。

邓昱哲哪里去了？他失踪的时候已经十三岁。他应该知道家里的信息，父母的手机，回乡的线路。他应该知道找不着他的父母会如何痛苦。他遇上了什么事情？这世界于他来说，是一台绞肉机，还是可以让他飞的滑翔机？

这个失踪的孩子是江西永丰人。而我来自他们的邻县吉水。他们的话语中充满了故乡泥土的气息，让我觉得亲切。他们都是我的乡亲。看着电视屏幕上的邓松华一家痛苦不堪，我感觉我的亲人在受难。

工作人员说，没有明确信息表明这孩子已经不在这世上，那就有很大可能他真是厌学出走。也许他只是不懂事，而且内心有大而无当的理想在鼓舞他，让他无暇顾及想家。也许有一天，他会事业有成，浪子回头，回到父母身边。奇迹从来都无处不在。

这样的安慰何其空洞，可对邓松华夫妇来说，这样的安慰已经是弥足珍贵的了。

七

经过一个小镇。一块空地上，盖着一模一样的上千套房子。房子大约盖了三五年，已经有了陈迹，但空空荡荡，没有人住。问当地人，说是当地政府盖的，是准备用来安置同意出让土地的好几个村庄的农民。结果不知什么原因，农民与政府闹翻，房子就一直闲置着。

我担心着，这个计划一旦付诸实施，由政府主导的土地置换一旦形成,这么上千户农民离开了他们世袭的土地,他们将以什么而活？这个远离城市的小镇,能给这么多农民提供多少就业的岗位吗？如果不能,那他们是不是将流离失所？这个小区会不会很快沦为贫民窟？

我担心这个计划的实施。可是,政府的意志是不可逆转的,这么多的房子的投入也让他们没有退路。这个空空荡荡的巨型小区不久就将热闹起来。这是毫无疑问的。

八

冬天了,那曾经的网上抽着烟裹着军大衣胡子拉碴目光抑郁的犀利哥,那个报纸报道过的在下雪天把死去的同乡尸体从千里外背回家的人,那个在我经过的路上钻进已经报废的电话亭抱着根本不响的电话喋喋不休说话的流浪汉,那些在城市工地上埋头苦干面目模糊的人,他们是否有足够的衣被来抵御冬天的寒冷？

快过年了,那些在路上的人,那些被现实或梦想所迫背井离乡的人,是否都能依他们所愿一一安全返回家中？

据国家发改委消息,2015 年春运全国旅客发送量将达到 28.07 亿人次。

九

他把手反复探进衣服、裤子的口袋里。夏季本就穿得不多,他不用费太多的力气就把它们给翻遍了。没有找到他想要的。他开始扩大搜索范围:座椅,座椅下,座椅前面的行李袋。可是他依然一无所获。

他的表情开始慌乱。空调效果不错,可是他的汗布在脸上。他弯下腰,又一次在座椅下搜索。可是,他还是没有找到他要的东西。

这是在从北京到土耳其伊斯坦布尔的飞机上。他被公司派到北非某个国家的一个中国工地上务工。他是我的邻座。我和他有过简单的交谈,我不确定他是否有同伴。他似乎是陕西人。(也许是甘肃人?)他的口音很重,舌头上似乎有奇异的我猜不透的密码。他话语不多,我与他的交谈并不顺畅，终至无言。

然而他遇上了难事儿。他发现他的手机不见了。口袋里没有，座位上没有，座位下没有。

他解开了安全带，离开了座位，在前后左右搜索。他把身子探下去，或者用脚试探，扫荡。他对周围的人说抱歉，如果是外国人，他会笨嘴笨舌地说 sorry，可是他的动作越来越凌厉，蛮横。可还是没有。——他所有的一切都在手机里。故乡，亲人，要抵达的国家中国工地上接应人的电话，使馆人员的电话，能保证他在异国他乡不至于走投无路的联络图……它怎么可以不见了呢？

飞机是封闭的，登上飞机时我还见他把手机关机来着（他反复向我确认这一点）。怎么可能不见了呢。

他恨不得借来手机拨打他的号码，让他熟悉的铃声响起来。可是在飞行中，手机是被禁止开机的。他恨不得把飞机拆开，把手机从各种零件中找出来。然而，这是不可能的。

……他终于在他座位下一个偏僻的夹缝里找到了他的手机。他的脸上露出了无比欣喜的神色。他紧紧地抱着它，好像一个溺水的人抱着一根救命稻草，或像孤寡者找到了他失散多年的亲人。

——这个看起来出门经验并不丰富、鲁莽而木讷的年轻人，他要怎样面对在异国他乡的种种不适和不测，怎样成功化解前面路上的种种难关，从而毫发无损地，以成功人士的身份回到家人身边？

（原载《美文》2015 年第 4 期）

鸟之殇

谢枚琼

泣血的爱情

每天早上，我几乎就是被鸟鸣早早地唤醒的。窗外站着一棵粗大而茂密的白玉兰树，齐着二楼高。我正好住二楼，那树就近得伸手可及了。枝繁叶深，鸟儿们肯定早已把这棵树当成自己的家，在钢筋水泥的森林里，这当然是不错的选择。不过，除了每天大清早的听到鸟们彼此之间亲昵地互道早安，叽叽喳喳地谈天说地和婉转悠扬的歌唱之外，我还真没有见过与我毗窗而居的那些芳邻们都长得什么样。自己那点可怜的关于禽类的知识，根本不足以从其啼鸣声里分辨出鸟的种类来。而说实话，我原本就无心留意玉兰树上的鸟儿们，我每天清晨都会从树下经过，每天黄昏还是要从树下经过，步履匆匆。有时候我感觉自己其实也像是一只鸟，早出晚归地栖息在城市的鸟巢里。

我半眯缝着惺忪的眼，看看窗外曦微，眼前一片迷离，通常，我不会急于起床，我知道还有充裕的时间让自己再赖一会儿床。这时候，似醒非醒，似睡非睡之间，任凭鸟儿仿佛就在耳旁轻言慢语，虽然我一点也听不懂鸟语。如果要我形容说鸟鸣是多么动听的音乐，又能让我如何如何地陶醉，那倒难逃矫情之嫌，但现在回想起来，在我的确是一种享受了，朦胧朦胧的，让我习惯于那一种如漂浮在一层薄薄的雾岚之上的享受。

这天清晨的鸟鸣，却是那么异样。尽管我一点也听不懂鸟语，但我却的的确确地听出了特别的哀怨，每一声都拖了很长的尾调。当我被那一声声尖锐而且凄厉的啼鸣惊醒，我登时睡意全无，仿佛从一个恶梦中惊起。我不知道窗外发生了怎样可怕的事情，会让一只小鸟发出如此悲痛的叫声，便翻身起床狐疑地推开窗子，探头往外瞧去。

我看到了，看到了一只鸟一动不动地躺在水泥地上，翅膀犹呈挣扎之状，羽毛零乱，可以确定它已经死去。还有另一只外表一样的鸟则守候在它的旁边，哀伤的鸣叫即是由它啼出来的。小鸟独特的外表，让我一眼就认出来那是白头翁鸟，鸟儿头上的那一环耀眼的白羽，就是白头翁的名片。这是一种招人怜爱的小鸟，不独它的外形漂亮独特，而且其鸣声清脆响亮、婉转悠扬，常常给人一种喜悦振奋的感觉。而眼下的一幕，却又是那样得让人揪心。凄惨的鸣叫仿佛就在你的心尖子上颤动。这时我突然看到那只守候一旁的鸟使劲啄住死去同伴的羽毛，然后展开翅膀试图奋力飞起，它一定是想把同伴带走吧。但它的愿望落空了，它只不过是将其拖动了一点点而已，毕竟它没有那么大的力量。它显然更加焦躁了，一声悲怆的啼叫拖得异常冗长。此时它更像一只没头的苍蝇，围绕着同伴的身子转了两个圈子，然后腾地飞起来，栖落于玉兰树的枝条，又是一声仰天长鸣，似乎在呼唤求援。

其时，有人陆续地走近来，看到地上的鸟儿，人们停住了脚步。树上的小鸟一见，立马从枝头飞下，展开翅膀护住了人们脚边的死鸟。它一副凛然的模样，好像在警告着人们。目光睽睽之下，它再一次尝试着去拖曳业已僵硬的同伴，它多么想带着它一同飞离。硬梆梆的水泥地当然不是它们的栖息之所，它们温暖的家应该是在蓊蓊郁郁的树林深处，飘荡着蓝天白云的天空才是它们精神的乐园。毫无疑义，它又一次失败了，于是，它又开始了第二次、第三次、第四次……死去的鸟儿脖子上的羽毛被一片又一片地抓掉了，渗出了血迹，引来了两只苍蝇，发出令人讨厌和恶心的嗡嗡声。它一点点拉动着同伴，于它而言，天空曾经是那么近，近在咫尺，也许就是一双翅膀张开的距离，但现在，对于它来说，天空却是那么遥远，遥远到无法抵达的高度。它们一定是一对情侣吧，我猜测着，曾经比翼双飞自由翱翔的情侣，曾经不离不弃双栖双宿的情侣，现在呢，一只鸟的死亡，犹如生生折断了一叶翅膀，而另一只鸟便再也飞不起来了。这是一个让人酸楚的清晨，哀伤的鸟鸣正在演绎一曲啼血的爱情。不知道曾经在《白头吟》中咏叹出“愿得一人心，白首不相离”的卓文君，如果目睹了眼前的这一幕，她的心头又将是怎样的一番百转千回呢？

鸟儿竟情深至此！“愿得一人心，白首不相离”，我想白头翁一定是因此而得名吧。

我听到围观的人们中有人在嘘唏地感叹，有人在沉默不语。

这时，一个披着一头粟色头发的年轻女子弯下腰来，她小心地把死鸟捧在手心里，许是太过劳累了吧，又或者是看出了她并无恶意，守候的鸟儿竟然没有做出激烈的护卫的举止，它只是睁着一对圆溜溜黑亮亮的眼珠子，一眨不眨地盯着年轻女子。不少人都认得她，时尚的女子在小区也算小有“名声”，她的“名气”大却是因为她和先生经常性的吵架，隔三差五地要闹出些动静来，两口子似乎都是那种得理不饶人的角色，是以免不了让左邻右舍摇头叹气而又无可奈何。她的先生，一个平时看上去有些玩世不恭睥睨一切的男子，此时，却又是一派少见的恭顺地立在她的身后，一言不发地注视着她的举动。女子蹲在地上捧着鸟儿，环顾四周不知如何处理，男子见状，便轻声说，我们带出去埋了吧，免得让它守在这里伤心。语气亦是少有的温柔。女子回过头来望了他一眼，轻轻地点点头。

我目送着他们渐渐远去，玉兰树上的鸟鸣啁啾四起，一如往日。

血浸的沙堤

仰天湖北是一道砂土质的堤岸，距湖面四到五米高的样子，足足有两里地长。许是因为土质的缘故，堤岸上寸草不生，真正的一溜不毛之地，与湖畔其他之处的那种野草葳蕤形成强烈的反差。不管你是否有疑惑，反正这是自然的造化。仰天湖是个天然的湖，叫它湖，其实算不得是那种真正意义上的，只不过比我们常见的水库大些罢了，当地人则沿袭着一路叫下来。湖虽不大，但位置好，就在离市区不过二十来分钟的车程，且因确有些湖光山色的景致，空气也远比闹市区不知清新多少倍的原因，不知何时始，这里不知不觉间成为了都市人们闲暇之时喜爱逛逛的一个去处。还不独如此，早几年里，光秃秃的湖之北岸竟然招来另一批不期而至的客人。那一群不速之客便是燕子。按本地人的称呼，就是土燕子。在土里安家落户的燕子，很好理解的叫法。乡下的孩子，对于燕子并不陌生，每年二三月间的时候，燕子铁定会跟着春天一块回来，就在你家屋檐下做窝，一点也不怕人，赶都赶不走，稀奇的是第二年它还记得回原来的家，那记性真让人佩服。那是叫家燕的。我小时候还偶然见过老屋前那口水塘的对面土坎里也有一两窝燕子，便觉得奇怪了，它们怎么不进人家屋子里住呢，祖父告诉我，那就是土燕子。土燕子并不在人家屋檐下造窝，不过，其时极少见到土燕子，不像家燕子那般常见，家燕子们则几乎是无家不入的。想来土燕子许是难觅合适的筑巢之所吧。

看来仰天湖北岸上的砂土堤坝显然是土燕子们安营扎寨的好去处，是以它们呼朋引伴不请自来了。

于是乎仰天湖上空燕影翩翩，燕语呢喃，竟成了另一番蔚为大观的景致，在一个个丽日缤纷的天气里，湖畔的人们呈络绎之势，他们除了来湖边游玩之外，还多了一个遣兴的项目，那就是看望燕子们，看燕子们飞翔时优美的身姿，听燕子们清脆的啼叫。两里地长的砂土岸上不知什么时候突然间就冒出了密密匝匝的窟窿眼，那是燕子们一口土一口泥地衔出来的新家。一个一个挨得紧，却又独自为家，关起门来成一统。有细心的人数过，最多时竟有二百一十八穴之多，这就意味着二百一十八对燕子自此在仰天湖安家落户了。每到石榴花开时节，每家巢穴里陡然又添丁增口了，小燕子们争先恐后地钻出壳，睁开眼睛好奇地打量面前这个陌生而新奇的世界，小生命的诞生，让燕子体会到了当爹妈的喜悦，一张张嗷嗷待哺的小嘴巴，让做父母的忙得不亦乐乎，它们左右盘旋，悉心照抚，轮番上阵，马不停蹄地外出觅食，那些小家伙们仿佛天生一个装不满的肚子，每当爸爸妈妈那熟悉的身影趋近于家门口，小燕子们立马挨挨挤挤地拥到洞口，张开黄嫩嫩的小嘴，叽叽喳喳地叫唤，似在撒娇，又好像在说“饿、饿”，谁都希望爸妈第一个喂养它。我想，小燕子的叫声，肯定会让爸爸妈妈的眼里充盈爱意，让它们的心里无比柔软吧。这样的场景，在仰天湖上泛起一朵朵暖暖的水花，氤氲而生的温馨在湖面上袅袅升腾。人们驻足观瞻，分明已被这一幕深深感染着。

却没有想到，这宁静祥和的一幕有一天会被无情地摧毁掉。

事情起因于半年前，由于城市的扩张，或许也是因为独特的地理环境，仰天湖所在的行政区域被纳入了一个开发区的规划图纸里。城市的足迹一点点地向四周蔓延，村庄在一点点地被红线图蚕食，好坏臧否，这已不是谁三言两语就能讲出个子丑寅卯的道道来的事了。一纸规划常常因为其特有的效力，而具有了一种可以逢山过山遇水架桥无坚不摧的力量。不管人们的心态如何，表情怎样，反正在这种效力之下，古老的土地上一幢幢高楼大厦雨后春笋般拔地而起，钢筋水泥的森林取代蓊蓊葱葱的树木，大自然原生态的痕迹被日夜轰鸣的现代化机器那坚硬冰冷的手指毫不迟疑地抹去。

现在，仰天湖北岸上的砂土堤坝上那些燕子们即面临着如此的命运。不，确切地说，是一种厄运。

理由是冠冕堂皇的，因为不毛之地的砂土堤影响美观，因为砂土里那一孔孔燕子的巢穴存在溃堤的隐患，所以必须将堤坝提质改造，似乎已不再需要更多的说法了。而所谓的提质改造，通过专家的层层论证，认为唯一的，也是最有效、最直接的办法就是将堤坝修筑成一道由钢筋混凝土构成的坚固的堤岸。

时下人们总是喜欢以效率来标榜他们的行动。推土机，挖土机，搅拌机，于一夜之间浩浩荡荡地开进了仰天湖畔。燕子们一开始自然不明白这般阵势是针对谁而来的。它们甚至只是睁圆了双眼，好奇地打量那些在堤岸上排兵布阵的铁家伙，它们根本不会想到，那些庞然大物们的不期而至，竟会与它们有着直接的关联。当机械设备沉重的脚步惊醒它们的美梦，当机器长长的手臂伸向它们辛勤地构建的巢穴，燕子们惊恐万状，一个从天而降的噩梦，像一把尖锐的刀子硬生生地扎进了这一片安详与静谧的土地里。

选择在晚间作业，据说是白天有人在阻止施工，人们建议将这一工程推迟到秋季等燕子南迁后再进行，因为现在每一窝都有三五只尚不能飞行的雏燕，如不停工，燕子们势必将妻离子散，家破鸟亡。那将是何等惨烈的后果！据说，承建的包工头起初一口拒绝了，因时间对他来说就是金钱，接下来架不住大家左一言右一声的劝说，有位老先生甚至跺起脚来，疾首痛心地说，燕子也是活生生的生命啊，不顾这些生命的死活，那简直就是作孽！包工头勉强表态同意再考虑考虑。却不料他玩起缓兵之计，虚晃一枪，在深夜搞起了突然袭击。那个月黑风高的晚上，一场赤裸裸的杀戮在仰天湖畔悄无声息地上演。

儿子早就嚷嚷着要我带他去看“鱼游燕子飞”。当我和儿子兴冲冲地来到仰天湖时，眼前的一幕让我们彻底惊呆了。正是屠戮过后的次日，堤上只见一派惨不忍睹面目全非的景象，前一天还密密麻麻排列的燕子窝已经被损毁殆尽，从高处滚落的沙土死死封住燕子窝的出入洞口，堤坝顶端的那两棵茂密的梧桐树，曾经是燕子们栖息的乐园，现在也被推土机掀下土崖，一头栽进水坑里。土崖上下都有推土机的车辙印。透过残缺的崖壁向上张望，十余只土燕子绕着被掩埋的巢穴低空绕飞，不时发出悲鸣。当我和儿子靠近崖壁时，燕子们躲得远远地在高空盘旋，想要近距离观察燕子进出洞穴压根不可能。而在以往，绕飞的燕子对人们丝毫没有恐惧。

可以肯定的是，沙土封堵的巢穴里还有被活埋的小燕子和鸟蛋。我找来树枝撬动土块，试图找寻燕子窝幸存的雏鸟，但是从上而下倾泻的土层严严实实地堵住了燕子窝，就算还有嗷嗷待哺的幼鸟，也无力救它们出来。仅仅时隔一天，燕子窝已成废墟，多么残忍的一幕。儿子的眼眶里泪花盈盈，而我，更不知选择什么样的话语来安慰纯真的孩子。

在天地之间，每一个生命自从其诞生之时起，便都具有了活下去的理由和权利，再高贵，或者再卑微，生存的权利却是与生俱来的，所谓人生一世，草木一秋，任何生命都是不应该被生生剥夺的。这是自然法则，亦是对于生命的尊重。对于一个生命而言，它可以恣意汪洋地活出一派旖旎风光，惹人眼目，也可以俯卧身子，在某个潮湿阴暗的角落自生自灭，无论生与死，都应是一个生命自由、自主的选择，而绝不该是被残酷地扼杀的。

精灵般的燕子呵，现在，它们赖以遮风挡雨的家被素有高级动物之称的人类所摧毁，它们穿云破雾的翅膀被贴上文明标签的人类所折断，它们苦心哺育的孩子被向来喜欢自我标榜博爱善良的人们狠毒地活埋，而就此终结的又何止是上千个生命的长度呢？我知道，要不了几天，一道崭新的堤岸就会屹立于人们的眼前，但我不知道，那道看似坚不可摧的屏障，又将在谁的心里成为一道渗血的溃堤？

血溅的鸟道

秋风乍起。随风飘落的黄叶，让人明显地感觉到了几分秋的肃杀气氛，倒是营盘山下的小镇比往日更显热闹了。营盘镇本就是个名副其实的小镇子，一声吆喝从东头就可以直捅到了西头。这些年来，青石板铺就的街道两旁不声不响竟然就新建了不少铺面，且大都是两三层结构的楼房。平时其实也是门可罗雀的商铺，一到了秋分时节，陡然即人流不息了。奇怪的是外地人也多了许多，像是被一股秋风一夜之间就刮进镇子里的。那些陌生的面孔上大多表情神秘，甚至于举止也有些怪异，或骑着摩托车，或驾着小车，且均携带着大大小小的工具箱子、包装箱。这些突如其至的客人，对于镇上的土著人来说，却又并不是那么陌生和神秘的，他们知道他们是奔着什么而来。

座落在西北面的营盘山与东面的齐云山之间不知自何时始成为从中部路线南迁候鸟必经的“千年鸟道”。这条极窄的迁徙通道，不过是一条不规则的峡谷，宽约四十公里、长约三十公里，进入秋天，成群结队的候鸟从西伯利亚、内蒙古草原、华北平原等地起飞，经东、中、西三路分别飞往中国南部地区越冬。我想，这条峡谷之所以成了鸟儿们歇脚的地方，肯定是因为此处森林茂密，有着鸟儿们丰富的食物资源，飞累了，它们需要补充能量，需要恢复体力，这里没有它们的天敌，人迹罕至，相对而言更加具有安全性，也是它们首选的一条途径。在山脉的指引下，候鸟们会在此作短暂的停留。而且每年秋分前后，这条通道内还会出现一股从西北吹向东南的强大气流，这股气流沿着山势上升，集结的候鸟正好利用这股强劲的气流飞越隘口，再次踏上南下的远征之旅。一旦低温袭来，伴随着强劲的气流，鸟群便飞跃山脉，振翅南飞。年复一年，这些天空中自由的精灵，在群山间演绎着迁徙的史诗。

但它们却万万想不到，“千年鸟道”现在四处布满了陷阱，危机四伏。

那些随着秋风蜂拥而来的人们，昼伏夜出，使出千般招数，在守候鸟儿成群结队地飞来。他们把山顶上的树木砍掉，支起两三米高、三四米宽的大网，逢候鸟迁徙期便干脆住在山上，彻夜守候鸟儿经过。这是专门前来捕鸟的人群。捕鸟者一开始是点燃松枝，后来又变成了焚烧废旧轮胎，用火驱赶栖息的鸟群，火光冲天中，群鸟惊恐万状。为了“提高效率”，现在甚至于用上了高科技的 LED 灯，而捕鸟的武器也从鸟网、竹竿变成了带着火药的鸟铳。他们将电灯、音响全部派上阵，还有更“聪明”的做法，则是用放录机播放早已录制的鸟叫声，诱使鸟儿自动“落网”。趋光的本性，往往使鸟儿们前赴后继地落入人们张开的大网，鼓噪的声响，使鸟儿惊慌失措，如没头的苍蝇四下里乱撞，纷纷落入魔掌。山头上，树木被推平，安置起猎鸟的粘丝网。凌晨时分，灯光从无数山头亮起，束束蓝光直射空中，上百盏大灯，亮如白昼，数不清的鸟铳睁大充血的眼睛隐藏在黑暗里。一场杀戮残忍展开。一声枪响，追光而飞的鸟中弹了，它垂下头来，身子直挺挺地坠落，鲜血滴落，漂亮而光滑的羽毛飘散。

号称文明使者的人类啊，此时此刻，变成了鸟儿眼中张牙舞爪的魔鬼，他们一个个眼里射着饿狼一般的绿光，挥动着手中的棍棒毫不留情地击向那些弱小的生灵。你难以想像，那是一个何等惨烈的场面。

“千年鸟道”刮起了血雨腥风。“千年鸟道”成了越过千山万水跋涉到此的候鸟的“葬身之地”。而这一切，皆是因为人类的利欲熏心。因为利欲熏心，让人迷蒙了双眼，让人沦丧了心智，让人泯灭了良知。

记得一句公益广告词，道是没有买卖，就没有杀害。每一次杀戮结束后，扛着大大小小蛇皮袋的“收鸟人”就会在营盘镇上出现，买卖双方以熟稔的方式迅速成交。接着，鸟儿会出现在县城的菜市场或餐馆里，甚至是远到邻省的高档酒店。有的则被制成鸟干，堂而皇之地挂在店铺里出售。

在山民中曾经有一种流传的说法：鸟，都是“天子派来的客”。年已古稀的杨老根跺着脚，痛心疾首地说，哪有这样对待尊贵客人的啊。他一辈子没捕过鸟，早些年，他还经常去山里巡回走走，看到捕鸟的网就一把扯烂，看到打鸟的人，他站出来怒目以对。“现在年岁大了，走不动了，心有余力不足，只能干着急。”他说唯一能做的就是约束自家的子孙不去干那伤天害理昧良心的事。

以往每年重阳节前,只怕有数十万只候鸟途经这里呢,浩浩荡荡,遮天蔽日,那是多么壮观的景象。老人家手搭凉棚,眺望着远处的山峦,沉浸在记忆中,久久地。

雁鸣从天空轻柔地划过,留下一掠优雅的背影。

(原载《创作与评论》2015 年第 10 期)

大山包的女人

王剑冰

一

毒刺刺的太阳躲过云层,把大山照得明晃晃一片。很少见到在阳光里蓬勃的植物,低矮的草也不是成片地长,这里那里散散漫漫,不是那一层秃黄的绿,你会认为它们早已成标本。这可能就是大山包的特色,鼓凸鼓凸无遮无拦的一个个山包构成很多年不变的名字。人们冲这名字来,是看它的突兀,它的苍凉,它突兀苍凉中的断裂与陷落吗?

眼力往前延伸,如果脚力跟不上,不会有太稀奇的感觉,但是到了悬崖绝壁处,你才会觉得,只有大山包的这种断裂让人惊心。视线刚才还直直地伸向前去,到这里突然折断,断下了万丈深渊。我吃惊得不敢下望,怕眼球脱眶而出。

激动过后的人们还在山中迂回,他们想到另一处制高点看独立云间的鸡公山。中原也有一座鸡公山,那是昂立山尖对天高唱的雄鸡,这只鸡公却在绝壁上啸出一道峡谷。我走错了路,尽管才刚五月,高原的太阳却扫得皮肤生疼,不想再追去,远远看着,感觉他们快要走到天边了。

我开始寻路往回走。对面峡谷的一处褶皱里长满了草,高高的细细的,不识名字。却发现草中有人,近了看,是个女人,她在割那些草,并且已经有了不小的收获,现在她正费劲地将草捆起来,一只手将镰刀扔上坡,试了几次,才将草捆子拖上去,然后肩起来,草高高遮在头顶,下边拖拉着。山梁上,就看见植物棵子在动,看不见人,更看不见是女人。

二

远远看见了马，一匹匹地从山弯处跑来，马上坐着人，马下有人牵着。原来是专门驮送游客的马驮子。走的近了，才看清那些牵着马的都是女人。再细看，有的女人背上还背着孩子，孩子裹在包裹里，和马，和大人一同经受日晒风吹。马驮子把游客送到大山包下的沟边，游客下马，然后人和马就在那里呆着，等游客回来。回来的游客不一定要骑马，所以有的人和马就长久地呆在那里。山上没有遮阳挡风的地方，女人们只能或坐或卧在草坡上，有的逗着孩子，有的在织着什么。

我走了过去。她们立时有了话意：哎，你哪里的，要不要孩子？女人说着笑着。我说要不起，她们说不贵，出个钱就给你。我一听就知道她们是在找话逗乐子，这些人在大山里没啥乐子，又掩不住豪爽泼辣的性情。我说问一个问题，为什么叫大山包？一个女人回答，大山包？看这话问的，大山包不好吗？高呗，圆呗，挺呗，是不是呀？她回头看着其他女人笑。笑着笑着又不笑了，仰着头看着远处说，咱们这儿说是在云南，却不像云南其他地方，恶呀，草都不好好长。你看远处那个沟下边，那儿的人要到大山包赶场，半夜里走，走到大山包街子太阳就老高了。出来一趟难啊。龙云知道不？家就在那里，当初不也走出去闯了？多少年后回了一次家，还是把他走苦了。另一个女人接了话茬，跟你说吧，红军都没走过这地方。他们走的扎西，快到四川贵州了。

我说你们怎么知道这些？她们齐声说，还不是听你们外面人说的？我又想起了一个问题，就问，怎么都是女人，男人呢？男人？打牌、喝酒、嫖女人去了！一个女人大声嚷嚷，其他的女人就笑。我说不可能吧？难道你们心甘情愿让男人这样？可不，没法子呀，女人驮马挣钱，还管带孩子，回家还要受男人打。一个女人说着跟诉苦似的，边说边看看其他姐妹。其他姐妹还是笑。

我知道这话得打折扣，不能单听她的。我就坐在一个做手工活的女人旁边。我说她说的是真的吗？这女人边飞针走线边说，你没看都是女人在做吗？她的目光放远了，那个背草的，不也是女人？背草的还在山梁上走着,我说背的是什么?竹草啊,当柴烧的。她说着的时候,那个草个子慢慢转过山弯了。我既看出了她的艰难,也可惜了那些草,它们是大山包的装点啊。我说出了我的可惜。她说,我们不知道你们怎么想,我们只知道生活。女人不容易啊,你看她,她的眼睛瞟了瞟我身后的一个女人,那么个好人还受老公欺负,老公在外野,回家还动手。

我扭头看了看她说的那个好人,她不像这些女人都有了高原红,脸上还有一层嫩嫩的水灵,不白也不黑,身板很正,背后背着一个孩子。她不是和其他女人一样坐着和躺着说话或做活,而是站立着,眼睛朝远处望。她背后的孩子被布单子蒙得严严的。

这里的女人带孩子都是把孩子往后面一挪,背着干自已的事儿,孩子在后面舒服不舒服,是否挡住了眼堵住了嘴一概不知,布带子长期捆绑在孩子腰部腿部是否会影响血液流通?冷不冷,饿不饿,渴不渴?女人就这么带着孩子在大山包上等游客,等着了就牵着马翻过山梁,一直走到上车点,再返回来等,孩子呢?就像自己身上的一个赘生物。

我站起来向她走去。我说站着风大,这孩子冷不冷?她看了看身后说不冷。其实她是看不见的。我说孩子这么长期挪着会麻木的。她说没事儿,惯了。我问孩子多大。她说一岁了。我问一句她回一句。他爸爸呢?出门了。你是新来的吧?是,来了俩月了,你怎么知道?我猜的,哪个是你的马?在上边吃草。买一匹马要多少钱?不一样哦,有一万多的,也有六七千的。驮一趟马要多少钱呢?十五块。

才十五块,真不贵,我在心里说,我原想的怎么也比十五多。正想着,她主动说话了,你骑吗?我还没开张呢?我说我骑但你不能牵着走,我会骑。我真不忍心她背着孩子牵着马走那么远,而我坐在马上。她说那怎么行,都是这样。我说怎么都是女人在忙,又是驮马,又要带孩子?她说男人出门打工了,女人在家出不去,这大山包四周也没啥活儿,只有驮马,幸亏外面人稀罕这大山包,女人还能找点儿事儿干。我说你结婚不久吧?男人放得下?这怎么说呢?人家都出门了,要盖房,要养家,要买马,不都需要钱?她回答得跟那些人不一样,实在。我说男人多长时候回来?她顿了顿,似乎想了想才说,好久了呢,过年都没有回来。她说话的语气带有了哀伤,眼睛望着山包那边,好像那边随时会出现男人的身影。我说看你不像是这里的人？她说我是外边嫁进来的，要不是打工跟他认识，也不会成了现在这个样子。

也许聊得多了，没有了生疏感，话就多起来。她说，其实这里也不错，你没去跳墩河？那里有好大一片湿地，要是冬天，你就会看到很多很多的黑颈鹤。她说话的神情显然跟刚才不一样了。你要么秋天再来，那时到处都是草了，荞麦也开花了。她的话在我面前铺展了一山的绿。她说你该去看看鸡公山，那里还能看见牛栏江，云一层雾一层的。我遗憾起来，想象群山万壑间一条玉带云雾间闪。我知道了，海拔三千二百米的大山包，其实在不同的季节，有着它不同的性情，只是它藏得太深，不轻易向人们展示它的神奇。她不知从哪里掏出了一张宣传页，递给我看，上面说：这里融辽阔、峻秀、险奇、神秘于一身，是一块没有污染的生态完美的净土。

我说往后来的人多了，这里可能会更好。她说那可托你的福，我们这里挣钱多了，男人们就不往外跑了，心也就守住了。

她说的守住心，不知道指的是男人，还是女人。但不管怎样，还是对男人出去有一种担心。

停了一会儿，她说你骑马吗？你骑我把马牵过来。我看见不远有两匹马，一匹瘦瘦的灰色马，一匹高大的枣栗子马，低着头在吃草，草在砂石间长得很低，枣栗子马时不时要挤一下，并且尥一下蹶子，灰色马便害怕地躲一躲。不知道哪一匹是她的。

我说我们的人还没有从山崖边回来，要么我先给你十五块钱吧。她听了摇摇头，那一会儿你骑时再说吧。她似乎不愿意先接受施舍。她背上的孩子醒了，在包裹里动弹。我说你的孩子被蒙住了，他好像想露出来。她说不要紧，他不愿让我站着不动，他要走走。说着就不停地在原地走来走去。

我说你的家在什么地方？不远，在山下你们来的路上。这些女人都是一个村子的吗？不是，周围哪里的都有，马多了，钱也不好挣，人都爱凑热闹。我说买一匹马多长时候能挣回来？她说说不好，一年下来，还要给管理者一千呢。

这个时候听到有人叫我，看清是诗人哥布，他站在一处山坡上向我招手。我迎了上去，他说他们怕我走丢了，让他来找我，并要陪我先回去。我说骑马回去吧？他说路好走的，翻过山头就不远了。这个山里长大的哈尼族汉子，完全没把路当回事儿，我不好坚持，回头看看那个女人和马，只好跟着他走了。路上不时有送走游客的女人骑着马咵咵地跑回来，带孩子的只是牵着马走。

三

我们一路说着话，到出发地上了车，再等齐了人，车子慢慢开动的时候，我忽然看见那个背孩子的年轻女人牵着马走在路边，马就是那匹毛色暗淡的土灰马，跟其他的浑身油亮的高头马没法比，价钱也许是最便宜的。她牵着马一直向前走，大概是要回家去，孩子露出头来，手里多了一个桔子。停车点有人在卖桔子。车过去的时候，她往路边让了让，仰头望望这辆暴土扬尘的车。

车子一路开去，沿着山间一片水，那水的名字好，叫海尾子。

转过一个山坡，又转过一个山坡，前面出现了一个小村，这是她的村子吗？想起她的话，还说不远，山里人真不把山当山吗？她好像今天没有拉上客，提前回来可能觉得很难等着客人，也许要给孩子做饭，或者家里还有老人。

想起来，我竟有了悔意。

（原载《散文》2015年第8期）

地图上的新娘

杨　柳

一

如今，村里只剩下老父母和祖父母了。他们头发花白，老态龙钟，人生迟暮，免不了会忆及往事。黄昏中，他们坐在门槛上，脸上涂满夕阳的油彩。他们想起自己年轻时的婚嫁，娘家或者岳家，就在附近的村寨。婚礼很热闹，大红嫁衣，红丝绒盖头，新郎是黑绸布长褂，黑瓜皮绸帽，红绸从肩夹斜勒过腋下，胸前扎着盆大的红绸花。嫁妆有十六抬，或者二四十抬，家境优渥的是三十六抬。盟誓定终生。从交换庚辰开始，就置办嫁妆。两个家族是老亲，数辈相互通婚。

衰老是村庄的面目，嫁娶和生养是村庄的情节。儿女长大成人，就在附近的寨子寻上一户合适的人家，经过郑重的嫁娶，然后当家成人、生儿育女。方圆几十里，每个村庄都有姻亲，扁担亲、转角亲、亲上亲、换亲、调亲，层层叠叠的亲戚关系让村庄与村庄之间像红薯的藤蔓错综牵连，难以割舍。

到了这一代，儿女长大了，却舍弃了土地，开始了更远的行走。他们的行走已经不像祖辈或者父辈那样，爬坡上坎，翻山越岭，从这个村庄走到那个村庄，最远的，也不过是走州过县。他们是陆路、水路、空路并举，走到这个国家的天南地北，在遥远而陌生的地方，开始新的生活。他们在厂里轧钢，车鞋跟，焊电路板，做毛绒玩具，或者在工地上砌砖，挑水泥，和灰浆，一个月挣下的钱能把一家人一年从土里刨的粮食买下。生活在这一代上忽然翻了身，谁不欢喜？就这样，一带十，十带百，年轻人都辞别爹娘，离开寨子，去了远方。他们在陌生的城市里，穿着黄色、蓝色或者绿色的工装，左胸襟上印着工号。在这个城市里，他们的姓名已经不重要了，重要的是他们的工号，在工厂里，他们是××××号或者××××号。他们作为一个号码，被编入某道车间，某某小组，某某生产线，做某件产品的某某工序。他们成了这个城市工业生产中的一个数字，每天，他们穿上左胸襟上印着工号的工装，在或宽敞或狭窄的车间里，在机器尖锐的嘶鸣和飞扬的粉尘中，做一个城市的产业工人。他们每天点名上工，点名下工，按日或按月领取薪水。他们的头上，有小组长、车间主任、部门经理、总经理、董事长这些领导，但他们不懂这些，也不这么称呼，他们只叫大老板、二老板、三老板等。有定单的时候他们没日没夜拼命干活，没定单的时候就天天耍，闲得忧愁。他们抽五块钱一包的纸烟，女人吃五毛钱一根的冰棍，渴了就嘴对着水龙头喝自来水。发薪水了就把钱存到一个卡号上，那张四四方方的银行卡则保管在几千里外父亲或者母亲的手里。他们一个星期打一次电话回家，问候父母的身体和庄稼的长势，有时候也问到牲口，或者左邻右舍的事情。故乡遥远。亲人遥远。乡邻遥远。嫂子的堂妹，舅妈的侄女，伯母的侄儿，同学的哥哥，父亲朋友的女儿，这些沾亲带故转弯抹角的亲戚和熟人，也都像蒲公英的种子一样散落在某个城市的某个不可知的角落，也许是在一间工厂，一家餐馆，或是一个什么砖场，一个建筑工地。每天在他们身边一起流汗，一起挣扎着挣血汗钱的，是说着陌生乡音的年轻人，他们来自遥远的不知名的地方，那些地方，以前仅仅在小学和初中的地理课本上看见过。而如今，这些来自不同地方的陌生人，说着五花八门的乡音，在一个陌生环境里相遇，做着同一件事情。他们都年轻，都憨直，皮肤上泥土的颜色还未褪尽，有着土地的青涩和羞怯。都是年轻而蓬勃的生命，也许要经过一些吞吞吐吐的暗示，一些遮遮掩掩的试探，也许还有旁人的点拨，总之，这些年轻人在异乡，就好上了。

春节是寨子最热闹的时候。村里来来往往的人中，有好些个衣着洋盘的媳妇，她们南腔北调，在丈夫的指引下，大大方方地向寨子里老人长辈问好，从随身的小手袋里掏出糖果来逗小孩子。这一代人的婚娶，已经不像父辈那样，距离局限于对山的板凳岩，山后的王家坨，和山背后的冯家沟了。这些媳妇的姓氏,也不是冯家沟的冯,任家山的任,马家坝的马了。她们中有些姓氏,村里人简直闻所未闻,姓关,姓藏,姓米,姓桑,有个山西猗氏县的媳妇居然姓令狐,这真让村民长了见识。这些媳妇完全是自力更生的结果,父母一点也没操上心,没有三媒六证、认亲过礼的繁琐程序,两个年轻人在外面情投意合了,见了父母,拜了天地,就成了夫妻。这些来自五湖四海的媳妇,又都在大城市见过大世面,灵动秀气得很,嘴巴也远比本地的姑娘旷达,实在叫老少几辈人满意和惊喜。那些女孩子的家乡,大大超出了村民的地理认知极限。这么说吧,如果有一张中国地图挂在他们面前,他们会发现全国各省的姑娘像鸟儿一样拍着翅膀飞到池流水这个寨子来了。而那些女孩子的家乡在村民听来,跟外星球差不多。

贤昌的二儿子三毛给老汉写信,报告在深圳耍了女朋友,那姑娘的家乡是个大地方,毛主席都坐过。

此后,贤昌逢人便说,三毛媳妇的娘家是大地方,就连毛主席都坐过。

毛主席都坐过,那必然是大地方了。

人问:是不是韶山?

不是。

瑞金?

不是。

西柏坡?

不是。

再问:未必是延安?

贤昌把延安两字在嘴里念叨几遍,恍然道:就是盐淹。那地方有条河,叫盐河。一涨水,城里就盐淹了。

“盐淹”到底在哪里呢?贤昌赶场,在供销社的新华书店代销点买了一张中国地图,贴在大门上。世界就在眼前了。贤昌在密乱如蚂蚁的河流、山峦、城市、铁路等名字中,找到一个红色的小圆点,食指一点,“这就是延安了。”穿过这个圆点的一条绿色的弯曲的细线就是延河。贤昌把门上的春联纸撕下拇指大一小片,蘸上浆糊,粘在“延安”两个字上。

这以后，贤昌经常请人去家看地图，指着小红纸片，得意地说：这是三媳妇的娘家，那是个大地方，毛主席都坐过。

珍昌去贤昌家看地图的时候，在密如繁星，乱如蝼蚁的小字中，找到了儿媳的故乡河南新乡。珍昌也撕下一片春联纸，粘在“新乡”两个字上。

这以后，寨子里的人都来贤昌家看地图，找媳妇的家乡。聊一会，感叹一会，就撕下一小片春联纸，粘在媳妇家乡的名字上。有女儿外嫁的，也在女儿婆家的名字上粘上红纸片。开春后，贤昌的地图上，已星罗棋布，又星火燎原般地，粘上了几十张红纸片。贵州，河南，山西，新疆，陕西，湖北，甘肃，好多省都有小红旗。

珍昌看了地图，说：池流水的红旗插遍五湖四海，大江南北，插遍全中国。

贤昌说：不，是全中国都把红旗插到池流水来了。

二

树荫真好。从前在乡下，六月里割麦，太阳光像火灼过的钢针，刺得脸庞、手臂、颈项毛焦火辣地生疼。割到楼子树下，那团暗绿的阴凉把人罩住，忽然就凉爽了，人在浓荫里，刚才被阳光的万千钢针刺痛的针眼子，嗞啦啦地把那翠绿的凉气吸进身子里，身心忽然就安静清凉下来。后来赶集，砍柴，背豆棵回家，只要遇着树荫，就忍不住卸下重负，坐下歇息，久久不愿起身。她真喜欢树，喜欢树荫，喜欢翠绿满枝，喜欢粗壮沉默的树干，真的感觉很亲。后来，她跟新婚的丈夫来到广州，在这座陌生的城市，六月里顶着烈日穿街过巷，在电线杆、墙头和各种各样的便民信息栏里找招工广告。广州的太阳比家乡的烈多了，像有两个太阳那么热。有时候他俩寻了一天，脑袋都要晒裂了，路上遇见树林，就忍不住跑进树荫里，擦擦汗，把疲惫的身子靠在树干上。她感觉树木是她前世的兄弟，失散多年，忽然在异乡与她重逢，给她清凉亲切的慰藉。亲爱的树。

这棵小叶榕比家乡的桐籽树、楼子树都好，树身低矮，枝杈横生，树冠阔大，枝叶葳蕤，树荫厚密，蓬蓬勃勃的，简直就像牢固的凉棚，挡住了天上的月亮，树旁的路灯，在草坪上投下圆圆的一片黑影。

这个城市里，每隔十多二十公里，就有一个小小的社区公园，建在一片居民区附近。公园有大门，但不售票，市民可以自由出入，在里面游玩、休憩、遛狗、健身。天气晴朗，且又凉爽的夜里，树下的阴影里就时时会有黏在一起的人影。他们中有情感火爆，但关系隐秘的人，不能走到阳光下，只能在黑夜里纠缠厮守。也有早恋的孩子，学校和家庭都容纳不了他们的爱情。更多的是千里迢迢来到这座城市打工的疲惫夫妻，他们的薪水租不起夫妻房，只能各自住集体宿舍，趁着夜黑，在公园的树影下潦草团聚一番，又匆匆赶回集体宿舍。差不多每一团暗黑的树影里，都纠缠着一对男女。他们以黑影为界，画地为牢，各据一方，相互纠缠，难舍难分。这一刻，黑影外的世界，离他们是多么遥远啊。

她是新婚第七天，就跟着丈夫来广州打工的。断断续续进了几家厂子，最后在市郊一家电子元件厂安顿下来，焊线路板。丈夫在广州没找到工作，后来去了东莞长安，在一家鞋厂车鞋跟。每周五，丈夫下班后，从长安坐公交过来看她。新婚夫妻聚会，无处可去，只好来这个免费的小公园散步，然后就发现了这片树荫。这片树荫在公园后半部分，一座缓坡下面，白天都稍显冷清，到夜里就人迹罕至了。树影斜斜投下一大团厚密的黑影，牢牢地护住他俩。在这片树荫五十米开外的环形步游道上，健步的人成群结队，腰上系着外套，疾步如飞，那匆匆的样子像是要去赶考。山前小广场上一大队人马在跳佳木斯舞，跳舞者的头颈和肩臂像木偶似的可笑地耸动，像在集体抽筋，打太极拳的老头进进退退不紧不慢，看似漫不经心，其实一招一式都狠着呢，劲儿都用在有无间，倒是喇叭里的音乐尖锐又干硬。这些灯光、人影、声音，都在这片树影之外，这片圆圆的黑影是他们的领地，黑影之外，已是另一个世界了。

她今天带了一张薄的毛毯，平平整整地铺在阴影中的草坪上。城市公园的草坪看起来毛绒绒的，又厚又软，其实欺负人得很呢，躺下去，又硬又尖锐，草尖戳得皮肤生疼，她跟他的胳膊、颈项、后背都被草尖刺得火辣辣的，还把她的衬衣后背染上了零乱的绿色痕迹，回去洗了好几次都洗不掉。他的脊背上也印上了纷乱的绿色草印。

她把毛毯四四方方铺好，铺得很仔细，平整，端正，像揭开庄严的幕布，而自己仿佛一件祭器，等着呈在上面，领受神赐的琼浆。

她刚把毯子铺好，他就过来，抱起她就放倒在毯子上。她初为人妻的年轻身体洁白羞怯，轻轻碰触，便像含羞草似的蜷曲起来。因为疲累，也因为孤独，还因为喜欢和亲爱，每次她都伏在丈夫的胸膛上，喃喃道：抱抱我……抱抱我……

哪有功夫和力气抱抱？丈夫在粉尘飞扬的车间里车了一整天鞋跟，到下班时，头发、眉毛、嘴唇、睫毛都被白色粉尘覆盖得像个雪人，筋骨都散了。站在车间门口，跟工友用一条旧毛巾互相拍打浑身的粉尘，抹抹汗，就去赶公交车，从长安到广州，一路摇晃过来，骨头都散架了。年轻的男人憋足劲，一路奔跑，就等着这夜里最后的冲刺。要等到气喘吁吁地撞了红线，这场漫长的奔跑才算正式到达终点，大功告成，男人坍塌下来，松弛了。

远处的佳木斯舞曲停了，曲终人散，小广场安静了，灯光也暗了下来。环道上健步的人也稀少下来。打太极的音乐还在响着，可是因为声音很小，公园显得更静了。在灯上扑打的蚊蝇，也少些了，刚开始是着急地在灯上扑打，现在，都淡然地缭绕了。丁香还是那么浓，香气在黑夜里新鲜得呛人。她坐起身来，穿上衣裳，从包里掏出一只小药瓶，倒出一粒，用矿泉水吞了下去。他在一旁看着，说：莫吃那个了。

她迟疑地说：万一怀上了咋办？

男人说：怀上好。趁媳妇还新，腰壮，土肥，随便撒颗种，长出的都是壮苗。他躺在毯子上，看着头顶上那浓密的树荫，十分慵懒地说：这树好，这树我是忘不了。若生个放牛的，就叫树生；若是个绣花的，就叫树叶。

她不同意。天长路远地来到这大城市，孩子的名字，说什么也得带个“穗”字，再说，“穗”这个字好看，也好听，她都想好了，若是个儿娃，就叫穗生，若是姑娘呢，就叫穗子。

男人气道：球！虽然来到大城市，只在大城市的边边角角，底底脚脚混，城市的筋脉在哪里，我们都没摸到。电影，高楼，商场，哗哗流的钱，我们样样都沾不上边。生了孩子，不管儿女，都不带他妈的那个“穗”字。

就叫树生、树叶。他说。

她小心翼翼地说：我们还是租一间屋子吧！租便宜的，只要能遮住头就行。她没别的要求，孩子至少得在一间屋子里上身吧。她小心翼翼地说这句话，其实是感到委屈的。敲锣打鼓外加一拨唢呐明媒正娶的媳妇，反倒弄得像露水夫妻，怀个孩子还得到野地里。

但他觉得不划算。找工作不容易，小两口，一个在长安，一个在广州，虽说集体宿舍差，拥挤，潮湿，还闷热，但免费，这是捡来的葩合（便宜）。乡下人什么苦吃不下？男人一周休一天假，从长安赶去广州，一周就住一夜，付一个月房租，不合算。

她又说：那就回去怀吧，怀上了再出来，月份到了就回去生。他也觉得不合适。好不容易找到工作，虽然两口子不在一处，但各自薪水都还过得去。回一趟老家，再来，说不定岗位就是别人的了。小两口这么一盘算，就无语了。她又躺下身子，手臂轻轻碰碰他的头发，他的头就马上抬起，她手臂伸过去让他枕住，温暖柔软的手掌护住他的肩臂，头在他的肩脖间很亲昵地蹭蹭，再蹭蹭，就伏在胸前不动了。

就这样抱了好一会儿，她又轻轻地说：你以后下班先洗了澡再过来吧，满身汗得黏乎乎的，还有锯末面儿，我倒没什么，但你坐车，就不怕车上人闻着。

他疲累地翻个身，抬抬腰身，说：下班晚，还要洗澡，等会儿回长安就赶不上末班车了。

她的手臂让他枕着，听他的鼾声匀速响起，她又安详又怅惘。

三

舅舅赶集回家，路过我家小坐，从背篼里掏出一只巨大的牛仔包，母亲知道他去意已定，就不再多说了。出远门，而且是去大城市，可不能像乡间赶场、下地，背只背篼，或者拎只蛇皮子口袋就行。牛仔包最好，能装，还洋气，劳动布料，结实得很，尤其是那个水磨蓝色，似旧非旧，似新非新，不张扬，又不落魄，上得市场，下得柴房。还有背带，好背，这对背惯背篼的舅舅来说，无疑太合适了。一床棉絮，两张被单，四季衣物，再加一双胶鞋，一双布鞋，一大袋炒米，一大摞小米糍粑，一捆草烟，一只有盖的、吃饭兼喝水用的搪瓷缸子，鼓鼓囊囊一大包，一个远游者所需的全部家当都放进这只牛仔包里了。舅舅低矮老弯的脊背背上这只硕大的蓝色牛仔背包，像一只曲背的蜗牛驮着它的大房子。巨大的牛仔包就要带着我们的舅舅去闯天下了，此去世事纷繁，人间多歧路，他会不会被那只牛仔包弄丢？

舅舅南下打工，母亲和我的两个姨妈都坚决反对。年近六十的人了，该呆在家里颐养天年。虽然孑然一身，但有一幢老屋住起，地里每年还能出粮食，后坡上那片柏树林，随便砍一棵卖，都够他油盐酱醋烟酒茶糖地过上半年。再说了，大姨妈也表了态，到小舅舅动不得的那一天，三个姐妹的儿女称粮食养他，咽气时，所有外甥会披麻戴孝送他上山。

但舅舅很坚决。他对他的三位姐妹说，他一生了无牵挂，在哪都是活，不如趁还有一口气，出门找几个钱打酒喝，只要末了把气咽在老屋里就行。

村里最初出去打工的是二三十岁的年轻人，似乎只有年轻聪明，才能去到远方。一二年后，四十多岁的男人和女人也按捺不住了，他们将儿女托给已然年老的父母，背上行囊远走他乡。再过一二年，村里近六十的维良舅舅也背上硕大的牛仔背包出门了，他在佛山建筑工地和灰浆，挣的钱居然能供两个儿子上大学。

维良舅舅的出行对小舅舅无疑是个巨大的鼓舞。再加上一个远房的表弟，也就是舅舅的侄子打工回来，跟舅舅聊了半夜，说茶园人出去都找到钱了，大城市五花八门，千式百样，样样都有，直吹得天花乱坠，最后侄儿对他挤眉弄眼，其中的暗示让他坚信广州不仅是个银钱多得叮当作响，还是一个人人各得其所的天堂。

小舅舅终身未娶，这并不是说他本人有什么缺陷，相反，他长得还算好看，家境也还算丰足。只是，茶园，那个藏在大山深凹里的寨子太远了，也太偏僻了，上镇里赶一趟集，天不亮就出发，天黑尽了才到家。不光偏远，还缺水，没有稻田，过年才能吃上大米饭，饮用水望天落雨，遇上天晴三五天，就得去十几里外的阿蓬江边背水。村里的姑娘都远嫁，而男子婚娶都十分困难，许多人家就换亲，用闺女给儿子换回媳妇。我的外婆生前最后悔的事就是轻率地嫁掉了三个女儿，未曾用其中一个给她换回一个儿媳。出于内疚和怜悯，她活着的时候格外怜惜她这个独子，她把他照顾陪伴到五十岁，料想从此除了一日胜一日地衰老，儿子的人生不会再有希望也不会再有困难了，才撒手归去。

小舅舅年轻的那些年，我的母亲和两个姨妈最上心的事情就是给他物色对象。她们四处托人，努力了很多年，终无收获。眼看着小舅舅进入天命之年，人生至此，已成定局，该来的已经悉数来到，不该来的也不会再来，按说不会有翻盘的机会了，像负重远行的人走到终点，她们仨忽然都松了口气。

一生的鳏居，对舅舅是很深的戕害，他不到六十，就耳聋，眼昏，还迟钝了，种的庄稼总是收成很坏，烤烟叶也老烤出黑炮叶。村人已懒得跟他交流，但遇有红白喜事，他就上门去，给人劈柴，背水，把一家人的水缸、黄桶装满，劈好的柴禾在后院里堆成小山。当鞭炮轰鸣，唢呐声响，亲朋族友在席上吃肉喝酒，猜拳行令的时候，他则一个人坐在吊脚楼下废弃的石碓上，手里捧一只粗瓷大碗，低着头默默往嘴里刨饭，或者倚在柴房里的石磨上打瞌睡。他算不了帐，也记不住事情，但赶集路过外姓的村庄，他会给妇女唱很黄的小调，或者很黄地搭讪。他的这些不恭和下流，人家并非不介意，不过是明白他的境遇，不跟他计较罢了。

舅舅从镇上买回这只巨大的牛仔包，我的母亲用针线把拉链沿原先的线路重新缝了一遍，再把背带用双线缝牢，使劲扯扯，放心地说：哪怕背一包石头去广州，都不得绽线，不得断带了。

舅舅砍了一棵抱大的银柏卖掉，背上硕大的牛仔包，笨手笨脚地跟在那位侄子身后，战战兢兢地踏上了南下的路途。

那只巨大的牛仔包带着舅舅在南方辗转了好几个地方，先是烧砖窑，扛水泥，后来又在离城很远的山头一家养猪场喂猪。工作虽然得心应手，但已经与老家的生活无异了。他担心这样会有违初衷，影响前途，于是辞掉养猪的工作，背着巨大的牛仔包流落到东莞，每日拎一只蛇皮子口袋，走街串巷捡垃圾。

很快他就发现这是一份不错的工作。城里人生活好，连垃圾都好。舅舅拿一根有弯钩的粗铁丝，在垃圾桶里翻拣，易拉罐、矿泉水瓶、废纸、废金属，这些都能立马换成现钱。有时候还有意外的收获，一件毛呢夹克、一双旧运动鞋、半瓶饮料、过期的饼干、糖果、缺了口的杯子、脱了漆的皮包，舅舅每日见到这些，就像亲眼见到天上掉下糍粑一样惊喜。他把捡来的衣物直接披挂在身上，上身穿一件藏青色毛料西装，里面的衬衫领子翻出来，下身套一条军绿色的户外裤，脚上是一双帆布鞋，虽然不合身，甚至有点滑稽，但比他自己的老蓝布中山装强多了，体面得很。除了劳有所获，捡垃圾这事，最大的福利就是，可以走来走去，到很多地方，见到很多人，能遇到许多的事情。他一边走，一边看，这大城市种种的好，直入云霄的高楼，川流不息的汽车，大街上各式各样的行人，五光十色的商场，闷热的夏天从那门口路过，冷气窜出来让人嗖嗖直冒鸡皮疙瘩。舅舅有些庆幸地想，幸亏当机立断地出来了，不然，还没看见高楼，就死在茶园那个小寨子了，那多不合算啊！这样的生活里才有理想和机遇呢。舅舅半辈子在茶园一无所获，也算主场不利。如今到了客场，舅舅想着只要机遇一来，一定紧紧抓住，死不松手。

有天舅舅在一个安静的小区门口翻倒垃圾箱，在搜捡“可回收”垃圾箱时，一个女人过来，扳倒另一只不可回收垃圾箱，舅舅想提醒女人里面只有果皮、烂菜叶、尘土和用过的手纸，还有一些不能确定、无法表述的物件。但他不知道怎么说。他不会说普通话，也不会说广东话，除了茶园话，他不会任何一个地方的语言。他不知道如何才能让这个女人明白。他呆呆地站在一旁，看着这个女人用一把长长的火钳在一大桶不可名状、难以形容的垃圾中翻、刨、拨、捡，最后夹起一只皱了皮的苹果，在衣服上擦擦，放进衣袋里。

舅舅看着那个女人，头发花白，用一分钱一根的那种胶圈在脑后束住，又绕着胶圈缠了两圈，最后用几颗黑色发夹固定住。衣衫也干净，只是一张脸实在不年轻了，像是有很深的愁苦。那女人在那只垃圾桶里一遍遍翻拨，直至实在翻刨不出什么了，才抬起眼，跟舅舅说了一句话。舅舅完全没听懂，也不知道说什么好，看着女人拎上蛇皮袋慢慢消失在马路尽头。舅舅果断地跟了上去。

几天后，舅舅把这个女人带到一条曲曲弯弯的巷子尽头，在一间又脏又旧的旅馆里，舅舅把这个女人抱在胸前，禁不住热泪滚滚。他一会儿把头埋在女人的胸前，一会儿又把女人的头颅按在自己的胸膛上。他翻来覆去地抱着她，生怕把她抱化了。最后，他用双唇去轻触那女人枯白的头发，心里亲爱得不得了。

他告诉女人，他的家乡，在一个叫茶园的地方，他有一双儿女，皆已婚嫁。他的妻子早年去世，他为了不委屈儿女，一直不曾续弦。他说得很慢，女人能听懂。女人也告诉他，她的家，在某个省，某个市，某个庄子，那里是宽阔的平原，地里长麦子，种地不用牛，也没有锄头，都用机器，咣当咣当开一路，麦子种下了；再咣当咣当开一路，麦子收下了。她也有一双儿女，也已成人。男人在外面混得乱，于是离了。女人用的是一种半生不熟的普通话，带着浓厚怪异的方言。舅舅不知道这种语言到底来自何处。他对女人的话似懂非懂。他瞪着茫然的双眼，毫无概念地点点头，又摇摇头。最后，女人戳出食指，在空中画一个圈，说：好比，这就是中国。舅舅又忙不迭地点点头。女人又在那圈里某处用手指一点：好比，这就是我的家。舅舅又忙不迭地点点头。女人想想，又在圈里另一处一点，说：好比，你的家，就在这里。舅舅这下懂了，又忙不迭地点点头。

舅舅又把女人揽在怀里，翻过去倒过来地抱着，不知如何是好。最后，舅舅忽然又热泪滚滚，他说：你服侍我。我要为你当牛做马。我把钱全给你。

女人说：中。

四

三毛是腊月二十六那天娶亲的。乡间的婚礼像层瓣繁复的花朵。鞭炮从早炸到晚，喜庆的硝烟呛得人愉快地咳嗽。两支唢呐一前一后，你追我赶，是调皮优美的明亮。红对联贴得一幢房子红朗朗的。院子里搭起喜庆的席棚，几口大铁锅煮得翻江倒海，热气腾腾，浓郁的肉香满院子扑。村邻一大早就聚拢来了，有的裤腿上还粘着露水和草籽，围在桌上打扑克牌，打麻将。人人都喜形于色，笑语喧哗。三毛身着银灰色条纹西装，身上披挂着他姑姑、姐姐、舅舅们挂的红，五花大绑似的，胸前用红绸扎了菜盘大的花，在院坝里来来去去地招呼亲戚，上烟，还未说话，嘴角就咧开了。贤昌在院坝边忙着迎接客人，告诉人们媳妇是大地方来的，那地方毛主席都坐过。

三毛的婚礼没有嫁妆，没有红漆的木器，五彩的花铺盖，也没有迎亲和送亲的女眷。翻开一层一层的花瓣，在花蕊中央，是那个从延安来，盛装颔首、脸颊绯红的新娘，她穿着洁白的婚纱，外面罩一件大红的羽绒服，头发用重重的发胶盘在头顶，发髻周围插上一枝红色绢花。婚礼虽然热闹，但程序上略显简约。好在村人对未经父母之命、媒妁之言的婚娶已经司空见惯，并不觉得有什么。

乡间的婚礼要持续到第二天下午才结束，次日早晨的穿鞋是一个十分重要的环节，其重要性一点也不亚于拜堂。第二天早晨，重要的亲戚都聚到贤昌家的堂屋来了。一对新人在红漆茶盘盛上新布鞋，祖父母、父母、姑父母、舅父母、姨父母、叔叔婶婶、伯父母等至亲站在一旁，傧相喊"祖父祖母大人！"一对新人就托举茶盘行跪拜礼，把新鞋奉给祖父祖母。祖父母从茶盘里取过新鞋，把红包放在茶盘上，新人收下，起身。

接下来是父母大人、姑父姑母、姨父姨妈等等，依次下去。

这项礼仪，是新媳妇与至亲见面，赠送见面礼，并接受祝福封箴的。

三毛跟媳妇高托着茶盘最后一次跪下，新媳妇还未来得及把红包收下，就见一个中年妇女一脚跨进堂屋，一把抓起新娘，另一只手指着列在堂屋两边的人，逼问哪个是父亲。贤昌迎上去，嘴巴还没张开，女人就指着他大骂，骂池流水穷得鬼不生蛋，骂贤昌两口子耷头耷脑像讨苦子，又骂三毛，把延安的女儿拐骗过来当泥腿子受苦，骂完，也哭了，哭完，扯起她女儿就走了……

一大屋的人眼睁睁看着新媳妇被母亲扯走，那姑娘边走边回头，满脸是泪，穿一身红嫁衣。

这以后，三毛的母亲一想起那个场景就眼泪长流。她的儿媳像浮萍，遥遥飘来，一夜之间，又飘远了，恍惚得像一场梦。三毛疯一般地打媳妇的手机，起初几天一直关机，打到后来，就是停机的声音了，三毛忽然就崩溃了。贤昌就说要去延安找儿媳。可是延安到底在哪里？三毛母亲觉得她那个扯了证、拜过堂的儿媳，那个满脸是泪的孩子，如今像一粒雨滴落进大河那样渺茫。

五

我在文章开头提到的那个年轻的新娘，她一直想在一间屋子里等待她的孩子来临。她想象那个房间里有床，铺着干净的床单，新棉花絮成的被子暖和又松软，散发出植物安详的味道。松木家具散发出淡淡的松香。她躺在床上，脱下衣服，像一件白玉的祭器被摆上祭坛，等着领受神赐的琼浆。她一直这么向往。

她跟她的丈夫落脚到这个城市，上不沾天，下不着地，像尘埃一样飘浮。尘埃和尘埃之间，每天有多少相逢，又有多少离散啊。她跟他的丈夫，都只是尘埃中的一颗微粒。

后来她真的躺在这个城市一个房间的床上，窗户帘幕低垂，灯光橙黄、柔软。她安详庄严地躺在这张床上，以庄严慈悲的心境承接她的孩子。她的身体里被人送入一粒她的孩子。那个馈赠的人不是跟她一起从家乡出来的青梅竹马的丈夫，而是一个穿着真丝T恤，梳着大油背头，眼泡浮肿的中年男子，男人的T恤花纹复杂，表情复杂，口音复杂，目光复杂，跟她生孩子的原因也复杂。

她可能是每周跑那个免费的公园跑累了；也可能是后来天气冷了，公园的树荫不能替他们遮挡寒气；还可能是在一次缱绻中受到打扰或者惊吓；或者是对树荫感到厌倦了。总之，她离开了丈夫，跟一个来历不明、目的不明，但信誓旦旦的人在一起了。她希冀从此后就是一个安详的妻子，一个幸福的母亲。

她原以为，她在这座城市的一个房间里怀上她的孩子，此生就此安顿下来。她没想到，这恰恰是她漂泊的开始。这人言此意彼，心思叵测，凉薄，少仁义，她始终不得要领，因此屡屡受挫，但都不死心。这个年轻的女孩子，以她以后所有的青春岁月里，一直在不断行走，不断停伫，不断追寻，不断逃离。

她是寨子里改嫁最多的媳妇，一次在广州，一次在东莞，一次在河北，一次在四川，还有一次在湖南。她不断地行走，跟着滚滚人流，抵达某个城市，在城市的某个角落，在一处屋檐下，成为一个人的新娘。最初的几次，也有盟誓和亲人的祝福，也是红罗帐，西窗烛，双喜的鸳鸯贴在窗棂上。到后来，这些郑重的程序就都免了，有时候有结婚证，有时候连结婚证也未来得及扯。她有时候被欺骗，有时候被遗弃，有时候又是她在遗弃，还有一次，婚姻算安宁，她还算满意，但结婚不久，她的丈夫逝于一次工伤，她又开始了行走。

十余年的行走生涯，她已经褪掉了初去广州时穿的那些乡里乡气的花衬衫，黑色直桶裤，平底的丁字猪皮鞋。现在，她上身套着紧身的弹力T恤，领口缀了一圈亮晶晶的珠片，下身是黑色的包臀裙，裙子很短，露出长长白腿，俨然已是一个城里人，而且是被大城市的生活熏陶浸润多年的人。村人还注意到她的脚跟，踩在十公分高的鞋跟上，这使她看起来远比从前留在乡下的时候挺拔、修长。她腿部的肌肉因为足蹬高跟而显得十分紧张，拧成一股一股的，那样子像是永远也不得闲，攒足了劲儿，随时准备出发，或者正在路途上，而每一步都不是坦途。由于不断行走，她迎头顶上许多风霜，额头上就有了皱纹，厚厚的脂粉也遮不住，一笑起来，脸上有许多比同龄的女子更深的沧桑。但她总不死心，总相信有一份缘分在前方某处等她，有一个房间在深夜的某个角落亮着灯，屋里有一位温良诚笃的男子等着她去俯首为妻。她一直没完没了地追寻，没完没了地逃离，没完没了地在路上。

六

乡间哪能跟城市相比？三日褪去一层皮，五日新生一根筋，每天都是日新月异，推陈出新的阵势猛烈得很。而乡村，十年，二十年，五十年，都不见得有什么变化。如果说真有什么不同，那就是寨子里的老树更老了，几根粗大的枝杈已经干枯掉落，断头处长出的寄生子已经高过树巅了。老墙远未颓圮，但似乎更青更黑了，也更沉默了。有几位老人已经谢世，另有一些人加入到他们的行列中去，他们空出的位置，又有几位中年的人填补进去。你看他们满头斑驳的白发，就知道他们确实应该列入老人这个行列。以前他们被当作中年人，是因为有那些老人还稳稳地活着,他们哪敢言老！这一切都慢,慢得不知不觉,慢得根本感觉不到时间在朝前走,有时候竟觉得像已经停滞下来似的。

所以半年后小舅舅回家,其衰老的程度让村人震惊。他人瘦得厉害,身子更弯了,像一根废弃的犁辕。他的躯体倒是被那只巨大的牛仔袋带回来了,但灵魂显然在那个城市弄丢了。他看人的时候,眼珠子直愣愣地瞪着,目光已经涣散了。他养猪的钱,烧砖的钱,扛水泥的钱,捡垃圾的钱,都交给了那个女人,恨不能把自己的心窝也掏出来给她,因为她要为他们未来的家置办家俱、被褥,以及锅碗瓢盆。她答应随舅舅回到茶园,种包谷,烤烟,喂猪,服侍他到终老。

但是她一夜之间不见了,连同舅舅所有的钱。这个人消失于一个城市,就像一滴水在人间蒸发,舅舅一下就懵了。他回味那女人的手如何在虚空中画了一个圈,又回味她如何在圈里某一处点了一点,又在另一处点了一点。舅舅于木然中也学女人用手在虚空中画一个圈,又在圈里点了一点,又点了一点。这一点,舅舅猛然被点醒:她是谁?来自何处,因何而来,为何相遇,如今又去向何处?这些问题舅舅一无所知。当舅舅明白他一无所知后,"嗷"的一声就栽倒了。

舅舅回乡后,在老屋里昏睡了三天,把我的母亲和姨妈吓坏了。她们劝他,半截入土的人了,妻,不要也罢。再说,钱毕竟是身外之物,破财还能免灾呢,所以未必就是坏事。至于出门,是万万不能了。舅舅沉睡三日后醒来,忽然就彻悟了。村里有句老话,叫"东方不亮西方亮,除了南方有北方。"在一个地方跌倒,就赶去另一个地方爬起来。舅舅吃了一大碗米饭,身上的力气又回来了,他去后山砍倒三棵香柏,卖给镇上的木材加工厂,把钱存在卡上,又背上那只巨大的牛仔袋,跟着村里一群农民,在一名乡干部的带领下,去到新疆摘棉花去了。

从此以后,他不断北上,南下,东进,西突,除了摘棉花,他还在甘肃割过麦子,在大同小煤窑背过煤,在河北、山东扛过水泥、石沙,在张家口喂过羊。他的身子和肠胃已经完全适应了异乡的生活种种,包括风沙和粗砺的饭食,习惯了周而复始地在路上。不是他要走,是路在牵着他走。他学会了好几种方言,会唱好几个地方的荤曲,他已经变得油滑老练了。他下苦力挣来的钱显然不够他花销,每隔三五个月,或者半年,他就回来一趟，砍倒两棵香柏，把钱存进卡里，又上路了。后坡上属于他的那片山林被砍光了，满坡都是树头。最后，他不顾大家劝阻，把留着做材子的两棵巨大香柏也卖了，换了很大的一笔钱，就去了东莞。最后一次回来，他已病得不轻，油尽灯枯的样子。每到黄昏来临，他就坐在老屋朝门下，看人牵着牲口从村外归来，人和牲口涂上夕阳的油彩。接下来，老树枝头鸟鸣稠密，寨子一阵乒乒乓乓忙乱后，家家屋瓦上升起炊烟。空气中荡漾着灌木和秸秆燃烧的香气。舅舅贪婪地把香气吸进肺里，舍不得呼出去。他身上的毛料西服、衬衫、运动裤已经破破烂烂，肮脏不堪。他的身体在溃烂，神态却像一根老油条，仿佛已经在尘世这口沸腾的油锅里烹炸了几百年。

（原载《山花》2015年第8期）

放　生

杨文学

决定放它的因由，绝度不是一贯的慈善而是一时的动议。

清楚的记得它来到我家时的样子：紧紧地趴在一只桶里，一动不动，脑袋缩在甲壳里，只露出一对小小的绿豆似的眼睛，阴森森地盯住所有看它的人，就这样它一动不动。那眼光让我对它顿然失去了好感。我以为它离开水后耗尽了自己的体力，便试图用手去摸他。女婿喊：爸，小心它咬你！我缩回手。尔后，看它依旧是一副萎缩的样子，于是我就随手拿了一只筷子，在它的眼前晃动了一下。让我意想不到的事情发生了，那个缩在甲壳里的三角形的脑袋，闪电似的弹出来，吧嗒一声就咬住了木筷。我下意识地缩回手，第二个意外出现了：它居然随着我的手离开木桶。我试图晃动木筷，把它摇下来，可是我发现这是徒劳的，它死死地咬住了木筷，小小的眼睛闪着寒光，一副仇恨的样子。在它的意识里，似乎咬住的是我的手指，也许在它的记忆里，就是人这双可恶的手将它从池塘里逮出来，让它远离了族群，失去了自由，落到被屠宰的地步。复仇让它死不松口。就这样它被我提出水桶，四斤多重的身体把同长长的脖子从甲壳里生生拉了出来，短短的四肢在空中蠕动，一副难受的样子，可是它依旧没有松口。

女婿说：快往桶里倒水！要不它死也不会松口的。

面对这个十分不友好的家伙。我决定兑现女婿购买它时的初衷：到市场去让人宰了，顺便买只乌鸡，一起炖汤。

尽管毫无感觉的年是要过的，按说已经习以为常了，但是年前的人情世故总是要牵扯精力的，一忙日子就不知不觉地过去了，再看看这个家伙似乎还是一副老样子。我打算喂它一点什么，妻说：它已经吃过肥羊肉了,吃了好几块呢。但是,我总是担心它会死去。妻子告诉我,她已经到市场打听过了,就这样放在桶里养着,几个月都不成问题的。

我说:既然到过市场,一块宰了不就完了。

妻子说:你看看它的眼睛,就不忍心了。

此时,它的眼睛已经没有几天前的凶相,无奈的绿豆眼里透着的不再是凶凶的目光,而是让人同情的色彩。不知道这是它自身的变化,还是它在我们家呆熟的缘故,反正它不再凶巴巴的样子了。我再次拿起木筷在它的眼前晃悠,它只是看一眼晃动的木筷,眼睛就不再动了,木筷在它的眼前晃悠了半天,这家伙干脆闭上了眼睛。既然吞了羊肉,按说它是不该无精打采了,最大的可能就是这狭小的水桶限制了它的自由。我把卫生间收拾了一下,没想到一出水桶,它立刻飞速地爬起来,直奔坐便器下的旮旯,一到那里就把头藏进去。我知道这是它求生的本能。看着它逃奔的傻相,我突然觉得这个凶巴巴的生命有些可怜。当我用手抱起它的时候,它居然不再咬人了,头依旧缩在甲壳里,只露出一双小眼,此时的小眼里明显多了几分和善。

也许它知道自己无法逃走的缘故,也许它看到我没用伤害它的意图,也许在饥饿的时候得到我们的食物,总之,它没有了先前的凶相。当我把它放进水桶里的时候,它居然探出头来看了我一眼,这一眼让我做出一个决定:放生。

我的意见得到妻子极大的赞同。

可是放到哪里去?现在的城市哪里还有它生活的地方?五龙潭?太浅了。城北的黄河?水质对它来说那不是放生,是谋杀。大明湖?那里已经成了人满为患的地方了,它在那里如何安生?突然想起我的故乡来,村子后面的水库是从山上流下来的矿泉水,那个水库虽然不大,可是从建成到现在一直没有干涸过。

妻子应声:是一个理想的放生处。

随着年的逼近,我们开始规划放生的行动。用妻子的话说:这事不能让孩子们知道,他花了好几百元买来给你补养的,你却放生了,这样不好。

于是我对孩子说:带回老家,炖了和你姥姥一块儿吃。

正月初二。雨过天晴。西山水库。

那是个太阳高悬的中午,冬雨后的空气一派新鲜,水面绿莹莹的,细浪在阳光里荡漾。从水的颜色上就知道这水好深,适合它生存。况且这里远离闹市,没有人来干扰它的生活,一派清静是它理想的归宿。

我怕它一时不适应这里的水温,先提了一桶水,让它适应一下。也许干了一路的缘故,它一改萎靡不振的样子,整个身子立时在水中舒展开来。在水里,它那笨重的身子立时灵巧了许多。我知道它找到了家的感觉。当我把它放进水库里的时候,它居然没有像我想象的那样:迅速逃离,回归自然。而是一副不慌不忙的样子,在浅水里慢慢地蠕动。我有些奇怪,按说逃生是一切生命的本能。我用水桶向深水区推它,可是一转眼它又把头转了回来,一副向我靠近的样子。

妻子看看它,眼睛有些潮湿。我知道她养了大半个月,有些恋恋不舍了。于是我快刀斩乱麻,用水桶把它舀起来,努力向深水区泼去。呼的一声,它就落在水中央。似乎这一下激活了它的野性,只见它平衡一下身子,努力地向我扬了扬脑袋,然后,身子一斜就不见了。水面上空留一片涟漪。我对妻子说,这家伙到家了,我们走吧。

一回头,我分明发现妻子的脸上闪着泪花,目光死死地盯着那片水面。

第二天一早,妻子就说:咋晚她做了一个梦,看见它在岸边来回的游动。要不,咱去看看它吧,到新的地方它可能受欺负了。

我笑了,心想,你怎么用人类的思维去看待一切生命?可是,当目光落在妻子脸上的时候,我立刻发动了汽车。

水面还是那样绿莹莹的,细风里,细碎的波浪在荡漾。我们绕着水库转了一圈,哪里有它的影子?妻子说,别急,咱再找找,我们又找了一圈,依旧不见它的踪影。妻子说:要不咱喊喊它试试?我只好绕着水面喊,又是一圈下来,水面依旧平静。妻子只好自言自语的说:看来它找到自己的家了。

一晃到了春天,我再次回家看望老人,妻子提醒我:别忘了到水库看看它。把切好的肥羊肉片带上,你是没有见它吞羊肉的贪婪相。

山里,春天的阳光比城市可爱得多了。水面比冬天活跃了许多,我抛完羊肉片,坐在水边等它出来。这时承包水库的文如大哥走来。他一脸稀奇地告诉我:真是奇了怪,这水库我都承包了20年了,从来就没见过老鳖,前天一帮子钓友,竟然钓出一只4斤多重的老鳖,滋得那人一跳老高。说是野生的老鳖配上乌鸡,熬出的霸王别姬(鸡)汤是上好的补品。

我的心一紧,两眼呆呆地瞅着浮在水面上的羊肉片,我想,无论如何不能让妻子知道这个消息。

2015年2月26日

(原载《大众日报》2015年3月23日)

最后的铁匠

刘亮程

铁匠比那些城外的农民们,更早地闻到麦香。在库车,麦芒初黄,铁匠们便打好一把把镰刀,等待赶集的农民来买。铁匠赶着季节做铁活儿,春耕前打犁铧、铲子、刨锄子和各种农机具零件。麦收前打镰刀。当农民们顶着烈日割麦时,铁匠已转手打制他们刨地挖渠的坎土曼了。

铁匠们知道,这些东西打早了没用。打晚了,就卖不出去,只有挂在墙上等待明年。

吐尔洪·吐迪是这个祖传十三代的铁匠家庭中最年轻的小铁匠。他十三岁跟父亲学打铁,今年二十四岁,成家一年多了,有个不到一岁的儿子。吐尔洪说,他的孩子长大后说啥也不让他打铁了,叫他好好上学,出来干别的去。吐尔洪说他当时就不愿学打铁,父亲却硬逼着他学。打铁太累人,又挣不上钱。他们家打了十几代铁了,还住在这些破烂房子里,他结婚时都没钱盖一间新房子。

吐尔洪的父亲吐迪·艾则孜也是十二三岁学打铁。他父亲是库车城里有名的铁匠,一年四季,来定做铁器的人络绎不绝。那时的家境比现在稍好一些,妇女们头戴面纱,在家做饭看管孩子,从不到铁匠炉前去干活。父亲的一把锤子养活一家人,日子还算过得去。吐迪也是不愿跟父亲学打铁,没干几天就跑掉了。他嫌打铁锤太重,累死累活挥半天才挣几块钱,他想出去做买卖。父亲给了他一点钱,他买了一车西瓜,卸在街边叫卖。结果,西瓜一半是生的,卖不出去。生意做赔了,才又垂头丧气回到父亲的打铁炉旁。

父亲说,我们就是干这个的,祖宗给我们选了打铁这一行都快一千年了,多少朝代灭掉了,我们虽没挣到多少钱,却也活得好好的。只要一代一代把手艺传下去,就会有一口饭吃。我们不干这个干啥去?

吐迪就这样硬着头皮干了下来,从父亲手里学会了打制各种农具。父亲去世后,他又把手艺传给四个弟弟和一个妹妹。他们又接着往下一辈传。如今在库车老城,他们家族共有十几个打铁的。吐迪的两个弟弟和一个侄子,跟他同在沙依巴克街边的一条小巷子里打铁,一人一个铁炉,紧挨着。吐迪和儿子吐尔洪的炉子在最里边,两个弟弟和侄子的炉子安在巷口,一天到晚炉火不断,铁锤叮叮当当。吐迪的妹妹在另一条街上开铁匠铺,是城里有名的女铁匠,善做一些小农具,活儿做得精细。

吐迪说他儿子吐尔洪坎土曼打得可以,打镰刀还不行,欠点儿功夫。铁匠家有自己的规矩,每样铁活儿都必须学到师傅满意了,才可以另立铁炉去做活儿。不然学个半吊子手艺,打的镰刀割不下麦子,那会败坏家族的荣誉。吐迪是这个家族中最年长者,无论说话还是教儿子打镰刀,都一脸严肃。他今年五十六岁,看上去还很壮实。他正把自己的手艺一样一样地传给儿子吐尔洪·吐迪,从打最简单的蚂蟥钉,到打坎土曼、镰刀,但吐迪·艾则孜知道,有些很微妙的东西,是无法准确地传给下一代的。铁匠活儿就这样,锤打到最后越来越没力气,每一代间都在失传一些东西。比如手的感觉,一把镰刀打到什么程度刚好,等等。尽管手把手地教,一双手终究无法把那种微妙的感觉传给另一双手。

还有,一把镰刀面对的是广阔的田野,各种各样的人。每一把镰刀都会不一样,因为每一只用镰刀的手不一样,每只手的习惯不一样。打镰刀的人,靠一双手,给千万只不一样的手打制如意家什。想到远近田野里埋头劳作的那些人,劲儿大的、劲儿小的,女人、男人、未成年的孩子……铁匠的每一把镰刀,都针对他想到的某一个人。从一块废铁烧红,落下第一锤,到打成成品,铁匠心中首先成形的是用这把镰刀的那个人。在飞溅的火星和叮叮当当的锤声里,那个人逐渐清晰,从远远的麦田中直起身,一步步走近。这时候铁匠手中的镰刀还是一弯扁铁,但已经有了雏形,像一个幼芽刚从土里长出来。铁匠知道它会长成怎样的一把大弯镰,铁匠的锤从那一刻起,变得干脆有力。

这片田野上,男人大多喜欢用大弯镰,一下搂一大片麦子,“嚓”的一声割倒,是大开大合的干法。这种镰刀呈抛物线形,镰刀从把手伸出,朝后弯一定幅度,像铅球运动员向后倾身用力,然后朝前直伸而去,刀刃一直伸到用镰者性情与气力的极端处。每把大镰刀又都有微小的差异。也有怜惜气力的人,用一把半大镰刀,游刃有余。还有人喜欢蹲着干活儿,镰刀小巧,一下搂一小把麦子,几乎能数清自家地里长了多少棵麦子。还有那些妇女,用耳环一样弯弯的镰刀,搂过来的每株麦穗都不会散失。

打镰刀的人,要给每一只不同的手准备镰刀,还要想到左撇子、反手握镰的人。一把镰刀用五年就不行了,坎土曼用七八年。五年前在这儿买过镰刀的那些人,今年又该来了,还有那个短胳膊买买提,五年前定做过一只长把镰刀,也该用坏了。也许就这一两天,他正筹备一把镰刀的钱呢。这两年棉花价不好,割麦子的镰刀自然卖不上好价,七八块钱出手,就算不错。已经好几年,一把镰刀卖不到十块钱。什么东西都不值钱,杏子一公斤四五毛钱。卖两筐杏子的钱,才够买一把镰刀。因为缺钱,一把该扔掉的破镰刀也许又留在手里,磨一磨再用一个夏季。

不论什么情况,打镰刀的人都会将这把镰刀打好,挂在墙上等着。不管这个人来与不来,铁匠活儿不会放坏。一把镰刀只适合某一个人,别人不会买它。打镰刀的人,每年都剩下几把镰刀,等不到买主。它们在铁匠铺黑黑的墙壁上,挂到明年,挂到后年,有的一挂多年。铁匠从不轻易把他打的镰刀毁掉重打,他相信走远的人还会回来。不管过去多少年,他曾经想到的那个人,终究会在茫茫田野中抬起头来,一步一步向这把镰刀靠近。在铁匠家族近一千年的打铁历史中,还没有一把百年前的镰刀剩到今天。

只有一回,吐迪的太爷掌锤时,给一个左撇子打过一把歪把儿大弯镰。那人交了两块钱订金,便一去不回。吐迪的太爷打好镰刀,等了一年又一年,等到太爷下世,吐迪的爷爷掌锤,他父亲跟着学徒时,终于等来一个左撇子,他一眼看上那把镰刀,二话没说就买走了。这把镰刀等了整整六十七年,用它的人终于又出现了。

在那六十七年里,铁匠每年都取下那把镰刀敲打几下。打铁的人认为,他们的敲打声能提醒远近村落里买镰刀的人。他们时常取下找不到买主的镰刀敲打几下,每次都能看出一把镰刀的欠缺处:这个地方少打了两锤,那个地方敲偏了。手工活儿就是这样,永远都不能说完成,打成了还可打得更精细。随着人的手艺进步和对使用者的认识理解不同,一把镰刀可以永远地敲打下去。那些锤点,落在多少年前的锤点上。叮叮当当的锤声,在一条窄窄的胡同里流传,后一声追赶着前一声,后一声仿佛前一声的回音,一声比一声遥远、空洞。仿佛每一锤都是多年前那一锤的回声,一声声地传回来,沿我们看不见的一条古老胡同。

吐迪·艾则孜打镰刀时眼皮低垂,眯成细细弯镰似的眼睛里,只有一把逐渐成形的镰刀。儿子吐尔洪就没这么专注了,手里打着镰刀,心里不知道想着啥事情,眼睛东张西望。铁匠炉旁一天到晚围着人,有来买镰刀的,有闲着没事看打镰刀的。天冷了还是烤火的好地方,无家可归的人,冻极了挨近铁匠炉,手伸进炉火里燎两下,又赶紧塞回袖筒赶路去了。

麦收前常有来修镰刀的乡下人,一坐大半天。一把卖掉的镰刀,三五年后又回到铁匠炉前,用得豁豁牙牙,木把儿也松动了。铁匠举起镰刀,扫一眼就能认出这把是不是自己打的。旧镰刀扔进炉中,烧红、修刃、淬火,看上去又跟新的一样。修一把旧镰刀一两块钱,也有耍赖皮不给钱的,丢下一句好话就走了,就这样三五年不见面,直到镰刀再次用坏。一把镰刀顶多修两次,铁匠就再不会修了。修好一把旧镰刀,就等于少卖一把新的。

吐迪家的每一把镰刀上,都留有自己的记痕。过去三十年五十年,甚至一二百年,他们都能认出自己家族打制的镰刀。那些记痕留在不易磨损的镰刀臂弯处,像两排月牙形的指甲印,千年以来他们就这样传递记忆。每一代的印记都有所不同。一样的月牙形指甲印,在家族的每一个铁匠手里排出不同的形式。没有具体的图谱记载每一代祖先打出的印记是怎样的形式。这种简单的变化,过去几代人数百年后,肯定会有一个后代打在镰刀弯臂上的印记与某个祖先的完全一致,冥冥中他们叠合在一起。那把千年前的镰刀,又神秘地、不被觉察地握在某个人手里。他用它割麦子、割草、芟树枝、削锨把儿和鞭杆……千百年来,就是这些永远不变的事情在磨损着一把又一把镰刀。

打镰刀的人把自己的年年月月打进黑铁里,铁块烧红、变冷、再烧红，锤子落下、挥起、再落下。这些看似简单、千年不变的手工活儿，也许一旦失传便永远地消失了，我们再不会找回它。那是一种生活方式。它不仅仅是架一个打铁炉，掌握火候，把一块铁打成镰刀这样简单的一件事。更重要的是打铁人长年累月、一代一代积累下来的那种心理沉淀。通过一把镰刀对世界人生的理解与认识，到头来真正失传的是这些东西。

吐尔洪·吐迪家的铁匠铺，还会一年一年敲打下去。打到他跟父亲一样的年岁还有几十年时间呢，到那时不知生活变成什么样子。他是否会像父亲一样，虽然自己当初不愿学打铁，却又硬逼着儿子去学这门累人的笨重手艺。在这段漫长的铁匠生涯中，一个人的想法或许会渐渐地变得跟祖先一样古老。不管过去多少年，社会怎样变革，我们总会在一生的某个时期，跟远在时光那头的祖先们，想到一起。

吐尔洪会从父亲吐迪那里，学会打铁的所有手艺，他是否再往下传，就是他自己的事了。那片田野还会一年一年地生长麦子，每家每户的一小畦麦地，还要用镰刀去收割。那些从铁匠铺里，一锤一锤敲打出来的镰刀，就像一弯过时的月亮，暗淡、古老、陈旧，却永不会沉落。

（原载《回族文学》2015 年第 4 期）

清洁工小王

王兆胜

我住的小院是 20 世纪 80 年代建的，现在看来既破旧又狭仄，与许多高档小区有着天壤之别，以至于有的朋友和客人到舍下一坐时，感慨它成了危楼。不过，在我的心目中，这个小院是温馨、踏实、宁静、干净和美好的，在许多方面，它是不可比拟的，更是不能代替的。

小院出了不少名人，住过和还在居住的有李泽厚、舒芜、庞朴、林甘泉等；小院闹中取静，外面是喧闹的宽大马路，里面是由四座楼围绕而成的两进院落，其中树木繁盛而优美，坐在家中四楼的房间，有时就能从窗户中看见树在风中摇曳；木椅、石桌、石凳及健身器材一应俱全；小院干净、整洁得出奇，可用“一尘不染”来形容。最难得的是，每到春天到来，满树绿叶，鲜花盛开，略带药味的花香就会在整个小院弥漫，令人有走进花海的感觉，周身的醉意和幸福感油然而生。还有，旧院落的许多人事如初，一个单位的新老同事在一起，所产生的亲近感和稳定感难以言喻。然而，多年来，为这个小院增了光加了彩的，还有一人不能忽略，那就是清洁工小王。

至今，我还不知道“小王”的确切名字，对他也知之甚少。与院内的名人相比，小王简直可忽略不计，少有人注意。门卫、工人走马灯似的流动，老面孔不断被新面孔代替，而小王多年来一如既往地守住小院，算是小院中的一个“老”人了。小王的外在条件也不好，可谓貌不出众：矮小、深度驼背、口齿不清、无家室儿女，完全是一个孤独者甚至零余者。像角落里的一棵柔弱的小树，在秋风和寒霜之下，它瑟缩、低吟、屈受，似乎只有等到来年的春天，才能见到生命的滋荣。

前些年，离单位近，我以自行车代步，回家时就将自行车放在小院的车库内。那次，我发现在庞大的车库一端，是小王的居室。我没能进去看看，但给我留下深刻印象的是，在车库门口，整整齐齐摆放着小王收集的旧物，像压缩的纸箱、各种瓶瓶罐罐、废报刊等，这与小王的外在形象形成鲜明对照。由此，我看到了他勤俭、细心、有条理、知足的内心。我不知道小王每月可得多少薪水，但凭常识和直觉可以想见，他的日子一定过得清贫，他生活中的主要内容也无非是整理这形形色色的“垃圾”，然而他依旧认真、充实地过好每一天。我不禁对这个残疾男子产生了一丝敬意。由此，小王的举止也渐渐为我所注意。

我发现，小王常身着蓝色工作服，肩挎铁制卫生箱，手拿小扫帚，弓背弯腰在打扫卫生。早晨很早起来是这样，晚上回来是这样；工作日是这样，周末和节假日也是这样；风和日丽的时候是这样，寒霜雨雪也是这样。其他许多地方的垃圾桶纷乱脏臭，而我院的则干干净净；许多小区尤其是旧小区的墙壁、楼道和地面被各式小广告覆盖，而我院的则免受其害；许多小区人员混杂，而我们的则较为井然有序。有一次，一位闲杂人员溜进院子，小王在门口盘问，结果那人支应了半天没答上来，只得离开。小王仿佛是小院的一道风景、一个卫士，忠于职守，守护着它的清洁。每当来家的朋友和客人“埋汰”我的旧楼时，总会加一句赞词：“不过，你们院的卫生搞得确实不错。”表面看来，一个小院能长期保持整洁甚至一尘不染，只是小王的一份工作；事实上，如果小王没有一颗洁净和美好的心灵，他可持续一周、一月、一年，却很难做到数年，甚至十多年如一日。

最难得的是小王面善、心地纯良。见到院内每位上下班的人，小王总是面带笑容地主动打招呼，虽语词不清，只是哼哼般的问候，但我能听懂那是“上班去啊”和“下班了啊”之类的话。见到人们尤其是妇女和孩子手提重物，小王总是主动上前帮忙。我爱人曾多次跟我提及此事，夸赞他心眼儿好，也因此，一有旧报刊之类的，就送给小王。遇到顽皮小孩儿的嘲弄和戏谑，小王总是不以为意，久而久之，他与孩子们亦相安无事。还有，作为一个“光棍汉”，小王在小院里从未惹是生非，更无半点劣迹和伤人的传闻，他仿佛是一棵柳树，对这个世界尽显温柔和美好，没有一点进攻性。有时候，我想：小王这样一个人难道内心就没有不满、不快、不乐？如果有，他靠的是什么来战胜它们？

每天早晨我都能听到楼下沙沙的扫地声，以及轻轻翻动垃圾桶的响动，我知道，这是小王已经开始了一天的工作。对于“朝九晚五”的上班族来说，工作有时还真有点令人厌烦；然而，小王的敬业精神却仿佛是一道光，让我精神抖擞，起床、洗漱、上班，快乐地过好这一天。

从生活和生命的意义上说，小王是我们小院也是我内心的一道阳光，这道阳光常让我有种说不出来的欣慰与感动——当我面对生活着的这个世界，以及我们的人生。

（原载《光明日报》2015 年 11 月 13 日）

速度寓言

王月鹏

纸上生活

有一种情绪，梗在心头。写作是疏通这些情绪的有效方式。当我写下这些文字，心中却在惦念着另外的文字。我不是一个眼观六路耳听八方的人，无力兼顾更多，将此刻的书写进行到底，或许就是对另外那些未知的文字的成全。

在一张白纸之上，我总是把自己不断推向新的险境。纸上的险境给我更大的安全感和满足感。

我想要表达的，是我没有写出的那一部分。

我梦到过的一些文字，因为没有随时记录，很快就被淡忘了。我不知道那些被淡忘的文字是否还与我有关，它们曾在我的生命里出现过，旋即又消逝了。我曾经想在梦里构建另一个现实，然而它们禁不起一次醒来，禁不住双眼在黑暗中的打量，虽然我没有看到任何东西，我只是看到了黑暗。巨大的黑暗之中，我在期待黎明一点点地降临。

过一种纸上的生活，我经历了比现实中更多更大的困境。我在一张纸上以文字的方式沉沦和躲闪。在一张纸里，我看到了被包住的来自现实的最炽烈的火。火在燃烧。火与纸相安无事。我怀疑我的眼睛所看到的，怀疑我的心灵所感知的，怀疑我作为个体生命的存在。我怀疑被纸包住的火，怀疑用来包火的纸，怀疑纸和火的背后伸出来的一双手。

是纸上的生活让我更深地理解了现实。这个巨大的现实，不过是一张白纸而已，上面写着安徒生的《皇帝的新装》，写着卡夫卡的甲虫，写着此刻这些凌乱无序的文字……

写下我想要写下的，并且不再修改它们。这是它们本来的样子，凌乱，抵制既有的规则和秩序。它们是我的心灵所走过的路。我走过太多的路，这是唯一可以自主的一条，自主并不是因为自信，是因为我想尽可能抵达真实。

生活无处不在。无处不在的生活，我该在哪里？我的与生活无关的言说，也是生活的一部分。

当我们谈论艺术的时候，生活在哪里？这个本来不该成为问题的问题，是我反思艺术的起点。

对于写作这样一条抵达未知可能性的道路，我总是自愿设置太多的障碍，在别人的窥伺之下，我不肯轻易放过自己，甘愿让自己陷入双重困境。在困境与困境中，我感受到了更多，它们无以言说。可是，对于无以言说的人生，我总是想要说些什么。这让我陷入更大的虚无之中。当众人在欲望的海洋里越陷越深，我愿意面对一张白纸，写下干净的句子，它们之于我的意义，即是它们的意义。

这已足够。我遇到了它们。

之前和之后的时光

是在此刻。我看不清的此刻。无法表述的此刻。我千真万确正在面对的此刻。当我纠缠于此刻的时候，此刻已经永去了。

之前的那些日子，我并不记得；之后的那些时光，我不曾经历。我被遗落在之前与之后的夹缝里，像一个孤独的孩子，迷失了回家的路。若干年后，当我能够理性地看待自己和自己之外的事物，当我可以自主地沿着一条路走下去的时候，这个世界依然不提供道路，我的跋山涉水，我的风雨兼程，不过是在世俗的傲慢和偏见的夹缝里徘徊而已。

一个徘徊的人，写下了对于漫漫长路的体悟。一路上的切肤之痛，还有一路上的关于风和雨的记忆，来自何处？因为过度真实，它们让我感到了虚缈。

我只是一个徘徊的人。在之前与之后的时光交错中徘徊。在傲慢与偏见的夹缝里徘徊。在我与我之间徘徊又徘徊。

“你们”是一个貌似强大的存在。面对“你们”，我一次次地背转过身。倘若“你们”也算作一种参照，那么它的价值在于时刻提醒我不要迷失了自己，不要活成“你们”的样子。曾经做过的事，一直在坚持做着，二十多年的时光就这样走了过来。不需要回首，也不必展望，我可以清晰地判断此刻的位置。“在此刻，以这样的姿态站在这里。”这是我对自己的描述，太多的内容被省略了，它们拒绝言说。那些脆弱的，还有坚强的；那些迷惘的，以及义无反顾的，都埋在我的心底，提醒我此刻是怎样的一个存在。之前和之后的时光，其实都留驻在此刻，伴我同在。

我们沿着海边走。新修建的路，有一种陌生感。一些不知从哪里移植过来的大树，被密密麻麻的架子支撑着。广场舞到处都是，规模不一，舞曲有时清越有时沉闷，按照固定节奏不停地重复着。偶尔有汽车从身边呼啸而过。几栋黑糊糊的半拉子高楼矗立海边，像一个个颓然的老人，昔日神采在夜色里依稀可辨。我们沿着海边走，以散步的心态经过了这一切。仅仅是遇到，仅仅是经过，这是别人的时光。恐惧或闲适，隐秘或坦然，都与我无关，不会在我的心里留下什么痕迹。我所在意的，是在别处的事情。我看待它们的目光是从遥远的别处投来的。它们不会懂得。

这个城市在我眼里一直是黑白底片的，此刻我看到了它的色彩斑斓的一面。当我打开心扉，可以容纳这个城市的全部；当我转过身，这个城市的所有一切都与我无关。这份温和的态度让我深感陌生。我怀念曾经的愤世嫉俗，它们其实就在刚刚过去的昨天；我也期待明天会有似曾相识的激情在等待着我。对于文学，我并没有做太多，仅仅是每天坐到书桌前，甘愿舍弃一些现实的事物，相比那些为文学而殚精竭虑的作家，我所付出的，不过这么简单。

虚无是有分量的

我想让今天彻底失去方向。我想让今天变得无所事事。我想让今天从所有的平常日子里区别出来。我想在今天与自己好好地谈一谈，谈谈这个世界，谈谈生活，谈谈疾病与健康，谈谈焦灼与无助。谈谈爱。谈谈我一直在思考的生与死，以及活着的意义。

所有的逻辑都不再复杂。所有的问题都不再是问题。唯一剩下的问题是，好好活着。疲倦，像一些倔强的种子，植入内心，在瞬间蓬勃成长。这些没有根的成长，并不畏惧一场风的到来；再大的风，也对疲倦表现出了无能为力。我想面对的，仅仅是我自己；我想要成为的，仅仅是我自己。一个人，在去往成为自己的路上，遭遇了太多的自己，他遵循内心法则，逐一将那些事物看透并且放弃，他所经历的内心历程远比现实的道路更为惊心动魄，他所体验的虚无远比所谓的现实更加虚无。虚无是有分量的。巨大的分量。这世间没有一杆秤，可以称量这虚无。一颗失重的心，懂得这虚无的分量。

一个人的虚无，可以抵消整个世界的所谓意义。

整个世界都可以放弃意义，但是一个人不能。捍卫作为一个人的意义，有时候比整个世界的分量还重。我的意义，正在于对意义的找寻过程。

写作是虚无的，然而我在写作。前路是虚无的，然而我终将走下去。有些意义是在虚无中显现出来的。我更看重的，是在虚无中显现的那一部分的意义。我并不追求完美，只是不想在生命中留下太多遗憾。人生即是一个巨大的遗憾，它以最日常最细微的方式呈现了出来。生活看似有着若干支撑，其实生活是无所依傍的。无所依傍的生活为什么要沿着某个路径一直走下去？除了就这样走下去，还有什么样的路径值得依赖？

思绪是断断续续的。曾经，我以一己之心，致力于缝合琐屑的思绪，想把这些琐屑的思绪缝合成一个完整的意义。我的这份努力是徒劳的，所有的这种努力都注定是徒劳的。

此刻，我只相信碎片，相信残缺，相信那些被放弃的依然存在的爱。

浮现或闪现

又是一天就这样过去了。那些琐屑的细节几乎同时在我身上发生，宛若无数只蚕在啃噬一片刚刚转绿的桑叶，我本想守住一些什么，最后只剩下了叶梗。

窗外传来幼儿园孩子们的声音。这是世间最纯美的声音，它们并不表达对这个世界的赞美和认同，他们以自己的小小的心衡量所有事物，以最微弱的力来抵抗或接受一些东西。我忍不住问自己，你是从什么时候开始变得激烈和决绝的？我并不喜欢这个现实，那些征服我的，总是一些卑微的生命，他们的挣扎，他们的无望，他们对爱和尊严的相信，总会在某些时刻打动我。

结束一段工作。重新开始一段工作。我的时光被你们分割成了一截又一截，每一截都误以为容留了一个完整的我。在我上路之前，我已把那个完整的我交付给远方。这些年来我一直在路上，始终没有亲见那个完整的我，我的所有跋涉与奔波正是为了一步步靠近那个完整。我不相信刻意的展览。我相信自然而然发生的事物，相信浮现。被高科技武装起来的各类展馆，在声光电的参与下，究竟想要告诉世人一些什么？每一个人都在藏匿自己的内心。在良知面前，在时光面前，终有一些东西将被揭开，裸呈在世人面前。不对称的欲求，不对称的心灵，是这个时代最隐蔽也最无耻的沟壑。剥开所谓高科技，我看到的是苍白的心灵和虚假的面孔。那些声光电交织而成的虚幻现实，从来不曾给我安慰。日常生活中，我时常把网线拔掉，拒绝网络信息的鱼贯而入，我的大脑不是垃圾场，不想被动或主动地盛放那么多的信息垃圾。对这个世界，我有自己的拣选标准，选择一些什么，拒绝一些什么，我所以为的成长与成熟，就是越来越清晰地看待和对待这类问题。

生活是一个大舞台。那些私底下的表演，泄露了最真实的内心。

我对现实并没有太高的预期，我只希望守住底线，不践踏和放弃底线。曾经苦闷和纠结于那些麻团一样的思考，我花费太多的时间与心力想要梳理它们，让它们在我手中变得条分缕析，事实一次次证明我的徒劳。今天，我突然意识到那些散乱的思绪也许是一种独有的美，它们并不遵循外界的审美尺度，肆意地存在，成长，乃至消失。不遮掩，不粉饰，不删改，甚至不介入，或许这是我应该给予的最大尊重。不管清晰与混沌，它们与我最真实的心态相关，需要正视的仅仅是我自己。我也在想，是否已经力不从心，没有力气按照最理想的状态来塑造和呈现那些文字了呢？

文字是散落的骨骼。面对遍地被粉饰被掩饰的文字，我想到一个个具体的人，想到了肉身的尊严如何成为可能。

空　白

一些事，我不想写进日记，我希望它们日渐从我的记忆里消失，就像从来没有发生过。然而忘记是艰难的。我对忘记的努力，反而让被忘记的事物在心上的刻痕越来越深。

在生命履历中留下一段空白，任由后来的自己去努力追忆。追忆将成为我未来生活的主要事务，在追忆中我将变成一片永远的空白。所谓人生，看似五彩斑斓，最终不过是一片空白，那些被涂抹的，那些被删除的，那些我一直都想忘记的，都蕴藏在这片空白里。我直面这片空白。它属于我。仅仅属于我。这是人世间最大的丰富。历尽千辛万苦，我将用一生读懂这片空白。

然而此刻的空白，让我想到那些拥堵的事物。它们躲藏到了哪里？这巨大的空落，让我内心更加郁塞，总有一种预感，这份空白越是巨大，被抑制的喧哗就越是汹涌。它们终将从一片空白中浮现。面对那些写满了谎言的纸张，我爱我的空白。一张干干净净的白纸，即是我对人生的态度。我所写下的关于在世间的思考，也许永远不会大于一张白纸，它们终将被一张白纸收留。记忆里的空白地带，有我最真的爱，最深的痛，最不堪回首却又忍不住频频回首的岁月。我在这片空白地带孤独前行，直到把自己走成山的形状。我总也不能成为我想成为的那个人。生活有着千万个理由，它们不能彻底将我说服。我不想改变世界，世界也不可能改变我。我的所有努力，就是想要成为我应该成为的那个样子，而不是你们所以为和希望的样子，所以在现实中，我是一个并不宽容的人，对自己比对别人更加的苛刻。

这是自我折腾吗？在别人表达不满之前，我已经不打算原谅自己，我已经离开他们眼中的那个我，向着曾被我亲手抛弃的那个我步步后退。我想退回原点，想把原点错认成终点。我所看重的生命价值，都在于完成对这个错误的守护。

同样的一盆花，摆在窗台上，抑或放在远方的栅栏里，给人的审美感受是不同的。我的眼睛并不能控制我的心。我心里有太多狂野，我的心总会看到我的眼睛所看不到的事物。

我已经好久不写日记了。这段日子有太多的灰色，我不想让它们成为记忆留存在心里。我想忘记它们，因为我永远不可能忘记它们，纵然我忘记整个世界，也无法忘记渺如尘埃的它们。

空中索道

走在空中索道，我听到的是来自地面的叮当声。到处都是施工场面，掘地，铲土，凿石……各种声响汇聚到了一起，嘈杂，刺耳，宛若一曲并不和谐的大合唱。走在空中索道，不管随便哪个地方，我听到的始终是这个声音，它们来自沸腾的地面，来自那些不安分的心。

若干年前，我还是一个孩子。现在依然没有长大。我总是用孩子的眼光打量这个世界，对于这个世界，我有时候有太多的话想说，有时候又一句话不想说。语言是多余的，一如不远处传来的建筑工地的施工声响，很多人希望看到的是楼房早一天建成，而不是听到在建楼过程中的这样或那样的声响，所有声音在他们听来都是聒噪。我对这个现实的看法，时常被我自己归结为幼稚。在很多时候，我觉得这个被操控的现实比我还要幼稚，该往哪里去，它不知所措，也无能为力。一些所谓的名声，我偶有陶醉。我知道还有更漫长的路需要去走，我把陶醉当作了一种休憩，一种对自我的安慰。有时候我也会哭泣，在他们的笑声里哭泣，在他们的冷漠和麻木里哭泣，在空旷的山野里哭泣。

我似乎一直在等待来自远方的消息。那些声音穿过遥迢来到我的面前，早已变成了一份沉默。

有些时候，我觉得自己是一个演员，站在孤独的舞台上，听到稀稀落落的掌声从看不清的角落响起；另一些时候，我又觉得自己是一个观众，坐在免费席座上，看舞台上喧嚣闹腾，心中一片空旷。而最真的现实是，我和他们走在空中索道上，回头看不清来路，前行看不到终点，脚下的地面一片模糊，像是沸腾的水，更加映衬出了作为空中索道的虚幻。沿着一条虚幻的道路，我们最终将要走向哪里？

我更愿意谈论的是我自己，我以为谈论自己也是谈论世界的一种方式，甚至是最为可靠的方式。他们活在一些大词里，由大词堆积起来的，是一个漏洞百出且缺少温度的世界。他们活在这个世界里，雄心勃勃地致力于创造和拓展这世界。冠冕堂皇的表情，却禁不起一个自问，他们活在自己的谎言里，活在由大词构筑起的虚幻里。关于这个世界，我只想说说我自己，说说上班途中人行道被汽车挤占，说说心里偶尔的虚荣和自私，说说那些假装的在意、故作的清高……在他们的言说中，我只想说一句作为一个正常人的正常话。那些闭口绝不谈"我"的人，他们心里真的会容得下别人吗？他们是在掩饰"我"还是掩饰"我"背后的东西？我希望所有的"我"都可以自由行走在阳光下。阳光不仅仅是一种照耀，也是一份考验。那些黑暗的心灵，将以更加的黑暗，逃避和抵抗每一缕阳光的到来。

不悔少作

我总是试图修改以前写下的文字。文字中的某个观点，或者某种表达方式，时常让我感到难为情，我回头打量它们，就像看到镜面上分布着数不清的瑕疵，我忘记了那是我的汗水和泪水曾经滴落的地方。终于有一天，我意识到应该克制对那些文字的不满，毕竟那是我的生活，无法删改的生活，我是从那里一路走来的。

一直以为在我之外，还有另一种存在更值得期待；一如在这样的话语表达之外，一定还有另外的更精准的表达方式。这是我所以为的写作。在我身上，写作与生命是一体的，我总在寻找另一种表达，就像我曾经以为最美好的生活是在别处的。经历了太多事情之后，我才意识到最值得珍惜和把握的，正是此刻的生活。包括写作，更应该看作是生命长河的流淌，此刻的状态即是最真实的存在，而我所孜孜以求的，不正是这样的一份真实吗？

从此我不再沉浸于呕心沥血的修改之中,我更看重的是此刻的思绪与情感的自然流泻,哪怕是粗糙的,是残缺的,最起码它是真实的,是关于我的生命状态在此刻的最真实的留存。

那些文字,以及那些过往,留在我的身后,偶尔也跑到我的前方,等待我的再一次面对。每当与那些文字独处时,我总忍不住想要动手修改它们,每次都感到巨大的失落。它们禁不起修改,修改让它们几近于消失,这让我不安也让我反思。有些事物,不是因为修改才变得完美,完美并不是最完美的存在方式,完美其实也不是生活的必须。我对旧作的修改冲动,实质上是一种对待生活的态度。

校正是多余的。删改也是多余的。不管我曾怎样写下它们,自有它们的道理。正如生活,一个人可以有千万种选择,但是生活从来不给你重新再来的机会。

走过去,只管走过去。只能走过去。

回望来路,所有路过的,都是冥冥中的注定。我已经忘记了是我遇到它们,还是它们遇到了我?是我告别它们,还是它们告别了我?我们早已认不出彼此。不必按照现在的心境去打量它们,倘若要打量,也该将它们置放于人生这个整体背景之下,每一个写下的字都是生命中不可抹去的痕迹,纵然它们是歪歪斜斜的,也该备加珍惜。当我老了,会格外钟爱和珍惜那些文字中的稚嫩,它们一去不复返,永不再来。

从那些懵懂的岁月开始,一些文字就固执地延续下来,不管呈现方式如何改变,有一份郑重是始终不渝的,它们以冰冷无情的方式,寄托了我对生命和生活的全部热爱。

(原载《散文》2015 年第 8 期)

那朵野菊还在开

彦　妮

一

邻人杀猪，过来叫我帮忙，得一猪尿脬。放在地上一搓，一揉，那东西便能变大。吹上气，再一搓，一揉，就差不多跟足球一般大。孩子们先就高兴着，嘴里啊啊着，拖着老也擦不净的鼻涕，双手抱住，放在地上一脚，便飞出去老远。我就对他们讲，这叫扁足球，谁有本事射门，足球便归谁！

孩子们便来了兴趣，满巷子乱跑。我招呼他们到打谷场上，定出射门地点，然后“打砂锅”，分出甲乙两队人马，一场“扁足球”战役就打响了。整整一下午，他们连饭也不吃，就满打谷场疯跑，那样子，比中国男足还要卖力。我一边帮忙收拾猪肉，一边看孩子们激动异常的样子，心里甚是欣慰。

突然，不知谁的一脚，球正好飞在凯旋的脸上。见他双手捂着脸要哭的样子，我赶紧安慰：“不能哭！踢足球的人是不能掉眼泪的。”凯旋就真的没哭，抹一把已经流出的眼泪，抱起猪尿脬，又踢上了……

黄昏日落，麻雀都要归巢了，他们还在外面踢着。两队都没有进球，扁足球着实将这些终年没有什么玩具的乡村孩子吸引住了，反正孩子的母亲几次出去喊叫，都没有把他们叫回去。终于，凯旋哭着回去了，他说有人把足球踢破了！”那种伤心、那种委屈，使我忍不住也难过起来。我摸着孩子的头，抚慰道：“不哭，不哭！破了就破了，等爸有了钱，就给你们买一个真足球回来！”

孩子似乎已经不相信我了，似乎已经觉得这种承诺早就变成大人安慰小孩惯用的伎俩。他一个人坐在门槛上，摆弄着破了的猪尿脬，样子十分忧伤……

春天，我去县城当小工。抱了一个多月砖头，老板给了我二百块钱，说其余的到年底结算了再给，我只好把钱用于春灌，买了化肥农药。夏天，自家的麦子很快就收完了，估计不够半年的口粮。我急忙在烈日下给别人打胡墼，挣了一百多块钱，可是因此染了胃病，把全部挣的钱都搭上，还未痊愈。秋天，我去了内蒙古，在一个盐场捞盐，我本来挣了八九百块钱，可是老板说，到年底吧，年底算清了给你们寄回去——我只借到四百块钱，回家买了几百斤小麦。冬天，我狠心去了灵武，在煤窑里钻了两个半月，结果，要不是好心的老乡借点路费，我都回不了家。

真足球的承诺最终变成了谎言。我只能羞愧地对孩子们说："明年吧，爸爸明年一定给你们买一个！"但是未到明年，就在临近过年的时候，凯旋竟被一辆卡车撞倒了。

孩子一声不吭地走了。

孩子一辈子只过了五年。五年时间，他踢了一回足球———还是一个扁足球！

二

在罗塬拔麦的时候，二哥看到我在手扶拖拉机上坐着，就跟其他兄弟打赌："如果老五能把车从这儿开回家，这辆车就归他！"

我还没吭声，大家就笑了。没有一个人敢跟二哥打这个赌。因为他们都知道，让我一上午割半亩麦子那是小菜，但是要我开车，几乎无异于让一个文盲去造原子弹。那是二十多年前的农村，一辆拖拉机对我来说相当于现在的"LV"，二哥把那样的奢侈品敢拿出来打赌，足见我的车技在他们眼中该是何等的低级。说起来我并不笨，反应也不慢。我会用芨芨编背篓，会用木模打胡墼，会用断锯条刻图章，但要玩车，门都没有！

我好像天性对机器零件有畏惧感，不敢轻易去碰。有一回，弟弟开着蹦蹦车回来，刚停在院子里，没有熄火就下去拿东西。我闲来无事，就坐在上面，手脚不自觉地乱鼓捣，一边还像小孩一样夸张地唱着：“小汽车呀真漂亮，真呀真漂亮，嘀嘀嘀嘀，嘀嘀嘀，喇叭响……”这时，车子竟然动了起来，而且那家伙不动则已，一动就像喝了鸡血似的，情绪激昂奋不顾身。我一时心急火燎六神无主，不知道该怎么办，但是又必须想办法。因为院子只有不到十米的长度，要是任其哗啦哗啦乱跑，最多五秒钟就能跟刘翔比高低！我知道油门和挂档的位置，却不懂它们究竟谁控制谁。看着一个铁家伙将五尺男儿驮着飞跑的样子，我突然浑身僵硬两眼无光，简直就像哈利·波特骑着魔法扫帚进了宇宙空间。我只能大喊大叫，将油门和刹车轮换乱踩——车子终以迅雷不及掩耳之势，把院子里的一间装杂物的矮土房撞得稀里哗啦……

万幸！我只是被杂物吻了一下，三轮蹦蹦车也没有大伤元气，一只轮子还赖在矮房子里，保持着一些少女的羞涩似的。但是那惊鸿一瞥，却永远刻在我的脑海里，使我一想起那些会飞的铁疙瘩就心惊胆寒！

堂弟比我小二十岁，没念什么书，可是有些少年老成。他跟我正好相反，爱车，一有机会就看别人怎样修理和驾驶。他那时还小，顶多也就十一二岁吧，就敢拿起摇把，让旁边的人按住减压，嘴里喊着一二三，便嗒嗒嗒地把拖拉机发动起来。我不行，看着都胆怯，生怕摇把抽不出来，或者把哪个部件给碰着了。为此，我没少让人笑话。而随着年龄的增长，堂弟胆子越来越大，等我发现，他已能四平八稳驾驶拖拉机了。开始只是借车到打谷场上拉草，给田里送粪，后来在工地上开了几天铲车，技术就越发熟练。再后来，他家也买了三轮蹦蹦车，那时，他便成了名副其实的司机了。大家都夸他说，小小年纪，把车开得这么好，真不错！我也很羡慕，有时坐在他的车上去县城，看着他不动声色地挂档和刹车，再想想自己的车技，内心还有些羞愧。

但忽然有一天，家里来了电话，说堂弟出了车祸。

刚过二十岁，正盖了新房找了对象准备创造更加美好的生活呢，结果，就出了这档子事。我回去的时候正是黄昏，村庄像是遭了劫一样，空荡荡的。听着那些撕心裂肺的哭喊，看着那辆被摔得七零八落的三轮蹦蹦车，我的泪水顿时决堤似的，不知道用怎样的方式去把它堵住！那时，我再也想不起什么狗屁车技，再也不愿提及与车有关的任何字眼……

三

走出教室，我看见父亲站在门口。

他微笑着，眼角的皱纹像山洪冲过的细流，背着一个脏兮兮的黄挎包，一手还在上面压着，生怕里面的东西掉出来。我怕别人看见似的，回头又朝教室望了一眼，才低低喊了一声爸。

父亲并未应声，只是近前拉住我的手，那种粗糙冰冷的感觉，就像我握着了一块带霜的榆树皮。我急忙领他去学生宿舍，把黄挎包里的馍馍掏出来，并且一边往我的提包里装，一边下意识地给嘴里塞了一块。他注视着我饿饭的表情，摸了摸大通铺上我那极为单薄的被褥，俨然下了极大的决心，执意要领我出去吃一顿。

小街上只有一家食堂，他把我领进去，问了半天服务员，才有些迟疑地要了一小碗面。食堂里摆着三四张桌子，我们坐在角落里，他看着我，我看着柜台上的油饼和麻花。他又问了几句我的学习情况，我当时生怕嘴里的口水流出来，就有些敷衍地、潦草地应答着他。那时我总以为父亲识字不多，怕自己所谓的思想和他切近的平庸的想法难以碰撞出火花，便不太与他多交流——现在想起来，我那时真是太幼稚、太有些自作聪明了！那时学校伙食差，顿顿都是黄米饭，就着我们从家里带来的咸菜——其实更多的时候，所带的咸菜两三天就被我们消灭了，余下的时间里，我们只能用盐巴就米饭。遇到下课迟或是有事，打来的米饭就变得异常坚硬，届时盐粒就很难被匀称地搅拌在米饭里，于是，当我们蹲在宿舍的床板上，嚼蜡般吞咽那半碗或苦涩或无味的米饭时，我们多么希望能改善改善生活。

饭终于端了上来。我推辞一下，让父亲先吃，他却坚持说已经吃过，让我趁热吃。揪面片、红辣椒、肉疙瘩，那种沁人心脾的荤腥使我再也按捺不住，我迫不及待地抓起筷子，就像遇见青草的饿羊张开了嘴巴。

半碗面下肚，我看了父亲一眼。他一边从口袋里摸了几颗麻子嗑着，一边有些怜惜地看着我的馋相。他说为了能早点赶回去上工，早晨四五点就起来了。我说，你没有坐车吗？他说，坐班车要花三毛钱呢。

我嚼着肉疙瘩,暗自惊异:为了省钱,为了能赶上下午的工,近六十岁的老人步行三十里,就为了给我送些馍馍吃!

擦嘴的时候,父亲已经付过账了。我看见他将余下的几毛钱装进口袋,小心地用别针别好。他的胡子似乎比以前花白,一点也不柔顺。他的茄子般黑红的脸,跟其他吃饭的食客与食堂管理员相比,显得暗淡和干涩。我打着嗝儿,舔着嘴唇,想说你也买根麻花吃吧,却见他又把别针取下来,摸摸索索地捏出那几毛钱,说:“我还是坐班车回吧,免得下午上工迟了,队长说话……”

班车来了,父亲向前紧走了几步,突然又回过头来说:“好好学,不要想家。”我看着他有些蹒跚地上车后,泪水便不由自主地涌了出来……

谁也没有想到,那是父亲此生请我吃的唯一的一顿饭,也是我跟他在一起吃的最后一顿午餐!回去以后,他就病了。我上学,他卧床,在有限的时间里,我们再也没有机会多说一句话,多吃一顿饭。

四

捋把榆钱嚼在嘴里,看眼光秃秃的山梁,然后,我就头也不回地离开了村庄。

像棵被移植的树,树坑里还裸露着砍断的须根,枝干已被塞进了车里。车门关上的一刹那,我知道把什么东西落下了,可我还是默默地对自己说:别回头!回头便是泪!

听惯了苦焦的西海固花儿,见惯了白花花的盐碱地,忽然跟城市与黄河沾上了边,一时半会儿,人的意识还真有些转不过弯来。就像某人突然新改了名字,喊起来多少有些拗口。

在喧嚣的都市,繁华是别人的。房东不会因为我谋生艰难就给我减免房租。打开单薄的行囊,摸着瘪瘪的口袋,我在城市最偏僻的角落,像个隐士,暂时找到了栖身的地方。

买不起床,我就睡在废弃的柜子上。那些横着的木条,硌得我梦中都想找块平整的地方躺一会儿。没有自行车,我就坚持步行,每日往返下来,两脚竟生出亮晶晶的水泡。饮食更不敢讲究,一碗面就是大餐,一块饼子便能充饥。没有生蜂窝煤的经验，出租屋里便除了烟熏火燎就剩满窗寒霜。夜半冻醒时，我会想起故乡的热炕，但很快会被“没出息”几个字拉回来。我瑟缩在被窝里，坚持幻想《聊斋》里狐仙的模样，我想用那些虚无的影子，温暖我颤栗的身躯……

然而，都市并非我想象得那样诗意。川流不息的车辆和摩肩接踵的人群，很快挤扁了我出门时编织的圆形梦想。这里污浊的空气和形形色色的光污染，使我一度燃烧的激情忽然达到了冰点。不比乡下，没菜可去菜园摘根黄瓜，没饭可到田里拔根萝卜。这里的每样东西都似乎与钱沾着边儿，衣食住行处处透着生分和铜臭。只身创业，从零开始，我哪里有底气应付这些？一时之间，我只觉心胸憋闷压力山大。

但我不能轻言撤退。还是整日将神经绷得紧紧的，不敢有丝毫松懈。千千万万进城务工人员都能在外面谋生或创业，独我不行，我是外星人？在矛盾和彷徨中，我依旧早出晚归寒暑不分。霓虹闪烁，照不亮我的前程，可我还是不止一次地告诫自己：坚持！坚持！

光阴飞逝，我人到中年。在“姜你军”、“糖高宗”、“豆你玩”、“蒜你狠”的三级跳物价里，在每平方米一千多元的房子摇身变为八九千元的神话中，我从小接受的仁义道德、中庸礼让和宁静致远的精神追求，渐渐被城市的功利和躁动吞并或蚕食。我日益感到渺小和无力。走在坚硬的柏油路上，我找不到属于自己的足印。

就是这样，城市的节奏却还在加快。原先跟我一样租房的人，现在可能已经有了百八十万的营业房；原先骑着自行车的上班族，现在十有八九都有了轿车。而我还背着十年前的帆布包，仿佛城市的另类。房子和车子成了人们张口闭口的谈资，找钱已经成了芸芸众生首当其冲的人生第一要义。滚滚红尘，经济犹如洪水猛兽，淹没或侵袭着我们脆弱的信仰。吾非圣贤，自然也被裹挟其中。在都市的十年，那黑白不分的快节奏，常常使我失眠和恍惚。我好像从来就没睡醒过，整日昏昏沉沉碌碌无为。逮个空闲看本书，不过半小时俩眼皮就打架。而要让我真正睡起来，却又没了丝毫睡意。脑子里总感觉还有事情没办完，内心火急火燎的，似有人在身后催着：快点！快点！

于是，我今儿不知明日的走向，每日都在焦虑中度过。我变得急功近利，瞻前顾后，小心翼翼，生怕生意难以为继而失业。我像一架被控制的机器，在一种看不见的力量的牵引下，日益蜕去了祖先留给我的那层忠厚皮毛。想起故乡宁静的黄昏，想起中午坐在门前的沙枣树下打开一个西瓜的情景，我愈来愈没了梦想，我甚至几乎忘记了自己最初进城的目的。我再也不会为一朵花的凋零而哀伤，再也不会为一声凄厉的鸟鸣而动情。

尽管我也有了自己的二手蜗居，不用再月月听房东续交租金的敲门声，然而，在熙熙攘攘的人群中，我依旧怀念那种"结庐在人境，而无车马喧"的日子。那种散漫自在的劳作方式，看云识天气的禅意时光，以及远离电子产品的宁静和休闲，无一不像原汁原味的花儿，在我的耳边轻轻萦绕。我就像被拴住的羔羊，只要挣脱绳子，便会迅速跑到开满野花的河滩与山坡上去，不管当时的食槽里，还有没有豌豆。

那块盐碱地，沾满了我的汗水与体温，记载了我青春时期的梦想。那走头头的骡子、磨钝了的犁，还有铁锹与榔头，它们无一不像木刻版画一样留在我的记忆深处。我始终警醒：城里并非我安顿心灵的最好归宿。等故乡风调雨顺了，等孩子们完成学业了，我定然还会回到我原来的地方。

每有机会，或是找个借口，我都会去故乡转一圈。那些残破的窑洞、干涸的小河、屋檐下的鸟巢，都会使我触景生情黯然落泪。当我走在熟悉的山道上，看着渐渐恢复的生态植被，我便会在绵延无际的荒梁上，肆无忌惮地吼几声乱弹。我觉得只有在那里，我内心的积郁才会完完全全得以释放；只有在那里，我才会真正找到自己失去的快乐。炊烟缭绕的老屋、滴着露珠的菜园子、充满蜃气的小河沟，那一切的一切，都使人像是从悬着的半空掉下来，实实在在落到了地上。我觉得被城市熏染的躯壳，只有回到故乡的旮旯里，才会像鱼儿放回水里，一下子活蹦乱跳起来。

故乡今夜思千里，霜鬓明朝又一年。

是的，无论家乡发生怎样的变化，不管那里还能存在多久，只要那朵野菊还在开着，我就有理由坚信：回家并不是一件遥不可及的事情！

（原载《朔方》2015 年第 1 期）

新志异五题

马伯庸

箱中吏

京城有一位李生，他一人独居，每日以玩电脑为乐。

有一天，李生外出遇雨，返回取伞，听到卧室里传出嗡嗡的声音，像是蚊虫飞过一样细密。李生非常奇怪，打开门以后，声音就消失了。这样的事情重复了几次，请基督堂的牧师来做法事也不能祛除。李生心中十分忧虑，郁郁不得舒展，病倒在床。

李生的朋友柳子明来探望他，听说了这件怪事。柳子明说，君子只要行事没有愧疚，又有什么好怕的呢？他让李生躲去别的房间，自己藏在窗帘后面。很快又有嗡嗡的声音传来，柳子明一下子跳出来，大声呵斥，看到一个影子从风扇口钻进了电脑机箱。

柳子明取来工具，把机箱打开，发现在硬盘和网卡之间坐着一个小人。小人身高只有两寸，头上有仙鹤一样的白发，穿着皂色的吏袍，手里拿着一把短剑。小人如常人一样整衽行礼，口吐雅言，自称箱中吏。

柳子明问他的来历，箱中吏说，古时灶中有王爷，可以记录家中善恶。今人多追求机巧，皆用煤气或电灶台，王爷无处藏身，只好派了小吏在各家的电脑机箱里，履行灶神的职分，这也是没有办法的事。倘若有人访问什么有伤风化的站点，或者说了朝廷避讳的字句，他就会用短剑斩断网线。长此以往，百姓就会向往高尚的风气，得到教化。

柳子明连忙又请教嗡嗡怪声。小吏嗤嗤冷笑，说之前李生擅自议论康王之事，论律当斩网线，嗡嗡正是磨刀的声音。柳子明拿出塘报，说康王已然伏诛。小吏大叫一声，就此消失了。李生的病很快痊愈，家中再也没听到过怪声，只是上网还不是很顺畅。

听到这件事的人都感叹说："哎，器物可以化灵，竟然还有这样的事情啊。"

武大鬼

这是我听一位武汉大学友人所叙。

武汉大学有一个图书馆，据说是张香涛创办，已有一百余年历史。此馆坐落在东湖之滨、狮子山顶，时人都说这里是上好的风水，能汇聚两湖文气。武大的读书人于此馆得益良多，风气蔚然。

今年到了十二月份，馆内却出了怪事。学子在夜里读书之时，总能隐约听到诵经的声音，可是又听不清念的是什么。起身去找，声音一下子就听不见了。一连数天，十分烦扰，学子们往往无心念书。

有一个书生想用手机去录，听着听着就昏倒了，醒来后什么都不记得。学生会的干部也去调查，可是无济于事，诵经的声音依旧不去。众人非常不安，都说从来没有过这样的事情啊。

武大附近住着一位道士，道号叫做宝树。宝树听到这桩怪事，便自告奋勇，带了桃木剑和八个G的做法视频。到了夜里，他在图书馆里循环播放视频，又用桃木剑砸坏了无线路由，学生们只得纷纷离开。宝树又运用高明的符咒，从图书馆的书架之间拘出五个孤魂野鬼。

孤魂野鬼们跪在地上求饶，宝树问他们为何作怪。为首的鬼怪说道："上个月天庭下诏，要旌表教首善之邦。武昌郡的太守梦中蒙仙人传授了《敦民和洽观》二十四篇，诵之便有五彩七宝牌坊拔地而起。每诵一次，牌坊就增长一分。若武昌百姓皆诵此咒，牌坊便可达于天庭，与玉帝同辉。于是悍吏四出，教人日夜诵经，随时抽查，以彰教化之本。我等皆是孤魂野鬼，不堪其扰。于是计议在图书馆暂避，不是有心害人。

宝树又说："既然如此，那你们为何也要诵咒呢？"鬼怪道："人诵此咒，可以驱鬼；鬼诵此咒，可以驱人。"

宝树大为诧异，说这《敦民和洽观》竟有如此功效，请问二十四篇分别是什么？五鬼一听，未及回答就尖叫着逃散了。果然此后图书馆一直平安无事，再没闹过什么怪事。

异史氏说：“教化二字，先教而后化，教为用，化为体。倘若不化而教，就是走失了本心，莫说百姓，连鬼怪都避之不及，更遑论牌坊的高低。后来治鄂之人，须要沉思。”

周生柳

手机这件器物，已与古时不同。近者名匠频出，各种奇技淫巧皆可行于其上。世人贪恋声色，没有不痴迷沉溺于其中的，甚至有疯癫入魔者，亦非罕见。

庆丰年间，在南京府有一位周生，年方弱冠，并没有别的什么爱好，只是对手机情有独钟。平日里周生无论用膳、就寝、更衣还是外出行散，手里都要握着手机。走路时垂头不语，醉心刷微博微信和各种夷戏，旁人呼唤，总是听不到。久而久之，他的身体佝偻起来像弯弓一样，依然没有任何后悔。

有一日，他与家人去紫金山踏春，一路走着，只顾低头刷朋友圈，结果撞到一位老丈。老丈训诫周生道：“人行走在大道之上，应该体悟自然之理。器物本是小道，怎么能如此入迷呢？古时买椟还珠，正是说的你这种人啊。”周生没有理睬他，继续朝前走。老丈用拐杖顿地，愤怒地说你执迷不悟，早晚要陷入殆境。

眼看夕阳西下，周生在山中越走越深，他只顾看屏幕，终于迷失了大道的走向。他驼背弓腰，耸肩垂首，端着手机徐徐前行，不知不觉临到一处深潭。周生未曾注意周围地势变化，结果右足踏空，一头栽进深潭，溺死其中。

周生的家人前来潭边寻找，看到水潭边多了一棵垂柳。树干弯曲如弓，柳枝垂向地下，正是周生平日的形象。柳枝上的每一片叶子，都是方方正正的手机造型。把叶子拿远，就可以听到树干里隐约有哭泣声。老丈说，生有执念，死而化树。昔日楚霸王自刎乌江，化为不屈苍松；三闾大夫投水而亡，化为孤拔青竹，想不到今日还能看到这样的奇景啊。

这棵垂柳叶子不繁，很容易枯黄，无论浇灌多少肥料都无济于事。家人请教老丈，老丈说周生化树，其心未改，只要在附近加装了无线网络，便可以无忧了。家人照此办理，果然如其所言。

后来大家都把这棵柳树称为周生柳，游园踏青都会来这里，因为信号很强。但如果同时使用无线网的人多了，垂柳就会不开心，抖动树枝垂下许多吊死鬼，把游人吓走。

异史氏说：我听说人死后会性情大变，这位周生化为精魄，成了草木之属，仍能保持人的本心，不失为一件趣事。

潭　生

济南府有一位潭生，与一位商人偕同进京。两人共乘一车，沿着高速一路向京师疾驰。潭生高谈阔论，臧否国事，即使古之张仪、苏秦再生，也要自叹弗如。然而商人只是喏喏应承，并不热心谈论。

两人开车开到日落西山，决定歇息一下，打尖住店，次日启程。此时薄雾冥冥，在高速路的前方出现一个服务区。服务区内高楼林立，张灯结彩，绫罗缠在檐角，酒旗悬在门楣，隐隐可以听到丝竹之声。潭生非常高兴，说没想到在荒莽的高速路旁边，还有如此神仙般的去处。商人却拦住他，说我往返京鲁之间许多次，沿途服务区都简陋寒酸，从来没听过有这么一个繁华的所在。君子不入险地，还是继续朝前开罢。

潭生却不肯听，再三勉强，商人只好和他一起进去。车子一进服务区，立刻有人迎上来，热情异常，两人很快就分散开来，彼此呼喊都听不到声音。

潭生见到一位端庄女子，衣着华贵，携着他的手走入一处府邸。这府邸的繁华，胜过外面的景致，碧玉砌成的砖墙，玉石串缀的翠帘，地板和家具毫无甲醛味道，架子上陈列着诸国珍宝电器。女子说："我们这里久没有贵客来往，今日公子上门，实在应该好好侍奉。"

于是她从帘中叫出一排女子，无不是大眼尖颔，丰胸长腿，几乎是一胞所生，略无差异。所幸每人身上皆有号牌，总算可以分辨。潭生既欣喜又惶恐，连连摆手说非礼勿视。女子抿嘴笑道："至情而近色，至色而近性。我听说那些真正的圣人,皆是从心所欲,不拘礼法。我这里的姊妹都天真自然,未沾俗气,正要公子教化人伦大道啊。”

潭生听女子所言,句句都是至理,便选了一位名为“馨绮”者。女子备好了红萝帐、锦香床、鸳鸯枕,又有蓝光倭戏、霸王鞭、缚仙索、龙涎烛等各式器物,无不贴合潭生心意。潭生与馨绮共赴巫山,又试过诸种手段,只觉软红温玉,柔婉动人,交心如两水汇流。神仙登天逍遥之乐,也无非如此了

到了次日清晨,潭生醒来,发觉自己置身于高速路旁的荒地之上,四周空无一物。商人睡在旁边不远处,车子停在紧急停车带上,双闪连连。

这时一名高速巡警开车过来,见到两人神色有异,便过来盘问。听完潭生的描述,巡警说此地原本曾规划建起一个服务区,后来废弃了。但这片土地已经有了灵气,一想到自己未能成为服务区,不能超脱荒地之命,长自嗟叹。久而久之,便化作了一只土地妖。这妖并不害人,只是会幻化成一片场所,迷惑过往的客旅。它洞彻人心,刻意逢迎,凡是被迷惑的客旅,必会见到自己最向往的场景,极尽欢愉,诸人皆不同。

潭生大窘,又问商人见到什么。商人说他见到一座税务所,里面窗明几净,几乎无人排队。他甫一进门,便有一税吏向前,柔声细问所办业务,遂引至相关窗前,国税地税皆在此办理。商人细细询问,柜后税吏和颜悦色,并没有不耐烦的情形,交办所需案牍过所,无不一次讲清,手续既短且快。在正厅门前柱上还高悬一张诏书,上面说朝廷悯实业货殖之苦,除增值、企业所得二税之外一律蠲免,永不加赋。商人离去时,门外看到许多故人被捆绑出去砍头,问了旁人才知都是故吏,刁难商贾事发,依律皆斩。神仙登天逍遥之乐,也无非如此了。再醒来时,商人已身在荒地之间,一如潭生所遇,手边的 iPhone6 电量还未耗完。

巡警闻听,叮嘱二人不要说出去,以免世人至此贪慕一时之欢,两人连连称是。

商人回到京城,把此事具告于我。再看了税务报表,终于郁郁而亡。后来潭生又回去寻访那个服务区,竟不知所踪。

异史氏这样说:天地有灵,山石皆可成精。如此深悉人心,又幻出诸多至景的灵怪,不知是福还是祸。只是一梦之景,竟比 iPhone 续航还

短吗？

姚府娃

京城有一户姚姓人家，新有弄璋之喜，其乐融融。到了洗三之日，左邻右舍都来致贺，却发现姚府内外，皆贴满了新诞麟儿的图影，尺寸有大有小，惟妙惟肖，一看便出自丹青高手。无论府门厢房厨厕后院，贴得触目满是。

宾客们都很惊异，问姚家主人究竟是什么缘由。主人亦茫然不知，只知是一夜之间莫名出现，只好请人把图影揭去，唯恐烧之不吉，便收藏在柴房里，以铜钱镇之。

到了满月之宴，姚府一夜之间又遍布图影，没有一处空白不是糊满的。更有甚者，连邻家的树顶车前，亦贴得到处都是。古人说忽如一夜春风来，千树万树梨花开，正是这样的情景。宾客们纷纷议论，莫不是什么妖物作祟，颇有些惴惴不安。主人连连告罪，吩咐下人一一揭下，藏于柴房。

又过了月余，图影非但未加收敛，反而愈演愈烈。京城诸坊的居民，举头迈步，无处不满贴姚家公子形貌。固然是笔法精妙，一颦一笑描摹极得神韵，只是太多，烦不胜烦。居民受其荼毒，没有不愤恨的。姚府只得以银钱安抚街坊，收回图影。然而次日图影又满布街巷，揭不胜揭。柴房里积满了画像，之间连针都不容插入。

宾客中有一位叫柳子明的人，有侠义之风，慨然说姚公于我有知遇之恩，如今难道不是到了报答的时候吗？他与其他几位有胆识的朋友伏于墙下，屏息凝气。三更之后，果然见到两个黑影自房中窜出，手持一叠图影四处乱贴。他发一声喊，四面举灯，把黑影团团围住，却发现是姚府娃娃的父母。

这对夫妻双目赤红，鼻息粗重，见人并不惊惧，尚可谈笑自如。只是稍有松懈，便要冲出去贴图影。柳子明拍手道："噫！这定然是邪魅上身，非请城西崔道长不可。"

主人家慌忙去请。崔道长赶到姚府，先验看了两人星座血型，又摆了塔罗细细推算，前后足足有两个时辰。然后道长吩咐取柳树皮绳绑住夫妻，取出手机，给他们看朋友圈与微博。二人一看，口中喃喃，便要贴图发送，只是双臂挣扎不开，烦躁不安。过不多时，有黑烟自口鼻涌出，久久不散。

崔道长拂尘一摆，将手机摔在地上，那黑烟一声尖啸，遁回体内，举座皆惊。崔道长说，这怪乃是叫做秀娃魔，乃是心魔一种。凡是父母得了子女，骤然狂喜，顶门灵台一昧失守，便会被此魔乘虚而入，四处张贴娃娃图影，冲动难抑。

崔道长让主人将柴房积攒的图影悉数搬出，曝于正午极阳之下。日光炽热如刀，姚府娃娃的图影经此一晒，纷纷化为灰烬，夫妻俩遂恢复如初。只是心魔难除，每月必然复发一次，须再取小娃图影曝晒厌胜，方可抑制。过了七、八年光景，姚府欲换学区房，变卖了房产远去海淀，夫妻心魔方才根除。

据说两人后来又为庠序魔所蛊惑，择校如疯，这便不是在下所详知的了。问及柳子明，惟是嗟叹不已。

异史氏云：父母子女，人伦之大道，急切间心旌动摇，最易为心魔所乘。曾听耆宿老人说，秀娃魔后尚有庠序魔、奥数魔、才艺魔、攀比魔、素质魔、窥日记魔、禁恋魔、催婚魔……林林总总不下百十种名色。世事如此，纵然是释迦再世、老聃复生，也难以澄清人心吧？

（原载《美文》2015年第11期）

为一棵古树让路

詹谷丰

树木是所有村庄的风水，树木是进入城市的钥匙。

当村庄出现在人类眼中的时候，不是房屋，不是庄稼，而是树木，紧跟在树木身后的，才是鸡鸣犬吠。现代城市虽然用盘根错节的道路迷惑我们，但人类的眼睛依然可以从一棵残存的古树中找到它的来路和血缘流经的方向。

二十年前我来到东莞的时候，暂住在古老城区万寿路的一座院子里，我对这座城市的历史一无所知，幸好这片古宅生长着两棵让我仰望的古树，它那繁复密集的年轮，让我的心思穿透遮天蔽日的时光，窥见了这座城市的秘密。

我栖居的大院是东莞这座城市最高权力的所在地，它外表庄严肃穆，它用政治拒诗意于高墙之外。当我文思枯竭的时候，我就会离开纸页上的迷宫，在夜静人深的时候来到树下，静听古树的生命絮语，在粤语的丛林中寻找一座城市的灵感。

滔滔不绝口若悬河的人，并不能告诉你一座大院的前世与今生，只有沉默不语的古树，才能让你看到这座城市前朝的时光。

改朝换代，沧海桑田，没有人记得起曾在这片树荫下车轿出行的官员，品级的顶戴已经化为了尘埃，这座大院深宅中惟一让后人记住的一件大事，则是 1491 年的春天，明孝宗治下的东莞县衙中，一个头戴庄严乌纱的老爷，指挥一群仆人栽下了两棵细叶榕树。五百多年之后，两棵明朝的榕树长成了中华人民共和国的一片绿荫，历史的细节记载在《东莞古树名木大观》一书中，后人用“1”和“2”两个阿拉伯数字，任命了它们东莞古树领袖的地位。

其实，莞城万寿路明清县衙里的细叶古榕，若论年齿，它们是无法坐上头把交椅的。在年轮的排行中，企石镇的一棵秋枫，当是东莞古树当之无愧的领袖。1012 年，是现代科学为它断定的准确年龄。树木的第二代身份证上，林业专家赋予了它长期有效的证明。它是东莞森林活着的祖先。

1012 年，是东莞树木的最高年龄记录，企石镇的千年秋枫，林业部门编印的《东莞古树名木大观》委屈它坐了 19—041 号的位置，但民间却为它设计了一个名为秋枫节的节日。每年的那个时候，企石镇的百姓，用各种形式的活动，为这棵成了精的古树隆重庆典，祈求风调雨顺，国泰民安。在村史的描述中，我看到了南宋的败退中，一支迁徙的队伍从南雄珠玑巷出发，辗转至东莞企石立围定居，那个黄姓先人，为祈求族人平安繁荣，亲手种下了一棵秋枫。

以一棵古树的名义，设立一个节日，在人类的历史上，也许这是首创。我多次以一个朝圣者的身份瞻仰过这棵成精了的秋枫树。古树四周的水泥栏杆，高台上的香火，地上的青苔，树枝上祈祷的五彩布条，我油然生长出神圣的情愫，让一个写作的人感觉到了自己的渺小。

作为一个对汉文字情有独钟的写作者，我一直认为，在中国汉字的海洋中，“森林”，这两个用最常见最简单的笔画排列组合的名词，超越了汉字象形、指事、会意等结构方式的规范和束缚，成为了重复结构的典范，它用五个“木”字描述了森林的本质，同时又用层叠的构架让我们看到了树木组合时的壮观和盛大。

莞城万寿路大院里的百年榕树和企石镇的千年秋枫，只是东莞森林的一个代表。东莞树木的全貌，以森林公园的形式，让世界感受到了浩瀚。

大岭山森林公园，是东莞众多森林公园中的一座。公园，让汽车在平坦弯曲的柏油路上，自由地穿行在森林的深处。失去了秘密的森林，暴露出自己的隐私。作为一个山里长大的人，我一眼就看出了人工的痕迹，树种以及树木生长的规则排列，是一片森林与人类亲近、劳作的证明。大岭山森林公园与长安、虎门、厚街、大岭山四镇交界，农耕时代，茂密的林木是山下农民获取燃料的主要途径。上个世纪 70 年代，虎门大宁村一个贫苦家庭的孩子，支撑起父亲病逝之后饥寒交迫的家庭。这个名叫陈成稳的羸弱少年，每天顶着星星月亮来大岭山砍柴。那片日后被建设为公园的荒芜山岭，成了这个少年最熟悉的劳动场所。一个家庭的贫困，似乎砍尽大岭山上的木柴，也无法改变。荒山中的每一条小径，都留下了少年的脚印，小径上的每一寸地方，都滴落过少年苦涩的汗水。2009 年，我采访这个砍柴少年的时候，他已经成了一个印刷王国的君主，他以一个成功企业家的形象活跃在东莞乃至中国的经济舞台上。

农耕的声音，在改革开放中弱化以至消失，柴火作为家庭燃料的山野艰辛，在虎彩集团董事长陈成稳的脚下止步了。我在大岭山森林公园通幽的小径上徜徉的时候，看到了一个打柴少年的脚印。不过，如今小径上走过的人，不再是砍柴的樵夫，他们是在森林中自由呼吸的游客。樵夫到游客的时间距离，仅仅 20 多个年头，它们也正好是荒山野岭到森林公园的空间距离。我在大岭山森林公园没有看到上世纪 70 年代林场职工植树的影子，2000 年，东莞全面停止了森林砍伐，林场隐退了，森林以公园的形式站到了前头，我在这里看到了时间的分水岭。

农耕时代的山岭，是用脚丈量的，它耗费了人类一生的心血，而工业时代的森林公园，则是汽车轮子驶过的幽静，它让我一天之间到达了大岭山、大屏嶂、银瓶山等数个森林公园和生态产业园湿地。东莞的古树和森林，一夕之间绿到了我的心上。

那一年，我搬家离开了万寿路，离开了那个大院，离开了那两棵朝夕相处的古榕树，但我仍不时地回去看望那两个不会说话的朋友。我知道，每一棵古树，都会有一个故事，而人，则是那些古树背后的主角。

滔伯是一个和古树故事一同成长的人。这位八十四岁的高龄老人，清楚地记得年少时同小伙伴们在木棉树下乘凉的细节。明明灭灭的萤火中，五六个小伙伴，手牵着手，不能把树干抱住。那棵木棉树，滔伯记事起就立在村头，几十年了，人老了，那树却没有变化，岁月没有在它身上留下任何皱纹。惟一变化的是，木棉树上的知了，已经无影无踪，只有它们用粤语编织的交响，依然残留在一个老人的记忆里。

古树的生长缓慢得让滔伯看不出痕迹，但是时代的变化却实实在在让他感到了压力。一条新的公路规划从村庄中间穿过，八百多年高龄的木棉树成了它的障碍物。古老木棉的根须，已经深入到了滘伯的体内，古树每一道细微的伤口，都会引起他心灵上的疼痛，他无法接受古树被砍伐的想象。老人说，古树对于一条村庄，就如同老人之于一个家庭。村庄的风调雨顺和人丁兴旺，都是古树带来的风水。大跃进那年，上面下令砍伐大树冶炼钢铁，滘伯联合了一批德高望重的长辈睡在树下，用生命制止了一场对风水古树的屠杀。古树与公路的干戈，最终在滘伯们的坚持下化为了玉帛。人的心里又多了一重凉爽的绿荫。

与古树有关的风景，滘伯们用生命保护的东江大道八百年木棉当得起东莞之最。每次乘车从东江大道经过的时候，我都会在心里涌起对这座城市尊敬的感情。平坦笔直的公路经过这里的时候，突然变宽了，公路为古树留下了一座安全岛。所有的车辆，为古树绕路而行。天人合一的情景，在八百年的木棉古树上得到了最完美的体现。

所有的古树，都和人情人性联系在一起。千百年来的自然灾害和人类暴行，为自然界那些沉默的生命施以生与死血与火的考验。我的故乡江西修水，有一个以千年古樟群闻名的村庄。抗日战争时期，杀人如麻的侵略军下令砍伐这片千年古樟，村民们奋起反抗，血洒红土，数条生命的代价，换来了这片古樟的幸存。用鲜血和生命守护古树的故事，如今刻在了坚硬的石碑上。树的生命长久，人的呼吸短暂，经过血与火的洗礼之后，人的生命和树的生命融为了一体。

有人的地方，就会有树，人和树，已经成了东莞的一片风景。东莞的古树，已知的为 3833 棵。按照《东莞古树名木大观》的指引，我用二十年的时间和脚步为它们画了一幅地图。这幅地图生动准确地记录了一个正在创建国家森林城市的地方的绿色轨迹，它记录了东莞每一棵树的呼吸，它描述了东莞每一片叶子伸展的姿势。如今，我觉得应该在东江流经的大道边，立下一块庄严的石碑，在记录那棵木棉八百年历史的同时，也让行人知道：一个年轻的城市，为了一棵古树，它在经济建设的旁边，让出了一片广阔的空间。

爱护森林，就是爱护人类，关注古树，就是关注生命。东莞的森林，像它的经济建设一样飞速发展。虽然我与东莞的城市方言粤语仍有隔膜，但是，作为一个户籍意义上的东莞人，我要用一辈子的时间，走进森林，同3833棵古树握手。在那些修炼成精了的生命面前，一个人的精神会突破方言的障碍，天衣无缝地融入大地。

写过《树之声》的阿南史代认为，动物死了，化成化石，化成黄泥黑土；人死了，化成灰，化成墓，化成虫沙，化成纪念的照片和文章，化为黑暗中的沉默者；宫殿、寺庙拆毁了，化成平地，化成灰尘和烟雾，化成普通的民居，化成文人的伤感和史家的冰凉。只有大树似乎是不死的。古代的皇帝们喜欢栽松种柏，除了喜欢它的常青，大概更多的痴迷于它的长寿。因此，某个村庄的某棵大树，不仅是村里人的“公共活动场所”，而且是这个村庄历史久远的一个最形象的指代。这棵大树周围，一定飘荡过无数的历史风云，上演过无数的人间悲欢；如石头般坚硬的树体上、如被雕刻过的树皮上，如果你细心地进行分离，一定会提纯出许多世界的哲理。

阿南史代的眼光深入到了树木的内部，她以一种智者的理性阐述了树木的本质。树是人类延续生命的一种方式，它远比立石、刻碑甚至自费出书更有效果。不朽的人，都把自己的名字转移到了树上。散文家祝勇，更是用诗意的语言，描述了人的生命与树的因果关系：“井备人已经意识到生命不是时间的对手，所以，他们开始借用自然的力量。一株柏树在女人死亡之后仍在生长，它代表着一个女人的真正未来——我相信，死亡之后仍有未来。每个女人在栽下柏树的瞬间，对衰老和死亡的恐惧都会消失，她们可以在柏树的成长中得到关于未来的许诺。”

在智者的笔下，树木的意义已经超越了绿化的单一功能升华到了宗教的层次，它让我想起了佛祖释迦牟尼用七七四十九天苦思冥想终于开悟的场所，菩提树，成了人类觉悟的惟一道具。从此以后，人类的生与死，都与树木息息相关，唇齿相依。

明孝宗弘治三年，在莞城万寿路县衙里指挥仆人栽种榕树的官员，就是那个时候的觉悟者。他承接了释迦牟尼以来的信仰方式，用树木来寄托一个官员的政治想象，那片让人心旷神怡的绿荫，则是一位古代官员延续了五百多年的政绩。

东莞的道路是现代化的产物，它的密度和质量让人叹为观止。当一个游人在城市里迷路的时候，他可以凭着一棵古树的指引，找到正确的方向，他行走的每一个地方，都会出现一片森林。

（原载《散文百家》2015年第10期）

The Best Chinese Literature

诗性的欢愉

2015

孤独温暖的旅程

铁　凝

有一年冬天，在京西宾馆开会，好像是吃过饭出了餐厅，一位个子不高、身着灰色棉衣的老人向我们走来。旁边有人告诉我，这便是汪曾祺老师。当时我没有迎上去打招呼的想法。越是自己敬佩的作家，似乎越不愿意突兀地认识。但这位灰衣老人招呼了我。他走到我的跟前，笑着，慢悠悠地说："铁凝，你的脑门上怎么一点儿头发也不留呀？"他打量着我的脑门，仿佛我是他认识已久的一个孩子。这样的问话令我感到刚才我那顾忌的多余。我还发现汪曾祺的目光温和而又剔透，正如同他对于人类和生活的一些看法。

不久之后，我有机会去了一趟位于坝上草原的河北省沽源县。去那里本是参加当地的一个文学活动，但是使我对沽源产生兴趣的是汪曾祺的一段经历。他曾经被下放到这个县劳动过，在一个马铃薯研究站。他在这个研究马铃薯的机构，除却日复一日的劳动，还施展着另一种不为人知的天才：描绘各式各样的马铃薯图谱——画土豆。汪曾祺从未在文字里对那儿的生活有过大声疾呼的控诉，他只是自嘲地描写过，他如何从对于圆头圆脑的马铃薯无从下笔，到后来竟然达到一种"想画不像都不行"的熟练程度。他描绘着它们，又吃着它们，他还在文字中自豪地告诉我们，全中国像他那样吃过那么多品种的马铃薯的人，怕是不多见呢。当时我去沽源县是在夏天，走在凉快但略显光秃的县城街道上，我想象着当冬日来临，塞外蛮横的风雪是如何在这里肆虐，而汪曾祺又是怎样挨过他的时光。我甚至向当地文学青年打听有没有一个叫马铃薯研究站的地方，他们茫然地摇着头。马铃薯和文学有着多么遥远的距离呀。我却仍然体味着：一个连马铃薯都不忍心敷衍的作家，对生活该多有耐心和爱。

1989年春天，我的小说《玫瑰门》讨论会在北京召开，汪曾祺是被邀请的老作家之一。会上谌容告诉我，上午八点半开会，汪曾祺六点钟就起床收拾整齐，等待作协的车来接了。在这个会上他对《玫瑰门》谈了许多真诚而细致的意见，没有应付，也不是无端地说好。在这里，我不能用感激两个字回报这些意见，我只是不断地想起一位著名艺术家的一本回忆录。这位艺术家在回忆录里写到当老之将至，他害怕变成两种老人，一种是俨然以师长面目出现，动不动就以教训青年为乐事的老人；另一种是唯恐被旁人称"老"，便没有名堂地逢迎青年，以证实自己青春常在的老人。汪曾祺不是上述两种老人，也不是其他什么人，他就是他自己，一个从容地"东张西望"着，走在自己的路上的可爱老头。这个老头，安然迎送着每一段或寂寥或热闹的时光，用自己诚实而温暖的文字，用那些平凡而充满灵性的故事，抚慰着常常焦躁不安的世界。

我常想，汪曾祺在沽源县创造出的"热闹"日子，是为了排遣孤独，还是一种难以排遣的孤独感使他觉得世界更需要人去抚慰呢。前不久读到他为一个年轻人的小说集所作的序，序中他借着评价那个年轻人的小说，道出了一句"人是孤儿"。

我相信他是多么不乐意人是孤儿啊。他在另一篇散文中记述了他在沽源县的另一件事：有一天他采到一朵大蘑菇，他把它带回宿舍，精心晾干(可能他还有一种独到的晾制方法)收藏起来。待到年节回北京与家人短暂团聚时，他将这朵蘑菇背回了北京，并亲手为家人烹制了一锅鲜美无比的汤，那汤给全家带来了意外的欢乐。

于是我又常想，一位囊中背着一朵蘑菇的老人，收藏起一切孤独，从塞外凛冽的寒风中快乐地朝自己的家走着，难道仅仅是为了让家人盛赞他的蘑菇汤？

这使我始终相信，这世界上一些孤独而优秀的灵魂之所以孤独，是因为他们将温馨与欢乐不求回报地赠予了世人，用文学，或者用蘑菇。

（原载《文苑》2015年第8期）

伟大也要有人懂

李敬泽

一个中国人,他对马克思的第一印象通常是标准像上那部雄狮般的胡子。中国传统中,长须是年高德劭的标志,所以,在我的少年印象里,马克思是老的,他生于近两百年前,似乎他的胡须在这两百年间一直茂盛生长。

到后来,读了马克思的书、对马克思有所了解后,我忽然意识到,这里有严重的错觉,马克思的确有一部大胡子,但是马克思不老,他永远不会老,因为他是人类青春激情的恒久象征,他的生命和他的著作体现着青春焕发的理想:人应该而且能够去改造世界,以不屈的意志为公正美好的社会、为全人类的自由和解放而斗争。

所以,过去一百多年来,无数青年成为马克思的追随者,成为马克思主义者,他们在马克思的思想中获得钙、获得坚强的骨骼,在精神上挺立起来。

马克思的思想永不衰老,它不仅针对着马克思所生活的十九世纪,更重要的是,它揭示人类的过去、现在和未来。马克思的书不是僵硬的经文,他指出了方向和道路,提供了世界观和方法论,指引着一代又一代人面对自己的时代,不断思考和实践,正是在这种思考和实践中,马克思主义证明着它永不枯竭的活力。

北大教授韩毓海给青少年写过一本谈马克思的新书《伟大也要有人懂:少年读马克思》,在这本书里,我们看到马克思和他的思想发展到今天,越发熠熠生辉。在这个全球化、互联网、市场经济的时代,马克思依然如一盏明灯,清晰照亮了我们的世界。他何尝老去,他就在我们中间,他依然与我们息息相关,依然是所有对人类的未来怀着美好梦想的人们之中最具智慧和洞见、说出了最有说服力的真理的那个人。

通向真理的路从来都是崎岖的，就像我们从这本书里所知道的，马克思毕生为探求真理作了艰苦卓绝的努力。同样，走近马克思、走进马克思的书也是困难的。那毕竟是写于一百多年前的书，那毕竟是汇集人类思想最精深成果的著作，对任何一个读者来说，那都不是轻松愉快的风景，那是高山、是大海，是考验着人们知识、智力、意志的艰难跋涉。

在上世纪70年代，我还是个十三四岁的初中生，不知天之高，不知地之厚，立志要读《资本论》，而且在同学中组织了一个学习小组。这一壮举的过程我已经记不清了，反正最终结果是望而生畏、不了了之。

但是，如果在那时、在我的少年时代，读到了这本《伟大也要有人懂》，那又会怎样？

我想，在这晓畅明白读得懂的文字和道理中，我会更早、更充分地领略马克思的魅力，那是思想的强大魅力，将会吸引着、引领着我们继续前行，终有一天，当我们足够强壮时，我们就会独自远行，会自己拿起那一本本大书，去直接攀登高山、越过大海，去认识马克思。

“伟大也要有人懂”，这是鲁迅的话。这句话既包含召唤，也包含责任，那些伟大而精深的道理应该被人懂，也应该有人艰辛劳作，把通往真理的路修得相对平坦。响应这个召唤、承担这份责任，其实是很难的事。在这本书中，我时时能感到，在通俗易懂的表述背后，作者韩毓海教授付出了沉重的努力，每一个段落都是对马克思浩瀚思想的提炼和把握。韩毓海教授所做的，不仅是把马克思的思想通俗化，更重要的，他是站在马克思的书中，与这个时代、与这个时代的少年和青年对话。

结果，我们看到的是一次热烈激越、充满启发的贴心长谈。

我确信，在你们、在少年朋友们中间，许许多多的人会由此刻骨铭心地记住马克思，马克思的理想和事业会像过去一百多年一样，深刻地融入一代代人的青春，他的道理和他的信念，会在今后漫长的人生道路上指引着我们，像无数前辈那样行动起来，让我们的世界变得更好。

（原载《人民日报》2015年2月10日）

你不可以不知道洞头

韩小蕙

1. 你可以不知道温州，但不可以不知道洞头——因为面对着空莽辽远的东海，前面是无限的世界，背后是生动的祖国。

中国的万里海疆，从未像今天这样信心满满地迎来旭日，送走霞光。洞头渔民们扬帆起航的时候，那场面真让你昂扬：请想象肯尼亚大草原上乌云般涌动的角马群，请想象法国大导演雅克·贝汉的影片《海洋》中那电光流转一样的巨大鱼群，请想象国庆大阅兵那一眼望不到边的威武之师……就这样，他们出发了！

当一艘艘插着夺目的五星红旗、箭簇一样发射而出的渔轮驶离之际，除了面对妻儿父母千年凝固的不舍面容，他们的手机、电脑、微信里，早已满满地收到来自祖国公安、海防、消防、检疫、卫生乃至各级政府的叮咛与祝福。不再断肠，涛声朗朗，大海的心情也越发桃李，表情越发芙蓉……只有 9 万常驻人口的小小温州洞头县，现在已是中国浙江省的第二大渔场，负责全国上亿餐桌上鱼鲜蟹肥的海香呢！

2. 你可以不知道温州，但不可以不知道洞头——因为面对着横亘了亿万年的东海，前面是三千年前的夏风商韵，背后是大数据时代的奇幻现实。

你肯定不知道，在中国的三大名楼——黄鹤楼、岳阳楼、滕王阁之后，还排列着九大名楼，矗立在洞头烟墩山上的望海楼位列其中。置身小小洞头岛，何以赢得这么大名声？乃此楼年资甚高，早在公元 434 年的南北朝时期，就由永嘉郡守颜延之建起来，时获“气吞吴越三千里，名冠东南第一楼”美名。以后，随着烈烈岁月的兴衰更替，特别是明清两代的两度海禁，望海楼曾数度呜咽，倾圮废弃，又几次恢复心跳，维修重生；终于，在21世纪初中国民安国富之际，又一次巍巍然拔地而起，成为我国东南沿海的地标性建筑。

抬望眼，坐落在雕栏玉砌中的洞头望海楼，秉承了中华建筑最高端的美学精神：方座，塔形，大屋顶，飞檐角，雕梁画栋，直插海天。与众不同的，除了巍巍乎高哉，还特别的强壮健硕，其宽度厚度几乎四倍于别处的关楼，仿佛将北京正阳门的庄严雄伟、西安大雁塔的古拙悠远、甘肃嘉峪关的不怒自威、西藏布达拉宫的外奇崛内深厚合四为一了。更让我啧啧赞叹的是，走进恢弘殿门，迎面而来的，不是供人膜拜的高大神像、佛像，而是一座立足于洞头民生的海洋文化博物馆。

从一层到四层，博物馆用图片、实物、模型、LED屏、声、光、电……将洞头百姓的猎渔、耕海、农事、生活、习俗、节庆、餐饮、娱乐、婚丧嫁娶、歌吟弹唱、民间艺术……一一演绎得声情并茂。我在心里一遍又一遍感叹：小小洞头，无限江山！

3. 你可以不知道温州，但不可以不知道洞头——因为面对着浪涛灼灼的东海，前面是万丈深渊，背后是坚实的大地。

这是我第三次来洞头。犹记得2006年暮春，曾在洞头住过一晚，彻夜心惊，不敢安眠，是因为谁说了一句“今晚可别来台风，不然明天就回不去了！”当时，连接洞头岛与大陆的桥还未建起，我们是乘着风浪上岛的，有人吐得一派歪瓜裂枣……而就在我们离去一个月后，洞头人民自发捐款、齐心修造的五座跨海大桥一水儿开通了，宛若世世代代梦中企盼的霓虹彩带，“从头到尾，将心萦系，穿过一条丝。”（宋无名氏《九张机》）

此番再来洞头，只一忽儿，汽车已驶过洞头岛——半屏岛——大三盘岛——花岗岛——状元岙岛。五座桥串联起来的岛屿，全然改变了洞头的命运。身后，不动声色地甩下了一间间酒店、一群群公寓、一座座停车场和汽车维修站……

不知是何联想，我心中浮现出宋柳永的著名词篇《望海潮》：“东南形胜，三吴都会，钱塘自古繁华……”当年，柳永“望”的并不是海，而是钱塘江，他的视野是向内的，自满自足的眼界里皆是杭州的美景与奢华。而今，我则更骄傲地站在洞头的山巅，极目远望——是大海，是天空，是宇宙，是古往今来，是家国情怀，是人类未来。波腾浪涌间，云起云飞处，但见海之魂，云之火，梦之思，心之恋……人生际遇种种，历史蹉跎岁月，比海洋更大的天空，比天空更大的人的内心世界，一起涌上胸膛。亦拙仿柳词，也来填一首《望海潮》：

“东方望远，波涛深处，洞头万顷碧花。三千岁月，两度海禁，繁衍三万人家，金岸(注)卧白沙，半屏(注)听浪鼓，花岗(注)鱼虾。鸥歌嘹亮，珍珠万点，蓝天下。往事飞丹流霞，曾登岛蒋特，如今哈哈。春往耕海，秋来渔事，冬夏满船光华。万众登高崖，创业写历史，千秋佳话。多情青山斜阳，惊艳新数码。”（注：金海岸、半屏山、花岗岛皆洞头地名。）

4. 你可以不知道温州，但不可以不知道洞头——因为早有诗人海子，唱出了“面朝大海，春暖花开”。

其实谁人不识温州？“敢为天下先”的温州精神，曾被几位温州奇女子演绎得威武雄壮：她们在伊拉克战火尚未完全熄灭之际，就勇毅地闯了进去，在语言不通、枪弹纷飞的危恶环境中，成功地开辟出了商机。她们那纤细而顽韧的身影，让我永远对温州充满了崇敬。

洞头是温州最前哨。每当东方第一缕曙光轰轰烈烈照射在这一片海域上，立即，就像火娘舞到了油海里，“哗——”地一下，将洞头金子般的内质点燃，激荡出一幅气象万千的《红日煮海图》。

海可煮。海可耕。海可写。海可歌吟。海可传涌。

在所有关于薪火的记忆里，大海负责任地留下了一部文明发展史。

小小洞头是其中的一朵奇葩。

（原载《人民日报》2015 年 7 月 27 日）

守卫土地

彭学明

一面坡上，一个影子依稀可辨。一头牛，一架犁，一个人，在山影间起伏。远远望去，就像一面在海上涌动的船帆。那是哥。他在伺候月婆子一样伺候他的土地。

哥打着一双赤脚，头时而埋下，时而抬起，双手用力按住犁柄。在低一声高一声的吆喝里，牛向前走，犁往土里进，泥块子一溜一溜地翻耕过来，倒成一条直线。犁铧亮闪闪的，新耕的泥块子也亮闪闪的，还看得到从犁铧上拓印出来的道道纹路。湿热的地气，从新耕的泥块子上冒出来，丝丝缕缕，飘出泥土的清香。哥的两片脚板，就像两尾摆动的鲤鱼，时而被翻耕过来的泥土严严地盖住，时而又从泥土中悄然钻出。初冬了，冷，哥却依然赤着脚丫在地里忙。小腿肚子上的那块伤疤又亮又硬。一双布鞋，独坐地头的一角。乡下人，无论多冷的天，都没人穿着鞋犁田耙地。穿着鞋犁田耙地的人，不是乡下人。

一个早上的工夫，地就犁好了。哥又拿了耙在上面一遍一遍地碾。铁耙的齿又长又粗，像钢铸的獠牙，把泥土啃得细碎如沙。把草一棵棵拣去。把枝一根根拈走。把石头一片片剔出。土地就是一张硕大的地毯了，平坦细密，柔软厚实，一脚踩下去，那被踩的脚窝又会蓬蓬松松地散开、涨起。那土真肥，黑黑的，油光发亮。用手一捏，立刻就捏成了黑色的糯米团，黏黏的，潺潺的，能扯出丝丝线线。一丝笑意，不由自主地浮现在哥的嘴边。

天很高很远。

云很高很远。

哥的乞愿也很高很远。

哥，只是那些热爱土地者中极为普通的一员。跟所有的人一样，当哥如一粒种子，从母亲怀里滚落时，他就是土地上的一种植物了，他就注定离不开土地，注定要与土地生死相依了。土地是富有的，什么都生，什么都长。土地是博大的，世间一切都能容纳。土地是诗。土地是画。土地是哥另一种意义上的亲娘。

春天，和煦的风一吹，哥就披一件阳光的霓裳走来。雨的韵脚里，绵绵不绝的叶芽从土地上冒出，若五线谱的符号，牵满音乐的旋律。所有的绿色，都从远方赶来，与春为伍，给哥做伴，为土地裁剪一件件新衣。花在新衣上面飞翔。河在新衣上面走动。那些本已枯瘦的河流，被春天泡涨了、养肥了，丰腴得如一位坐月子的新娘，整天唱着欢乐的歌。

就着春天的桃花、杏花，哥又开始春早人勤，伺候土地。当春天的第一场大雨来临时，正值茫茫深夜，第一瓢雨一下，哥就匆匆起身告别温馨的梦，头顶斗笠，身披蓑衣，与牛与犁来到了田边。干渴了一冬的田畴，泥土板结如铁，这初春的第一场大雨，是田畴的奶汁、农业的命脉，是靠天吃饭者们的希望。哥得连夜开犁，抢蓄田水，以保来日庄稼丰收。雷在头上隆隆滚动，雨在身边哗哗呼响，一道道闪电，则如一条条皮鞭把天空抽得白骨森森、嘎嘎作响。哥，一手提着马灯和缠绳，一手扶着犁柄，在田畴上紧急行军。犁一遍是硬土，犁二遍是稀泥，三遍四遍时，就是泥糊糊、水洞洞，是一田煮好的稀粥。天上的雨水，从此不再流浪，而是变成一面锃亮的镜子，落座田间，照耀一年的收成。那盏如豆的马灯，亦把乡间夜雨照耀成千万缕的金丝银线。哥的脸，红如灯笼，照亮半个山垭。

用他长满老茧的手，哥精心打造好了一个薄薄的泥床。珍藏一冬的稻种，都从哥的怀里滚落下来，在温暖的羊水里浸润发芽。像守护十月怀胎即将分娩的妻子，哥日夜守在一个大桶旁，等待稻种长出乳牙。怕温高了。怕温低了。怕风热了。怕风冷了。每一粒稻种，都在如此的关爱里，长出一丝白色的眼屎——乳牙。哥像拣金子银子一样，格外小心地把稻种拣进泥床里，让稻种在泥床里边睡边长。白天鸟雀成群，晚上老鼠成灾，为了不让稻种被糟蹋，哥依然无日无夜地睡在田边，守望秧苗。直到秧苗青乎乎地长出来，哥才回到家里睡一宿安稳觉。秧苗，眼泪汪汪的，感动着成长。如此，本很一穷二白的土地，被哥打扮得花枝招展、甜甜蜜蜜。哥,正如一个大智若愚的美术师,为土地精心布展。

田里展出九重水稻,九重水稻翻腾九重水烟。

地里展出千顷麦菽,千顷麦菽摇曳千顷麦黄。

山上坡上,玉米、小米、高粱、黄豆,都滚动着茫茫秋色、秋色茫茫。

一些名叫蔬菜的黄瓜、南瓜、辣子、茄子、豇豆、西红柿,亦在哥的招呼下,齐齐登场。

踏着黄昏的影子,哥每天都要背一管火枪、拿一面破锣和一束火把,进山。山里,有一片郁郁葱葱、群枪林立的包谷林,他要守护。在用杂木、芭茅和茅草搭起的守望棚里,除了一床满是汗香体香的被子,就是成群结队的蚊子了。哥在与野猪们战斗之前,先得与蚊子们战斗。山里的长脚蚊,大个大个的,若一群夜袭的战斗机,黑压压一片嗡嗡开来,又黑压压一片嗡嗡开去,把哥轮番轰炸得血肉模糊、青疮重重。秋夜长空,天高云淡,秋高气爽。月亮高高挂着。星星闪闪亮着。长长的秋空,一脉乳蓝。虫声、溪声、风声都在秋夜里潺潺如歌。大地,是一首梦中的情歌。

哥就在这样的夜色里一眼不眨地守望着土地,守望着粮食,守望着一生的心血。深山野地,野猪太多,它们像铁盔铁甲的装甲兵常在夜晚集体出动,偷运军粮。它们那乌黑尖硬的嘴,如一张张铁打钢铸的犁,一嘴下去,地皮就被开出一条深沟来,包谷就像推土机推过似的,连根拔掉。叶嫩,秆甜,籽香,包谷是野猪的美味佳肴。那声音,半边山都听得到。哥这时就点燃火把,敲响铜锣,扯起嗓子地动山摇地吼。野猪们以为来了千军万马,惶惶然败退。可慢慢习惯了,野猪也不怕了,隔三差五就来骚扰,哥不得不整夜敲锣放枪,点火山吼。一秋下来,秋肥了,哥却老了瘦了,胡子拉碴,不帅了。而庄稼,却安然无恙地进了院门。

望着进屋的庄稼,哥说不出的喜悦。这庄稼是从土地的胚胎中长起来的,是土地阵痛之后的儿女子孙。没有土地,就没有庄稼,没有吃穿,没有一生一世的好盼头。在一生一世与土地打交道的过程里,哥深刻地体味到了土地的博大与富有,体味到了一分耕耘一分收获的含义。土地是富有的,可这种富有只属于勤劳不属于懒惰;土地是博爱的,可土地只爱那些本身也热爱土地的人。土地赐福于人类,土地赐福于个人,失去了土地，就失去了赖以生存的根，失去了一切。庄稼人尤其与土地同呼共吸、血肉相连。由此，哥与所有的庄稼人一样，对土地莫名地崇拜。

每年秋收之后，哥都要带了贡品去村头的土地堂敬土地菩萨："土地神土地神，我是你的庄稼人，带来好菜与好酒，求你风调雨又顺。"一旦谁与哥在地界上发生争执，一向宽以待人、仁慈少言的哥，定会斤斤计较、桀骜不驯，定会寸土不让、寸土必争，谁敢动他一铲土，他定会放你一盏血。哥小腿肚子上的那块疤痕，就是哥誓死捍卫自家土地、与侵占他的土地的人恶战的见证。哥说，乡里人，土地就是命，为了土地，谁都可以不要命。

现在，已是冬天。冬天的风冷了。冬天的云低了。冬天的时光闲了。辛劳一生的哥却不会让他和他的冬天闲着，却会让他的土地好好歇着。他把冬天背在肩头，从这座山到那座山，从这面坡到那面坡，打草，捡粪。他要把草烧成灰后与粪一同倒进田里地里，养田养地。春光、秋色、丰收、幸福，还有富裕和希望都在土地的一扇门里待着，只等哥的双手一推，好梦就会与燕子和阳光一起回来。

（原载《朔方》2015 年第 5 期）

梧桐清音

宋长征

布衣秀士

梧桐站在我们村儿的田野上，像是从古典章节里走来的布衣秀士，树皮青色，等同于梧桐的青色长袍，我们小时候欺负梧桐——当然是欺负小的梧桐树苗，恃强凌弱好像是我们骨子里的天性，每每萌生，不计后果，不知羞耻。用骨节尚未成型的小小拳头，比赛谁能把梧桐树打出泪来。硌的手生疼。我相信小小的梧桐树苗更疼，青皮上的汁液如泪水般汹涌而出。梧桐树有自动疗伤的功能，没多久愈合了伤口，留下的青色疤痕像是梧桐树的眼睛，看着我们上学，放学，像一群无人放养的羊羔。

我三哥从部队退伍归来，想在乡村干一番大事业。养鸡，天热鸡雏们受了惊悸，挤在墙角叠罗汉，全部死光光，吃了一顿炖乳鸡。种菜，行情不好，种出的辣椒无人问津，倒进村前的小河里。后来想想，有的是土地，干脆响应党的号召，栽种梧桐树。

那时距离电影《焦裕禄在兰考》播出没多少年，据说他为治理三害号召全民栽种梧桐树。一个人在一个地方，只待了475天，就将一种精神植下，根深叶茂，到如今焦裕禄号召种植的梧桐树在兰考仍然是经济发展的支柱产业之一，不知为广大兰考人民带来了多少收益。1963年，焦裕禄亲手栽下一株梧桐树，并在梧桐树下合影，后人称这棵树为“焦桐”。其实真正的焦桐来历并非这样。我三哥栽种的梧桐树苗到底是成功了，恰值县里桐粮间作的口号喊得如火如荼，这样销路就不成问题了，从此算是给我三哥树立了扎根乡村的信心。

其实，称梧桐为布衣秀士，并不是我的发明，魏晋时期就有夏侯湛做了一篇《桐赋》曰：“有南国之陋寝，植嘉桐乎前庭。”那时的梧桐树作为魏晋风度的代表，常常伫立在书生们的书房前，青碧如盖，遮挡着当权者的烈日炙烤，荫蔽着书生们闲暇自由的光阴。到了傍晚，一轮残阳挂在屋檐上，听嵇康与向秀打铁的声音，铁花四溅，一如思想的火花飞迸。还有南朝谢眺作的《游东堂咏桐》，其中“孤桐北窗外，高枝百尺余；叶生既婀娜，落叶更扶疏”的诗句，一如我们村儿的梧桐，叶生婀娜，落叶扶疏，听鸡鸣骤起，呼报着更次，看一只忠诚的土狗悄悄钻出墙洞，逡巡在村庄周围，为这个简朴的村落恪尽职守。

与魏晋时期的清雅不同，我们村里栽植梧桐树无非是发展经济，给腰间瘪瘪的口袋一个鼓起来的理由。“要想富，少生孩子多种树”，这是一段时期乡村土墙上最为醒目的标语，我想其中的“树”应该包括梧桐树。

我们家孩子多，所以盖的房子就多，盖的房子多所以破破烂烂的院落就多，院子破烂了不怕，父亲瘸着腿领着我们把三哥种的条杆不好的梧桐树苗移栽在自家院落里，后来一律长成了参天梧桐——参天这个词虽然听着有点儿大，但我相信除了形状之外还应该具有某种灵性方面的特指，在清贫的乡间，每一株植物都有问天的秉性，把握天气，参悟生命，夜看星象，聆听无名草虫在无意中泄露天机。

这是村庄里的梧桐树，日日夜夜和村人居住在一起，清晨撩起雾的面纱，夜晚轻弹指尖，洒落漫天露水。相比，还是田野上的梧桐更显大气，就像一个读书多年的人，终有一天走出家门，身穿青色长袍，那风撩起的书香在田野上自由奔跑，那雨坠落的词语串成诗的珠链，一往情深。

麦田的守望者

我其实是该道一声谢的，代表我们一家人向田野上的梧桐树深鞠一躬，感谢梧桐陪伴过清贫的光阴，不知桐树君能否领情。

节气在田野上奔跑，我走在田埂上更像一只不起眼的小小的野物。去年刚栽下的梧桐树苗，一阵春风挺起腰杆，好像在这个孤单的世上，并没有什么可怕；好像清贫不过是生命历程中不可或缺的章节，没什么可怕。你看一株小小的梧桐树苗不也在春风春雨中昂起头来，坦然面对这广袤的原野？

母亲是有所想的，大哥二哥为了生计远赴异地他乡，到遥远的东北做了一株流浪的树，三哥也有了自己的家庭，尽管有过最初的坎坷，还是把日子过得风生水起。只剩下我们仨了，二姐，三姐，从她们看着我背起书包上学的眼神中，我能读懂一份无奈与遗憾，这看似注定的命运，其实蕴含了很多亲人之间的包容与忍让，很多年后，每当她们说起我的上学，仍然只是不自然地笑着一笔带过。

我不能，我把书包挂在梧桐树的枝丫上，坐在田埂上读书，鸟鸣啁啾，草虫的滴哩声中有词语露珠般滑落。我看见梧桐的叶片更大了，像一叶清荷，这无边的田野就是一泓湖水，这连天的麦田就是起伏的波纹。

是天注定，注定我将成为孤独的麦田守望者，像一株梧桐树青碧着枝叶，伫立在田间。没有辍学之后的捶胸顿足，我知道，既然生而为人就需要面对生活的失意与落魄——后来的很多年，我想，如果我真的学有所成会是一副什么模样：思想了千万遍才下定决心回到这个依然在困顿中挣扎的村庄来看看，锃亮的皮鞋，因在乡间土路沾满了尘土的小汽车而情绪烦躁，一边是摩登时尚的妻子小心翼翼怕高跟鞋崴在泥土里，一边是孩子面对斑驳土墙一脸的鄙夷？生活没有设计，也没有假设，在我面对一株高大清秀的梧桐树时，忽然理解了月白风清的含义。

《齐民要术》中说："青桐，九月收子。二三月中，作一步园畦种之。白桐无子，成树之后，任为乐器。"又说："青白二桐，并堪车板，盘合，木屐等用。"听着就像在说生在乡间熟悉的弟兄俩，一个叫青，一个叫白，清清白白，箪食瓢饮，并不奢求什么，只是贡献出自己的所有。

我家麦田里的梧桐树，后来一部分父亲做主给二哥盖了一座房屋，粗大坚实的房梁，直挺的木檩，相当于父亲母亲终于有一天可以站在乡亲面前说，我们的任务完成了，这样的一生才算是结局完满。

另有一大部分做了二姐三姐的嫁妆。我们村最好的木匠六爷一边将铅笔别在耳朵上，一边与母亲商议做成三组还是五组的组合家具。木花在六爷的手中的刨子上绽放，薄薄的一层一层像是时光写下的书签，每一张书签都记录着这个家庭的欢乐与苦难，也写着二姐与三姐羞怯的欢喜。木香在日光中弥漫，仿佛一件事物的生成冥冥中充满玄机，一株梧桐的生长与剖解，从流泪到解成薄薄的板材，又巧妙组合成日常生活中不可或缺的器物，是一种生命与光阴结下的契约。

过了许多年，当我抚摸着那些纹理细密的家具，依稀能听见虫鸣啁啾，草虫的滴哩，还有月光从梧桐树的枝叶间流淌，一如琴弦的颤音，在诉说那些简白的光阴。

焦尾清音

大面积栽种梧桐的年代，我们村儿到处都是梧桐树身穿青色长袍的身影，清亮的日光下，仿佛每一株梧桐树都会走动，从初秋的第一片叶子落下，到夏日青碧如盖。最可欢喜的是春末，柳絮飘飞，一如漫天纷纷扬扬的雪花，这时的麦子刚好拔节，梧桐树上开满了淡紫色的花朵，一串串，像集结在一起的微型萨克斯，舒舒缓缓吹起《回家》的旋律。我想，凯丽金的故乡也是春天开满桐花吧，一个人走在异乡的街道上，不由心生回家的念想，“桐花万里路，连朝语不息”，就这样，一曲蕴含古典章节的乐曲由此诞生。

我曾经写过我们村儿里家家都有木匠，大人小孩一度都能拿起斧子、锯子和刨子做一些简单的木匠活。那时的汽车还是稀罕物件，经常天一擦黑，村外的土路上响起汽车的喇叭声，我们围着汽车看，木匠人家把一块块剖解好的梧桐板材装上车。据说，运到外地——诸如焦裕禄号召栽种桐树的兰考县，做乐器。

传说中琴的发明者是伏羲氏，因为梧桐是集造化精气的神树，可制演奏雅乐的乐器。对于梧桐树的选择，伏羲氏更是近乎苛刻，必须要用高达三丈三尺的梧桐，象征三十三天之数理。截为三段，意思是天地人三才。取其上，声太清，过轻所以弃之不用；取根部，则太浊，过重也弃之不用；唯独取其中，清浊相济，轻重相兼，这样发出的声音才最为合适动听。这样想来，我们村儿的梧桐到底还是废弃了太多，不能为琴所用，不知留下了多少遗憾。

其实也未必，那些为琴所抛弃的梧桐板材，依旧能为乡村所用，如做妆奁，要出嫁的姑娘脸颊绯红看着镜子里的自己嗔笑发呆；如做门板，挡住猎猎的寒风，遮蔽节气带来的冷寒；更可裁为床板，在星光满天的梦里守望故园，看如花的儿女一个个长大成人。

说起琴来，就免不得提起传说中的“四大名琴”，晋傅玄在《琴赋》序中曾说：“齐桓公有鸣琴曰号钟，楚庄有鸣琴曰绕梁，中世司马相如有绿绮，蔡邕有焦尾，皆名器也。”

此中可看出梧桐树的功绩。

首先是“焦尾琴”，说是某一天蔡邕在浙江一带的某个人家小坐，主人在厨房里给客人做饭，忽然听见厨房里传来清脆的爆裂声，蔡邕不由得起身去看究竟，原来是灶膛里的一段梧桐木发出的声响，被这个音乐天才一把抢了出来，遂制成一架琴，名“焦尾琴”。

焦尾一词听起来不怎么体面，可能世间珍贵的东西只有在无意间才能发现，就如文学家的灵感，呆坐了多日也想不出个头绪，以为自己的创作是不是出现了问题，满地都是丢弃的废纸，撕扯着头发，想这辈子可能就是一个平庸的写字匠，一生也成不了所谓的大师。只是偶尔，一只蝴蝶飞过窗前，在灯影中恍惚，灵感若隐若现，兴由心发，洋洋洒洒，遂成名篇。

另有“绿绮”，这个听起来绿意盎然，好像一眼看见我们村儿的梧桐树，风吹麦浪，绿与绿之间的倾诉与交互，极像爱情——梧桐树是临风而立的青衣秀士，麦子是纤弱的文静姑娘。“绿绮”原本是梁王的一把名琴，司马相如原本家境贫寒，家徒四壁，但司马先生的文章好，梁王要司马相如作了一篇《如玉赋》——不知是附庸风雅还是别有企图，搁现在我想大约有向别人要赞的嫌疑。于是这位当年的土豪一高兴就把心爱之物“绿绮”送给了司马相如，琴内有铭文“桐梓合精”，暗合了下面这一段爱情传奇，琴挑文君——

有一次司马相如去拜访朋友，另一位土豪卓王孙也就是卓文君的父亲设宴款待。酒兴正酣，有人问，听说您老“绿绮”弹得好，不是吹牛吧。司马相如早就听说卓文君才华出众，精通琴艺，且对他亦有仰慕之心，所以就顺水推舟，弹起了琴歌《凤求凰》。果然有心人天不负，躲在屏风后的文君姑娘直听得脸红耳热，小兔子在心里怦怦直跳，到了晚上，便直奔相如住所，巫山云雨了。

再者是“号钟”，算是琴里面的鼻祖。传说此琴声音洪亮，犹如钟声激荡，号角长鸣，近乎于我们村儿的牛哞，对着长长的田埂，一声天地远，两声万古清。高山流水遇知音里，应该就是这架“号钟”琴，穿越高山与溪流，伯牙与子期两位性情中人蓦然相遇。后来传到了齐国贤君齐桓公手上，曾令部下吹起牛角唱歌助兴，自己则弹奏“号钟”与之交相呼应。牛角声声，歌声凄凄，两旁的侍者无不泪流满面。

而后是有“余音绕梁”美称的“绕梁”琴，直接生成了一个成语，口口相传。依我看，现代与古代的中国文化之间有天壤之别，单是一个成语故事表达的内涵，足以抵过某位作家日夜伏案码出来的一部长篇——我也曾有如此卑劣的想法，但一想起古人如炬的眼神，和为纸张牺牲的草木也便作罢。

说是一位叫华元的人送给了楚庄王这架“绕梁”琴，楚庄王喜爱此琴无以复加，竟然因为整天弹琴陶醉在“靡靡之音”里，七天不事早朝。这还了得，王妃樊姬于是开始了苦口婆心的说教：“君王呐，您太沉湎于音乐了，这不是什么好事情，夏桀因为喜爱‘妹喜’瑟，而招致杀身之祸，纣王因为误听靡靡之音，而失去了社稷。现在，君王如此喜爱‘绕梁’琴，七日不事早朝，难道您也愿意丧失国家和性命么？”还别说，倒是这番说教一语惊醒梦中人，陷入沉思的楚庄王只得命手下砸坏了“绕梁”琴，从此勤于朝政。

只是，世间再无绕梁音。

这是有关梧桐的音乐神话，我们村儿的梧桐树听了应该也有所悟，所谓“玩物丧志”里的物原本与其本身无关，只与相关的人才能产生精神上的共鸣。相比，琴是阳春白雪，我们村儿的梧桐树是下里巴人，下里巴人有下里巴人的素朴日月，只需轻轻一翻，便能看见时光深处的光影。

大雅与大俗

有关梧桐树栖息凤凰的意象，来自于远古的文学长河《诗经》，在《诗经·大雅·卷阿》有:“凤凰鸣矣,于彼高岗。梧桐生矣,于彼朝阳”的句子,气质高雅的凤与凰在高岗的上空和鸣,恰似一曲多情的和弦。在那高高的山岗上,有青碧的梧桐,枝叶繁茂,朝霞似火,操琴者也许是一位蛰居民间的雅士,也许是一位在水一方的佳人,指尖轻弹,流露出的是一曲缠绵舒缓的《凤求凰》。

这样的场景说来太过深雅,我们村的梧桐树也许听不懂如此阳春白雪的表达。“桐花万里路,连朝语不息”,在胡兰成的山河岁月里,梧桐只是作为一种素朴的意象,一如远行他乡的我们,在寂寞与孤独无以复加的时刻,想起了我们的“胡村”,故乡里的灼灼桃花,小溪畔的嗵嗵捣衣声,母亲身披朝霞站在一树桐花下,以清澈的目光铺就的长路迎接孩子们归来的步履。

这里有必要说起有关梧桐的一种疾病,就像每说到一个人时不能完全以高大全的形象出现。起初栽种梧桐树的几年还好,我们把叶片一如清荷的桐树苗移栽到麦田,到底是播种谷物的土地,肥水丰足,不出三四年就能长到碗口粗细,成了率真的梧桐小伙。后来梧桐树越种越多,每到春天真的是一树一树的“桐花万里”……直到如今我还常做梧桐开花时的梦,在无边的麦田奔跑,跑着跑着身体离开了地面,到处是桐花的紫,到处是桐花弥漫的清甜,身边是紫色的云朵,一如肋间生出一双透明的翅膀,飞翔在故乡田野的上空。

梧桐树枝间生出鸟巢状的凌乱枝叶,比正常的叶片要小,树枝也是横七竖八。老祖母说这会是老鸹窝,我质疑地看着老祖母的眼神,说看了多少天啦,连一只老鸹也没看见,倒是有几只鸠占鹊巢的斑鸠进进出出。不料,没多久孵出两只小斑鸠,在枝叶间嗷嗷待哺。

这让我想起晋朝时傅咸的《梧桐赋》,里面述说了门前列行植梧桐树招引凤凰的盛观:“美诗人之攸贵兮,览梧桐乎朝阳……郁株列而成行,夹二门以骈罗,作馆宇之表章。停公子之龙驾,息旅人之肩行。瞻华实之离离,想仪凤之来翔。”高大的梧桐树在庭前枝叶青碧,凤凰展翅从万道朝霞里缓缓飞来,且不管是不是真的凤凰来仪,能否给清贫的乡村岁月带来祥瑞,单是那种美轮美奂的意象就能使人沉醉。

到底是没有见过凤凰的一片羽毛,我们村儿的梧桐树只是孤零零长在麦浪起伏的田间,树苗长成了小树,小树长成了大树,大树做了门板,床板,房梁,乃至粗大者做成一口黑漆漆的棺椁,停放在二大爷家的厢房里。二大爷说了,梧桐树,透气,人在里面省得憋闷,想想东想想西,想想这漫长的前生今世,到底做过什么样的大事情,可供躺在松软透气的梧桐木的棺椁里慢慢回忆。

这是叙述的矛盾,在写下凤凰来仪时我的眼前闪现的仍然是故乡的贫瘠,那种简单的底色,黄土黄,麦苗青,梧桐绿。但我不能停止,就如一株正值盛年的梧桐树,无论如何血肉中的年轮还在一轮轮生长。

又有一种镜像,空旷的秋日原野,梧桐树上垂落一个个小小的黑色布袋,一如节气里的标点,走到此时,桐叶已泛黄,翩然飞落。在老祖母的眼里,那些黑黑的布袋是一个个小小的谶语,每一个代表一个缢死的冤魂,听来让人毛骨悚然。我这里不妨做一种学究式的解读:

布袋虫,南方也叫皮皮虫,北方民间俗称吊死鬼,我想这也是老祖母之所以说到冤魂的原因。《尔稚》则称蚬缢女,小黑虫,赤头喜自经死,故曰缢女。《说文》:“蚬,缢女也。”《六书》故引《说文》蜀本曰:“蜕为也。”《御览・九百四十八》引孙炎曰:“小黑虫赤头,三辅谓之缢女。此虫多,民多缢死。”又引《异苑》云:“蚬长寸许,头赤身黑,恒吐丝自悬。按今此虫吐丝自裹,望如披,形似自悬,而非真死。旧说殊未了也。”《尔雅》异云:“有虫半寸以来,周围植以自裹,行责负以自随,亦化蛹。其中俗呼避债虫,罗愿说此于蛅下,不知此乃蚬缢女也。”

如此看来,不过是有关梧桐树的乡间草虫一种,只是被诸如我老祖母一类人假以民间文学的表达方式,半真半假,做了一次宿命论的延伸。

一叶知秋

从春到秋,我们村儿的梧桐一直保持一种贞静的姿势,一如处子,草长莺飞,雁行阵阵,好像都与一株寂寞的梧桐无关。我能想起最美好的事情,就是和一位心仪的乡间女孩,手中擎着一枚如青色油纸伞的梧桐树叶在田埂上奔跑,跑着跑着花开了,跑着跑着云散了,跑着跑着走到了盛年。

盛年的梧桐树。有一种君子的风仪,也更有了一种生命的层次感。所以古往今来,一些风流雅士不知留下了多少有关梧桐的诗词。

古代传说中,梧桐与凤凰有着大致相同的解释,梧是雄树,而桐是雌树,梧桐同生同老,生死与共。唐代孟郊有《烈女操》:“梧桐相待老,鸳鸯会双死。贞妇贵殉夫,舍生亦如此。”表达的即是这层意思,也为《孔雀东南飞》中的主人公焦仲卿与刘兰芝之殉情作了注脚。

而在温庭筠的《更漏子》里:“梧桐树,三更雨,不道离情正苦。一叶叶,一声声,空阶滴到明。”梧桐从而赋予了一种更深的离愁。宽阔的庭院里,三更雨淅沥地下着,一叶叶,一声声,犹如诉说不尽的离别愁情,让人难以自抑,只能任凭惆怅的诗行在夜色中的梧桐树叶上疾疾书写。

我去过苏州拙政园,有梧竹幽居亭一处,建筑风格独特,中部有池塘,塘中荷叶田田,水有游鱼翩然来去。此亭的外围是曲折的廊道,红柱白墙,飞檐翘角。亭中有美人靠,人坐在上面八面来风,可看见旁边有高大的梧桐树,浓密的树荫罩在水面上,亦有苍翠的幽竹,风吹竹叶沙沙,像洒落的絮语。其实,按其来历应该叫做“梧竹幽居”,据说是吴语“吾足安居”的谐音,意思是如果有这么一座幽静的亭园,足可以安然度日。

而我却觉得拗口,不如我们村儿的梧桐树来得畅快大气。想想,在满眼青绿的田野上,一座简陋的茅屋,一个篱笆青青的庭院,几株高大的梧桐树,不管能否引来和鸣的凤凰,便是在滴答的雨声里,捧一卷史册,听一曲田野间的虫鸟大合唱,也会骨子里透着那么一种舒畅。

徐再思《水仙子·夜雨》中的“一声梧叶一声秋,一点芭蕉一点愁”说的应该就是深秋的场景,这暗合了老祖母梧桐树能“知闰”、“知秋”的说法。老祖母说梧桐树的每个枝条上,平年有十二片叶子,一边六片;而在闰年,每一根梧桐树枝上就会多生出一片。虽然后来我多次考证,也没有找到能够实证这种近乎神奇的自然规律,只是偶尔会有巧合,但“梧桐一叶落,天下皆知秋”。梧桐知秋却是一种不可改变的物候和规律,既有诗意,又顺应了流转的节气。

就如当下，寂静的夜深，当我写下这篇有关梧桐的乡村简史，窗外的雨正从屋檐上落下。仿佛看见一片飘零的梧桐树叶，在风雨中翩然而落，重归于脚下的泥土，重归于故乡的纹理，一树清音，律动简朴而深邃的岁月。

（原载《啄木鸟》2015 年第 4 期）

洗　手

朱以撒

每一次要摊开这些汉画像拓片阅读时，我都要认真地洗洗手，擦拭干净。其实指掌间已经很干净了，也还是要自觉地进入这么一个程序，算是从内心对前人的作品表示敬畏，还有崇仰。如果一天里要分几次阅读，那就要洗上几次手，使手在触及拓片时更有感觉。这些拓片有的很大，摊开时可以充满整个大厅，卷起来又如一大捆被子，一开一合，要费不少工夫——宣纸是最为脆弱的，总是要小心翼翼，“侍儿扶起娇无力”啊。再小心也会有磨损，有一些纸屑落下，有一些丝缕脱离。尽管手的动作已经轻柔之极，心里还是不敢松懈。那种隔着手套工作的做法，我一直不能适应，我执着以裸露的手对待这些旧时代的宝贝，生怕弄疼了它们。

这种习惯逐渐形成，对待古旧之物，大都如此。这些旧物是不可复制的。如果有人来，手上都是汗，或者手不安分，我就没有兴致拿出来分享。每一件古旧之物都是有自己的气息的，冷清的、平和的、朴拙的，却不会有时下的这么些气味。充满欲望的手一天到晚都在触摸着种种物质的皮表，要静下来阅读古帖古碑，慢慢地把玩一遍，还是需要洗一洗手，让手的温度冷却一些——这很像一个长长的过门，很郑重，很有必要。一个人在心理上做好了准备，接下来的由手展开的动作就会把分寸掌握得很好，至少不会失手。

精神洁癖——让澄澈的水来过手，通常以此开始。生活习惯中对于洗手的要求，是在进食之前。要吃饭了，把手洗净，以免不洁的细菌随着指尖进入腹中——再草率的洗也比不洗要清洁，一个人的心理往往如此。这使得饭前洗手成为一种惯常，很自然地延续下来。一位农妇在不缺水的条件下让孩子们洗手,可能没有想到这是对自己劳动成果的一种尊重——一年到头的栉风沐雨,终于修成了黄澄澄的果实,进入了牢固的仓廪。有的时候,我在淘洗时,会有几粒金黄的小米跳到地上,我一定会俯下身来捡拾。很奇怪的是,如果白花花的大米掉落几粒,我还不会这么的迫切。我被小米的颜色所吸引,它们让我看了心动,那么微小,又那么灿烂,上苍给了它们这样的容颜,让人无法忽略它们的存在。它们在等待收割的时候,一阵风来,随时会落入泥土的缝隙中,再也回不到谷仓里——还好,农夫手脚麻利,把它们从田野带了回来,无数的金黄颗粒,让人感到眩晕,把它们堆成金黄色的塔,高处的小米会簌簌地流动起来,像一道金黄色的河流。现在,它们从千里之外来到我的面前,每一粒都可以见出远大,岂能轻慢它们? 一个人把手洗净了,坐在餐桌前,显然是沉稳的、端庄的。对劳动的果实抱有认真的情绪,缓慢地品咂,神色中越发爽朗。狼吞虎咽、风卷残云也是一种态度,只是劳动果实的滋味未能被细致地感受,不免有些粗率。大凡有洗手这个程序,整个行为都会克制一些、徐缓一些,以至于进程更为细腻、雅致。所谓斯文,洗手的动作也算一个吧。

很久以前,我和农民兄弟从田里干活回来,队里的妇女已经把饭做好,是少有的白米饭。那时候偶尔有这样的运气,生产队长觉得夏时盛热,收割与插秧并举,实在辛苦,便会拿出队里的粮食,让大家吃一次免费的晚餐。每个人把农具一扔,围着装米饭的大木桶,那支木饭勺从一只手急切地转到另一只手上。动作迅疾,使人处在一种期待之中——吃得饱是非常美好的。一切美丽之物都是吝啬的、有限的。很快,一桶白米饭就见底了。我相信还未吃饱的人端着碗走近木桶时,一定会有些绝望,因为他未曾料到白米饭如此迅速地消失了,把再吃一碗的热情企盼变成一片支离破碎——这一餐已经结束了。每个人的动作都很急,一下接着一下,赶路一般。这些动作的背后是忧郁的,无形的饥饿很快又会追了上来。这是一个来不及洗手的年代,手上都是泥屑,或者农家肥的气味——在田里干了整整一天,人的一双手触及的物体有多少啊,可是,来不及洗手了。谁都知道,埋头把手洗得干净了,白米饭可能就吃不上了。孰轻孰重,一个肚里空空荡荡的人还是能分辨得清楚的。这里的人少有洗手的习惯，双手由于长期与泥土、农具摩擦，变得十分粗糙，手心手背的纹路就像旱地里的裂缝，尘泥嵌入其中，即便费力洗刷也无济于事，分不清哪一部分是皮肤，哪一部分是皮肤的附着物。只有到了夜晚，他们才进行大规模的洗涤，烧一锅临近沸腾的水——这样的温度让我十分吃惊，它显然超过了皮肤的接受限度。他们在简陋的澡房里，用这样的水细致而缓慢地搓动着，全体通红。这是一个农家劳力最舒心的时刻，也是他们最清洁的时刻，此时，动作非常之慢了。这是一个自我陶醉的时候，它和白日的辛劳形成了不同，日子正是在比较中逐渐推进。

从农村回到城市，我又渐渐恢复了洗手的习惯，我知道自己又要开始一些文人细腻的动作了，它们大部分是在纸面上进行的，洗手成为必然。

我回老家时，面对晚年的母亲，我会给她剪剪指甲，手指的，脚趾的。人老了，指甲也变了形态，如乱石铺街，凹凸不平，连坚硬的指甲剪都有些吃不消了。可是我别的做不了什么，就从指甲这等小事入手。剪完后母亲总会催促我去洗手，顺便把指甲剪也给洗了。在母亲看来，一件事和一件事之间的过渡，应该用洗手来区别，以示结束和即将开始。这样会使人在做一件事之前，有一些心理的、生理的准备。一个南方人的身体里附着了南方天地间大量的湿气，身体与北方人相比，可以挤出更多的水。下垂的双手，使体内的许多水汽往下端移动，最后储存在掌心和十指里。一个长辈注意了洗手这个细节，会潜移默化地影响到她的下一代、再下一代。母亲总是把许多事情划分得十分清楚，她是一个善于细化的人。炊爨、刷洗是一种动作，快，麻利。接下来把手洗净，在狭窄的书桌前端坐，开始批改作业。一位农村的小学老师，面对的都是懵懵懂懂的少年，对作业的批改也尤其缓慢。煤油灯的火舌随着风的流动，闪烁着不定的光。清洁的手在作业本上移动，边改边把那些卷起来的边角抚平。对那些顽固地翘起来的部分，母亲会在改完之后用一本厚厚的书把它们压住，放到第二天早晨，已是平整之极了。勤洗手是内心的需要，会更细腻一些，少一些粗率。在那些越来越热的夏天，少年的我有很多时间都在田园里奔跑，掀动墙边屋角的瓦砾，追捕蛐蛐，或者爬墙上树，弹鸟捕蝉，弄得灰头土脸。好在家中有两口老井，水量充沛，随时可以用清冽的井水冲洗。当双手深入水桶的一刹那，脑袋清醒起来——不能老是这样子啊，应该要有一个新的走向了。

水依然这么清澈，喜欢洗手的母亲后来洗不动了，只能由别人用湿毛巾给她擦拭，由掌及指，再也不能体验亲自洗手的快感了。

我的计算得益于余先生的指导，好几年的时间里他帮助我用数字和公式建立一个抽象王国的秩序，使我从算术层次进入到数学境界。日常生活根本不需要如此复杂的逻辑、推理，小学阶段对于计算的掌握已经足够应对日常。只是我自己怀有进取的热情，拜他为师。我擅长文采，兴到偶然，管下春风，这方面长了，也就于数的算计过于愚钝，一题下来，离真相的答案总是很远。余先生则游刃有余，并以游刃于数字为快慰。不过他的日常生活却是浑沌一团，浸泡在阴翳之中——袖口总是油腻的，头发总是乱蓬蓬的，而手是很少洗涤的。我一直以为他是以这种行为表达一种怀才不遇的情绪——在他的言说中，他认为自己的一生已经被毁掉了。我把解不开的题指给他看，他常常是这样，用手抓着食物吞咽，同时接过我的书、我的计算本，边吃边为我解题。他和他的太太似乎对咸带鱼很有兴趣，很多次是手抓咸带鱼进行指导的。带鱼的气味渗入了公式里、数字里，一本书渐渐成了气味的集合地，让人闻到气味，想起他强调指出的部分。他认为书是用来学习的，不是摆设，脏点破点无甚关系。余先生是典型的实用主义者，我曾经对他的几本书进行修复，他认为毫无必要，他卷着书看，卷久了，成了环抱状再也舒展不开。由于他的不洗手，他看过的书都是不清洁的。他是不应该只成为一个普通的施工员，管理我们几十号民工。他应该是工程师那个级别的，儒雅斯文，运筹帷幄，手下一批精英在他的调度下，合力攻克着某一个难题。那个时候，他一定是坐在敞亮的办公室里，衣着新鲜，指腕清洁，有一种庖丁解牛后的得意。

洗手，也是需要情绪的。

庸常日子里的忙乱双手，每一日都在大量的抚摸之中。每一个被抚摸的对象都是有温度的，冰冷的热烈的、粗糙的细腻的，感受着它们在节气推移下的变化。如果没有什么禁忌，面对物体，每个人都会发出许多抚摸的欲望，抚摸使内心有了把握，判断也随之准确。在我举办书法作品展览期间，就有不少人伸出手来，或轻或重地抚摸那些汉画像拓片——他们的双眼茫然，只好用手来感受。这使我生出许多不安，他们不想通过学习来提高自己的识见，而是直接动手，似乎手能解决所有的疑窦。手的热爱抚摸，加上洗涤，渐渐粗糙起来，每个人都会察觉夏日与冬日皮肤层面上的细微之变。手套应时而出，像极了人的手形，或大或小，适宜人类所有的手。上课的时候，我见到几位女生戴着手套，执笔书写。我让她们都扯下来，让赤裸的手直接和一支笔产生联系，让那些隐藏在指掌间的敏感，重新回来。我不知道一个人戴着手套，怎么可能感受毫端在宣纸上提按、快慢的回馈，一切行为还是略去一些装饰才能存储优雅。一个想亲近古贤人的少年，吝惜自己的手，担心墨汁弄黑了手，担心冬日里的水过于寒冷，以为隔着薄薄的手套追寻古人并无不妥，实在是太自以为是了。一群人在看旧日字画，一律戴上了手套。目光尽可以随意，对一双手却提出了要求——必须隐藏在手套内部，以保证抚摸时的安全。这些手套百人戴千人戴，内部外部早已不洁，可是没有办法，规定如此死板。如果一个人洗净了手，开合卷轴时，会对纸本的轻重、顺逆分寸把握得默契一些、周全一些。净手的低调而柔和的抚摸，被旧日的纸上纹路牵引着，进入内心最隐秘的深处。手套对于手来说，就是一层蒙翳，捂在里边久了，蔫了，不活络了，把它抽出来，洗洗，就生动起来。

又一个夜晚到来。我先是洗了一次手，坐下来整理一篇文稿。然后又洗了一次手，站着临写《杨淮表记》里的几个字。洁净的手指灵动地引导着柔韧的羊毫，点线简劲而出。我一直以为学书者不可不知汉隶，它是一个人笔下的筋骨，让一个人行笔时有了底气。接着，我又洗了一次手，意味着今夜的临写结束。

每一次洗手都是很有意义的——一个片断的开始，或者一个片断的结束，可能有递进的关系，也可能毫不相干，却都由于洗手的进行变得郑重起来。

（原载《红豆》2015 年第 4 期）

雨滴三题

鲍尔吉·原野

雨滴耐心地穿过深秋

雨滴耐心地穿过深秋。

雨滴从红瓦的阶梯慢慢滴下来，落在美人蕉的叶子上，流入开累了的花心里，汇成一眼泉。

雨滴跳在石板上，分身无数，为寂静留下一声“啪”。

雨滴比时钟更有耐心，尽管没发条，走步的声音比钟表的针更温柔，在屋檐下、窗台上，在被雨水冲激出水洞的青砖上留下水音的脚步声。时间在雨滴里没有表针，只有滴答。清脆的声音之间，时间被雨滴融化了一小节。被融化的时间永远不能复原，就像雨滴不能转过身回到天空。

秋天盛满繁华之后的空旷，秋天被收走的不光是庄稼和草，山瘦了，大地减肥，空中的大雁日渐稀少。

说秋月丰收，这仅仅是人的丰收，大地空旷了，像送行人散尽的车站月台。

让秋天显出空旷还由于天际辽远，飞鸟就算成万只飞过也不会拥挤。云彩在秋天明显减少，比庄稼少得还快，仿佛说，云和草木稼穑配套而来，一朵云看守一处山坡。庄稼进场，青草转黄，云也歇息去了。你看秋空飘着些小片的云，像鱼的肋条，它们是云国的儿童。

浓云的队伍开到海的天边对峙波涛，波涛如山危立，是一座座青玉的悬崖，顷刻倒塌，复现峥嵘。

雨滴是天空最小的信使,它的信是昼夜不息的滴水之音。在人听到雨滴的单调时,其实每一声都不一样。雨滴的重量不一样,风的吹拂不一样,落地声音也不同。雨滴落在鸡冠花上,像落在金丝绒上哑默无声。雨滴落在电线上,串成白项链,排队跳下地面。

秋雨清洗忙了一年的大地。大地奉献了自己的所有之后,没给自己留一棵庄稼。春雨是禾苗喝的水,夏雨是果实喝的水,秋雨是大地喝的水。土壤喝得很慢,所以秋雨缠绵。人困惑秋天为何下雨,这是狭隘的想法。天不光照料人,还要照料大地与河流。古人造字,最早把天写作"一",它是广大、无法形容的一片天际;尔后造出两腿迈进的"人"字。把天的意思放在"人"字肩上曰"大",而"大"之上的无限之"一",变成现在的"天"字。天在人与大之上,要管好多事。

天没仓库,不存什物或私房钱。天之所有无非是风雨雷电,是云彩,是每天都路过的客人——飞鸟。天无偏私,要风给风,要雨给雨。风转了一圈又回到空中,雨入大地江河,蒸发为云,步回天庭。这就像老百姓说的,钱啊,越花越有。像慈悲人把自己的好东西送给别人,别人回报他更好的东西。

深秋的雨,不再有青草和花的味道,也没有玉米胡子和青蛙噪鸣的气息。秋雨明净,尽管有一点儿冷。雨落进河流,河床丰满了一些。河流漂过枫叶的火焰,漂过大雁的身影。天空的大雁,脖子比人们看到的还要长,攥着脚蹼,翅膀拍打云彩,往南方飞去。河流在秋天忘记了波浪。

雨滴是透明的甲虫,从天空与屋檐爬向白露的、立秋的、寒露的大地,它们钻进大地的怀抱,一起过冬。

雨滴跳进海里游泳

我在泰国南部皮皮岛潜泳,才知道海底有比陆上更美的景物。红色如盆景的珊瑚遍地都是,白珊瑚像不透明的冰糖。绚丽的热带鱼游来游去,一鱼眼神天真,一鱼唇如梦露。它们幼稚地、梦幻地游动,并不问自己往哪里游,就像鸟飞也不知自己往哪里飞。

人到了海底却成了怪物，胳膊腿儿太长，没有美丽的鳞而只有裤衩，脑袋戴着泳镜和长鼻子呼吸器。可怜的鱼和贝类以为人就长这德性，这真是误会。我巴不得卸下呼吸器给它们展示嘴脸，但不行，还没修炼到那个份儿上，还得呼吸压缩氧气，还没掌握用鳃分解水里氧气的要领。海底美呵，比九寨沟和西湖都美。假如我有机会当上一个军阀，就把军阀府邸修在海底，找我办事的人要穿潜水服游过来。海里的细砂雪白柔软，海葵像花儿摇摆，连章鱼也把自己开成了一朵花。

上帝造海底之时分外用心，发挥了美术家全部的匠心。石头、草、贝壳和鱼的色彩都那么鲜明，像鹦鹉满天飞。上帝造人为什么留一手？没让人像鸟和鱼那么漂亮。人，无论黄人、黑人、白人，色调都挺闷，除了眼睛和须发，其余的皮肤都是单色，要靠衣服胡穿乱戴，表示自己不单调。海里一片斑斓，上帝造海底世界的时候，手边的色彩富裕。

雨水跳进海里游泳，它们没有淹死的恐惧。雨水最怕落在黄土高坡，“啪”，一半蒸发，一半被土吸走，雨就这么死的，就义。雨在海里见到城墙般的巨浪，它不知道水还可以造出城墙，转瞬垮塌，变成浪的雕堡、浪的山峰。雨点从浪尖往下看，谷底深不可测，雨冲下去依然是水。浪用怀抱兜着所有的水，摔不死也砸不扁。雨在浪里东奔西走，四海为家。

雨在云里遨游时，往下看海如万顷碧玉，它不知那是海，但不是树也不是土。雨接近了海，感受到透明的风的拨弄。风把雨混和编队，像撒黄豆一样撒进海里。海的脸溅出一层麻子，被风抚平。海鸥在浪尖叼着鱼飞，涛冲到最高，卷起纷乱的白边。俯瞰海，看不清它的图案。大海没有耐心把一张画画完，画一半就抹去另画，象形的图案转为抽象的图案。雨钻进海里，舒服啊。海水清凉，雨抱着鲸鱼的身体潜入海水最深处，鱼群的腹侧如闪闪的刀光，海草头发飞旋似女巫。往上看，太阳融化了，像蛋黄摊在海的外层，晃晃悠悠。海里不需要视力，不需要躲藏。水是水的枕头和被褥，不怕蒸发，雨水进入大海之后不再想念陆地。

雨滴擦亮了世界

雪是客人，安坐地下枝上。它给麦子盖上一床棉被，甚至给宫殿前的小石狮子戴一顶棉毛帽子，雪到世间来串门儿。

而雨是世间的伙计，它们忙，它们比钟点工还忙，降落地面就忙着擦洗东西。雨有洁癖，它们看“这个名字叫地球的小星星”(阿赫玛托娃)太脏了，到处是尘土。雨在阴沉天气里挽起袖子擦一切东西。裂痕斑驳的榆树里藏着尘土，雨用灵巧的小手擦榆树的老皮，擦每一片树叶，包括树叶的锯齿，让榆树像被榆树的妈刚生出来那么新鲜。不光一棵榆树，雨擦洗了所有的榆树。假如地球上长满了榆树，雨就累坏了，要下十二个月的雨才能把所有的榆树洗成婴儿。

雨把马车擦干净，让马车上驾辕的两根圆木显出花纹，轼板像刚刚安上去的。雨耐心，把车轱辘的大螺丝擦出纹路。马车虽然不像马车它妈新生出来的，但拉新嫁娘去婆家没问题。

雨擦亮了泥土间的小石子。看，小石子也有花纹，青色的、像鸽子蛋似的小石子竟然有褐色的云纹。大自然无一样东西不美。它降生之初都美，后被尘埃湮没，雨把它们的美交还给它们。雨在擦试花朵的时候，手格外轻。尽管如此，花朵脸上还是留下委屈的泪。花朵太娇嫩了，况且雨的手有点儿凉。

雨水跑步来到世间，它们怕太阳出来之前还有什么东西没擦干净。阳光如一位检察官，会显露一切污垢。雨去过的地方，为什么还有污垢呢？比如说，雨没把絮鸟窝的细树枝擦干净，鸟还能在这里下蛋吗？——雨的多动症越发强烈，它们下了一遍又一遍。雨后，没有哪一块泥土是干的，它们下了又下，察看前一拨儿雨走过的每一行脚印。当泥土吐出湿润的呼吸时，雨说这回下透了。

雨不偏私，土地上每一种生灵都需要水分和清洁。谁也不知道在哪里长着一株草，它可能长在沟渠里，长在屋脊上，长在没人经过的废井里。雨走遍大地，找到每株草、每个石子和沙粒，让它们沐浴并灌溉它们。石子虽然长不出绿叶子，但也需灌溉一下，没准能长出两片绿叶，这样的石子分外好看。

雨有多么灵巧的小手，它们擦干净路灯，把柳条编的簸箕洗得如一个工艺品；井台的青石像一块块皮冻；老柳树被雨洗黑了，像黑檀木那么黑，一抱粗的树干抽出嫩绿的细枝。

小鸟对雨水沉默着。虽然鸟的羽毛防水，但它们不愿在雨里飞翔，身子太沉。鸟看到雨水珠从这片叶子上翻身滚到另一片叶子上，觉得很好笑。这么多树叶，你滚得过来吗？就在鸟儿打个盹的时候，树叶都被洗干净了，络纹清晰。

雨可能惹祸了，它把落叶松落下的松针洗成了褐色，远看不知道这是什么东西。翠绿的松针不让雨洗，它们把雨水导到指尖，变成摇摇欲坠的雨滴。嫌雨多事的还有蜘蛛，它的网上挂满了雨的钻石，但没法果腹。蛛网用不着清扫，蜘蛛认为雨水没文化。

砖房的红砖像刚出炉一样新鲜，砖的孔眼里吸满了水。这间房子如果过一下秤，肯定比原来沉了。牛栏新鲜，被洗过的牛粪露出没消化的草叶子。雨不懂，牛粪也不用擦洗。

雨所做的最可爱的事情是清洗小河，雨降下的水珠还没来得及扩展就被河水冲走了。雨看到雨后的小河不清澈，执意去洗一洗河水，但河水像怕胳肢一样不让雨洗它的身体。河水按住雨的小手，把这些手按到水里，雨伸过来更多的手。灰白的空气里，雨伸过来密密麻麻的小手。

（原载《啄木鸟》2015 年第 9 期）

岁月河流上的码头

彭　程

一年的日子，仿佛是一条长长的河流，缓缓地平静地流淌。每个季节，便是河流上不同的河段。自春徂夏，经秋涉冬，便是河水由上游至中游再到下游，次第流淌不息。水上风光，四时各异，春天活泼骀荡，夏天喧嚣匆遽，秋天静谧澄澈，冬天皑皑白雪覆盖了冰封的河面。

但这样说未免还是浮泛了些。须知天下的季节都是一样的，赤道南北，半球东西，当岁月之河从某一片土地上流过时，是什么使得它和其他地方的河流不同？是船上的风帆，是波涛的颜色，还是飘荡在水面上的歌声？

对于这一片古老的被称为华夏的我祖先的土地，时光有着许多呈现自己的方式。其中之一，便是借助一系列独特的民俗节日。这样的日子，镶嵌在一年三百六十多天里，使得原本混沌迷离难以辨识的一切，显现出区域和轮廓，产生了节奏和韵律。因为它们的存在，日子不再是物理意义上单调枯燥的数字，而变得生动，变得温暖，充满了情感和韵致。

被称为中国人三大节日的春节、端午节和中秋节，我们已经耳熟能详，且不去说。其他节日，名气虽然不如它们，但每一个也都有着丰厚的内涵和独特的魅力。让我们从时光河流的上游，解缆泛舟，漂向若干个这样的节日码头。

正月的背影刚刚遁去，煮元宵的香甜糯软尚在回味之中，便走近了又一个节日二月二。“二月二日新雨晴，草芽菜甲一时生”，这个时节，阳气萌发，气温升高，降雨增多，土地变得润泽松软，适宜播种。对于一个有着悠久农耕文明传统的国度，这个日子无疑是重要的。“二月二，龙抬头，大仓满，小仓流”，许多地方都把这一天当作龙的生日，加以祭祀，期盼雨水丰沛。龙是中国人的图腾,龙降甘霖,兆示着丰收的希望。歌谣反映了先民对于自然力量的敬畏。那是一个天地无间、人神共处的时代,现实与想象相互交融,浑然一片。

顺流而下,河面渐渐变得宽阔,水流湍急。当岸边蒲苇繁茂、草木飘香时,时令就接近了七夕节(又名乞巧节或女儿节)。牛郎织女的传说,将农历七月七这天,装扮得温柔旖旎。这个晚上,未嫁的女儿家,要向织女乞求赐以聪慧的心灵、灵巧的双手以及美满的姻缘。依稀记得童年的夏夜,在姑姑家院子的丝瓜架下,表姐和邻居的姐妹们指点着,高远晴朗的天穹上,横亘南北的白茫茫的银河两岸,哪是牵牛星,哪是织女星,一串轻轻的笑声。正值怀春年龄的农家少女,该是被古老的传说逗惹出了某种迷离的情怀。这是中国人的情人节。一个浪漫美丽的日子,让人知道在这片以所谓实用理性著称的土地上,也有着那样的湿润、空灵、深邃和悠远。“两情若是久长时,又岂在朝朝暮暮”,它让人们知道了什么是忠贞的爱情,什么是生死以之、海枯石烂。

“独在异乡为异客,每逢佳节倍思亲。遥知兄弟登高处,遍插茱萸少一人。”吟诵着王维的诗句,菊花的清香在幻觉中徐徐飘拂过来。九九重阳节来临了。时为仲秋,天空晴朗高远,空气清冽干爽,让人心思沉静笃定。移舟近岸,将船缆系于丹桂树粗壮的树干上,拾级上岸,青石的台阶上足音跫然。这一天,要登临高处,插茱萸,簪菊花,饮菊花酒。遥想故土山水佳胜之地,定是亲朋团聚,言笑晏晏,唯独自己天涯羁旅,孑然一身,思之能不黯然?亲情惆惆,思念依依,诵之成诗。这其间的深情厚意,岂是电子邮件、手机短信能够表达和传递的?现代高科技的利器,已经将窖藏百年的“佳酿”,稀释成了一盏薄酒。

继续泛舟漂流,渐渐木叶脱尽,霜雪时作,江天寥廓。然而尽管风景萧索,空气里却悄悄酝酿着一种欢欣,传递出一种暖意。腊八节,正在前方守候,依稀能够望见村庄里家家灶台的火光。古代庆祝丰收、感谢祖先和神灵、驱逐瘟疫的祭祀仪式,在农历十二月初八这一天,欢快登场。一年将尽,一度轮回,春节已经伫立在不远处了,但似乎担心人们一时无法消受那个盛大的庆典,便安排下一次预演,作为铺垫。腊八粥用多种粮食和果实熬制而成,糯米、桂圆、红豆、花生、薏米、松仁、莲子、核桃……这些大地出产的精微之物，鲜明生动地寓意了丰收。每年这时候，母亲都要自制腊八醋，挑选个既大又匀称的蒜瓣，放进盛满醋的阔口瓶子里，等到春节时，蒜瓣已经被浸泡得碧绿仿若翡翠。除夕夜吃饺子时，打开瓶盖，浓郁的香辣味道扑鼻而来，让人垂涎。

清明节，中元节，冬至节……古老的民俗节日还有很多，它们的起源，都和土地、和农耕时代的生活、和先民朴素的梦想有关。在形成和流传的过程中，又渐次衍生出更为丰富的内容，仿佛村口一棵百年的榕树，向四周伸展出众多气根和分枝，独木成林，几乎遮蔽了数条街巷。这样的节日，内涵丰富，意味深长，在计量时间的功能之外，还负载了灵魂的喜悦和哀伤，蒙披了一层温润柔和的光辉，仿佛月光笼罩下的一切。四季递嬗，岁月轮回，它们在时间的缓缓流动中闪现，使大地上飘荡着渺远的诗意。

如果说，岁月的累积形成了历史，那么，这样的日子的反复叠加，就是在参与一个种族、一种文化的构建。当它们千百年来，被这块土地上一辈辈的子民们，经由文字的或口头的方式代代传递，而逐渐累积成为一种公共记忆时，便也是在铸造某种民族的精神和文化的基因，使人产生集体的身份认同和共同的历史归属感。这是一种不露声色的渗透，润物无声，在我们懵懂无知的童年，已经潜移默化地进入血脉，左右了我们的思维和行动的方式及路径。

今天，地球已经成为一簇簇的村落，被飞机、轮船、网络紧密地编织为一体，同样的汽车奔驰在不同大陆的道路上，同样的香水润泽着不同肤色的女性，电视荧屏上闪现的面孔，总是那几位走红的国际影视或体育明星。到处都是一样的东西，固然容易令人产生某种万物皆备于我的虚幻感觉，但同时又是乏味的。希望在习俗、风尚都日趋统一化和标准化的今天，每一片土地，每一个族群，都能够保持自己的某种特性。这是一种源于灵魂深处的祈求，有着人性的强大依据。

罗密欧手持玫瑰，在朱丽叶的窗下，用歌声呼唤心上人，固然深情款款，而张生、崔莺莺的绣帕题诗，暗诉倾慕，不也有着一份入骨的缠绵？正是这样的独特的地方，让我们确立了自身存在的真实感。即使远离家国，置身于不同肤色、语言的人群中，在某个特定的日子，对于赛龙舟、包粽子、饮雄黄酒的共同的记忆和理解，会让我们相视一笑，莫逆于心。放眼望去，到处都能够发现相似的情形，在证实着一个个朴素的真理。犹太民族的总人数并不多，且散布在世界各个地区，能够历经数千年的劫难而存留下来，并且为人类生活的众多领域作出了巨大贡献，与保持了本民族文化血统的纯粹性有密切的关系。安息日、赎罪日、逾越节、五旬节等，每个日子背后都连接着这个古老民族的悠久历史，应和了千万颗灵魂的跳动，涌动着一股强大的生命力量。

正是无数这样的事物的存在和汇合，使得世界丰富多彩。纪念它们，既是寻找每个民族自己的根系，承传文化的血脉，也是向人类文化的浩瀚宝库，贡献一份特色鲜明的藏品。

上元节、寒食节、灶神节，泛舟时光河流上，每走过一段距离，船都要停靠一个景色别致的码头，加入一次风格独特的庆典。它们让旅人得到暂时的憩息，心中贮满诗意的沉醉，对于天空和大地、山河和岁月、生活和命运，生发出种种感悟。船在水面上轻轻摇晃，他因此而感到从容、安适，感到一种和这条河流、这片土地的脐带般牢固的维系，仿佛在记忆尚未形成的生命之初，在混沌的梦境里，安睡在母亲温暖的怀抱中……

（原载《黄河文学》2015 年第 6 期）

梦之梦

凸 凹

1

我不是职业书写者，所以每周都有个卑微的期许，便是双休日的到来。

其中的理由也是卑微的，便是在这个私人化的时间段里，可以卧读，可以睡懒觉。

睡眠在这时，已不是生理的需要，而是为了完成一个完满的梦境。平日扮演的角色，使自己深陷于他人编织的网络，被动的奔走与居停，令神经衰弱，常于凌晨三四点钟勉强入眠。昏睡之中，或无梦，或梦境凌乱。醒时，肉身乏力，心神黯淡，苦不堪言。

然而还要到社会上奔走，像被身外的一条绳索牵引着，颇有被役使、被物化之感。

而慵懒地睡在床上，完整而清晰地延长着一个梦境，才感到魂归故里，自己依然是自己。不禁想到闻一多的一首名《睡者》的小诗。诗句感性而又质朴，写出了大美无痕的自然律，人性极了。诗的最后，他对“睡者”之境有毫不掩饰的认同，写道——

那人心底禁闼大开，
上帝在里头登基了！

梦这种对现实的疏离和超越，使我们梦想着梦。

当我从长梦中醒来的时候，居室里已洒满了阳光。在眼皮睁开的初始的迷蒙中，甚至看到了阳光是在颤动中游走的。阳光透过厚厚的被衾，照在臀上，热热的、痒痒的，身子不禁膨胀起来，像一只充满汁液的虫子，直想蠕动。尺蠖一样蠕动了一番之后，把自己松软地摊开了，有一种透彻的舒泰。

窄仄的居室，因阳光的充盈与流动，也豁然开阔了。

人和环境在同时扩张。

2

这是多么难得的自由伸展啊！

此时的我，远离了与他人的争竞，也远离了被时尚裹挟的利益追逐，无需再作茧自缚，无需仓皇争抢，真正进入了“人”的生存状态，便懒得起床，便作率性的卧读。

信手抄得一册，是西班牙超现实主义电影大师布努艾尔的自传《我的最后一口气》。

书中竟有一段与“当境”谐美的话，静静地候在那里，一经读到，便让我大为动容，且唏嘘不止。他说——

> 如果有人告诉我，我只有二十年可活，并问我怎样打发这二十年时光，我会这样回答：我每天只拿两个钟头进行活动，其余二十二个钟头都用来做梦，而且，最好都能记住这些梦的内容。

情动之下，我一口气读完了整部传记（十七万字！）。体会到，他的这段话，几乎就是对他一生生活样相的形象概括——他的每一部电影，都是对梦境的一次记述。比如他的经典作品《一条安达鲁狗》，就是他与达利梦境的融合。从艺术史上看，对做梦的热爱和对梦的内容的极端兴致，是所有超现实主义者的最重要的共同点——他们活在梦中。所以，与其说布努艾尔的话是一段率性的戏语，莫如说就是超现实主义者最庄重的行动宣言。

坦率地说，布努艾尔是自觉地生活在梦的“余影”中的人，是被梦成就的。如果没有梦，就没有他的那些独标影坛的作品；没有梦的“超现实”品性，依他本人中常的智性，甭说大师的地位，他能否从浩淼人海中秀出，亦未可知。

玉米靠阳光的牵引，获取了拔节向上之力。

文学艺术因梦的托举，才成了超现实的存在。没有对现实的超越，艺术品的精神属性便颇可疑，像一般商品一样，消费之物而已。

3

事实上，中国人是很早就懂得梦在艺术创作中的作用的。

“梦笔生花”便是个坚实的例证。这个成语的知名度是很大的，只要是初通文墨的人，都能准确地理解其中的含义。

“人生如梦”，最原初的词性，也不是贬义的。从老庄那里得来的信息，梦是一种理想情怀，是对肉身的超度，即人性之上的神性。

关于梦的字句，在中国古老文化与哲学的典籍中，俯拾皆是，梦，几乎就是中华民族传统文化的母题与核心。中华民族就是在梦中发奋图强，生生不息的。曹雪芹的《红楼梦》便是最具经典意义的文本符号，它把中国作为“梦之乡”的生命基因和遗传信息从古老的历史中凝聚，又延宕到未来的时空深处。于是，在雨果、伏尔泰的意识里，以中国为代表的古老的东方文化，甚至就是西方哲学与艺术的根祖。

鲁迅那代文人是懂得梦的，在二十世纪的 1933 年的元旦，在胡愈之主编的著名的《东方杂志》上，鲁迅、胡适、章乃器、王芸生等几乎当时所有的重量级文化名人都留下了关于梦的畅想。这种有关德先生和赛先生的畅想，使他们不能再忍受体制的捆绑，在“黑屋”的墙上凿开了一扇扇窗口——把五四新文化运动的精神和传统张扬到了极致。

在这里，梦与变革有关。

说到鲁迅，自然想到他说的一句话。他说，中华民族若欲图强，其第一要务乃是“立人”；而立人之道，“乃必尊个性而张精神”。进入 21 世纪，人们在利益最大化的鼓噪下,血脉贲张地追逐时尚和对物质的占有,精神之光黯淡了,人生活在共同消费的欲望里,于是,我们面临着更大的“立人”的危机。

所以,我们到了非得谈梦不可的时候,因为梦是对“物化”的消解,是对“精神”的崇尚。

4

阳光温抚下的慵懒,使我陷入冥想。

尺蠖为什么不停地向前蠕动呢？前面一定有一个终极的存在,给它以足够的诱引。

也许就是摆脱物化、追求更高方式的生存之梦吧。

这让我想到钱锺书《石语》中的一个词,即:诱励。

诱励,是由外到内再到外的驱动力。它属于梦。

《天方夜谭》中的水手辛巴达,在沧浪中漂泊,每遇劫难,总有一种曼妙的幻境在眼前闪现,给他一种“诱励”,像虚妄的双足踏在坚实的大地上,只需忍韧地走下去而已。

杰克·伦敦《热爱生命》中的那个淘金者,在绝境的昏蒙中,也正是一个对人间回望的梦境,诱励他把钝化的牙齿尖利地咬向饿狼的肚腹。

……

梦尽管是一线缥缈的希望,是一丝将断的鼻息,但它却给了人峰回路转、起死回生的期盼和信念。无形无力的梦可以演化成诸多有力的实体,譬如金丹,渡船,天梯,翅膀,响箭,甚至小小的拐杖。

郑智化是个尺蠖般的残人,但就是他那双小小的木质拐杖,却支撑起了无数人金刚不坏的生活信念和生命尊严——

风雨中这点痛算什么,
擦干泪,不要怕,至少我们还有梦!

梦使人羞于言痛,更耻于弃绝。人毕竟不是尺蠖,生而为人,不能不弘毅。

5

或许因为自己究竟还是个书写者的缘故，我再次想到了文学。

想到当下的中国文学时，我感到很难为情。

近来，一些忠实的文学读者纷纷对我说：当今文坛，无书可读。

缘何如此？正如蔡毅先生所说：现阶段的中国文学，过于世俗，缺乏超越感、悠远感和艺术性，眼界狭小，拘囿于对具体人事的热切关注，而忽略对普遍性问题的观察和思考，太多现蒸现卖、急功近利的作品，缺少目光远大、意蕴深邃的精构，更缺乏具有精神超越性和灵魂升华感的杰作。

原因可列种种，但最根本的症结，是书写者对现实的匍匐，由此而来的，是追逐时尚而被时尚所奴役，索求功利而被功利所阉割。本来耕耘的是一块梦园，种植的是一种叫精神的植物，最终是交给灵魂去收割，偏偏要开办流行商品分店，趸卖市井风情和物化趣味，供感官消费，给肉欲买单。于是，文学从本质上已经沦落了。如果时尚是一条宠物狗，那么，文学就是人造的狗食。

文学之所以存在于人的生活，因为文学是人性之梦——人类寄希望于文学的非功利性、乃至神性的"诱励"而摆脱其动物属性，它也是人类对抗物化、乃至异化的"最后的救赎"。那么，文学的根本存在，应该是对现实的疏离和超越。

然而，我们的书写者已被现实收买，他们放弃了做梦的权利。因而他们的想象力水平甚至尚不如一个寒而望暖的街头乞丐，也只能制造些琐屑的"平面化"的文字。

一个伟大的书写者，应该是一个伟大的梦想家——

马尔克斯的《百年孤独》，如果没有那块在天空中载人飞行的乖戾的"魔毯"，就没有时光的流转和灵魂的再生，就不会在世界文坛产生那么强烈的震撼，无非是《创业史》的非洲版而已。《尤利西斯》的浩瀚长卷，如果没有大梦一般的意识涌动，人的精神就不会打破时空界限，作无限的扩张。《尤利西斯》所立足的一个人的一天的生活历程,依当下的中国书写者的逻辑而作“平面化”的现实叙述,不过是一个畸恋者,面对着一张性感的白屁股,手淫一次而已。

6

我无能力给梦厘定一个与现实对应的概念。

但是,我可以毫不心虚地说,梦是灵魂在生命中的现世存在。因为梦,我们的肉体一次又一次地触摸到了灵魂。

对这个时代,苇岸有一段准确的概说:

> 这是个被剥夺了精神的时代,一个不需要品德、良心和理想的时代,一个人变得更聪明而不是美好的时代。仿佛一夜之间,天下只剩下了金钱。对积累财富落伍的恐惧,对物质享受不尽的倾心,使生命变成了一种纯粹的功能,一切追求都仅止于肉体。

于是,人们拼命地追求实际、实惠、实利、实用,交换法则取代了情感尺度。以至于品德和良心、理想和信仰、爱和美,这些人间最珍爱的东西,因为不实际、不实用,越来越被人轻薄和嘲弄。

然而,生命有它自身的律令,这些不实际、不实用的东西,正是人性生成和涵养的土壤,它能让人感到与其他生物的区别,体会到自身的美好。人性的深处总有一些永恒的价值,在人性迷失时发出声音,譬如:“能用钱办成的事都不是大事”,“能用钱买来的感情也能被钱买走。”

清风明月的亘古之美,怎么能被金钱所独家占有?爱的无怨无悔又怎能评定价格?

正因为“无用”,才悲壮才崇高,才让人感到精神的高贵,因而产生对灵魂的敬畏。

而买来的爱情,让人轻贱;欲望拖累之后,肉体成为可憎之物。

于是,人要活得有些尊严,不能没有“形而上”之梦——

物欲蠢动的时候，我们独守精神；工于算计的时候，我们哺育爱心——

一个年幼的乞丐，在呵斥和羞辱中好不容易讨到了一块面包，然而他却转手就送给了身边的伙伴。这不是小说，而是我亲眼所见的一个街头实景。现在想来，我依然泪流满面。

7

其实，所谓梦，不过是摆脱物质覆盖的心灵操守，超越流俗的价值取向，以及对现实规则的自觉完善。因而梦具有超世、背时、甚至忤逆的味道。梦者往往被看作是不识时务、不合时宜的人。

然而，真理往往属于那些“大梦不醒”的人。

这已不需作具体的例证，因为例证太多，每个人都能随手捡拾到他感兴趣的个例。

我想到的是，正是那些不识时务、不合时宜的梦想，使他们放弃了现世的得失，不被现实奴役，并克制了一己的物欲，寄情于普世与众生，成了具有“公共灵魂”的人。

于是，正是这些伟大的梦想家，使“利他性”成为人类的可能，因而提升了人性的标尺，拓展了心灵的纬度，让人成为人。

今人之所以幸福，是因为生活在前人的梦中。

当我惭愧于梦在现世的缺失的时候，我突然想到了一个人，即苇岸。

苇岸在几年前离世时还不到四十岁，相对于人生的漫漫长途，他还是个少年。个体生命正处在人生享乐的年华，社会潮流也是享乐主义至上。然而，他固执地与世俗对抗，在商业原则主宰的大合唱中，他以足够的理性和耐心，兀自吹奏农业文明的田园牧歌——建构、践行一种本质在于远离欲望、忠于内心、节制自守、利他奉献的“土地道德”。

他伫立于朝露浸润的麦地之中，感受大自然的自然律动和地平线之美，从“大地的事情”中寻找人间正义、生活道义和人性含义，试图把人从物还原成人。他说：

> 看着生动的大地，我觉得它本身也是一个真理。它叫任何劳动都不落空，它让所有的劳动者都能看到成果，它用纯正的农民暗示我们：土地最宜养育勤劳、厚道、质朴、所求有度的人。

透过字面，他的“土地道德”不仅是一种“诗意栖止”的生活方式，更是一种本质上的民主原则。在利益追逐的道路上，投机、欺诈、排挤、盘剥、独霸比比皆是，“自己活就不让别人活”的现实操作，恶化了人与人之间的关系。

苇岸作为大地的一名守夜者和梦游人，多么像现代的堂吉诃德！他的声音在物欲的喧嚣中是那么微弱，他的努力很可能徒劳。但是，大地是人性的主要贮存器之一，在时间深处，大地会无声地消融掉一切污浊和劣迹，长出最合它心意的美丽的植物。

8

公元前6世纪的希腊诗人品达在他的《圣洁之死》中，把人叫做“影之梦”，或“烟影之梦”。

这个意象，形象地揭示了人与梦的关系。

人的眼界和触角是极为有限的，借助梦，人可以拨开迷障看到和到达不能到达的境界。

人的趋利本性使人的生活太过于实际，借助梦，人可以学会艺术地生存而在诗意中迷醉。

自身的局限使人残缺，而梦却让人实现圆满——人须臾不能离开梦。

电话铃声打断了我的冥想。一个开书店的残疾人打来电话，说，他整天守着书，知识和智慧始终像小葱一样在他面前鲜嫩着，如果不从中“趸”点儿什么，实在可惜，便试着写了两篇，不知您有没有时间，不知您肯不肯给看一看、指点指点？

这是与梦相和谐的情致，像阳光温抚我的肉体一样，一下子温抚了我的心灵，我毫不犹豫地答道：有时间，有时间，我怎么会没时间？

我开始穿衣服,心里莫名其妙地生出一种富有的感觉。

平日里在市面上游走,看着人家的香车美庐,感到自己很穷;看着人家的前呼后拥,感到自己很落魄。现在想来,自己忧虑的原来都是身外之物,生命的必需品,其实自己一项也不缺。正如梭罗所说,金钱所买乃多余之物,灵魂之道无需钱。

换个说法,眼光太“实”,则忧于物、忧于利;心灵守“虚”,乃乐于情、安于智。“园小栽花俭,窗虚月到勤”,这样的境地多清洁,多美。

美好的情感都是乘“虚”而入的,梦让心舒展,感到充实。因此,人成为唯一能在非功利中存活的动物!

身贱之人,更不能缺少梦,因为“禁闼”一开,“上帝在里头登基了!”你会成为自己的“心中之王”,即:人人皆可为尧舜。

出得门去,新鲜的阳光一下子簇拥了我,迈出步去,感到从来没有过的自信和从容。

突然就想到了《沙恭达罗》里的一个句子——

因为臀部肥重,她走得很慢,袅娜出万端风情。

沙恭达罗有大美,她无需急迫登场;我们因为有梦,能感到心灵的圆满与充盈,生命也因此而风流有自。

(原载《长城》2015 年第 6 期)

桃花转世

——怀念陈超

张清华

桃花刚刚整理好衣冠，就面临了死亡。
四月的歌手，血液如此浅淡。
但桃花的骨骸比泥沙高一些，
它死过之后，就不会再死。
古老东方的隐喻。这是预料之中的事。

生命在轮回中繁衍并且死去，犹如诗歌的变形记，词语的尸骨与感性的妖魅同时绽放于文本与创造的过程之中。仿佛前世的命定，我们无法躲避它闪电一样光芒的耀目。多年以后，诗人用自己的生命重写或刷新了这些诗句，赋予了它们以血的悲怆与重生的光辉。

我在悲伤中翻找出了这些诗句，《我看见转世的桃花五种》。发现在经过了二十余年之后，它们还是盛放在时光与历史的黑暗与恍惚之中，那么充满先知般的睿智和预言性，谶语一样充满不可思议的验证性，还有宿命般不可躲避的悲剧意味……作为一位批评家，陈超不止留下了他思想深远的批评文字，也留下了传世的诗篇，这是一个足以让人慰藉而又悲伤的结局。

我是在 11 月 1 日这个阴冷的秋末初冬日，听说这不幸消息的。在前往机场去外地参加一个学术年会的路上，一位河北籍的诗人发来了这让我难以置信的消息。我努力搜寻着记忆中因由的蛛丝马迹，觉得没有什么理由是能够如此残酷地终结一切——用了如此残酷的方式，带走了他那安静而深沉的思想，那睿智而又坚定的生命。我一直希望能够求解，是什么力量巨大到能够战胜他对生命的热爱，对亲人的责任？在二十几年的交往中，我一直认为他是一个理性而强韧、始终持守着一个知识分子的精神节操与处世原则的人，他既不会轻易地沉沦于世俗世界，又缘何会如此突然地听从于死亡与黑暗的魔一样的吸力？

让我还是小心地回避这些敏感而无解的话题。我既不能像尼采那样放着胆子赞颂"自由而主动的死"，也不愿意像世俗论者那样去无聊地谴责自杀是一种罪过。没有谁能够真正清楚他所承受的不可承受，他所抗争的不可抗拒。一个人活过了知命之年，如果不是无法承受的疼痛，不会取道这样的终局。在海子走了二十五年之后，一个原本比他还要年长的诗人，不会是怀抱着他那样的青春壮烈，而是怀着深入中年的荒寒与悲凉，在彻悟中飞跃那黑暗的一刻，那存在之渊的黑暗上空的。

历史必将会重新钩沉和彰显这一代诗人所经历的精神历程。每一代诗人都需要而且拥有自己的精神履历，这很重要，有一天人们在记忆这个时代的诗歌时，也会将之在历史化的同时完成其诗化的过程。很显然，我们在叙述浪漫主义的群星或者白银时代的宿将之时，不会只是叙述那些散落的文本，而一定会最终为他们描画出一幅精神的肖像，说出他们的感人的故事与命运的传奇。这才是诗的方式。陈超的《我看见转世的桃花五种》，既是时代的精神肖像，一代人成长中的精神悲剧的见证，伤悼，同时也是成人礼。它的重要不会由于哪一个人说什么而变动，而是必将会升华的那一种，成为一代人诗歌与精神的传奇的那一种。我对这一点深信不疑。

某些个人的创痛固然是一个人命运的内在因由，但向来历史的足迹也正是由于无数个体的偶然而共同生成。更何况，那些重要的灵魂永远会在这个过程中起着精神的凝练和聚集的作用，即便我们不再痴迷黑格尔式的历史想象，也希望这一点能够永存。至少，我们也会将之看作一种时代的精神现象学——像荷尔德林标志着一个时期或一个类型的德国的诗歌精神，像普希金和莱蒙托夫标志着俄罗斯诗歌中的某种精髓一样。为什么我们历经和见证了这么多的忧郁和死亡？为什么我们时代的最优秀的诗人们有如此之多地沉浸于这般壮丽而令人悲伤的死亡想象？

我不能回答，但我知道，这些诗，必将刻上他自己的纪念碑，并且永存于这一代人的记忆中。

要想在这里对陈超的诗学思想与诗歌成就做一个全面评述，是很难的。但我隐约感到，他的研究与创作可以从若干个时期来认识。虽然他很早即涉猎诗歌写作和从事诗歌批评，但真正的升华期应该就是1990年代初。作为第三代诗歌运动之后逐渐成长起来的批评家，他的诗歌理想与这一代诗人宏大的思想，繁杂的诗歌策略，理想主义与智性追求相混合的知识分子精神，达成了一种内在的统一，形成了他的世界观与诗学思想的根基。很显然，90年代初期精神的艰难与压抑，反而诞生出了一个金子般历史的转换，精神涅槃宛如桃花转世，也诞生了陈超此刻以历史的忧患为动力，以知识分子的忧患与担当精神为特质的诗学思想。他的“深入当代”的说法，自然有春秋笔法在，但与周伦佑等人主张的反对“白色写作”，与更多的诗人主张将自己“嵌入历史”之中的说法也至为接近。这是一个必然和必须的反应，诗人不能错过他的时代，负疚于他的使命。

在90年代中期以后，陈超开始了他的“生命诗学”的论说，这当然也是前者的自然延伸，诗人应用生命实践去承当一切书写，用生命见证一切技艺与形式的探求。他深入而执拗地探究了意象、经验、结构、语言，一切内在的和外部的要素与形式的问题，这些方法来自“新批评”的分析可谓独到而精湛，而核心依然是他的“个体的乌托邦”说——写作之中个体精神的独立性与生命的承受。我只能说，陈超虽然娴熟地使用新批评的文本分析策略，但他对当代诗歌的理解，从未单纯在观念和技术的外壳上，从技术的细枝末节上去陈述，而仍是从诗歌作为“生命——语言现象”的合一的永恒本体上，从人文主义的必然承担上去理解的。因此我以为他是正确的，他找到了文本主义与生命诗学的合一与平衡，也为这种平衡找到了个体的悲剧经验的根基，以及可以升华为时代命题的可能高度。正是因为这些，他又可以说找到了一个好的批评家最根本和内在的精义与真髓。

陈超的评论自然也是充满思想与诗学智慧，充满语言魅力的，不只表现在他随处可见的思想阐发与升华上，还有知人论世的体贴洞察，还有他格外强调的个人与历史的对话关系——在他近十年来对文革地下潜流诗歌的研究中，对于食指等重要诗人的研究中，他贯彻了历史主义的思想，同时也充溢着对于诗人人格、对诗歌精神现象学的真知灼见。尤其是，在对于任何即时性的诗人和文本的讨论中，我无数次与他相遇，见证了他对一个批评家的价值底线的坚守，即从不放弃原则去做无谓的夸饰与吹捧文章，而总是从问题入手，小心翼翼地保有着一个读者和批评者的审慎。从这个角度上，说他是当代诗歌批评伦理的楷模，也毫不为过。

记得去夏的最后一次相见，是在杭州的一个诗歌论坛上。午餐间他很亲切地喊我过去与他的太太和儿子见面，我感到了这个有困顿但却充满爱意与温暖的家庭的氛围，由衷地为他感到高兴，丝毫也没有觉察到他身体或精神的某种危境。之前的无数次见面，他给人的感觉都是坚定而温和、智慧而理性的，甚至作为诗人他也从未在世人面前流露过一丝一毫的冲动和“任性”。而不料是在不及半年之后，竟发生了这样的惨剧，怎能不令人震惊和悲伤。

人常说，死亡终结了一切，也使许多东西得以升华。确乎，如今再来捧读《我看见转世的桃花五种》，更能够感受到它先知般的力量，甚至它的修辞都是那么精准和完美。还有《博物馆或火焰》，还有他在近十年中所写的一些吟咏生命之秋的作品，都更让人感受到，一个好的诗人和学者，他的文字将会长存人间。

末了，我狗尾续貂，将两首短诗献给陈超，诗歌的兄长，以告慰他的在天之灵，愿他安息。

转世的桃花

——哭陈超

选一个好去处，山清水秀
让这人间的尤物再转一个轮回
耀目的荣辉，耀目的伤口
在闪电中再飞一次，纵身
而后静静下落。在大地，在春暖花开
在风和日丽的林间小蹊，在颓圮的院墙下

荒芜的背阴处，避开闹市
避开一切可能的目击——包括那些刀锋般精准又残酷的词语

再开放一次。不要这么惨烈
不要这么迅疾，请温柔地，请轻轻地
请用你的热爱，用你的沉吟，你微笑的思
用你对命运的骄傲，以及
对曾经的青春的誓言和信仰的加持
你的底线而今已成为众人的雪线。
请你一定如约，从深秋退回阳春，从熄灭重回燃烧
从泥土重上枝头，再完成一次转世

沉　哀

——再致陈超

“太阳照耀着好人也照耀着坏人”
当他这样说时，他无疑将自己当成了好人
是的，他是。相识二十二年中，
我完全可以证明。

那时，太阳照耀着我们的年轻
太阳照耀着我们热情但并不白皙的面孔
但那些意味深长的文字让我敬重
惊讶，那时他已预言了桃花无尽的来生

如今想想，那时我们迷恋
诗歌修辞中的创伤，意象的悲情，与瑰丽
是有理由的，那时我们都年轻
单凭一些词语，就会彼此将对方的手握紧

二十年过去仿佛一瞬，那些
古老火焰的叙事才开了个头

就已变成残梦依稀。略带苦涩的笑容
已冰冻凝结，夹进了未完的诗稿中

这个冬日，太阳为什么没有照到你的阳台
为什么没有照耀你难以入梦的黑夜
为什么没有照耀我们渐趋老去的面孔
没有唤醒那从前的热爱，以及诗歌中隐秘的欢愉？

2014年冬—2015年3月，断续于北京清河居

（原载《读书》2015年第6期）

薛 浩

王一冰

活了三十多年,大半浑浑噩噩。

就算是再怎么样的阿宅,总归也会和一些人在命途上交集。比如,这一次,我见到了相识三十余年的旧交,一个陪伴着我度过童年的美少年。

我的童年在锦州的老城度过,所谓的工业化只局部地改变了某些胡同很微观的相貌,像所有中国的老城一样,新社会在地图上的舒展和发酵并没有对老城产生什么太深刻和本质的影响。若非要说有,恐怕就是消失了的城墙和城门。

老街坊和老住户们,依然会以"里"和"外"来分别方位,比如"东门里""北门外",或者以此来呵护某些神秘的优越感,仿佛"里"与"外",就是文明和蛮荒的边界,不知出于不自觉,还是小心翼翼,仿佛这样的方位词能够暗示一种历史的优秀传承,我们进城的比你们早一些,你们只能住在城的外面。

我家有幸,居住在"东门里"。

东门里的"九十七号"大院,在我童年的记忆里格外幽深曲折,若非上学或玩耍,每一次其他功利目的的外出,都需要经历一番踟蹰与纠结。我家横在"九十七号"大院的尽头,把通达拦腰变成了终点。蓝色矩形搪瓷门牌上写着:东二里 47—10。

"九十七号"从何而来?

我不得而知。

只知西邻的老二十七中,后来的盲聋哑学校东墙外的大院叫"一百零一号"大院。想来,瘸爷家、眼镜店、制镜社,分别占去了"九十八""九十九”和“一百”。

“九十七号”大院住了十几户人家，东手的马壮家，西手的王怡家、张陈家，进来的刘佳奶奶家、刘昆仑奶奶家、后搬进来的夏家，对面的范爷家，里面的董爷家，他家西面的刘畅奶奶家，挨着厕所的王悦家以及后来她的姨姥家，西厢我爸爸家，耳房赵大伟和赵二伟家，刘畅奶奶家后身的侯姑家，先是王扶林后是杨洋家，东厢柴颖家和陈德才家，耳房老崔家，最后是我家和老李家。门面房的瘸爷家，我们也算大院里的。

这些人家的长者，大多五六十岁。在我，当时一个十岁上下的孩子眼里，他们当年硬朗但是苍老，他们天然而且应当活在那里，无需来由，也不会消失；他们的儿女正是二三十岁的好年华；儿女的儿女，我们，才是院子的主人。

我们奔跑过雨后排水的小土沟，我们奔跑过谁家新买的过冬的煤堆，我们奔跑过在下面跳骂的人家的房顶，我们奔跑过童年梦中的嘴角。

每一家都有我的伙伴。施展、王怡、张陈、马壮、薛浩、范晓慧、刘佳、刘昆仑、夏爽、田智达、李振宇、刘畅、王悦、柴颖、崔静……

有人疏远，有人熟稔，有人凉薄，有人热络，有人搬入，有人迁出。

孩子们的热闹总是临时的，在天黑或者吃饭时长辈们的呼喊声里散去。

“薛浩，薛浩啊——”薛浩的姥姥就这样喊着。

薛浩是所有孩子中和我最熟悉的，长我一岁。

他是范爷家的外孙，爸爸是警察，他自小在“九十七号”大院长大，王悦搬走以后，不知是年龄的优势，还是个人的魅力，他渐渐成为所有孩子的中心。他不在的时候，我们游戏起来，不过三三两两，稀稀落落，志趣也不昂扬，一场没有大轴的演出，失去了主角也就失去了高潮，终显寡淡；只有当他出现的时候，所有的孩子才能凝聚成一个庞大的群体，游戏才真正成为激荡和狂欢，才会留在夏季迟暮的黄昏，才会留在冬夜高远的星空，才会留在年夜高挑的红灯，才会留在我的关于童年的所有回忆里。

他在《瘸爷》里出现过。

作为男生，他俊朗高大，却也清秀白皙，眼睛很大，是一个好看的小孩。

我们并不在一所学校，只有星期和寒暑假的时候，他才会被他的妈妈送来。

还有便是星期三，下午学校统统不上课。

于是，我就期盼着这些日子的到来，一旦到来便如节日般盛大。而每当他妈妈骑着单车载他回家，我都会远远地望着，希望小伙伴能够留下来，再玩耍一夜。

童年的我，是多么不愿接纳结束这件事情，一如我如今年幼的女儿，然而完满的人生又哪能少了别离？

记忆最糟糕的地方就在于，你以为和身边最熟悉最长久的伙伴充满了故事的时候，却什么也讲不出来。记忆擦去了老时光的细枝末节，把它变成堵在你胸口的一团模模糊糊的情绪。于是，我们在情绪里面摸索找寻，除了一手沉重和感伤的颜色，什么也没有。

我和薛浩之间发生过多么震惊世界的大事吗？没有。我们在一起的年华，世界还保持着单一角度的美好，除了童年玩耍细碎的欢愉，并不曾留下对彼此命运的改变。只是年华说："好了，就玩到这里吧！"于是，我们就长大了。

我们的分别，始于上世纪90年代的旧城改造。虽然我的故乡是一座关外名城，用我的话说，叫"久戎喉路"，而且城市属于地级建制，但是鳞次栉比的平房，缓慢的生活节奏，憨厚的民风，密闭的社会关系，都让我拥有了一颗小镇少年的心。小镇少年在那场拆旧立新的改造中，迎来了社会秩序和人际关系的大的别离。

老城要拆迁，各家各户都做好了打算，增算面积，寻觅新居。我家迁到了西郊姑姑的一处闲宅。薛浩的姥姥，迁到了更遥远的地方。于是我们再也没能如期地相会。

小伙伴固然是从不缺少的，我也很快在当地结交了新的朋友。然而心里始终放不下一起长大的他。

他来过我家一次，和他的姥姥来看望我的奶奶，毕竟在一个院子里比邻了几十年，一旦分开，心中都有牵绊。那时他已经是初中生了，升入了我即将升入的中学。他来时，口袋里藏了一条小青蛇。这是他的秉性，外向的，爱挑战和冒险，而不是我的，我更多的时候选择安安静静，甚至有点呆傻。他的到来使我兴奋，但是我对那条小蛇并无兴趣，有些躲闪。我们并没有叙聊什么，然后就跑向了姑姑的学校，跑向了学校后面的树林，跑向了希望的田野。

到他走的时候，我自然不舍。

自那日，我便再没有如此近距离地与他相见过。

后来，我们同一所初中，同一所高中，他始终大我一级，也仿佛始终早我懂得了人世和红尘，我知道，那一级就是成长的距离。十几岁的时候大我一级，三十几岁，依然大我一级。

他的初中和高中过得风生水起，而我则在不断地浪得虚名。

他健壮了身躯，我发达了大脑。

偶在校园相遇，我还会热切地呼喊他的名字，他却叫起了我的大名，不再直呼叫了几乎一辈子的我的乳名。

到了高中，他的境况更加张扬。我记得他身边的朋友那时候疯狂地追求我们班的一个女生，他总是出现在那个朋友的身后助威。还有一次，他对我说，要是谁敢在学校欺负我，就和他说，他随时可以帮我摆平。他的目光并非古惑仔圈街的占有，而是流露出一名兄长对弟弟的本能的庇护。

可惜，我的高中生活贫苦但是风光，傲慢却也被认可和宽待，有争议似乎又得到敬重，至少没有人敢欺负我。

他未得机会兑现弥散着力比多气味的保护我的承诺。

然而，谁的青春不是在激素失调中度过的呢？

冲动，幻想，雪地上心如刀割的脚印，放学后路灯下短暂的同行，一切与青春相关的符号一般的蠢事。

为了这样或那样的事，多半是两肋插刀的仗义，他好像打了几次架，后来，在我二年级，他要三年级的时候，便再也没有见过他。

后来才知道，他参军了。

对于这样一种选择，我并没有觉得诧异。我沉浸在和新朋友的社交中，而渐渐忽视了故旧之于我的存在。也许，不是人生的岔路摆在了我们的面前，而是我们已经踩上了各自的轨道，终将奔赴自己的去向。

再见他时,匆匆一瞥,是在他姥姥的葬礼上。老人家姓穆,是一个粗壮慈祥的老人,年轻时干过好些年的重劳力。

此后便天各一方,音信杳无。

一晃十几年过去了。

如今的我们长到了我们记忆中的父母的年纪,有了自己的妻,自己的儿,自己的家。我以为只有我无法割舍和儿时奇妙的心灵关联,其实没有谁可以放下人生走过的路。

偶然,他在微信上找到了我。我从内心中迸发了被砸中的幸福感,那个少年宽广的额头以及眉宇处的旧伤一下子浮现在了我的眼前。然而我知道,那只是由憧憬和缅怀编织的幻觉,真过,但没有了。

我们开始了微信上的联络,虽不频繁,但彼此都能够安然地定位到对方的存在。

他在沈阳安了家,娶了一个并不太熟识的我的高中同学,他的父亲已经过世了,他现在有两个孩子,老大是女孩,老二是男孩,他说他在沈阳挺好的。

再见到他时,我们坐在沈阳一家西餐厅里,一个简单的拥抱,几乎没有什么寒暄,似乎昨天还在一起挖沙子,弹玻璃球,捉迷藏,只是睡了一夜觉,而这一夜醒来,我们的两颊就生满了胡须,眼角也始有了细纹。

那个俊朗白皙的美少年,被这么多年军旅的风雨打磨得黝黑粗粝,眉目之间的清秀变得充满了力量,那是一个成熟男人的体貌。

这个大汉,就是我儿时的伙伴。

他听我介绍着牛排的熟度,介绍着披萨的制作方法,听我讲述着这些年自己的履历。把老时光和旧掌故在餐盘里细细切碎,我们谈论更多的,仅是一些生老病死和繁衍轮回。

他妈的,哪个狗日的发明了历史?

就如一盏灯的明灭。

长者们几乎全都不在了,而我们的父母辈已经成了长者,我们变成了父母,孩子们变成了我们。孩子们的世界依然保持着单一角度的美好,而我们拥挤在时间的夹道里谨慎地跋前疐后。

这是时间的新陈代谢,也是众生的在劫难逃。

我们相约下一次在南京，我的主场，或许会叫上被遗失在合肥的“九十七号”大院走出的伙伴。

在楼下见到了他的妻儿和他的妈妈。他的妻子秦小姐，是我的同学，我们寒暄着共同认识的人的境况。他的大女儿刚刚在车里睡醒，小儿子将将周岁。

我们或许就相识在他小儿子这样的年纪吧。

走的时候，我远远地望着他们一家五口的背影。他左右开弓，抱着一双儿女。秦小姐跟着丈夫，推着童车。他的妈妈，我叫她秋姑，拖着陈年中风的右腿，蹒跚地默默地跟在后面。

这一天，沈阳的阳光很好，照着他们一家人高低错落的一列身影，在我的视野中慢慢走远。

就像儿时暑假透明的阳光，照着我们俩同样色相的蓝短裤和我家院子里午后铝盆中晒暖的洗澡水，洗澡水的波纹斑斓在盆壁。

奶奶从后面悄悄走过来，在我们两个的屁股上分别打上一巴掌，慈爱地说：“让你们两个蹲在那儿玩水！”

谨以此文，纪念儿时的美少年和小伙伴，以及所有老宅子的长者们，逝去的和未逝的。

（原载作者博客 http://blog.sina.com.cn/u/1272008122）

在美丽的黔之南

杨海蒂

大利一日

黔东南是资深旅人和摄影家心中的天堂。那里有保存完好的古朴村落,有美不胜收的自然风光,有斑斓多彩的民俗文化,是感受异族风情的最佳去处。

天下最美侗寨——大利侗寨,就坐落在黔东南榕江县麻载乡。

汽车在晨曦和薄雾中曲折前行,逶迤的山峦、蜿蜒的河流、奇异的树木、艳丽的山花……窗外美景目不暇接。在一个转弯处、一片小坪上、一棵榕树下,车停了下来。我们下车,从树隙间俯瞰下去,顿时惊呆了:蓝天白云下,青山绿水间,一座风貌独特超凡脱俗的山寨,如梦如幻地隐身于山坳里,古朴、神秘、宁静、绝美,犹如童话世界,充满诗情画意。

"天下最美",名不虚传。

安然静谧、毫不刻意、超然世外,赋予大利侗寨一股神妙高蹈的仙气,使她美得无与伦比,美得让人心醉神迷;她能让你生出无限遐想,也会让你消除一切杂念。

经过一片古楠木林,又经过一片翠绿竹林,通过一座花桥,我们进入寨子。

花桥,又叫"风雨桥",是侗族村寨的标志性建筑。大利侗寨的花桥,是居于利洞溪两岸寨民往来的桥梁,也是他们集会议事、歇脚乘凉、夜息行歌的最佳场所。分布于寨头、寨中和寨尾大小不同风格各异的五座花桥,悠悠然次第横跨于利洞溪上,数量之多为侗乡之最;位于寨中的亭廊式花桥最具特色，它始建于清光绪年间，桥面由七根长条杉木并排铺架而成，桥廊两侧设有栏杆和长廊，桥廊正中有桥亭、葫芦宝、重檐四角攒尖顶，古色古香别具一格。

所谓“苗山侗水”，凡侗寨，都傍水而建。有三条河溪在大利侗寨水流回环，利洞溪则穿寨而过。清澈的溪水中，有一群鸭子在游荡觅食，有几个孩童在裸泳嬉戏；干净的河溪边，有身着民族服饰的村妇在捶洗衣服，有慈祥老人在悠闲自在地吃着当地野果。无论男女老少，村民个个淳朴祥和，眼神纯真明亮。寨子很安静，没有车水马龙人声鼎沸的嘈杂市声，只有树叶在微风中飘落的叹息声，水流碰在石头上散开四溅的欢跳声，村妇们此起彼伏时断时续的捣衣声。

大利侗寨，真正的小桥、流水、人家。她拥有内在的丰盈，所以，简约而不简单。我想起“现世安稳，岁月静好”，想起美好的人和事，心灵无比沉醉。

寨子里的道路十分整洁，皆由青石铺砌而成，石雕异常精美，为大利侗寨先民筑于清乾隆年间，是榕江县境内历史最悠久且唯一有石雕的石板古道，当地侗民称之为“三百磴”。路上，有侗族少女缓步走过，犹如出水芙蓉，素净、雅致，身姿袅袅婷婷，见到我们，女孩羞涩低头，脸上飞起两片红晕，双眸顾盼有情自己却浑然不觉。真美。

我们穿行于寨中，放慢脚步，压低声音，连呼吸都小心翼翼，生怕把这份仿佛与世隔绝的沉静给扰醒。

鼓楼也是侗寨的标志性建筑。凡侗寨，必有鼓楼，都建在寨子中央，皆雄伟壮观、结构严谨、工艺精湛。大利鼓楼很有气势，外形像尊多面体宝塔，楼身以四根粗大笔直的长杉木为主柱，从地面直通楼顶，匠心独具；伞形顶盖绚丽多彩，顶盖下斜面的人字格斗拱及周边木雕，工艺精巧造型别致；中部是层层叠楼，从上而下一层比一层阔大；鼓楼檐角突出翘起，层层叠叠重檐而上，给人以玲珑雅致如飞似跃之感；鼓楼尖顶上铸有宝葫芦，象征寨子吉祥平安。

侗族大歌，是盛开在中华民族艺苑乃至世界艺术之林的一朵奇葩，多声部、无指挥、无伴奏的复调式合唱方式，是它的主要特点，模拟鸟叫虫鸣、高山流水等大自然之音，是它的主要内容。大利侗寨是侗族大歌发源地之一。每逢节日，全寨男女老少聚集鼓楼，彻夜欢唱侗族大歌，赞美自然、劳动、友谊和爱情。

在寨子里的泉水古井旁，我们聆听到了美妙的侗族大歌，完全是天籁，让我们如醉如痴，让我们不忍离去。

这口泉水古井，其实是三位一体的古井群，砌得很是考究，三眼井泉既分隔又有通道连接，上游供饮用中游供洗菜下游供洗衣。泉源奔突处，还建有一个拱门，门上挂着几个竹筒，是专供人舀水喝的，无论来人是寨民还是外客，都可以尽情畅饮滋润心田。大利侗寨，依然保留着最基本的社会信任结构，她是这么的善良、亲切、友好。

大利侗寨的建筑也与人为善，一色的青瓦木楼，楼屋层叠，错落有致，保持着原始状貌。寨中现存最古老的民居是杨家正房，距今已有三百年。另一座建于清乾隆年间的杨家宅院，是侗寨唯一一座汉族风格、封闭型的四合院，距今也已二百余年。它系全杉木结构，由前堂、两厢、正屋、天井组成，前堂门楣上匾额高悬，“楼宇维新”“年进期颐”的题匾，见证着古老侗寨往日的辉煌；宅院两厢雕窗对立，正屋的廊檐瓜柱颇为壮观；最为壮观的是三楼的三面回廊，俗称“走马转阁楼”，人可沿着回廊兜转，居高临下观赏全寨风光。树影花拂下，这些楼阁庭院别有韵致，安逸中生机勃勃。

今年，由花桥、鼓楼、古水井、侗族四合院以及独特的古晾禾谷仓等组合成的大利侗寨古建筑群，被公布为第七批全国重点文物保护单位；而早在上世纪八十年代，大利侗寨就已列入世界文化遗产预备名录。

不得不离开大利侗寨了，我们恋恋不舍，我们频频回首，我们依依惜别。行至寨口，遇到一拨背包客驴友，看似是正度暑假的大学生，每见一景，他(她)们都要欢呼雀跃一番，嚷嚷着要在这儿至少住满十天。重返自然简朴的生活，日益成为世人向往和追求的生活方式，连学子也不例外。随着知名度的不断提高，深山明珠大利侗寨，吸引着越来越多的外地和外国游客纷至沓来，如今贵广高铁和厦蓉高速直达榕江，给游客提供了极大的交通便利，我暗暗担心，默默祈祷：希望大利侗寨，永远不要沾染上庸脂俗粉，永远这般天然、清新、质朴、美丽。

出寨，沿着利洞溪往上走，溪流在寨西不远处的悬岩峭壁间骤然跌落，陡然形成雄阔的三叠飞瀑，在古藤野树的掩映之下飞珠溅玉，“大珠小珠落玉盘”，声音清脆如少女在吟唱侗族大歌。三叠瀑下端，白炼顷刻化身碧波，飞流忽然化作潭池，流水荡出潭池，在翠绿的山谷岩石间下滑，于几十米开外又形成十余级小瀑，如云如雪美轮美奂，让人惊叹大自然的鬼斧神工。

汽车渐行渐远，大利侗寨，渐渐消失于视野之外。我怅然若失，我魂牵梦萦。大利侗寨，我心目中最美好的山寨，我会再来的，就在不久的将来。

镇远一夜

傍晚，我抵达中国历史文化名城镇远。

落日余晖，云蒸霞蔚；青山含黛，锦绣楼台；河水蜿蜒，渔舟唱晚。镇远，风景如画，美如仙境，古韵悠然，风华绝代。

镇远——光凭这两个字，就让我无比心动。来了，看见，爱上。莫非，我跟镇远有宿缘？

佛门空远，难以言说，一说便是错。还是说回镇远吧。

“九山抱一水，一水分两城”，千年流淌亘古不息的舞阳河，呈S形贯穿全城，令古镇一分为二，仿如太极图案，使镇远成为名扬天下的“太极古镇”。

祝圣桥横跨舞阳河，桥上的魁星阁，将孔圣庙、青龙洞、中元洞、中元禅院彼此勾连贯通，大有儒、佛、道互济之象，堪称一绝。

传说建文帝出家于青龙洞，洞中曾有对联为证：“僧为帝帝亦为僧数十载衣钵相传正觉信然皇觉旧，叔负侄侄不负叔八百里芒鞋徒步龙山更比燕山高”，宫廷的权斗，王朝的兴衰，宗教的多元，历史的吊诡，赋予镇远浓厚的神秘色彩。

青龙洞古建筑群背靠青山，面临绿水，五步一楼，十步一阁，寺院禅台、道家庙堂、儒家书院、江南园林、徽派建筑、商业会馆、梨园戏台、苗侗吊脚楼，均贴壁临空于悬崖地带，集山水楼阁和寺、庙、观、俗于大成，何等雄伟、盛大与壮观！

儒、释、道和睦共处，缘于镇远的开放与包容。镇远民丰物茂，商贾云集，舞阳河是水上交通要道，古码头诉说着往昔的繁荣。据说，青龙洞位于太极古镇的正中，是绝佳的风水宝地，历史上，为保证军需供给，大批商人涌入镇远，太极古镇成为军旗掩映下的繁华闹市。为祈求风调雨顺生意兴隆，商贾大户先后在青龙洞建造寺、庙、观以供奉各自心中的神灵，无意中为后人留下这片珍奇的古建筑群——全国重点保护文物、联合国教科文组织确定的“世界贴崖古建筑园林”。

镇远也是中国近代重工业的发祥地，青溪铁厂，就是张之洞和李鸿章“洋务运动”的产物。

镇远还曾以军养商，因而古码头、古驿道、战神庙、城墙、烽火台、堡屯、堡垒、炮台等旧军事体系，就间杂于宅院里巷中。在镇远，自然与人文，文化与军事，建筑与历史，民族与宗教，政治与经济……各种元素融合得极为和谐。

镇远另一番三教合一的景象，呈现于石屏山。石屏山重岩叠障雄伟险峻，“石崖绝壁高千仞，端直苍阔如屏风”。山上有四官殿和苗疆古长城。四官殿里，供奉着战国名将白起、王翦、廉颇和李牧，每至农历九月十九，全城军民都要前来拜日月神、战神和财神；登临城垣，抚摸城楼，俯瞰城郭，我思接千古神驰八荒，依稀看见烽火狼烟，仿佛听到鼓角争鸣。

镇远的历史，可追溯到传说中的炎黄二帝以及蚩尤的诸神之战。因地处交通要道、“水陆要冲”，镇远素有“滇楚锁钥、黔东门户”之称，秦时设为边关，明代名号“镇远”。史书云：“欲据滇楚，必占镇远；欲通云贵，先守镇远。”城外防御军事体系浑然天成，体现出镇远之“威镇远方”。吴三桂反清，便选择此地布兵鏖战。

林则徐三过镇远，作诗叹其雄奇险要：“两山夹溪溪水恶，一径秋烟凿山脚，行人在山影在溪，此身未坠胆已落。”

在明代书画家祁顺眼里，镇远山雄水秀，聚天地灵气：“多佳山水士大夫南边多游焉，或不得游则有为恨者矣。”民国年间镇远专员、战斗英雄华光，对辖地儿女情长赞叹有加：“有胜水名山，令人盘桓而不忍离去。”

清代文学家吴敬梓对镇远更是情有独钟，在其著作《儒林外史》中多有提及,“歌舞地”与“龙神嫁女”的典故,就来自于铁溪。

镇远的明清古民居又是一绝,住宅依山势地貌而建,逐层递升,错综复杂;古街古巷狭长幽深,交叉衔连;各家古井形状各异,四季不涸;石桥城垣布局精巧,错落有致。青砖黛瓦、飞檐翘角、雕梁画栋遍布全城,姿态万千,目不暇接。

江南庭院风貌与山地建筑格局的完美结合,使镇远民居成为中国建筑史上的奇观,成为中国山地贴崖建筑文化博物馆。

最令人叫绝的,是镇远民居的“歪门斜道”,老宅门的朝向都是歪的,绝不与街巷平行,巷道也是拐弯抹角七扭八曲,斜斜对着宅院门厅;歪门斜道,构成千古奇观。创意来自风水师的告诫:曲径通幽,财不外露。

蓦然回首,恰见一辆红色车身的列车,徐徐驶过舞阳河;美丽的火车,吐着蒸汽鸣着汽笛,欢快地奔向远方。黄昏中,这幅画面美得让我惊艳。

穿行于璀璨的星空下,我来到和平村,它是日本在华反战同盟旧址,是国民党政府日军收容所,系原镇远总兵署中营衙门,至今仍保留着当年的半圆拱形大门和高高的围墙。

华灯初上,我步入斯大林的翻译、中共早期党员周达文先生故居,这座富丽的四合院,当年是中共镇远地下支部所在地,院落四周为高大的风火墙,内设前后天井,建有前厅、后厅和厢房。故居挂有伍修权书写的金字匾牌,存有斯大林写给周达文的信。

名刹古寺,宫殿园林,戏楼会馆,码头驿道……镇远处处是名胜,是古迹,是文物,有着太多引人入胜的历史细节。印象中,有一座神奇的古桥,由蛋清和糯米粘合而成,却原来,它就在镇远;记忆中,为平定叛贼吴三桂,云贵总督甘文焜为国尽忠,以自刎捐躯来守护一座城,却原来,它就是镇远。

置身于这座山、水、城浑然一体的“传统文化迷宫”,置身于这个多民族、多宗教、多风俗的“世界文化保护圈”,我感受到时光倒流,穿越回远古时代。“观古今于须臾,抚四海于一瞬,笼天地于形内”,我对镇远更多了一份敬畏。

其实,惬意才真正是镇远的标签。

夜幕四合，暮色下的古镇更美。舞阳河两岸，大红灯笼高高挂，如火如荼漫无边际；泛舟于妩媚的舞阳河，品尝各类风味小吃，聆听苗侗天籁之音，领略古城两岸近三千年的历史风貌，我如醉如痴。

古镇到处都有，去过的地方很多，为什么我对镇远情有独钟？为什么远隔千山万水，我还想一游再游？

不只是想要游览的美景还有很多，而我这次未能涉足：国家级风景名胜区舞阳河景区内，高峡平湖，瀑泉飞流，谷幽洞奇，一湾一画一步一景；高过河自然风景区，充满野趣神韵；城北洞塘以高过河为轴线，山势险峻，河谷深切，森林密布，人迹罕至；城东南的松柏、极有、白岩、龙奔等侗寨，民风古朴，服饰斑斓，语言独特。国家级风景名胜区铁溪景区内，最为叫绝的景观是龙池，池面水平如镜，池水宝蓝如幻，正是吴敬梓笔下龙神嫁女的地方。

而是因为，厚重的历史，灿烂的文化，壮丽的山河，多彩的民族，共同造就着这“西南一大都会”。镇远，超凡而不脱俗，精致美丽又不乏人间烟火气，这就是我一直寻找的梦中乐园，就是我神往的诗意栖居地。

镇远，被世界旅游基金组织确定为“返璞归真、回归自然”的世界十大最佳旅游胜地，被亚太旅游联合会评为“中国低碳旅游示范基地”，被国内权威组织评为“中国最具影响力旅游名县”和“中国十佳旅游古城”……在由多家媒体、资深旅行家和广大网民联合组成的“平民”投票评选中，镇远荣膺“中国最美的十大古城”，名列第五。以我之见，镇远应列其首。

镇远，如此美好。

如果说还有什么可以更好，那就是我能驻留镇远，与爱人“小舟从此逝，江海寄余生”，相守今生今世，相约三生三世。

奇美黔西南

曾经，黔西南于我是一个王朝的背影——夜郎古国在此神秘出现又神秘消失，是一片悲壮的疆场——诸葛亮南征、红军长征的重镇……对于遥远而诡谲的黔西南，我生发过很多很多的想象。两个月前，我得到机缘,终于来到了这个向往已久的地方。

从贵阳出发,车行过处,一路都是美丽风景。突然,一条攀升于山坡的巨龙映入眼帘,蔚为壮观撼我心魄,原来,它就是依山而筑的晴隆二十四道拐,一个公路建设史上的不朽神话。二战时期,滇黔线上运载国际援华物资的美军军车川流不息,蒋介石将滇黔路命名为"史迪威公路",二十四道拐正是这"抗战生命线"的咽喉要道,因之成为举世闻名的"历史的弯道"。

小憩于贞丰。贞丰,因清代嘉庆皇帝赐"忠贞丰茂"匾额得名,因黄金遍地如今又有了一个新名称:中国金县。境内地貌以石为骨,地势高低错落,高山、深谷、平坝、盆地和丘陵相互交错,构成喀斯特高原特殊的地貌景观,被誉为"喀斯特公园县",同时也是"最适合人类居住的理想之地"。时间匆匆,只观赏了"天下第一奇峰"圣母峰,我便为大自然的鬼斧神工绝倒。

喀斯特景观在黔西南异彩纷呈,以首府兴义市为中心的锥状喀斯特景观,是世界锥状喀斯特地质地貌的典型代表,是"保存最完整、集中连片分布面积最大、地貌景观最典型、科学和美学价值极高的景观",专家惊呼在此发现"中国喀斯特精华"。

兴义也名金州,洁净、美丽、幽雅、精致,黔西南人把这小城布局和建设得恰到好处,使之正符合安居乐业和旅游观光的需要。晌午,甫一进入兴义,我就不由得哼起了歌曲:"小城故事多,充满喜和乐,若是你到小城来,收获特别多。谈的谈,说的说,小城故事真不错。请你的朋友一起来,小城来做客。"

只消见到以下食谱,就让我食指大动:猪脚炖金豆米、红烧肉炖豆腐果、炖猪皮、酥肉粉条、排骨炖萝卜、素南瓜、素豆花、花糯米饭。而这布依八大碗,据说是当地布依族人的家常便饭。外国文化学者认为,"有四个主要的自然因素决定着人类的生活与命运,这就是:气候、食物、土壤和地形",如此说来,黔西南的布依族人民太幸运太幸福了。

吃得脑满肠肥,赶紧消食化积。就在兴义城郊,即有集雄、奇、险、秀、幽为一体的马岭河峡谷。峡谷山高水长,奔腾的瀑布成群,明净的溪流蜿蜒,荡漾着每一位旅客的心灵。水是这儿的精髓,让它变成与众不同的地方。山的阳刚与水的柔情，让我心神摇荡，呼吸一口清新的空气，我简直想唱歌。峡谷中，只有树木和流水的声音，山风与树林合奏出迷人的华尔兹，瀑布与山谷交织成壮丽的交响曲。微风吹拂，像丝绸滑过脸颊，有如被情人温柔的手掌摩挲，让人如醉如痴。这一切，构成了我心目中的人间伊甸园。

云朵洁白、万峰延绵，浩瀚苍茫的国家地质公园万峰林，两万余山头"磅礴数千里"，仿佛千军万马奔于眼前，令我目瞪口呆；奇美的山峦与碧绿的田野、弯曲的河流、古朴的村寨、葱郁的树林融为一体，构成天底下罕见的峰林田园风光，绘就"奇峰似林，田坝胜锦，村落如珠，古榕若翠"的巨幅画卷，让我叹为观止。万峰林被誉为"中国锥状喀斯特博物馆"，被《中国国家地理》评选为"中国最美的五大峰林"之一，它的奇美壮观，使旅游海报相形失色。

纳灰村梦幻般坐落在宏大的万峰林中，"半郭半乡村舍、半山半水田园"，得山水清气，田园是如此的丰茂，农舍是如此的安详。布依族人民借自然之手，把家园建造成为诗意的生存环境：以万峰林为背景，民居清一色白墙黑瓦，村庄像极一帧素雅高贵的黑白照。几年前的一个春节，胡锦涛总书记与村民一起过年，纳灰村一派欢腾。宋人有言，"山水有可行者，有可望者，有可游者，有可居者"，纳灰村的山水则可行、可望、可游、可居。传说中的仙境，在这儿就是现实，就在眼前。真想成为这里的一个农妇。

头上是蓝天，脚下是绿草，身旁古树参天鲜花簇拥，置身于大自然间的村头戏台，欣赏着原生态的布依族歌舞，心情就像风一样自由惬意。布依族曲艺"八音坐唱"，古朴悠扬余韵袅袅，难怪被称为"声音的活化石"，被国家列入首批非物质文化遗产名录；布依族舞蹈来源于生活，以生产劳动和民族习俗为题材，自然、淳朴、独特，男女舞者服饰色彩简单，都以黑、蓝、青、白为主，布衣女子则头包盘盘帕或牛角帕，头帕颜色为雅致的青底白色花格，别有一种诱人的风情。

……

重游黔西南的念头非常强烈，因为还有很多奇特美丽的自然风光引诱着我：安龙招堤、兴义云湖山、放马坪大草原、国家级森林公园仙鹤坪；

更有许多历史文化遗迹召唤着我：燕子洞、笔山书院、龙溪石砚、铜鼓山遗址、交乐汉墓群、“兴义人”古人类文化遗址、明永历皇帝行宫、明“十八先生墓”、少年张之洞挥就名篇赞颂的半山亭、主持中国战区受降大典的国民党军政首要何应钦故居，等等。黔西南还是中国“兰乡”“中国观赏石之乡”，而金州鱼龙、“贵州龙”化石群，已成为人类共同的财富。

天地造化，黔西南“世之奇伟瑰怪非常之观”多矣。奇哉，黔西南；美哉，黔西南！

（原载《黄河文学》2015 年第 6 期）

土　地

厉彦林

“土地”,这个词普通,平凡,却深邃灼心,高频率、快节奏地点击我们的心灵。

坤厚载物

当你身置崇山峻岭,感受高山的巍峨壮观,领略自然秀美风光的时候;当你驻足黄金海岸,感慨大海浩淼苍茫,欣赏惊涛拍岸的时候;当你身处茫茫戈壁,感叹草原广阔无垠,吟唱风吹草低见牛羊的时候……你是否意识到自然的万事万物都有一个共同的承载体?你是否体会到你经历的所有审美感受、视觉冲击和心灵震撼都来自土地?

无论我们从事怎样的职业,无论我们身在何方,我们须臾也离不开土地。只要踏出家门,或走在乡间崎岖山路上,或飞驰在平坦的马路上,即便登上插入云端的摩天大厦,这大厦的地基肯定扎根在坚实的土地上。即使我们乘坐飞机甚至乘坐宇宙飞船,那也只是短暂的行程,最终还要飞落大地。我国“神十”航天员聂海胜结束十五天太空生活和工作,顺利出舱、双脚刚踏上内蒙古阿木古郎草原的土地,就兴奋地说:“太空是我们的梦,祖国永远是我们的家。”

人类的老祖宗盘古,把天地分开,头顶着天,脚蹬着地,用他的整个身体创造了美丽的宇宙。按照《圣经》的传说,上帝创造了日、月、星辰、植物、动物后,按照自己的形象,用泥土造出人类的始祖亚当,“上帝用地上的泥土造人,将生气吹在他的鼻孔里,他就成了有灵魂的活人,名叫亚当”。上帝还对亚当说:“你本是泥土,仍要归于泥土。”在中国神话传说中,女娲也是用泥土造人的,“女娲抟黄土作人”。女娲用神奇的手,把一块块黄土捏成了一个个面容不同的人,并赋予了生命,从此人类就逐渐生存繁衍了下来。中外相似的神话说明了一个道理:人类的产生和发展离不开土地,土地是人类的生命之源,是人类的母亲。

炎黄子孙对土地图腾般的顶礼膜拜。伏羲氏对事物有敏锐观察力、对土地有深厚感情,仰观象于天,俯察法于地,用阴阳八卦解释天地万物的演化规律和人伦秩序。《左传》曰:“以父道事天,母仪事地。”土地是地球的皮肤,是人类的母亲。乡间许多土地庙的神龛两边大都有一副对联:“土能生万物,地可发千祥。”《易经》曰:“坤厚载物”。坤,为地。万物因土地获得生命,互为依靠,和谐共存,“生万物”“发千祥”,因而这是最大功德。“厚德载物”,像土地这样滋生和养育万物,才是世上头等的功德。土地是万物的母亲。

孪生兄弟

土地是农民的家园,农民是土地的子孙,土地就是农民,农民就是土地。土地厚重,农民质朴,土地与农民是血脉相通的孪生兄弟。

农民是土地的精神和灵魂,是山村历史的创造者和评判者。没有农民,土地不是真正意义的土地,会是一幅毫无内涵与生机、凋敝荒凉的水墨画;养活不起农民,土地那也不是真正意义的土地,只是一座海市蜃楼中美丽却飘渺的楼阁,承载不起家园、乐园的神圣使命。

多少代农民与或偏或远或大或小或穷或富的土地相依为命,走过历朝历代,度过多少春夏秋冬、风雨寒霜,演奏了多少惊天地、泣鬼神的悲剧与喜剧。

世界上任何国家的农民,都伴随人类诞生的阵痛与疾苦,与自然和社会同舟共济、生死相依。有一位法国评论家写过这么一段话:“土地总是以超出其价值的价格出售,原因在于所有人都热衷于成为地产主。在法国,下层百姓的所有积蓄,不论是放贷给别人还是投入公积金,都是为了购置土地。”中国自古就是农业大国,从刀耕火种到使用现代农业机械,农民、农民的劳动、农民的奉献始终延续着中华文明的火种,奠定着民族进步的根基，推动着中国历史铿锵前进的巨轮。

中国农民，其实不懂“大雅”“小雅”和“国风”，是哼着赶牛调和播种谣，从《山海经》里蹒跚走来的。只要有一寸土、一滴水、一粒种子，就能繁衍生息。踏平多少道岭，穿越多少座山，注释背井离乡的含义，续写南庄北村的历史渊源。农民是具有高贵血统的英雄，他们与天地作战，与天灾人祸作战，守候自己的生活，为子孙，为社会创造生存、繁衍的物质财富。但是决不能出现生存危机。即使在“公私仓廪俱丰实”的开元盛世，若逢天灾人祸，号称“礼仪之邦”的泱泱大国，竟然也一次次上演“易子而食”的人间惨剧。

不想成为地主的农民，不是地道的农民。不想拥有更多土地的农民，不是有出息的农民。任何一个真正的农民，都想拥有更多的土地。对于地道的农民而言，土地是他们的命根子。如果没有土地，那他还能吃啥？喝啥？穿啥？用啥？盼啥？他们对于土地朴素而深厚的感情，归根结底是因为土地是他们生活的唯一依靠和保障。

农民具有巨大的能量和作用，成为历代王朝将相重视和惧怕的群体。历代贤明的君主都重视农耕和农民。汉文帝倡弘“夫农天下之本也”，甚至采取“重农抑商”政策。唐太宗亲历隋末农民战争风暴，发出“君舟也，民水也，水能载舟亦能覆舟”的感慨。古时的祭天大典，祈祷的是神州大地风调雨顺、国泰民安。书香门第也劝诫子弟“一等人忠臣孝子，两件事种地读书”，意思是不会种地，不懂百姓疾苦；不读书，不通达事理，不会成就，也不会高贵。

中国人上数几辈，祖先都是地道的农民。在我悠悠的往事中，难以忘怀的总是农村。出身农村，当过农民，对一个人的一生来讲，是笔巨大的可以长期支付的财富。在黄土地上和白云一起飘荡，同秋蝉一齐高唱，熟知春种、夏耘、秋收、冬藏，了解农村的艰苦、农业的艰巨、农民的艰难，可以改变一个人的价值观念和生命轨迹。生在农村，长在农村，才会有平民情结，更易练就自强不息的性格，“穷人的孩子早当家”，国家栋梁不少就是普通平常的农家子弟。

虔诚跪拜

人类生活在地球上，须臾也离不开土地，不知已经和还要演绎多少土地悲喜剧。即使是宇宙飞船，也不得不到别的星球找块地落脚。

我是一个怀乡症患者，当站在山顶高处，鸟瞰脚下的土地，喜欢一遍遍轻声低吟“锄禾日当午，汗滴禾下土”。站在高楼上鸟瞰土地，每次都会有晕眩的感觉，楼层越高越觉得离庄稼近，疲倦时合上双眼总是梦见自己站在一大片庄稼地里。烈焰下，中国的大地上到处是阳光的烈焰，扎满了植物根系的土地和农人们，都在脱水般的状态下因沉重劳作而喘息。

“地种三年亲似母”，农民把土地当成老祖宗敬奉侍候。每当土地被犁铧翻卷过来，泥土那种沁人心脾的气息使人备感舒畅。聆听播种时的声音，你会从土地那嘶嘶的声音里感受到土地像一个老者的慈祥；伫立于平平展展的土地上，心中那种踏实的感觉也会油然而生。当硕果累累的时节，你会觉得那一个个沉甸甸的果实、一片片神采飞扬的叶子，都是土地的生命在涌动。

在家乡那几块土地上，春夏秋冬，寒来暑往，年复一年，日复一日，晃动着父辈的身影。他们对土地的眷恋，对土地的固执，对土地的深情，让我备受感动。蓝天是高远的，大山是静寂的，沟壑是深邃的。远望那人，那牛，那狗，恰似大山褶皱里活动着的标本，在落日余晖里又似一幅粗犷古朴的剪影。记得爷爷曾经整天地坐在田头，吸着旱烟。烟窝、眼窝都通红、通红……

我出生在沂蒙山区的偏僻的农村，童年历经了三年自然灾害的苦难和“文化大革命”的“洗礼”。高中毕业后，曾骄傲地成为生产队里的整劳力。山区山岭多地少，“山上石头多，出门就爬坡，地无三尺平，连年灾害多。”老百姓视土如金，爱地如命，垒石造地成为每年农闲时节的必修课。上世纪初，我家祖上没有土地，我爷爷刚七岁就早出晚归到地主家放牛，汗水伴随着香喷喷的粮食，从田埂一直洒向地主家。虽然吃不饱，但没有怨言，都怪自己八字不好，命里缺“土”。

在岁月的流逝中，不光人长大变老，土地也在不声不息地发生着变化。

在物质极度匮乏的年代，膀大腰圆的身材让人艳羡，那是因为胖人肚子里不缺油水。改革开放以来，土地被松了绑，老百姓的日子越来越兴旺，中国人日益“心宽体胖”，从杨柳细腰到大腹便便，只用了短短三十年时间。肥胖问题将成为中国未来经济发展和公共卫生系统的一枚定时炸弹。

长年繁重的耕种和劳作，父母常常会直不起腰，满身酸痛难受。但当看到干裂的土地上茁壮成长的禾苗时，生命的喜悦便洋溢在心头；当看到摇动在庄稼秸秆上等待收获的谷穗和满仓满囤的粮食时，收获的喜悦便写满笑脸。繁重辛苦的劳作有喜悦有欣慰，也有难以言明的满足和陶醉。

2012 年金秋时节，我们一家和三个妹妹家约好回家看望父母，父母高兴地咧嘴笑，母亲忙着炒菜做饭，父亲执意去掰鲜嫩的玉米棒子、刨地瓜让我们尝鲜。其实如今在城市，不管在任何季节，这些东西市场上都有，也能经常吃到。但吃上父母亲手培植出来的劳动果实，还是格外香甜。每次我们回家，父亲都极其高兴，虽然话语不多，只是坐在那里喝茶抽烟，静心看着我们，默默地听我们说话，脸上的表情透露着一种满足和欣慰。他看着已经长大成年的儿女们，肯定就像看着满地的禾苗一样。其实对于父辈而言，我们又何尝不是他辛勤培育的禾苗呢？只不过庄稼只需要照料四季，而我们却花费了他们一生的辛劳与心血。

我想起土地时，便踱到窗前，推开窗子，一股清爽而又略带微微寒意的春风迎面扑来。不知从什么时候起，外面下起蒙蒙细雨。这是新世纪第一个十年的第一场春雨，正值冬麦返青和春麦下种的好时节，对于十年九旱的沂蒙山区来说，这场贵如油的春雨是何等珍贵呀！此时该有多少农民孩子般的伸出两手，让一丝丝雨滴悄悄落到身上、手上、心上。

故乡的土地是我生命的摇篮，这片土地给了我清苦却幸福美好的童年，磨砺了我质朴与善良的品格，给了我跪拜土地充足而合情、合理的理由。

未来走向

地球表层的物体，是地球上的人类赖以生存的最基本的自然资源，栖身居住是人类利用土地的最根本用途。远古时代，人类栖山洞，居草棚，原始的生活状态；如今，高楼大厦，灯光璀璨，人们享受着人类进步和社会发展带来的现代美好生活。

人类作为一种生命群体，要生存，第一要务是吃饭。

土地同地球上的其他自然资源一样，绝非取之不尽、用之不竭的。日本小学第一节地理课，老师就会警告孩子们："日本是一个人多地少、资源匮乏的岛国，我们必须珍惜每一寸土地，并且要创造高技术，赢得高效益。这样，日本民族才可能在这个世界上生存下去。"而我们国家从决策者到平民百姓，普遍缺乏忧患意识和危机意识，曾一度盲目乐观，导致无序发展。有资料表明，中国的国土面积今天仍然是世界的第三位，中国人均耕地占有量，仅仅高于孟加拉国和日本，居于倒数第三位。

记得我们上中学时，历史课本里曾把英国工业革命期间万恶的"圈地运动"和经济危机期间"倒牛奶行为"，作为资本主义的反面案例。现如今这种现象在中国大地上也出现了。当年英国为了发展纺织业，圈地是为了生产纺织原材料羊毛。当今中国则是为了实现发展梦想，快速的城市化、工业化需要土地。可谁知这古老而文明的土地上却上演起无道德、无秩序的生产经营活动。譬如以破坏环保、生态、资源为代价的盲目扩张，无视劳工生命、健康与尊严的雇佣劳动，生产假药、毒食品，拉链一样拉来拉去的道路工程，导致大气污染、河流干涸、土壤毒化、草场沙化、森林萎缩，虽然一时增加了经济总量，可这些"夺命发展"的路数，相当于断腕自杀，相当于断了子孙后代的后路。

中国这片土地的性格像淳朴的中国人，耿直、坦荡，绝不会讲"假话"。尽管土地是沉默的，但它有灵性，它目睹着中国过去与今天活生生的历史。只要你把心贴近它，它就会给你讲许多你也许从未听到过的故事。我们应当思考土地的意愿是什么。土地需要养分，应当补充土杂肥、有机物，得到的却是化肥与农药；土地需要树林、小鸟为伴，得到的却是砍伐与捕杀;土地需要庇护,得到的却是斧头与裸露……我们重视乡土中国,不只是基于它在现代化夹缝中所面临的发展纠结,更是思考我们的传统、文明方式的问题。这不仅仅是一个经济问题、发展道路的问题,也涉及我们民族的情感密码、文化底蕴和道德模式问题。土地与经济、与政治、与法律、与文化、与伦理,都在直接发生千丝万缕的联系。于是,土地问题也成了一场“血”与“火”的抗争,也就成为前三十年改革开放进程中,一个使中央和地方,上上下下都感到棘手的问题。有人说,这广袤的土地,是一个大“魔方”,转动起来,叫人眼花缭乱;也有人说,它是中国的一面“镜子”,折射着历史和现实的时空,叫人感叹不已。事实上,一些贫瘠的山村和土地正被权力和资本掏空,只留下无奈和抗争……在这样一个全球化的世界里,如何逆势存在,保持自身特色,这是“乡土中国”的重大命题。

在物质匮乏时期,多数问题是发展不足的病症;发展到一定阶段或者一定水平后,风险和困难也在叠加,很多问题不是单靠发展就能解决好的。我们应当清醒,高度分散的小农经济基础短期内难以彻底改变。可喜的是农村正在萌生新型的农民利益表达组织和表达渠道,完善民主平等法治的乡村治理结构,组织各种人才和资源投入到后工业时代的新型乡村建设试验中去,让“草根”为主的农村更多享受发展新政的实惠,争取公正,享受公平,为农村、农业安上“安全阀”。

人与人、国与国都爱护环境和自然,我们共同的家园——地球、大地,一定会恢复她本来的魅力与活力,真正成为人类共有的美丽家园。

(原载《海燕》2015 年第 2 期,原题为“土地梦”,原文约 19000 字)

音乐灵魂

李汉荣

1. 一个人心灵的成长和完善,除了需要普通营养之外,还需要精微营养,才能使心灵既具有宏阔的规模,又具有精微、深邃的感受力、领悟力和想象力。我觉得,能够供给精神生命以源源不断的营养,并从至深的内在(而不仅仅是外在)推动和支持一个人去追寻生命的意义和精神的净土,除了文学与诗,就是音乐。诗与音乐,就是心灵的精微营养。

2. 哲人说:"音乐是唯一不带邪恶的感官享受。"比起触觉、味觉、嗅觉和视觉,人的听觉更接近神性。因为,触觉、味觉、嗅觉与视觉,它们作为肉身的附件,完全依赖物质世界提供对象,并受其诱导生发占有的欲望和冲动。触觉难以触及无物之境,味觉与嗅觉难以嗅见无物之味,视觉难以看见无物之象。触觉、味觉、嗅觉和视觉,都将我们锁定于生物的属性之内,证明我们既不能离开环绕我们的物,也不具有高于这些物的超越性,即神性。而听觉,则可以让我们在声音的乌托邦里,听见灵魂的潮汐,听见在生命的无意识深海,那远古的沉船仍在下沉而远未触底的苍凉声音;听见从时间的遥远彼岸缓缓走来的女神的足音;听见仿若在另一个星球你正亲身经历的一个往事。

3. 一段美好、深挚的音乐,将我们带进我们生命的陌生之地,让我们重返前世的芳草地,或者让我们提前进入来生,提前听见来生的细雨、鸟鸣和花开的声音,提前看见来生的彩虹,携带着今夜的泪水和露珠,在千年后的黄昏静静出现。有时,我们会在音乐之后的一片寂静里,听见一种只能由寂静才能传达的稀世之声——那该是物外之声、象外之声、声外之声——那该是宇宙诞生之前和终结之后的声音,那杳无声息的寂静,却是震耳欲聋的大音。老子曰:大音希声。

4. 多数时候，人们不得不在世俗的算计和庸常的悲欢里打发着日子，生命似乎成了一个负担和麻烦，除了生存焦虑带来的不可承受之重，我们的生命其实已经没有了价值的重量——而价值，总是要与一个超越的境界和诗意的情境发生关联才会产生，而物化的生存却将人锁定在此岸：一方面人们已很难在充满人的痕迹和喧嚣、已经过度人工化、其实已经很不自然的所谓自然里获得自然之诗的震撼、洗礼和抚慰，因为在技术和商业主导下，真正的自然已不复存在，除了自然灾害，我们已经没有了大自然，大自然所能给人的原始古老、苍茫雄浑、神秘崇高的诗性之美已很稀薄；另一方面，现代商业社会将人置于一个无所不在的消费环境中，除了“消费之神”，我们已没有了别的神灵，除了“消费活动”，我们也似乎没有了别的活动。一切活动都变成了不同类别的消费活动。人们在没完没了的消费中，首先消费掉的是自己内在的灵性和感通万物的微妙诗意——那种只能在非功利性、非消费性的清虚空灵的心境中才能感受到的意境没有了。

音乐的存在是对这一心灵困境的解救。陶醉于一段灵动深邃的音乐，会让我们暂时切断与这个狭小的物化的消费世界过度粘连，而得以重返心灵中的高山流水，重新找回那种与万物同在的密契、圆融心境。至少在音乐占有我们的时候，我们不是任由时间洪流挟裹、冲击、掩埋的物质碎片，我们是时间长河里的金属和钻石，是时间的高峰和深谷，是时间的意义和思想，是既经历时间又从时间洪流里逸出而小立于时间之外打量苍茫时间的精灵——这一刻，我们是永恒的替身，我们是存在于时间之外永不消失的珍贵瞬间。

5. 在日常生活中，一个人既不比他自己的本质更坏，也不会比他的本质更好，也就是说它既不高出自己也不低于自己，他正好就是他自己。有时，或许有高于或低于自己的表现，但那只是表象，也许是某种理性或非理性偶尔使他稍稍偏离了自己，但本质上那仍然还是他自己。

但在音乐生活中，一个人可以变得比他自身更好，他可以邂逅到一个比他自己更好、甚至比更好还要好的那个我，从音乐的河流里不断上岸，不断向他走来。那个纯洁的、高尚的、丰盈的、深邃的、至善的、无限好的我，从内心的远方向他走来，从一个不存在的遥远星球不断向他移民，不断向他靠近，不断进入他，升华他，直到完全置换了他。一个连他自己都被自己感动和敬仰的另一个更好、更丰富的自己就这样诞生了。

一段感人至深的音乐，会让我们有新生的感觉。

听一段感人的音乐，就是过一次心灵的节日。

经常过一下心灵的节日，经常在心灵的客厅，接待那个从音乐的乌托邦远道而来的更好的自己，挽留那个高洁的客人吧，他会让我们真的变得比自己更好，比更好还好。

6. 纯粹的音乐，是心灵感应了宇宙暗示给生命的某种奥秘，而使心灵发生的浩茫而隐约的悸动，音乐就是这种心灵悸动的意象化呈现。

纯粹的音乐，是对心灵语法的模拟，是对生命难以命名的渴望的声音拟像；纯粹的音乐，是上苍向我们空投的柔曼的声音缆绳，是对深陷于无语状态的心灵的打捞和救援，随着一段音乐的流动和深化，心灵得以看见自己的完整形象，从而心灵得以从混沌的意识深海打捞和认领了自己。纯粹的音乐，是对心灵和精神信仰的意象化描述。

7. 纯粹的音乐，比任何可视性艺术都体现了心灵自身的无限和永恒属性，心灵是无限宇宙的精微化形式，心灵是浓缩了的宇宙本身，心灵蕴藏着宇宙的全部往事、记忆、茫然、期待、虚空和无助，心灵就是无限。明朝的哲人陆九渊曾说："四方上下曰宇，往古来今曰宙；宇宙便是吾心，吾心即是宇宙"。他一定是在万籁俱寂的深夜，听见了心灵与宇宙的同构和共振。而除了少数诗，几乎所有可视性艺术，都只止于表现人的有限性和对无限性的难以企及，从而仅仅作为人的自我叹息和镜像，难以超越人置身的有限时空沼泽而抵达无限。

于是，上苍降下了音乐。纯粹的音乐，就是一座用声音搭建在心灵天空的空中楼阁，它接待无处停靠的心灵在此停靠、逗留、流连忘返，心灵在这座空中楼阁里，远眺更高的空中楼阁，远眺更远的心灵天空，心灵在对无限的远眺和迷醉中，心灵认领了它自身，心灵到达了它自身，心灵与无限合一。

8. 其实，每一个人的生命内部，都深藏着一颗纯粹、无限的心灵，而这样的心灵，只有在纯粹和无限的意境里，才能摆脱它与短暂肉身、短暂尘世在暂处中无法调和的分裂状态和无归宿状态，才能确认它自身的无限和永恒属性。肉身属于“一朝风月”,心灵属于“万古长空”。音乐搭建的空中楼阁,让心灵回到了它的故乡:万古长空。所以,我们被一段音乐打动的时候,是我们最安静、最能与自己和睦相处的时候,因为,我们那诞生自万古长空的心灵,此刻回到了万古长空。灵魂回到永恒的家里,灵魂与自己安然相处。

9. 巴赫用音乐让圣母显形,用音符的天梯,从遥远的天国接她走下来。在这个静谧的午夜,她来了,她从天上走了下来,她从星空里伸来的手,将我轻轻抱上天空,又缓缓放回地面。

我坐在这里一动没动,但我已经跋涉了无限,去了天上的花园。

10. 一曲高山流水,让我们依然随时可以返身出走,仰高山而骋怀,掬流水以洗心。它使我们相信,房地产商还没有将大地全部买断和租赁,古典的高山流水,横卧在我们内心的深处,谁也不能买卖和拆迁。

11. “幽壑烟云”,果然,渐渐地,唐朝的烟云漫过来,笼罩了这个寂静的下午。这个下午我没有出门,我不愿意离开音乐里复活的唐朝,我想在唐朝的烟云里,失踪,直到你们再也找不到我,在当代的任何一个电脑里、任何一个数据里、任何一个市场里、任何一个池塘里,都搜不出我,直到我被写进一首唐诗里,永远深藏不露,我只愿成为那首唐诗的一个不起眼的背景和伏笔。

12. “帘动荷风”,陈悦用她的笛声,邀来了风,风走过荷田,携来荷香,荷风拂帘而入,荷风轻拂茶几,轻拂书页,轻拂衣襟,轻拂眉睫,轻拂脸颊,轻拂内心的田园。帘动荷风,一整天我反复聆听这首曲子,我闭起眼,不必去寻找已经失去的江南,你也找不到了;我闭起眼,所有摩天高楼都矮下去然后纷纷消失,城市纷纷消失,重新变成古朴村庄,我重新回到小桥流水人家。此刻,我坐在竹帘后面,荷风,轻拂着,帘动着,透过一格格竹帘,我看见,一格格柳烟,一格格远山,一格格岁月,一格格人生,在帘外,在荷风里,轻轻、轻轻走过……

13. 有两眼泉永远不会干涸,有一个月亮永远不会被人类占有和蹂躏。即使工业废水和化学毒液已经毒害了大地母亲的所有乳泉,所幸,我们还有两眼泉,被音乐提前收藏,并由纯真的心灵永远负责守护和监管,守护她清澈的涌流和古老的泉眼;即使多国机器人已经闯进嫦娥家门,环形山上插满矿业公司的牌子,吴刚的酒窖被奸商高价拍卖,孩子们梦中的月桂树被连根拔掉,所幸,有一个月亮得以幸免于难,它被收藏在无数古典诗词里,被收藏在一首音乐里,谁也无法闯进一首诗里去打劫月亮,谁也不能闯进一首音乐里去强暴嫦娥,谁也不能强暴孩子们共同的祖母。二泉映月,二泉映月,有两眼泉守护着祖先的月亮,守护着我和孩子们的月亮。今夜,在厚厚的雾霾里,我守在音乐的清泉,打捞失踪的月亮……

14. 忧郁是所有诗人和音乐家共有的表情,忧郁也是任何一个时代共有的表情。柴可夫斯基的忧郁,肖邦的忧郁,贝多芬的忧郁,德彪西的忧郁,门德尔松的忧郁,亨德尔的忧郁、阿炳的忧郁……快乐的调子各有各的快乐,但它们总显出相同的肤浅;忧郁的调子是相似的,但却能听出它们各自的深刻。老柴的忧郁足够庞大了,它覆盖了俄罗斯广袤的原野,却不能覆盖这个下午我的心情,于是,我请来了德彪西,果然,他忧郁的月色,过滤了城市上空暴晒着的商业的太阳,他的忧郁冲淡了我的忧郁,他其实帮我分担了灵魂的压力。当然,他的到来,并没有使我的心情变得更好,但是,他让我认同并接受了此刻我的忧郁,因为,德彪西也认同我的忧郁,他认同一切时代的忧郁者,他分担我们的忧郁……

15. 西方古典音乐呈现的是人对神的向往,及其在抵达神的途中,人内心的高尚的挣扎和受难,以及抵达神的怀抱时灵魂的安宁和喜悦。

我国古典音乐呈现的是人对自然山水、田园风物的依恋和感激,它不在自然之外追寻另一个更高的神灵,自然本身就是可以皈依和交托的神。

16. 在自然之外、人之上寻找一个神,并走向神、靠近神,最终与神合一,这需要心灵对自身的持续怀疑和搏斗,才能剔除心灵中的非神性部分,当经过充分挣扎、充分净化的心灵终于变得透明而宽广,神性才会显现。与神相会,其实就是与自己更好、更纯粹、更高贵的心灵相会。

脱胎于教堂音乐的西方古典音乐,弥漫着崇高的神性。这使它至今仍然感人并具有升华心灵的力量。这其实与有没有信仰、有没有宗教、信不信神并没有多大关系,因为心灵本身就是有神性的,只是我们过于物质化的生活方式和文化方式使我们遗忘并放逐了我们心灵的神性。

肉身属于现世和尘土，心灵属于无限和永恒，心灵永远渴望找到本属于自己的神性，心灵只有在与自己的神性，即与自己的无限性和永恒性合一的时候，心灵才会得到圆融和安宁。

17. 我国古典音乐的最高意境，与诗的最高意境是相通的，所谓弦外之音、言外之意、象外之趣、韵外之旨，都指向万言之外的无言，指向万象之外的无象，指向万境之外的化境——指向空寂，指向澄明。其实是指向苍茫和永恒，指向无穷。杜甫有一句诗，道尽此中玄奥："篇终接混茫"，一诗吟成，万卷读罢，抬望眼，苍穹无言，宇宙无垠，而人，尚没有出发，人，永是走在路上，永是在苍茫中。

18. 真正的音乐家，应该是人的心灵的秘书，同时也是神的秘书。前者使他懂得人心里最隐秘、最深挚的情感，后者使他聆听到宇宙深处那永恒之神对人的呼唤和邀请。然后，他用音乐开始诉说。真正伟大的音乐，除了让人感动、沉思、回忆和憧憬，总还有一些令人感到晦涩、不熟悉、费解、然而却十分迷人、十分高深的部分。这一部分正是音乐里的神性，它指向我们内心里幽微、无限、难以命名的部分。当我们终于进入并领略了音乐中的这一部分，我们的人性里就增添了一点神性，我们就稍稍向永恒靠近了一步。

伟大的音乐，不只是以人熟悉的声音印证人，这只是人自身的"同义反复"，并不能让人的心灵增值和提升。伟大的音乐，在人熟悉的声音里，必融入了陌生、高远的神思、神恩和神谕，即神的声音，它属于音乐里的陌生化语言，它是神的莅临，它是无限的暗示，它是永恒的到场，它是整个宇宙对人的叮咛和诉说，它是对心灵荒野的开垦，它是对人内心里的神秘、浩茫情感的激活和命名。伟大的音乐，不只以人所熟悉的声音印证人，也以人所陌生的彼岸语言、神的语言抚慰人，拓展人，深化人和引领人。

19. 音乐，是语言之内的语言，语言之上的语言，音乐是心灵的语言，音乐是人类共有的语言，音乐是真正的世界语。音乐甚至就是宇宙语，也许只有神圣的音乐，才是可以寄往另一个星系并被另一种生命收到和读懂的心灵家书。

当音乐对我们诉说的时候，它不仅说出了它要说的，而且说出了我们想说的和永远也无力说出的。只有音乐,能让我们抵达生命的远方,只有音乐,能让我们抵达海的深处和天的高处,抵达心的深处,抵达心中之心——抵达人的性灵世界的太虚幻境,抵达永恒和无限。

20. 音乐,能让我们在完全的清醒中沉入一个个白日梦中,音乐让我们完全变成一个梦境,并在梦境里度过了自己在现实中永远不会有的美好时刻。

21. 在一段纯真、柔曼、深情的音乐中,我看见心灵的信仰终于得到实现,我看见一代代的人们,都变成了道德高尚智慧高深的智者和圣人。在一段无限慈悲的音乐中,我修改了冷漠、残酷、永恒动荡、险象环生的世界,在那低徊的颤音里,未经与造物者商量,我擅自修改了他设计的过于拙劣的世界的原稿,我首先修改了他设计的"食物链",我按照所有善良的心灵都会允诺的善良原则,重新为生命们设计了美好的食谱:猫以月光为食,不再吃鼠;鼠以阳光为食,不再吃粮;狼退化成羊,不再吃羊;羊进化成智慧的羊,主动节制生育,不需要别的厉害牙齿来平衡种群数量;鸟以云彩为食,不再吃虫;虫以声音为食,不再吃树;鱼以倒影为食,不再互相吃……人不再吃一切生灵,只吃粮食、蔬菜,以深邃的灵魂汲纳宇宙深处的高能量,每一个人都有着纯真高尚博大的心灵生活,生命的杯子里,荡漾着清澈的美德和美酒……

22. 在柔和、缓慢、深情、旷远的旋律里,生命的速度放慢,万物的速度放慢,地球的速度放慢。我看见那被沉重的劳役和周而复始的旋转反复磨损得有些锈蚀和疲倦不堪的我们亲爱的地球的地轴,已得到休息和重铸,而恢复了上古的柔韧性和神圣性,重新围绕天道的核心,进行"天无私覆,地无私载,四季无私行,日月无私照"的厚德载物的神圣转动。

在柔和、缓慢、深情、旷远的旋律里,天宇重归湛蓝,河流重归清澈,山脉重归庄严,大地重归宁静和丰饶,万物找回了自己丢失的和被掠走的贞操。

23. 在柔和、缓慢、深情、旷远的旋律里,世界摆脱了缺陷和罪恶,万物摆脱了痛苦和不幸,地球穿越宇宙的黑暗荒滩,穿越苦闷的星云,穿越恐怖的长篇叙事,静静地、固执地寻找真理的本源和温润的诗篇;星星们围绕一个寂静的中心,静静交流燃烧和发光的心得,交流各自的天路历程。在群星的照耀里，在圣乐的抚慰里，躁动不安的地球，如婴儿熟睡在自己的梦境里。我们的大地，在这一刻变成了天上的花园，变成了宇宙的仙境。

在这一刻，我们，都找到了我们前世走失的亲人，都邂逅了来生有可能相遇的爱人；在这一刻，我们和万物达成和解，我们向曾被我们伤害的万物和生灵，表达我们真诚的歉意和忏悔，我们甘愿把自己降低到低于万物低于别的生灵，而让曾经被迫低于我们的生灵高出我们自己，我们把自己降低到尘埃里，让万物和生灵，从我们身上自由走过。

在这一刻，那些专注于内心生活、专注于追寻宇宙真理和生命奥秘的人，都成了智者、先知和崇高的圣人。

24. 在我正襟危坐准备专心欣赏音乐的时候，那音乐却只不过是一些精致的音符组合的精致的旋律，它们鸣响着却很难引起我内心深处的悸动和颤栗，我责备我"非音乐的耳朵"辜负了我那渴望音乐的心。

而当我漫游在山野里，或行走在月夜里，远处或近处传来的缥缈的音乐，或畅叙，或低诉，或欢悦，或悲伤，却能如此深切地打动我的内心，以至于我相信那音乐一定来自大自然深处或宇宙远处的某一个神秘的精神源泉。

不经意间，灵魂深入了灵魂，灵魂丰富了灵魂；不经意间，永恒的时间在穿越我的时候将我带进了一个似乎比全部时间加起来还要珍贵和深刻的瞬间，这一刻，音乐，将破碎的我领进了完整浩瀚的心灵。

也许我们太经意了，被过分整饰、被过分程序化了的心灵穿上了太多文化的衣裳，社会学的衣裳和经济学的衣裳，我们的心不再能感受那微妙、深切的抚摸。

不经意的时候，我们的灵魂是裸露的，露天的灵魂，离天空最近，离天意最近，离神性最近，离那迢迢而来的天上的声音最近。

在不经意间，我们露天的灵魂，被天意打动，我们一步登天。

25. 记起黑格尔《美学》中的一段话，"诗的原则是精神生活的原则，是把精神（连同精神凭想象和艺术的构思）直接表现给精神自己看……"，我想说，音乐的原则与诗的原则是相同的。音乐诉说的时候，就是在不停地打开我们心灵的折扇，让心灵展开给心灵自己看，让精神展开给精神自己看。

26. 再一次聆听那首心爱的音乐,就是再经历一次初恋,就是再一次回到摇篮,再一次匍匐在母亲的胸前,重新度过一段哺乳期,就是再一次变成爱的信徒,就是把那封当年写了一半的情书继续写下去,寄给来生……

27. 反复聆听这首长长的咏叹调,好像一切都不存在了,整个宇宙变成了一声长长的咏叹。你甚至对那令人困惑的、总在暗中窥伺着我们的死亡也不害怕了。死亡,不过是让你回到那没有你的从前。而从前,多么漫长、几乎比永恒还要漫长无数倍的从前,那正是属于你的时光,在那漫长的时光里,你一直不在。死亡,就是让你重新回到那你不在的时光里,回到那没有你的宇宙里。这么说来,死亡,真的是一次回家,一次永远的凯旋,永远的休息。

反复聆听这首长长的咏叹调,内心变得悲悯而仁慈,宽阔而平静。我甚至对死亡有了一种感激:终于,我可以走了,我将带走那困扰我一生的欲望,带走那我使用了一生的牙齿,带走那为了生存一直没有放下的斧头。我终于走了,生灵们不必再为了养活我而痛苦死亡,草木们不必再为了供我取暖而被提前砍伐;我带走了我的脚,我不再践踏母性的土地;我带走了我的手,我不再涂抹纯洁的白纸;我带走了我的肺叶,我不再浪费氧气;我带走了我的肠胃,我不再让珍贵的粮食在此下葬。我带走了我的思考,我不必再令上帝发笑了……终于,我要走了,我有了向万物和生灵忏悔的机会,我有了与万物和解、与生灵平等相处、打成一片的机会。

生命,是上苍对我们的恩赐;死亡,是上苍对我们的又一次恩赐。上苍善始善终,有迎有送。上苍仁慈,上苍待我们不薄。

一首音乐主持了我与死神的谈判,我与死神和解了,我们谈得很好,我们各得其所,皆大欢喜。

28. 一首情思深挚、音域宽阔、意境深远的音乐,它经过了反复的起伏和跌宕、哽咽和叹息、回忆和沉思,它渐渐归于平和、宁静,余音慢慢减弱、淡去,最后化入无限寂静的杳然。

我似乎亲眼看着一条河流、一滴水融入了海,然后无声无息,接下来是大海辽阔的诉说和它永恒波动的蔚蓝。它永恒的蔚蓝里，保存着那条河、那滴水的纯真面容……

29. 一首美好的音乐，让我们更加热爱生命，也让我们更加不惧怕死亡。一首美好的音乐，它比我们自身的本质更好、更纯粹、更崇高。因为一首美好的音乐所呈现的心灵境界，是无限地接近了灵魂的深蓝——无限地接近了神性向我们暗示的我们的精神生活能够抵达的最高境界，可是，我们很少能抵达那个境界，偶尔抵达那个境界，却并不在那里逗留和居住，而是又回到我们自身习惯了的生存池沼和精神洼地，我们很难让神性成为我们心灵生活的常态。一首美好的音乐抵达了那个境界，它就是那个境界自身。

可是，连如此美好的音乐，也有它自己的开始和结束，也有它自己的终止。我们，如此不完美的我们，为什么就不能有自己的终止呢？

30. 我聆听这首音乐，它如此唯美、深情、曲折、迂回，它一步步深入了那被一层层折叠在生命皱褶里的心灵的幽暗部分，它将密闭的隐秘天窗一层层打开、打开，让内心从各个细微的方向全部向宇宙敞开，也让宇宙的潮汐和星光从各个方向各个缝隙朝内心涌流和灌注。此刻，我的心，无限丰盈又无限空幻，无限崇高又无限宁静。我被音乐引领着展开着飞翔着，我被它放大成无边时空，放大成无限展开着的星空星河星云，放大成整个宇宙；同时，我也被它引导着向自己内心寂静的“太极”做着无限的回归，它终于把我缩小到精微的、近于无的极致的透明，缩小成一粒透明的水晶。

（原载《红岩》2015 年第 6 期）

陌生的高处

杨献平

心狂跳，担忧、惊恐，心脏加剧，脉搏微弱。“会不会一出舱门就晕倒？然后被送到了急救室里，再然后……”。这是我平生第一次去西藏。此前，脑袋和眼睛时常被各种有关西藏的影像和文字填充与震撼：高海拔、道路凶险、风物世间独有、风情质朴妖娆、天地之古朴苍迈、万事之诡秘蹊跷……许多人去过后，不管是商人、官员、平民、旅行者、文学家和诗人，无一例外地带回了独特、超拔、回味绵长的生命经历和心灵震撼，并形诸于摄影和文字，在网络和报刊上散播，引得无数仰望者，以一生有一次西藏体验，将生命和心灵放置在苍茫雪域之上晾晒一段时间为奢侈梦想。

我也是其中之一。起初，我想在2014年晚些时候去西藏。可单位领导说，一起去比较好，起码有个照应，分散走太麻烦，还有安全隐患。我只好随同前往。飞机起飞，很快把成都抛在了那个时常云雾遮拦的盆地。肉体随着飞行器上升，灵魂也在这种持续的高度中逐渐透明甚至诡异起来。飞到西藏境内，我从舷窗下看，只见千里云雾，万山戴孝，山半腰上葱绿植被颜色如墨，沟壑之中的大河白如匹练。

飞机好像很缓慢，像一只奇怪的大鸟，我感觉自己就骑在鸟背上，稍微一晃动，就会掉下去——是的，那种掉落感很强烈，像鼓风机吹着的青烟，缠绕、撕扯心脏。而且，我有两种极为明确的感觉，一是假若真的掉落，肉体一定很轻很轻，穿过那大团大团的白云时，还会发出摩擦的响声，甚至还会迸出耀眼的火星；二是如果恰好落在某片空地上，着力点也可能非常柔软的。想到这里，周身蓦然升起一团幸福的悲凉之感。我知道，每一个人的高地之旅都是兴奋而来，惊惧所在，然后又满载而归的，其中也不乏在西藏遇难者，以各种方式，真的将自己肉身留在了这人间高处，灵魂沿着遍地的经幡，在犹如天堂的雪山之巅与神灵混合。

生命中有许多不可测，大地为人母地，也为墓地。既然生而为人，生命众多，命运无常，但每一个都有自己的俗世眷恋，尤其是像我这样缺乏笃定信仰，第一次入藏的华北汉人。作为人子、人夫和人父，除此之外，可能没有多少人真的爱我，但我一定要爱我有限的几位亲人。我承认我是一个悲观主义者。我把这些话说给同行者后，他们笑我，并现场给我起了一个绰号叫杨黛玉。我尴尬。扭头再看窗外，远天如此幽蓝和宏阔，大地如此莽苍沉实，几百个人、一台飞行器，在天地之间，无非一只怀孕的蜻蜓而已。

飞机忽然抖动起来，像驾车在戈壁的搓板路上形势。心提了起来，一下一下，就要碎裂一样。等抖动停止，我发现自己使劲攥拳头，指甲深陷手心，如果再抖动几十秒钟，肯定会把自己掐流血。心神刚定，飞机忽然下沉了一两秒钟，那一瞬间，感觉就像要直线掉落。平稳后，忽又发生一瞬间的掉落。继而颠簸。我使劲抓住前座抓手，按住心脏。这时候，邻座上的一位女子一直拿她那双犹如水波的眼睛看我，有些柔情，还有些戏谑，有点笑，还有些讥讽。

男人在异性面前应当有一种大无畏的姿态，借以显示自己，也给异性一种安全感。如果在十年前，我完全可以做到。那时候，我天不怕地不怕，并且以经常乘坐飞机旅行为人生快事。想起那种天上来去的奢侈与自由，就觉得那是人生最理想的状态。可是现在，我惧怕了，“马航事件”不仅是人类航空史上的一个谜，一个令人痛心的神秘失踪事件，更是对此后乘机旅行的所有人的一种心理和精神震慑。不管其中到底有多少的未解之谜和政治因素，但作为平民，旅行本来是一种将身体放在大地上摩挲、把心灵放逐并收拢于异域的美好活动，如果以种种不测为代价，那将是一种奇怪的过程，甚至极端的超度生命的方式。

终于落地了，我暗自欢呼一声。从舷窗看到拉萨贡嘎机场四周的秃山，起伏环绕，颜色绛红和褐黄，近处的绿洲有一些房舍，一条小河从稀疏的杨树林里直线穿过。绿洲背后是一座巨大的沙丘，在正午日光下，众多沙子以针尖式的光芒，挑战头顶阔大的天空。取下行李，众人都起身离座。我又看了看邻座的那位女子，她也看了看我，然后笑了笑。我惊讶发现，她看我的眼神依旧是刚才的样子，包括眸子里面所闪烁和蕴含的。我脸红了一下。同时觉得，与她相比，自己的容貌是有些丑陋的。

排队下机，我故意让她走在我前面。接近舱门时候，我心一阵狂跳，再度惊恐。我想到，人说西藏海拔高，拉萨为3700米。在此之前，我虽然去过祁连山高处，但从没有将平原出生并生长的肉身放在如此之高的地方。如果我一出舱门，就晕倒的话，那将是今生当中最大的耻辱，也将是西藏的不安。

右脚迈出，忽然觉得悲怆。此时，她已经被携带着大包小包的人淹没了。我惆怅了一下。很快就又回到了担忧和恐惧。沿着通道向前走，心还是忐忑的。导致我如此恐惧的主要原因，是2011年时候，因为胃病，吃错一次药，以至于身体长时间不适，时常眩晕、心悸、视物不清、全身发软，两年多后，偶尔还有那种症状。不然，3700米的海拔对我来说应当不是问题。

机场阳光兜头，犹如无数针尖，在皮肤上轻扎；机场广场背面有一座秃山，近前是一片树林。我点了一根香烟，站在烈日下，屏住呼吸，感觉了一下自己的身体。漫长的几秒钟之后，我确认他一如往常，完全没必要恐惧。和同行者一起乘上车向山南方向时候，我发现这里的树木和西北有些相像，其中有杨树、沙枣树、红柳灌木等等，长势和姿态也和西北的相差无几。

车子行驶，好像向着纯蓝之天。那种感觉，也好像是在空中越走越高，直接到无际无尽。公路弯曲，两边都是荒山，只有路边有些树木，杂草如婴儿，围在树木四周。其中的野花寥落，偶尔几朵，即使发蔫，也亭亭玉立，一幅娇羞与柔美模样。几十分钟，雅鲁藏布江就涌进了车窗。我惊异，如此庞大之水，怎么会在拉萨这一个相对比较干燥的地方出现呢？那与天空浑然一色的蓝，似乎是迢遥长天在人间的一个微缩。从侧边看，雅鲁藏布江纹丝不动，漾着大片的光斑，水面上好像也没有涟漪和水波，犹如一位恬静的美妇人，以一种置身辽阔与荒凉之中的安恬与幽深，抚慰天地万物，也体现着自身的雍容与仁慈。

从这一点来看，雅鲁藏布江一定与拉萨地区的人事物，甚至神灵都有着水乳交融的关系，说母亲河有点俗气，但这条江河对藏地诸多事物、生灵肉身的“灌溉”、精神的“喂养”、历史的接续和灵魂的超度，都是无可比拟甚至不可或缺的。前来接我们的格桑说，雅鲁藏布江全长 2840 公里，若把沿途的大小支流也算上，有 3800 多公里，流域面积 94 万平方公里。

它的源头喜马拉雅山冰川上游的马泉河，横贯西藏南部，至米林，在墨脱以北切穿喜马拉雅山，绕过最东端的南迦巴瓦峰，转头向南，以开天辟地的流势，开凿了雅鲁藏布大峡谷(世界第一)，在巴昔卡流出中国，途径印度阿萨姆邦，改称布拉马普特拉河，最终在孟加拉国(贾木纳河)与恒河汇合，注入孟加拉湾。这条高原之河，横穿之河，是积雪的有形壮大，是柔软之物在坚硬的陆地上的汇集开凿，当然，还有开创与贯穿，联结与通达。

这是雅鲁藏布江最开阔处，带车的格桑兄弟让司机停下，让我们稍加浏览。下车，阳光更加猛烈，以针尖些许扎入皮肤的力量。空地上风大，对面的经幡像一种庆典，纸片被风撕扯得猎猎有声。从经幡的缝隙，我看到的雅鲁藏布江宽阔无际，两边的秃山却像是几艘庞大的船舶，昂首向前，但却纹丝不动。幽蓝水面平阔无比，好像一匹巨大的蓝布，平静而隐藏玄机。在她身体之内，亿兆水滴之中，一定有无数的秘密，每一个秘密都可能价值连城，震惊人类。可是我却没有深入探寻的勇气。在如此雍容、丰富、高拔、纯粹的自然物面前，我只能作一个敬畏的参拜者。

只能疯狂拍照，以飞扬的经幡为前提，将雅鲁藏布江纳入相机和手机；再以幽蓝如梦的江面为背景，把所能看到的雅鲁藏布江迎进来。兴奋之余，也不禁沮丧，在如此壮阔之物面前，人所能做的，只是拍下她们的形象，多数时候只是局部。科技再发达和高超，对有些事物也是无能为力的。我走到路边，在一座水泥堆旁边俯身下看，却在江面中看到了看不到的自己的影子。而且，那水看似平稳，实际上也暗流卷动，漩涡众多。再向更远处瞭望，却见江面也有一些漂浮物，有巨大的漂木、牛羊的尸体、松散的树枝、成团的草和其他一些什么。

上车，奔驰，脑子里却总有一片东西在汹涌，在以一种静默而固执的方式翻卷、推动和咆哮。我知道那是雅鲁藏布江，是初见的一枚神物在我个人心和灵魂中种植的某种感觉与影像。所有的自然物都是与人的存在有着必然的联系，人的精神和肉身也都能在自然当中找到恰切的对应。整个世界都像人，每一个人也都是一个世界。尽管我没有来过，更是第一次谒见雅鲁藏布江，但她可能在我的体内已经隐藏了四十年。这一次谋面，应当是一种重温。

车子依旧在朝着山南行进，我忽然想写一首诗，而且情绪高涨，不可压抑。急忙掏出手机，在记事本中写道——

两边的荒芜，揭示风在西藏的另一种力度
高处的江河来自更高
雪是天堂给予群山之物质盛宴
庞大的事物总被列为象征
雅鲁藏布江是众人所能触摸的
缓缓移动，在拉萨，一条江宽过心脏

而且唯一。右岸的柳树遮住部分
目击者觉得悲伤的地方。跑云朵的天空
万神聚集。这个世界只有伟大的地理
信仰只是现实主义黑夜里
一根擦不着的火柴。连续的马兰花赶赴黄沙
它们看到蜥蜴，把麻雀放在手掌

尽管庞大、不息，但还是有些孤独
冷和热同样，蓝和蓝同心
雅鲁藏布江让我看到的
群星以水为世事清洗悲愁
罔顾万头攒动的世俗生活

合上手机，再看外面，原来高纵连绵的山丘消失，取而代之的是无际荒原。云朵在远处如同团团的白色丝袍，不规则但很庄重地悬挂着。正空是骄傲的太阳，她的光亮使得大地如遭火烧，空阔戈壁滩上，砂砾闪光，零星的植物似乎卑贱之人，在这种无法接近但却又威力无比的倾轧之下，只能低头缩身，用以保命。这样的景象，很容易让我联想起曾经生活了十八年的巴丹吉林沙漠。除了海拔，那里和这里几无二致，天空、烈日、浩瀚的戈壁荒原、卑微而坚韧的植物、无法数清的彩色沙子和卵石、常年累月的长风贯穿和坦荡裸露、平静之中的喧闹、不为人知的生死、逃跑和躲藏等等。

恍惚间，好像又回到了巴丹吉林沙漠，而且很真切。这种错列的感觉，让人疑惑，又觉得可笑。因此，我也想起一些往事，如盛唐时期，吐蕃王朝在新疆、甘肃、四川、陕西等地与回鹘对垒，一段时期也将势力范围扩展到河西走廊以北地带。没来西藏之前，我以为西藏和西北是截然不同的两种地形和气候，来到后，却发现基本上没有区别。大地同气连枝，此地和彼地，他处和我处，有区别但总是细微。人也是，不管哪个人种、信仰、风习和传统，对美和善的要求，互助合作、天性中的爱恨情仇，内心的渴望与梦想，必须面对的现实生活和精神的向往，也高度一致。

车子拐了一个弯道，向下，远远看到一座完全裸露在日光之下的城市。格桑说这就是山南了。下车，还是灼热，但较之在机场和雅鲁藏布江边，气温有所减弱，我们住的地方是一座阔大的院子，长着不少杨树和松柏，还有红柳灌木、沙枣树等。大致是沿途少见绿色之故，一进入到浓荫之中，就觉得心情轻快了许多。更重要的是，在海拔三千四百米的山南泽当镇，我还是没有一点高原反应。这对我这样一个曾经吃错药，第一次上高原惧怕一出机舱就晕倒的人来说，是莫大的幸运和鼓舞，这说明我即将展开的山南之旅，最重要的“引擎”状态良好，完全可以应对诸多未知的艰险与高度。

（原载《啄木鸟》2015 年第 5 期）

黄土道情

阿贝尔

一

对于一个从未涉足过北方的南方人，陕北只是一个想象——借了电影的镜头和民歌的曲调。

在南方的淫雨里待久了，陕北会成为想要叛逃的地方。它干爽、旷阔、辽远，比南方的烟雨与霉绿更适宜于安放灵魂。

看腻了南方的园林，再去想象陕北的窑洞，审美完全是两样。甚至连死亡也是两样，南方的死亡会当即转世，转成蛆虫和飞蛾，而北方的死亡则是一张兽皮和一挂干肉，接近一种唯物的永恒。

二

陕北人的嘴巴、喉咙、声带和胸腔都是为信天游和蓝花花生的。为信天游生的部分朝着天空，为蓝花花生的部分对着个人；不管是向天向人，中间都隔着沟壑和黄土塬。

也可以倒过来说，陕北人的声道是在唱信天游和蓝花花的过程中形成的、完善的，两者属于绝配。信天游是辽阔土地上的产物，天地间的吆喝与唱播，它的关键发生不在海拔而在旷阔。它不同于青藏高原上藏民的长声和高音。青藏高原海拔极高，人与歌声都要更接近天空，带了佛的特质，同时也较黄土高原滋润，声音里有足够多的电离子。

黄土高原上的心，黄土铸就的心，也不同于南方的心和青藏高原的心，它干裂、饥渴，从来不曾被填满过，就像布满沟壑的黄土高原本身。声音代心表达，就是信天游，就是蓝花花。信天游表达存在，渺小的个体在广大的高原上的存在；代表了人，也代表了人以外的其他生命，包括白杨和沙柳。蓝花花表达人欲，表达爱，它是想像中的快乐与满足，直接中有缠绵，缠绵中有直接。干烈，且透着火焰的曼妙，有抚爱又不止于抚爱。

陕北人压抑的人欲做了民歌的模子，每个人都是模子，表达就是创作，说唱就是创作。有的喷射，有的弥散，有的流淌，乐曲的形式完全取决于压抑的程度和角度。

三

没有到过陕北北，会觉得陕北南也有那么一点荒凉。陕北南不缺植被，不缺土壤，宜君、黄陵、富县、甘泉和宜川还有森林，但与我们朝夕相处的南方比，还是像缺了什么——缺水域，缺空气的湿度，缺苔藓地衣一类的东西。

陕北南的地表仍是极富生机的，不然生长不出像黄帝手植柏那样古老的树木。五千年的古柏，简直就是神奇。不同年代的人站在手植柏下，几个镜头轮换，五千年光影隐现、日出日落。五千年的古柏至今还在丈量黄土的厚度，测试空气的湿度。厚土也保存下了文明，不是靠了对废墟瓦砾的湮埋，而是靠了黄土养育的世代子民，靠了他们的生活方式。这样的保存也是活承传。

我伫立在轩辕殿的古柏下，感觉到了古柏施予的吸力。每一棵古柏的背后都有一个非现实的深远如漩涡的场地，亦可以说是一个极高密度的时间场，它深深地将我吸附过去，把我的想像力吸附过去，让我在草坪和水泥地上看见水波一样漫开的夏商周。再看一棵棵古柏，看树身和树枝展现的风和时间的扭力，一点不逊色于改变历史进程的原动力。历朝历代都灰飞烟灭了，这些古柏却活得上好。

从黄陵到洛川到富县和甘泉，看见的地貌都大气磅礴。山原，构成山原的黄土塬和沟壑，足以瞬间把每个人的心胸拓宽。山原可以包容的，你也可以包容；沟壑可以舍弃的，你也可以舍弃。山川没有尽头，天没有尽头，心胸也变得没有尽头。被地貌拓宽的还有审美，宏大的气势浩荡的审美，包括对裸土和干壑的认可，它修正了我南方审美中的细腻、娇艳与润泽。

从崂山原始森林经过，一棵棵并不起眼的树格外打动我，它们质朴的样子酷似从窑洞中走出的陕北人。它们坚实，不招摇，一棵棵都极可靠。木质可靠，美感也可靠，好比陕北妹子，不需要衣饰来装扮。或许崂山原始森林是一片古森林，陕北北和陕北东的古森林都在地质变迁中变成了煤炭和石油，它却幸存了下来。

延安以北是最典型的黄土高原，但还算不上荒原。比起陕北南，荒是多了点。陕北南的荒还仅仅是在黄土与空气的湿度上，而陕北北的荒落实到了地表，落实到了裸土和单调的颜色。冬天成雪原，是另一种荒。我看见的是五月绿色点缀的荒，白杨树、榆树、柳树，绿极为有限——覆盖面有限，色度有限，再大的树再多的枝叶，也达不到南方的淫绿。绿灰灰的，透出艰难。绿树灰灰的，更多的山原和耕地也灰灰的，河谷也灰灰的，成片的灰调和各处映衬的灰调贴着地表，在天光中弥散着一种悲苦，即是北方题材的油画中常见的那种悲苦。

悲是调子，苦是空气和柳叶与白杨树皮的味道，不是生活。生活，无论在窑洞里的热炕头还是在窑洞外的莜麦地里都是美的，却也是淡而无味的。

从延安到横山，回程从靖边到延安，目睹的都是这样的悲苦。它是安静的，甚至是寂寥的，时而在浑圆的黄土塬，时而在兀立的长着稀疏的白杨树的黄土崖，时而在开阔的有序地生长着老柳树的河谷……即使在阳光灿烂的上午也看得见，像一群麻雀。这灰调是文学的热炕头，已经产生过杰作。古老的陕北民歌也是由这灰调孵出，一声蓝花花，一声信天游，再干烈亮净的阳光里也有层布。这布是过不去的人性。黄土里过不去，热炕头过不去，干烈的日照下更是过不去。怎么滤，都滤不掉压抑。

四

过了靖边，过了横山进入榆林，海拔高了，地貌变了，由黄土高原又上了个台阶，到了内蒙古高原的边缘。

黄土塬、黄土坡和纵深的沟壑没了，耕地也没了，铺开的是一望无涯的荒野——只能表述为"荒野"，说"旷野"并不恰当。荒是贫瘠，是植被给人的稀疏感，是沙化，但还没落到戈壁荒漠的境地。在河西走廊和嘉峪关外看见的戈壁寸草不生。戈壁透出的荒是火星般的空无与死寂，是燃烧的、蒸腾的。黄土高原与内蒙古高原过渡带上的荒是携带了生命表征的，绿与裸土裸沙的灰与黄色交错，生命与死寂参半，它是一个生态进程，也是一个时间进程，呈现的局面是人类活动的结果。地质变迁发生在有人类活动之前很久。人就像上天的棋子，或者宇宙中的星流，任命运推演。上天不接触大地，不接触空气与生生死死，不接触草原与沙漠，上天让人来接触，把人推到一个不可逆转的进程当中。

荒在沙化的地表呈现为块状，在植被的茎叶则呈现为黯淡，在绿色中呈现为枯萎与黄斑。我在下午四点遭遇的沙暴中看见了荒的暴力，它从黑云流泻到百米开外的旷野，卷起沙砾击打着已经扎稳根的绿化树，击打着我们乘坐的大巴车的窗玻璃。

旷野里没有一个人，黑云神出鬼没不按规矩出牌，这大地的荒忽东忽西，叫我们这些从南方来的人摸不到方向。

左首边再远些就是内蒙古高原。汽车停在灰惨惨的高速公路上，四野茫茫。下午四点，时间完全不同于它在南方的状态，它干燥，弥漫着沙尘，铺展得很开，不再是停留在岷山深腹的样子。下午四点，即使坐在汽车里，即使有高速公路穿过，我感觉中的时间也是很接近原生的，它的样子、形体，它的味道，它的柔软度，都像是秦汉时候的。如果出现一个人或者一队人在旷野里，那这旷野就是《史记》，这个人和这一队人穿越的就是司马迁在某一刻捕捉到的某个东方史的截面。

我不知道人在这样的地表活得怎么样。如果他们没有选择，没有选择深入到了基因，那么他们的感觉便会如同我们所有的人各自在这颗星球不同地表的生存感。就像我们无法选择父母一样,我们有爱有恨,只能认命。不过,我注意到了那些植物,白杨和沙柳,种类单一的草,以及人工栽种的叫不出名字的树木,它们活得极艰难,顽强到了每一片小叶每一个短枝。每一片小叶都是紧咬的牙齿,每一个短枝都是紧握的拳头。

五

榆林的早上,五月,不到五点天已大亮。起床煮咖啡,点一支烟。平生第一次在北纬三十六度、东经一百零七度上醒来,没有天桥让我从窗户直接去到荒野,我只好请出内米洛夫斯基来读。我把她带到了陕北。她不知道这个地方。我读她,会觉得离陕北特别远。她把我带去了。她的小说是个坑,读不了几页就会掉进坑里,或者是一座桥,边读边走过桥,去了东欧平原,去了塞纳河畔。不只是两个洲两种地理,更是两种迥异的审美。临窗朗读她的《星期天》,我感觉到了中间千万里的空。我不曾探究过从内蒙古高原到多瑙河、到涅瓦河的地理宽度,所以无法填补当中的空。想必只有成吉思汗知道这一切,他的想像力,他的征服欲,他的跑得比火车轮子还要快的马蹄,它们清楚榆林与欧洲的距离,清楚鄂尔多斯第二台地与内米洛夫斯基的距离。

其实,昨天傍晚一到我就看见,榆林这座城已经很现代化了。高楼、马路、豪车、酒店、烟囱……很西化的自助餐,电梯的速度,红酒的味道,酒店的咖啡杯和床单的洁净程度……倘若只待在酒店,不走到城外的旷野里去,就压根儿感觉不到城市与大地的反差。荒野中的现代化,有着贫瘠甚至沙化背景的现代化,这几乎就是现代文明的特质,也只有现代文明才可以呈现这样的面貌。我很享受,喝着咖啡,读内米洛夫斯基,发出北京话的声音,照在经一夜过滤得干干净净的晨曦里。无意间撩开窗纱,看看晨曦,它的中央有着粉色和桃红色。我不敢肯定是它固有的,还是我从内米洛夫斯基小说中的人物身上带去的。

神木也是这样一座现代化的城。它的河枯败得不成样子了,但城很气派,很坚实。我不知道城里的文化如何,软性的由人性引发的审美如何，想必还是空缺吧。今天很多城都是这样，现代化只是它的外观，只是它工业、商业的部分。文化没有到位，文明还停留在蛮荒阶段，现代化仅仅是强行插入的贵金属。它结合的文明都是周边农业的，比如信天游和蓝花花，比如唯物的价值观。写诗的塞北最能代表这座现代化城市软性的东西。他能说会道，民歌唱得好极了，脑壳也好使极了，但这些都不关乎真的现代性，真的现代性里应该有焦虑，有危机感。我知道他的油滑是苦难榨出的，但没有提炼出真正有价值的精神，比如独立、自由与普遍的人性关怀。一座荒野中的现代城，房价高到一万多每平米，可以想像这座城里人的生活。

陕北高原上的现代城不可能来自农业与自由贸易，也不可能来自畜牧业，是黄土下面的煤炭和石油垒起了这些城。它们是淘金的地方，跟农牧业关系不大。榆林、神木的富裕程度是我们这些说起也算富裕的南方人不敢想象的。黄土下面就是黑金子，就是液态金子，有的地方徒手便可以挖出煤炭。然而，这些黑金子对于一个牧羊人或者种地的人，意味着什么？

旅行大巴开进神木工业园，看着工业园区一根根画了彩圈的烟囱把乳白的烟雾吐进碧蓝的天空，我感觉到了一种悲剧的极端的美。细长的画上彩圈的烟囱很美，蓝天很美，烟囱与蓝天的搭配很美，烟囱吐出的烟雾慢悠悠地弥散很美……但在美的背后，我想到的是原本就极其脆弱的生态，以及生存艰难的土著民。

传说神木是两棵唐松。那是过去。开采煤炭之后，“神木”的意义被提升到了亿万年前。它或许是榆林，是白杨林，或许是松林。神木被埋到地下，沤成了煤。

在清晨还不怎么干烈的光照中由神木县城去店塔，一路看见的是黄土丘陵上的河谷景象。不缺植被，缺的是南方植被的碧绿。稀疏的绿，艰难的绿，永远是神木展现给我的审美背景。店塔的绿树较县城多出很多，但不是原始生态，而是煤矿业主花大价钱人工种植的。人工的绿，工业的绿，总不能让我产生好感，它们有种明显的作态，排场大，根扎得不深，草坪也好，绿化树也好，总是给人一种吊不上气的感觉。

由店塔去红碱淖，汽车行驶在黄土高原与内蒙古高原结合部。汽车一直向西、向西北，我却生出错觉，感觉是向东、向东北，我甚至想象着眼前马上会展开的晋北风光，展现的黄河。黄土高原，有一些起伏不大的丘峦，即使隔着车窗视线也很好，能见度极高，可以看见天地的尽头。尽头也是起伏不大的丘峦，丘峦的弧线把天际线变得弯弯曲曲。在岷山中，我不曾有过这样辽远的视线，不曾看见过这么广大的天地。在川西坝子也不曾看见过。广大辽远，但并不是田畴河流，也不是果林湖泊，而是干干的黄土荒原。水干涸之后，线条又被风修改过。稀疏的浅浅的草，罕见的灌木和白杨树，不见有更多生气。

那一刻，我感觉内心、身体，隐隐地被震撼，裂开一条口子，裂开无数条口子，无数条缝隙，战栗，之后慢慢吐出氤氲。我身体的内壁生出纵横的沟壑，生出一座座黄土塬，疼痛，随后慢慢熄灭。这片高原距离现代城也就是几十公里，但在我的感觉与审美中却是相隔洪荒。我知道这硌肉的疼痛是时间的洗礼。朔风加上黄河水，还有冷兵器的杀戮。

午后一点，阳光烈焰，静静燃烧，没有风沙，洪荒寂然，这样的时刻是从侏罗纪漂移过来的，没有丝毫信息流失。

六

我看见的靖边是风沙滩地貌。由黄蒿界往北，穿过四五十公里梁峁涧区地貌，便是风沙滩。风沙滩不适宜人居，却有人世代居住。风沙滩适宜审美，你站在高地朝北眺望，视线一寸寸北移，眼睛捕捉到的不是沙柳、白杨和野草灌木，而是有着天地本来弧度的时间。坦荡、广阔，农耕文明到此为止，一直往北就是毛乌素沙漠，就是贝加尔湖，都是游牧民族的天地。

白城则村有匈奴人的统万城遗址。站在遗址上往北看，耳畔便自然会响起马蹄声。匈奴人的长发飘逸，面堂俊朗，骑马犹如乘时光之车。很多年，从历史的起点到历史的卡卡角角到历史的褶皱，靖边都是中原人与北方游牧民族交战的地方。战时交生死战，和平时交文化战。风过之后，耳边是一阵阵的喧嚣声。一座都城（下城子、上城子和边城子）六百年，可以想见生生死死的方方面面。匈奴人败走，中原人进驻；中原人败走，党项人进驻；党项人败走，宋太宗迁民毁城。

我注意到统万城遗址中有一种花，粉红带白，每一朵花都由十个以上的花瓣簇拥构成。匈奴人时代这花一定也开，被男女采进城表达爱情。今天它照开，趴在沙地上，静默地表述着我们不曾注意的时光，也表述着过往中逝去的美好，包括丰盛的水草、肥美的牛羊和那一曲刺勒歌。

从统万城回靖边，一路又看见农耕。农耕地和村落。人还是那么渺小，窑洞和泥巴房子还是那么不起眼。孤立的被圈围的学校，简简单单，国旗升在旗杆的顶端。用废砖头铺就的篮球场，黑风臊脸像是在赌气的白杨木篮板。不见学生。纵向和横向的防护林，晚风吹翻起白肚皮的白杨树，不好看，也未得到自由生长，但有种骄傲，有种不凡的精神，好像在说："你看，我可不同于你们南方的树，我生长在沙滩，可以一年不喝一口雨，我扎根的深度，你们想象不到！"耕地中一棵棵柳树，已经很老了，树干粗壮，树干都被砍成一个桩，桩上再发出枝条。枝条长得婆娑、茂盛。我注意到这些柳树，思量着，明白为什么要把它们砍成桩。这里缺水，砍成桩有利于扎根，更耐旱。桩上每年长出的枝条，正好砍下作烧柴。

环境造人，环境也造文明。人总是依赖地理，不同地理逼着居民创造不同的文明，只有符合一个地方的自然的文明才可能拯救这个地方的人。"人定胜天"是妄言，也是危言。

在月黑中歇脚无定河畔的靖边城。它的现代化只呈现给我们路灯照见的很小一部分。像榆林、神木一样，靖边也是座能源城，现代化也是能源现代化，不关乎文化。文化也不是千百年黄土高原和内蒙古高原融合的那种传统，而是在唯物拜金的观念冲击下碎裂、奔溃的流冰流沙。金钱扶持不了信仰与美，人性只能从确认人的价值、从自然美的属性中获得滋养。

康若文琴说靖边的晚宴是这一行最有特色最丰盛的。她的话让我想起了纳税人，并像暗箭一样伤到我。我们这一行走马观花，吃住都由各地政府接待。我们去的都是风景区和国营厂矿，没有机会走进窑洞和泥巴房子去接触农人，去吃他们的盘中餐，去睡他们的炕。离席时桌上的碗盘里剩下很多美味的菜肴，这让我羞愧难当。每一地的晚宴都是佳肴美酒伴歌舞，靖边也不例外，它是文化延伸至日常生活最粗俗的部分，也是最不真实的。

夜深了，起风了，我总会去想风沙滩杨树林窑洞中的人，他们睡得可踏实？他们的子女在身边还是在外地？夜风刮起沙尘，栅栏里的羊是否慌乱？还有那些念书的娃，他们正发育的身体，他们从课本里萌生的理想，是否还是信天游和蓝花花的原唱？

包茂高速、青兰高速、青银高速、榆商高速纵横陕北，越来越多的人来到陕北。然而，外来者不理解陕北，除非在黄土高原上住上三代，否则你不可能理解陕北。那些钻石油的、挖煤的、建化工厂的、做房地产的……不可能理解陕北。他们把陕北话说得惟妙惟肖，把陕北民歌唱得跟原唱一样，也还是模仿。那些搞革命的，一住七八年十几年，就是和原住民同吃同住同劳动，他们也不可能理解陕北，陕北只是他们的根据地。那些当知青的，住上三年五年便跑了，更不可能理解陕北……不是陕北人——陕北原住民，你就不可能懂得陕北，你没有根扎进黄土、扎进风沙滩，不只是扎点须根、毛毛根，是要扎下主根、大根，几百年不离开，几千年不死。

只有风沙滩泥巴房子里的原住民理解陕北，只有黄土塬窑洞中的老陕北理解陕北，他们从未听说他们另有故乡，他们相信他们就是上天用他们脚下的黄土捏的。能理解自己，理解自己的骨头，理解自己的饥渴，理解自己唱信天游时的宽阔和唱蓝花花的酸楚，就理解了陕北。他们就是陕北，他们是陕北生命最本真的部分，就像那些沙柳，那些白杨树。

靖边文人霍竹山，高大威猛，相貌堂堂，在西安的酒桌上初见就“电”到了我。他是条脸，面色红润、粗粝，马鬃般的披发带一点深棕，眼珠子带蓝。陕西人叫他“最后一个匈奴”。延安作家史小溪在电话里告诉我，霍竹山就是个匈奴人，尽管五十六个民族里并没有匈奴一族。行程中这个“匈奴人”坐我后两排，我看不见他的披发碧眼，却听得见他的声音。他说陕北话，他的声音厚重，有种万马齐喑的轰鸣。他保留了匈奴人的特征，威猛只在外形。他就像他的祖先遗留下的一个酒瓮，还看得出早先的貌，里面装的已是汉人今天的东西。

霍竹山是原住民，他当然理解陕北，他就是陕北一白杨。他随便说一句话，就说到了陕北的心窝窝，说到了陕北的疼。无需去懂话的意思，只听声音，陕北的风，陕北的蓝天，陕北的地貌，就都在耳膜里了，甚至比陕北更早，早到了周秦。

七

城市在哪里都是一个样子，凸现在地表，像一块伤疤。人群簇拥，欲望流溢，藏污纳垢。

城市把生最大化集中，把物质和享乐最大化集中。只有郊外的殡仪馆能够震慑住城市的欲望，震慑住生的不死的假象。

榆林、神木、靖边和延安在卫星地图上的处境，较之南方城市多了一层悲怆。南方城市跟周边欣欣向荣的景象相对融洽，茂盛的植被和绿尚可遮蔽、掩饰城市不协调的现代性，尚可让城市柔美一点。丰沛的降水和潮湿的空气可以让城市内部生出青苔与水葵，与城外的乡村呼应。陕北的城市是孤立的，现代性与物欲都是孤立的，它们跟周围环境有着强烈的硌人的反差。

我不曾去考察陕北人与城市的关系，比如霍竹山进城，史小溪由一个乡下娃变成一个城里作家，他们是否比一个南方人进城要更难——更难适应，他们是把更多的乡下的东西带到城里还是更多舍弃？如果把更多的黄土的东西带进城，是否会排斥外来的现代性？我更倾向于认为今天城市的现代性多是物质的、科技的，而城市的内心远没达到现代，但城市的内心也不是乡村的，而是一种乡村的东西掺了工业添加剂催化发酵后的状态。有毒、危险，却又依赖。

与广大的乡野比较，城市还是很小的，但我断定它们正在扩散为这颗星球上的毒瘤。

陕北的乡野广大，地厚天阔，人与房舍都显得很小，窑洞也小。树稀少，再高大的白杨也显得矮小。人在旷野劳作，很容易被忽略，或者被当作吓唬鸟兽的假人。在去统万城的县道上，陕南作家王小云就把一个戴着面巾在沙地里劳作的农妇当成了稻草人。陕北提供给人的空间相对平面化，不像南方有山脉、河流、湖泊、森林标识，人与房舍在大地上的比例很小。颜色也显单调，绿又少又稀疏，且显得黯淡，裸土裸沙更是灰暗荒凉，人在这样的背景中得不到衬托。个人得不到凸现，房舍、村落也得不到凸现，历史乃至文明都小，都得不到凸现。

死亡也得不到凸现。土地和空气干燥，死尸不宜腐臭，死亡不如南方恐怖。死亡在干燥的黄土和沙漠里，渺小如一棵白杨树的枯枝。南方的空间是局部的、具体的，它由每一件具象的东西标识出来，比如山坡、树木、河谷、岩崖，它的天空有时只现一绺，死在这里很大，一具死尸腐烂发臭，整个溪谷都闻得见。

在靖边与安塞交界的乡野，我对陕北这种人与大地的关系感觉最明显。人，以及住人的窑洞、房舍，以及白地上突兀地展开一面国旗的学校，清晰又渺小，它们不是站立在地上，而是贴在地面。感觉中，它们的历史也是这样，文明也是这样，不是南方常见的耸立、矗立，而是呈现坍塌、湮没的状态。

（原载《上海文学》2015 年第 2 期）

敦煌意象

方健荣

敦　煌

敦煌。西域高地。

丝绸的古道飘在天上，一群神仙和一群凡人都依着心灵的呼唤风尘仆仆而来。

敦煌，盛大辉煌的城堡，坐落在漠海与天空相接的地平线边缘。天边的城堡，犹如残缺的夕阳，一个绝美的黄昏擦过一位游人身边。骆驼在充满东方情调的背景下走入天边。

金属质地，银子般闪亮的敦煌，被柔软的手抚摸，像抚摸一件古旧而美丽的玉器，这种感觉不是把玩，而是崇敬心情默默地流露，生怕一不小心失落在地会打碎的心情。进入敦煌，便一直把心稳稳地放在胸膛里，让这只鸟待在笼中，让时间失去翅膀。多像一个朝拜者，敦煌以大佛、壁画、古建筑和你看不到却可以想到的许多力量吸引着你。不如让一匹马驮着，不问从何处来也不问到何处去，只横吹一支羌笛，任之悠悠于天地。

敦煌不是静物，但很安静。你可以感到衣袂飘飘的大智大慧者来无影去无踪。一只渡船漂在月牙泉上，水光映着山色。三危山在另一幅画里，九层阁是一个象征还是一个比天更高的启示呢！高楼飞檐，苍松翠柏，曲径通幽，而某个牌坊的红色柱子发散出一种不朽的光芒，细看，柱子上有岁月斑驳的蚀痕。一切尽在不言中，一切都处在心灵和生命最和谐的地域，处在一种宗教般神圣的状态。

敦煌不是风景区，传说和历史已经很是巍峨了，飞天是梦幻的女儿，敦煌有精神世界里的那些洞窟，那些灵魂的居所。在地球的一侧，敦煌用佛教这根命运线串起了文化的珠子，这些珠子闪闪发亮，滚动在众人的指间。

青灯高擎在谁的手里，一定不是长跪者，我想，一定是默默无闻的开拓者。他们一寸一寸击凿着岩石，用生命调和着颜料，创作出富有感情，栩栩如生的形象，让自已的向往也处在灵魂的高地。

敦煌是有是无呢？而我企图挖掘出些什么？我感到无能为力了。

敦煌不需要说，那本名叫《敦煌》的灰色画册谁都可以买到，人们会产生一种什么心情，会不会说：敦煌不过如此。

天　空

这里所具有的魅力不仅仅是外在的，我常常有一种神魂俱销的感受，似乎一切在一瞬间神秘而悠远起来。这时我深深地被内心里缥缈的想法吸引，达到了某个边缘，忽略了具体而真实的敦煌风光。我注意到一伸手就可以触摸到的天空。

坐在沙粒组成的高大山体之上，身体是疲惫而柔软的，这时候看天，极富有情致。其实，天上会有什么呢？真正要看时它显出的博大蔚蓝似乎融化着雪一样的云片，似乎天空是丝绸，偶尔就从某个地方能看到抖动着的闪闪的光，这真是令人惊讶的错觉。静静的夏日黄昏，风吹走了鸟儿，天空永远是被水洗过的清明，不禁有纵身一跃的冲动。天很低，有时它却高，有时又自然垂下来，风吹时它飘动着，似乎就在我的身上。除了在这样的静谧里久久沉浸，我喜欢流云，被谁撕成丝絮状的流云，在蓝天的衬托下，更加洁白而轻飘了。它们缓缓而来，移过我的头顶，又缓缓而去。有时它们像一些生灵，似乎也为看到大地上的迷人风景而激动不安，因而天空显得越发空灵和诗意。默默地体尝这韵味，不知不觉天土缀满了星星。

我还常常听到一种声音，遥远的，像水从天边涌来，像一万只鸟儿扇动的翅膀，像一万匹骏马奔腾而过。这时候我的内心被擦得干干净净，像一个器皿一样置于天地之间，让所有的声音把它灌满，有时它承受不了，就让声音溢出来，钟鼓齐鸣般地回荡，我发觉我的身体、山体和大地都被这声音浮了起来，轻轻地像水上漂零的落叶。呵，天籁，我觉得我的生命里有一万种乐器，那些小小的音符从柔长的弦上飞溅而出，从沉默了很久的号角里奔涌而出，一瞬间把我击倒了。这时我的脚下是柔软的，好多花花绿绿的人踩着沙粒，每个沙粒里都包含着巨大的雷声，天空在每个人的胸腔里，振荡着骨节与品质，人们久久不能平静下来，似乎身上的一万双耳朵都经历了一次春风的洗涤，淋漓而痛快。

等一切声音消失之后，天空里似乎什么事也没有发生过，心情的水面也平静得找不到一丝涟漪，一丝波纹。而柔软的沙粒，还从指缝里流泻而下。没有风，绿洲上的树在干燥的阳光里静静伫立，一副希望者的深情形象。

天空不仅仅是你看到听到的那样，有时你不知不觉便走进它的怀里了。似乎无所依靠又似乎自由自在，这种大梦无边是古人也有过的吗？我们梦想进入的天堂，却原来是一种飘飘欲仙之感。敦煌是梦之所在。伎乐们翩翩起舞，脚铃手镯清脆悦耳，裙裳鲜艳美丽，她们飞翔，把我们的好多向往变成梦的闪光。星辰暗淡，月光如雪，千万只猩红的花朵飘落在梦柔软的脚边，漫漫风沙的丝绸之路也成了飘带。敦煌似梦非梦，似醉非醉，美酒的芬芳阵阵飘荡，恍如隔世，在千年以前，把酒临风，激扬文字。这时我已进入一幅壁画，这种梦游是飘然于天地之间的，忘乎所以的，因而也是自然而然的。最好是在九月，这种梦之所钟的心情被一辆旅游车带到更远，因而你感到敦煌也是别具一格、动人心魄的。在玉关它是诗的春风，在阳关它是一匹马，在鸣沙山它是一缕缕皱纹，在莫高窟它是一颗星。这敦煌之梦，因而永远高高在上，它是天梦。

我久久地跋涉追寻，风尘仆仆在游人们的行列里，打动我的，是一束光，一种声，一个梦。敦煌的天，像来生的家，我飘泊的心，在无边无际中渐渐靠近。

沙　粒

如此多的沙粒，一粒一粒堆积成了敦煌的早晨，一粒一粒流泻成敦煌的夜晚。当我一头扑向鸣沙山的怀抱，那满天满地的沙会让心灵落进一个无比远大的世界，这么多的沙粒，这么多的群山，绵延起伏，像一首柔长的乐曲，遥远无限。

带着亲爱的人，坐在一起一伏的骆驼上。那么多的人，从天南地北，悄悄地汇聚成了驼队的风景。在鸣沙山中，他们也仿佛是被风吹来的一粒粒沙，那么渺小，而心中的思念，又让他们温柔无限。这完全是诗意的境界，梦幻的天地，在这里，一切都纯净遥远，只有沙，只有摇呀摇的驼铃声，只有心儿，在风中发出来的轻微的欢乐。

沙地上是脚印，那么多的脚印，混淆在一起，没有人能够找到自己走过时留下来的。脚印与脚印连在一起时，仿佛是水波荡漾出来的海滩。在这个小小的地球上，一片海洋思念一片沙漠，也许会吧！何况这是敦煌。

当我们攀爬着那巨大的沙山，一步一陷地向上，再向上，光着的脚在沙里的感觉是十分享受，仿佛身体与沙粒紧紧地相拥着，与它们一粒粒的交流、寸步不离。到达山顶的一刻，是豁然开朗的时候，天远地小，一览无余，这就是敦煌某个高处了。在鸣沙山上，举目远眺，是一生中快乐的事。坐在如刀刃般的山梁上，看远远的山上坐着三个人，仿佛几只鸟儿在天地之间。这是一个大境界，沙山绵延成了流水的篇章。波涛汹涌，高高的山丘与深深的峡谷柔和地挥洒成长长的线条，让人无从出入，无法言说。其中的奥秘只能在心中默默体会。山风吹过来，夹杂着沙粒打在人头上脸上身上，好爽快的感觉。大自然对人类是如此的多情，找到了亲近的自由，怎么会轻易走出这个神秘悠远的天地呢？

太阳落下去了，天地一派肃穆、寂静，那道晚霞像是一片光亮的伤口，一个英雄的光荣之伤，让我久久地凝望，沉浸在这远景之中。坐在山上，在高处只有自己，却不想别人，那么多的沙粒，像我内心的思想，一粒一粒地组成生命中最美的风景，组成了敦煌的巨大沙山。我有时候会想这里的沙粒也许是世上最小的沙粒了，这里的沙漠也许是世上最美的沙漠了，没有来过这里的人，永远不会有这静静沉淀在越来越黑夜晚里的感受。

捧起沙，让沙粒从手心里悄悄地流泻，一次又一次，不知有多少沙粒从命运之手中流淌。如梦如诗，沙粒，这小小的珍宝，包含着多少人生的真理，让我捧在手上，捧在心上，成为一种美好的回忆。

这回忆也像敦煌的那些细碎如尘的沙，永远在这沙漠里，风会吹出皱纹，吹掉皱纹，留下脚印，吹掉脚印，而那一粒粒的细沙，永远如往事一般，从我们的心上流泻着，沉淀着，成为一片沙漠的天地。

一粒沙，一粒沙，与敦煌紧紧挨着，仿佛脸上的一滴清泪，仿佛梦中疼痛的想念。

青　灯

我看到青灯了。

我反复看着这盏陶制的灯，它似乎更适合我此刻触摸敦煌的心情。实际上，它不是静静地放在某个地方的，而是更适合于被人端着，随时走向黑夜。而我此刻更感兴趣的是曾经端着它一寸一寸凿击着黑夜的那些无名者。我已来到敦煌，面对一个又一个巨大的洞窟，我借助想象的力量抵达那青灯照耀的生命意境和沉默心灵了。

尾随的游人们如游鱼，从一个门里游出来，又从另一个门里游进去。他们走马观花，匆匆而过，许多人仅仅是看一眼，甚至连稍作思索都来不及，就又错开一次与古代艺术对话的机会了。带领他们并讲述一个又一个故事的导游手持电筒，速度极快地从彩塑、壁画前走过，仿佛几千年就是眼前的一瞬间，然后一切又重归于沉寂与黑暗了。

在尾随者鱼贯而行的队伍里，领略那些绝美手笔留在岩石或泥土上的思想痕迹的时候，我眼前一亮闪出桔黄花朵般的古朴灯光和灯下以各种姿势艰难地勾画形象、涂抹色彩的无名画工。也许他们根本不会想到他们工作的意义，更不会想到他们创造的劳动成果会让全世界瞩目。他们只想靠自己的技艺挣几个钱，然后打起行囊回趟家看看妻儿，尔后再端起这盏小小的灯，日复一日，年复一年地画下去。有时他们画着心里一些美好的想法，有时他们不知不觉把自己也画了进去。他们进入了一种神圣的生命状态，连自己也忘了。而他们又肯定为某件杰作感到特别得意过，因而自我欣赏一番。从英俊少年到白发老头，他们没有别的追求，唯一能让他们平静下来的就是左手的灯、右手的笔。他们的一生是平淡得不能再平淡了，像莫高窟前面的大泉河，从活泼的流动到最后的枯竭，而在生命的过程里似乎已经留下比生命本身更为悲壮的东西了。

翻开史书，可以看到敦煌这古丝绸之路上的咽喉要地，中西方经济文化在此交流，但也不乏战争。也许那些无名画工正是不愿卷入战争才找到敦煌莫高窟这片清静之地，在这片乐土上从事默默无闻又乐趣无穷的工作。而他们的绘画也是那个时代侧影的真实反映。他们塑造的一个又一个完美的艺术形象在今天看来是多么生动飘逸、富有生活气息。在这一幅又一幅绝美的壁画前，我们内心产生的是景仰是赞叹还是深思？

又看到了青灯，想起那些攀爬在壁面上勇敢地向着艺术领地拓荒的开拓者，他们那么真切地用博大的心灵营造着一个又一个巨大的洞窟，营造着未来和明天。

我多想拥有一座洞窟，我想把心灵当作第四百九十三个洞窟，用印有飞天的洁白手绢把它擦拭得干干净净，然后用整个生命去开掘，而照耀我的，永远是一盏暗淡的青灯……

三危山水声

从白天到夜晚，走了一路，在石头间清澈激荡的水声响了一路，我们一直向上游去，而这条河流一直向下游流。这是三危山的一道山谷，天黑之后，我们累得再也走不动了，就在草地上点起篝火，一边休息，一边补充体力。

离水很近，我两手抱住脑袋躺在一块石头上。山很高，星很亮，水声很大。这时候我才敞开整个身体、整个心灵，倾听到如此富有力量的水声，这种声音似乎包含着一种冲动，想冲刷一切，摧毁一切。在这山谷里，它流淌了多长时间？

整整一夜，这种声音像从心灵深处流淌而来，那么久远，让人心驰神往。一个人坐在水边的石头上，只听这水声，像生命猛然间透明了那样淋漓尽致，像一个人对另一个人倾吐衷肠，不夹杂一点儿别的想法，一切都是原始的、最初的。

当听着这水声的时候，自己便被自己融化了，自己便被自己感动了。

这种声音，让我体会到宁静、辽阔和深远，让我枕着它，整个夜晚都不想睡去……

禅定的微笑

多少次看到那尊禅定佛的微笑。每每看到，都会久久凝视，那一刻，我忘记了自己还有身体和心灵，仿佛变得空空，没有一丝念头，只把内心和眼睛都交给了他。我静静地屏住呼吸，神色虔诚，似乎整个世界整个宇宙都一片静寂，连我的心跳声也听不到。

我沉浸在这样没有杂念和喧嚣的时光中，在一座敦煌的洞窟里。我的姿态是仰望着的姿态，我深切地明白，他还活着，一千多年的时光，他没有变老。在这么长的时光河流冲刷中，有多少花朵凋谢了，有多少星辰坠落了，有多少心灵破碎了，有多少过客化作灰烬了，他却那么柔和那么平静地坐着。人世间的那些伤、那些痛他没有感到吗？人世间那些丑恶和腐败他没有看到吗？他只是在一座小小的洞窟里，一坐就是一千多年。他的微笑，不知道感化了多少人，不知道照亮了多少心灵。他从来没有说过，也从来没有想过，他背靠着的墙壁上，有斑驳的佛光的痕迹；他的高高发髻显示出生命的高贵，他的赭红色的袈裟，那些流畅的线条是多么诗意；他叠在一起的双手，多像人间那一双双善良的手；而他的眼光，一千年来竟没有染尘，那么清澈。他盘腿坐着，尽管他的膝盖也破碎了，而他似乎没有知觉，没有一点疼痛，他太安详了，他的胸膛里不过是泥土，他的身体不过是泥土，可他却活着。真敬佩那个塑造了他形体的工匠，是多么伟大的工匠，却没有留下名字。

今天有不少画家画过他的微笑，我的朋友高山不止一次画他。我好多次看到这微笑，除了震撼，除了凝视，我内心似乎一次次被净化了。

这是莫高窟第二百五十九窟北魏小小洞窟里的禅定佛，他身披袈裟，沉思的眼神，恬淡的微笑，像一道照亮内心的亮光。

这是最含蓄的东方的微笑，我又一次久久凝视。

大　佛

终于感觉到这净地的神圣了。仰视一尊大佛正襟危坐。

此刻,有无数朝圣者正沿着向西的道路而来,他们是抬着一颗颗高贵的头颅,凝视在大漠绿洲中高高矗立的敦煌。

四周静静的,这是一块有灵性的宝地,远离闹市,是彻底走向内心的大佛选择的山和水,是灵秀的凝聚。大佛背靠山岩,他的背景是精美的图案。你完全可以感到他是活的,目光平静地俯视尘世,修长的眉毛,下垂的大耳,平整的鼻梁,敦厚微闭的嘴唇。他的表情和蔼极了,肤色很有质感,连他身上的袈裟也似乎随着一阵清风就会衣袂飘然起来。

我想到一个传说,那个乐僔和尚去西天寻找极乐,却想不到在三危山上看到万道金光,千万尊大佛菩萨天女在紫烟萦绕的层层楼阁中谈笑风生。于是他在大泉河边的山崖上开凿洞窟,把佛祖巨像群仙奇景都塑画出来,后来者继续开了一个又一个洞窟,于是有了这座大佛,有了莫高窟,有了闻名于世的敦煌。

对这一切大佛似乎浑然无所知,也一无所求。一个朝代又一个朝代从他身边悄然远去了,大佛依旧在三危与鸣沙之间,而凡人依旧风尘仆仆地赶来寻找敦煌。

当我们坐着旅游车离开莫高窟时,那座九层阁像过电影一样翻开敦煌的一幕又一幕,而扉页上的大佛竟然是又熟悉又陌生,令人不禁凝然沉思良久。

大佛在哪里呢? 大佛在心里吗?

像许多人一样,我许了个愿。敦煌大佛,一个美丽又神圣的谜,铭刻在我生命的洞窟里……

(原载《西部》2015 年第 11 期)